HENRI IV

*

L'enfant roi de Navarre

DU MÊME AUTEUR
CHEZ POCKET

LES DEMOISELLES DES ÉCOLES
LES FLAMMES DU PARADIS
LOUISIANA
L'ORANGE DE NOËL
PACIFIQUE SUD
LES TAMBOURS SAUVAGES

HENRI IV

T. 1 — L'ENFANT ROI DE NAVARRE

à paraître

T. 2 — RALLIEZ-VOUS À MON PANACHE BLANC
T. 3 — LES AMOURS, LES PASSIONS ET LA GLOIRE

MICHEL PEYRAMAURE

HENRI IV

*

L'enfant roi de Navarre

ROBERT LAFFONT

ISBN 2-266-08064-4

À Monique
et Denis Tillinac

I

UN « GENTILHOMME CHAMPÊTRE »

1553-1555

Fin novembre 1553

Lorsque la petite escorte sortit du château au début de l'après-midi il faisait un temps doux pour la saison, comme si l'été de la Saint-Martin allait se poursuivre jusqu'à Noël. Un petit vent balaguer sautait par foucades par-dessus le gave qui roulait des eaux brunâtres hors desquelles n'émergeaient que des îlots où s'accrochaient des arbres morts. Une crème de soleil coulait sur les Pyrénées comme aux plus beaux jours du printemps, lorsque le vent du sud, *lou ben*, sent l'Espagne.

Aucune nouvelle n'était, depuis des jours, parvenue de la Saintonge, où séjournaient Jeanne et Antoine, fille et gendre du roi de Navarre, Henri d'Albret, dans l'attente de leur retour en Béarn où Jeanne devait faire ses couches. À plusieurs reprises déjà le roi avait envoyé des reconnaissances vers le nord. Il avait consulté un vieux mage d'Orthez qui lui avait dit :

– Patientez encore une semaine. Mercredi prochain, ils seront là.

Ce mercredi-là, il s'était levé avec le jour, avait mangé avec appétit sa frotte à l'ail, bu son verre de vin, fait en chantonnant le tour du jardin dominant le fleuve et le moulin. Le voyant dans des dispositions différentes de son ordinaire, le capitaine de sa garde, Ramón de Saballos, lui avait dit :

– Votre belle humeur, sire, fait plaisir à voir. Irons-nous à la chasse, ce matin ? Dois-je préparer l'équipage et les chiens ? Ce beau temps...

– Le temps ne fait rien à mon humeur, Ramón, et nous n'irons pas à la chasse. Fais simplement préparer la petite escorte. Nous irons, en début d'après-midi, à la rencontre de ma fille.

– Vraiment ! s'exclama Ramón. Vous a-t-on donné des nouvelles ?

– Aucune, mais je *sais* qu'ils seront là ce soir. J'ai fait préparer leur appartement.

Ramón haussa les épaules en soupirant. Ce n'était pas la première fois que le roi prenait ses désirs pour des réalités. Depuis quelques mois déjà, son esprit battait la campagne. En fait il n'était plus le même depuis que son épouse, Marguerite de Navarre, la « Marguerite des marguerites », comme on appelait la fille du roi François Ier, l'avait quitté, soulevée par un vent de psaumes hérétiques, pour se réfugier en Dieu. Des ennuis sentimentaux avec sa jeune maîtresse, Marianne d'Alespée, avaient fini de lui noyer de brumes l'entendement.

– Dans leur dernier courrier, ajouta Ramón, votre fille annonçait son arrivée *avant Noël*. Nous avons le temps de nous y préparer.

Il tenait à ce que Jeanne vînt faire ses couches au château de Pau, berceau de sa famille, et non dans quelque ville de garnison, au nord de la Loire, dans l'insécurité de la guerre, la neige et le froid. Il voulait être là, le vieux souverain, lorsque l'héritier de sa race pousserait son premier vagissement.

– Cette fois encore, dit le roi, ce sera un garçon, et je veillerai à ce que le mauvais sort ne lui provoque pas une mort prématurée.

– Ce sera un garçon..., murmura le capitaine, puisque vous en êtes certain.

Quatre mois auparavant, le premier fils de Jeanne était mort dans des circonstances étranges :

on l'avait confié aux soins d'une gouvernante âgée et frileuse qui l'avait tant couvé qu'on l'avait trouvé inerte dans son berceau sous un monceau de couettes.

– *Diou biban !* s'écria le roi, ce sera un garçon et il s'appellera Henri, comme son grand-père ! Il ne sera pas élevé comme un poussin sous l'aile de sa mère et de sa nourrice. J'en ferai un homme, un soldat, un roi. S'il n'est pas digne de sa race, je le renierai !

Ramón sentit un frisson lui courir dans le dos. Ce que l'on avait caché au souverain, ce qu'il n'apprendrait sans doute jamais, c'est qu'un accident avait failli coûter la vie à la mère et à l'enfant : alors qu'il manipulait une arquebuse, Antoine avait manqué tuer son épouse et son fils.

L'escorte avançait dans ce jour d'hiver qui avait le goût du printemps, gercé de vent et de lumière froide. Henri d'Albret chevauchait en tête, botte contre botte avec Ramón de Saballos, précédant une compagnie d'arquebusiers gascons rassemblés pour pallier toute surprise de la part des bandes de déserteurs espagnols et faire honneur au jeune couple. La petite troupe s'engagea dans les landes de Pont-Long alors que les premières fraîcheurs de brise succédaient, au-dessus des champs d'ajoncs et de bruyères, au tiède balaguer de la matinée. Des vols de corbeaux tournoyaient au-dessus des terres mortes. Une écharpe d'angélus monta d'un village proche.

– Nous allons pousser jusqu'à Sauvagnou, dit le roi. S'il le faut, nous y passerons la nuit. Jeanne ne doit pas être loin et elle empruntera ce chemin.

Les toits du village apparurent dans les premières brumes de la soirée, entre les tiges de roseaux secs qui marquaient les limites d'un marécage d'où s'envolèrent des rapaces.

– Mieux vaudrait retourner au château, dit Ramón. Il n'est pas certain que votre fille arrive par là. Rien n'est prêt à vous recevoir dans ces masures. Et d'ailleurs...

Le souverain l'interrompit brutalement : il tenait à son idée ; le mage d'Orthez ne pouvait se tromper. Il envoya un groupe d'arquebusiers surveiller les parages de Navailles-Angos, un autre à Uzein, tandis que Ramón se chargeait d'organiser la nuit de veille et d'entretenir des feux sur les mamelons durant toute la nuit.

À peine le soleil couché, le froid tomba comme une pierre. Malgré la sollicitude des paysans, le roi eut du mal à dormir sur une couche de fortune. Au matin, lorsqu'il sortit de sa tanière, il eut un mouvement d'humeur : l'horizon des landes restait désespérément vide.

– Ils ont dû prendre un autre chemin, dit-il, ou peut-être se sont-ils égarés.

Il était d'une humeur de chien. Engoncé dans sa pelisse d'ours, il tournait au milieu de la masure, bousculait la famille du paysan, chassait à coups de pied le molosse qui reniflait ses bottes.

– Je ne suis qu'une vieille bête ! maugréa-t-il. Ramón, tu peux préparer notre retour.

Un message parvint au château de Pau à quelques jours de cette équipée, annonçant l'arrivée du couple à Mont-de-Marsan pour le 4 décembre.

– Eh bien, dit le roi, j'irai les attendre là-bas.

– Ce n'est pas raisonnable, sire, lui dit Ramón. Vous n'êtes pas en état d'affronter ce voyage. La neige est en chemin.

Marianne d'Alespée était intervenue à son tour pour que le roi renonçât à cette inutile folie.

Elle était arrivée au château accompagnée d'une suite de domestiques et d'une poignée de bandouliers portant le morion, la jaque de cuir et de vieilles arquebuses de trois pieds. Peu de temps avant cette visite, il lui avait fait don du château de Lagrange-Maurepas, proche de Barbaste, qu'elle lui réclamait depuis longtemps. Cette matrone un peu blette s'était sentie chez elle dans cette demeure où l'on respirait un air de noblesse guerrière. Cette faveur mettait un terme à leurs querelles.

Henri d'Albret avait rencontré Marianne d'Alespée une dizaine d'années auparavant, alors qu'il cheminait le long de la Baïse, dans la garenne de Nérac. Il avait fait halte pour la regarder jouer avec son chien, lui avait demandé qui elle était et où elle demeurait. Elle avait déjà, sous la fraîcheur de la jeunesse, une maturité de fruit compromise par un soupçon d'embonpoint. Il l'avait prise en croupe pour la conduire au château. Elle n'y avait pénétré qu'une fois, dans son enfance, et n'en gardait qu'un souvenir diffus : une salle de garde qui sentait la sueur et la crasse d'homme, la soupe et la fumée ; elle y avait eu très froid.

Marianne était devenue sa maîtresse quelques mois plus tard, sans faire la mijaurée et sachant qu'elle n'était pas la seule. Il avait alors tout juste franchi le cap de la quarantaine et ne se ressentait pas trop de ses vieilles véroles italiennes. Peu à peu, avec une souveraine autorité, elle avait évincé les concubines les plus importunes, le laissant à son gré culbuter servantes et paysannes au hasard des greniers et des meules de foin.

Les frasques du roi ne laissaient pas son épouse Marguerite indifférente, mais elle avait fini par en prendre son parti : elle se consacrait toute à son œuvre, cet *Heptaméron* auquel elle travaillait depuis des années. Elle achevait son ouvrage comme une taupe creuse son terrier : dans l'ombre et le silence de son cabinet donnant sur le gave et la montagne, en compagnie des personnages qui peuplaient les lourdes tapisseries flamandes. Lorsque Henri la voyait sortir de son cabinet, il avait du mal à la reconnaître : la fille de France s'était rabougrie jusqu'à revêtir l'apparence d'un petit rongeur malingre et frileux, aux yeux rouges de fatigue, aux pattes tremblantes, au teint cendreux. Elle ne quittait son cabinet que pour rencontrer de mystérieux hommes noirs venus de Genève ou de Strasbourg.

Marguerite n'avait eu de véritable émotion qu'en apprenant, quelques années avant sa mort, celle de son compère et complice, le poète Clément Marot. Durant les dernières années de leur existence, ils n'avaient cessé de correspondre, de se rencontrer, d'échanger leurs œuvres. Elle lui pardonnait ses poèmes érotiques au nom des Psaumes de David qu'il avait traduits en langue vulgaire ; il lui passait ses convictions catholiques en se disant qu'elle ne manquait aucune occasion de s'informer sur la religion prêchée par Luther et Calvin. Elle le poussait dans les cercles de la poésie, lui ouvrait des portes qui sans elle lui eussent été fermées, le disputait aux chambres ardentes débouchant sur les bûchers de l'Inquisition.

Une nuit de grand froid, dans son domaine d'Odos, à deux lieues de Tarbes, elle était occupée à suivre à la lentille le passage d'une comète, quand elle avait été saisie de frissons. Elle avait eu le temps, avant de mourir, de faire une brève retraite chez les moniales de la ville voisine, où elle se rendait souvent pour surveiller chez les mourantes l'« envolement de l'âme ».

Marianne s'étant retirée dans un mouvement de colère qui faisait flotter ses jupes autour d'elle comme des verdures brassées par une tornade, Henri d'Albret se dit que, cette fois, elle ne reviendrait pas. Le départ de sa maîtresse survenait à la suite du refus qu'il avait opposé à de nouvelles générosités. Il lui avait montré son coffre vide ; elle lui avait reproché son incapacité à faire rentrer les impôts.

Le roi s'immobilisa devant la toile qui le représentait à peu de temps de son mariage, en costume de cour, tenant d'une main une marguerite et de l'autre celle de la sylphide un peu déhanchée qui était devenue son épouse : une œuvre inspirée d'une miniature de livre d'heures. Il relut avec une larme au coin de l'œil l'inscription figurant au bas de la toile : *J'ai trouvé une précieuse marguerite et l'ai enfermée dans mon cœur*. La marguerite avait perdu ses pétales ; un bouquet de ronces l'avait remplacée.

Marguerite disparue, Marianne évaporée, il lui restait cette servante entre deux âges, Bernarda, qui apaisait ses ultimes ardeurs. L'univers féminin brouillait ses images, les entraînait dans l'oubli. Dans ce naufrage, seul émergeait un visage de femme : Jeanne.

– Jeanne..., murmura-t-il. Toi seule, désormais...

Il n'avait pas d'autre descendant. Si sa fille ne lui donnait pas l'héritier mâle qu'il espérait de toute son âme, il ne lui resterait plus qu'à mourir et sa race avec lui. Une race illustre et puissante, qui avait régné sur un royaume étendu de part et d'autre des Pyrénées comme un drap qui sèche sur une haie.

Cette menace d'une mort prochaine, Marianne la lui avait jetée au visage avant de partir. Cette sorcière...

– Regardez-vous donc, mon pauvre Henri : aussi sec de sa bourse que de ses génitoires ! Un cadavre, déjà.

L'injure avait fait tache ; puis la tache s'était effacée ; il ne lui en restait qu'une amertume née de cette vérité : Henri d'Albret, roi de Navarre, avait un pied dans la tombe. Tous ses espoirs dans la survie de sa dynastie, il les reportait sur ce couple qui cheminait par petites étapes depuis la France du Nord et qu'il s'attendait chaque jour à voir paraître. Le mage d'Orthez, il aurait dû le faire pendre !

Il n'avait qu'une confiance mitigée en son gendre, Antoine de Bourbon, prince du sang, descendant de Saint Louis : nature de papillon en matière de sentiments, inconséquent dans ses affaires... Le bruit de ses frasques courait les coulisses de la cour du roi de France Henri II. Il partageait ses faveurs extraconjugales entre deux grandes hétaïres : Mme de La Béraudière, la « Belle

Rouet », fille d'honneur de la reine Catherine de Médicis, et la maréchale de Saint-André, mariée à un barbon qui courait les champs de bataille. Sans compter quelques aventures dont les échotiers faisaient leurs délices.

Comment le roi de Navarre aurait-il pu avoir confiance en cette girouette ? Courageux sur les champs de bataille, étourdiment téméraire mais intelligence bornée et caractère immature, Antoine se parfumait à l'eau de Naples, portait dentelles, bijoux et brillait par son apparence plus que par ses qualités. Comment, se demandait le roi de Navarre, sa fille Jeanne avait-elle pu s'éprendre de ce bellâtre ?

Le regard du roi se porta sur l'embrasure de la fenêtre ouvrant sur le gave. Marguerite y avait tracé de sa main, à la mine de plomb, une des devises qui donnaient du sens à sa vie : *Où est l'esprit est la liberté*. Elle était morte libre, évaporée dans la lumière de son génie comme une rosée dans le matin, et lui se sentait prisonnier comme un lion fatigué de ses passions déclinantes et de ses illusions.

Henri accueillit sa fille à une lieue de Mont-de-Marsan. À peine Jeanne était-elle descendue de sa litière, les traits tirés par la fatigue de l'interminable voyage, les mains sur son ventre rebondi, qu'il lui avait dicté ses volontés :

– Ma fille, vous êtes exacte au rendez-vous et je vous en sais gré. J'ai tenu à ce que vous vous délivriez de votre enfant là où sont nés ceux de notre famille qui vous ont précédée. Tout est prêt à recevoir votre enfant, cet héritier que j'attends depuis des années.

Il lui avait parlé du testament qu'elle trouverait dans un coffret d'or massif venu des temps barbares où leurs ancêtres régnaient sur les deux Navarres ; elle en hériterait dès qu'elle lui aurait confié son fruit. Il exigeait que, dans sa délivrance, elle chantât la vieille chanson béarnaise qu'entonnaient les femmes du pays dans les douleurs de l'accouchement : une sorte de prière à la Vierge du Pont. Se souvenait-elle de l'air et des paroles ? Elle s'en souvenait.

Comme si cette précaution était naturelle, il ajouta :

– Je me chargerai de l'éducation de mon petit-fils. Il ne manquera de rien : j'ai prévu de le confier à une bonne nourrice. Il aura plus tard une gouvernante et un précepteur, mais il sera élevé à la béarnaise. Je veux en faire un homme et non un de ces freluquets de cour dont on ne sait s'ils tiennent du coq ou du chapon. Il vivra comme vivent nos paysans, il chassera dans nos montagnes, se nourrira de mets simples mais solides.

Jeanne se dit que son père avait un peu perdu la tramontane et que ces décisions entraîneraient des discussions et des querelles, surtout avec Antoine.

Il ajouta, du même ton autoritaire :

– Je ne veux pas que notre petit Henri s'abîme la santé dans la lecture et l'écriture, comme votre pauvre mère. Le temps des marguerites est passé. Je veux pour lui de solides moissons. J'exigerai...

– Je trouve, père, dit Jeanne, que vous exigez beaucoup, avant même d'être certain que cet enfant sera un mâle. Exigeriez-vous cela aussi de ma part ?

– Je sais que vous me donnerez un petit-fils et qu'il s'appellera Henri. C'est écrit.

Il se garda de faire allusion aux prédictions du mage d'Orthez auquel, d'ailleurs, il avait retiré son crédit, et ajouta avec un sourire de bienveillance :

– J'espère que ce voyage ne vous aura pas trop affectée et que la délivrance se fera dans de bonnes conditions.

– Je me sens dans d'excellentes dispositions, dit-elle, encore que ce long voyage m'ait éprouvée. Cet enfant n'arrête pas de bouger.

– Bon signe, dit le roi. Ce sera un rude gaillard.

Il avança une main tremblante vers le bandeau

qui retenait les cheveux plats, effleura le visage mince, un peu sévère, creusé par la fatigue. Elle se déroba à ce mouvement d'affection dont le vieil homme était peu coutumier.

– Qui vous dit, père, que je ne souhaite pas garder cet enfant, l'emmener avec moi en France ? Redouteriez-vous qu'Antoine et moi n'en prenions pas les soins convenables ?

Il bougonna dans sa barbe :

– Antoine... Antoine... Le prince ne semblait guère préoccupé par la naissance de son héritier. Seule semblait compter pour lui cette guerre contre l'empereur Charles Quint qui avait éclaté aux marches de Lorraine. La guerre, les femmes aussi...

– Je n'ai guère confiance dans votre époux, dit-il d'un air sombre. Il vous trompe ouvertement et se flatte de ses conquêtes. Comment pouvez-vous supporter ces humiliations ?

– Votre épouse a bien supporté les siennes ! Dois-je vous rappeler vos propres infidélités : cette Marianne d'Alespée, cette Bernarda qui joue les maîtresses servantes, ces souillons et ces filles de paysans dont vous faites votre ordinaire ?

Il se détourna, la mine renfrognée.

– Qui donc vous a informée ?

Elle haussa les épaules.

– Tout le pays, à des lieues à la ronde, n'ignore rien de vos frasques. Sachez que j'aime Antoine et que je lui pardonne ses inconduites bien que j'en souffre. Il tient plus que vous ne l'imaginez à moi et à cet enfant que je porte.

– Est-ce à dire que vous m'enlèveriez mon futur héritier !

Elle posa la main sur le bras de son père, reprit d'une voix rassérénée :

– S'il vous plaît, père, laissez-nous le soin d'en juger.

Bernarda s'approcha du roi, tendit son bras robuste vers la porte de l'antichambre, derrière laquelle patientait une assistance de serviteurs, d'officiers et de gentilshommes venus des environs à l'annonce de l'événement qui se préparait.

– Votre place n'est pas ici, dit-elle d'un ton sans réplique. Le travail a débuté. Vous serez le premier informé.

– C'est bon, bougonna-t-il, je me retire, mais je reste l'oreille collée à la porte. Je veux entendre chanter ma fille au moment de la délivrance.

Il rejoignit Antoine dans l'antichambre. Le « petit Bourbon », comme il disait avec une intention de mépris, s'entretenait avec le secrétaire Palma-Cayet et le poète béarnais Guillaume de Bartas, ancien complice de Marguerite. Pour la circonstance, le prince s'était vêtu avec l'élégance raffinée qui le caractérisait : un manteau de petit-gris laissant entrevoir un pourpoint de velours violet boutonné serré pour faire valoir la finesse de sa taille, les jambes prises dans des chausses de soie gris argenté. Il caressait nerveusement sa barbe courte tirant sur le roux, son regard bleu perdu dans la futaie peuplée de chasseurs, de sangliers et de chiens de la grande tapisserie qui ornait la muraille.

Le roi allait aborder son gendre lorsque, venue de la chambre, monta la voix de la parturiente.

Noustre dame deu cap deu poun
Adjurat me d'aqueste hore...

– Étrange coutume, dit Antoine d'un air ironique. Une femme qui accouche en chantant, une princesse de surcroît, cela ne se voit que dans ces contrées.

– La Vierge du Pont, répliqua sévèrement le roi, accorde ses faveurs à toutes les accouchées, quelle que soit leur condition. Oubliez-vous, mon gendre, que Marie se libéra de son fruit dans une étable de Bethléem ? Parlez-moi plutôt de votre campagne en Lorraine. Où en est cette guerre ?

– Dans quel monde vivez-vous, sire ? Cette

guerre, nous l'avons gagnée ! Metz est à nous depuis plusieurs mois déjà. Le duc d'Albe, qui commandait l'armée impériale, a dû lever le siège en laissant des milliers d'hommes sur le carreau. Le roi Henri garde les trois évêchés : Metz, Toul et Verdun.

– Pardonnez-moi, dit le roi, je crois que l'heure de la délivrance approche. Écoutez !

– Au diable si j'entends ce charabia ! s'écria Antoine.

Jeanne venait de finir sa chanson lorsque la porte de la chambre s'ouvrit, laissant apparaître le visage baigné d'angoisse du grand-père.

– C'est un mâle, dit Bernarda. Il est superbe, rose, dodu et il a quatre dents !

– Quatre dents ! s'écria le roi. C'est un miracle !

– Vous pouvez approcher, dit la servante. On achève sa toilette.

Ivre de bonheur, le roi prit l'enfant dans ses bras, le montra à Antoine, qui murmura :

– Pourquoi ne dit-il rien ? Pourquoi ne pleure-t-il pas ? Tous les enfants pleurent en naissant.

– Vous n'y entendez rien, monseigneur ! protesta Bernarda. Allez plutôt embrasser la mère. Elle l'a bien mérité. Mais... où est passé l'enfant ?

Le roi l'avait enroulé dans un pan de sa pelisse et, bousculant le médecin Chiron, la ventrière et les servantes, se précipitait dans l'antichambre pour le montrer à l'assistance. Il revint quelques instants plus tard, le visage rayonnant de plaisir, déposa le nourrisson sur le lit, dans les bras de sa mère et lui retroussa les babines pour vérifier le miracle des quatre dents.

– Arrêtez ces simagrées, sire ! s'écria Bernarda. Laissez cet enfant à sa mère. C'est à peine si elle a pu le voir.

– Pas encore ! dit le roi.

Il appela son maître d'hôtel, Cotin, lui ordonna d'aller sur-le-champ chercher de l'ail et une bouteille de jurançon. Il oignit avec la gousse les lèvres de l'enfant, fit couler quelques gouttes de vin dans sa bouche et se redressa, radieux, en s'écriant :

– Vous êtes tous témoins : il n'a pas fait la grimace. Henri sera un vrai Béarnais !

Avant de regagner sa chambre pour la nuit, le roi vint une dernière fois visiter sa fille, à laquelle on faisait boire un bouillon de poule. Il portait avec un air mystérieux un coffret sous le bras.

– Ne l'importunez pas, sire, dit la ventrière, elle est très lasse, encore que tout se soit passé pour le mieux.

Le roi l'écarta d'un geste, s'assit au bord du lit.

– Ma fille, dit-il, un nœud d'émotion dans la gorge, vous m'avez fait le plus beau cadeau que je puisse souhaiter. Je n'ai qu'une parole. Voici la récompense que je vous ai promise.

Il déposa sur ses genoux le coffret d'or contenant son testament.

– Je vous remercie, père, dit Jeanne, mais je ne vois pas la clé.

Il parut surpris, comme si cette demande était incongrue.

– La clé, dit-il, vous l'aurez plus tard, lorsque le moment sera venu.

Jeanne se révélant incapable d'allaiter le nourrisson, Henri d'Albret décida de le confier à une femme des parages qui avait une réputation de bonne nourrice : Arnaudine de Lareu. L'enfant boudait ce sein mercenaire, profitait mal. On remplaça Arnaudine par une robuste montagnarde, Madeleine de Lafargue ; l'enfançon fit la grimace. On fit appel à la femme d'un jardinier du château, qui venait d'accoucher, Françoise Minot, mais son lait tarit au bout de quelques semaines. On la remplaça par Jeanne Ravel, laquelle, ayant contracté une fièvre pernicieuse, céda la place à Marie de Cazenauve. On jouait de malchance : si le lait de cette dernière nourrice semblait de bonne qualité, ses humeurs tournaient souvent à l'aigre, ce qui lui donnait des manières brusques. Le roi en essaya deux autres avant de fixer son choix sur Jeanne Fourcade, une femme de Billères ; elle allaita le nourrisson à la satisfaction générale jusqu'à son sevrage.

– Dieu soit loué ! soupira le roi. Notre Henri est tiré d'affaire. Nous allons pouvoir le nourrir de bonne viande.

– La viande sera pour plus tard ! protesta Bernarda. Ce sont des bouillies qu'il lui faut. Épargnez-lui votre ail et votre vin : il en prendra assez tôt l'habitude.

Henri d'Albret avait tenu à ce que son petit-fils fût baptisé le jour des Rois, le 6 janvier, et que cette cérémonie constituât un événement. Le petit prince eut pour parrain le roi de France, Henri II, et pour marraine la jeune Claude de France, fille du roi Henri, représentée par Mme d'Andouins. L'évêque de Lescar tint le nourrisson sur les fonts, tandis que l'évêque de Rodez, cardinal d'Armagnac, faisait ruisseler l'eau lustrale sur son front.

La cérémonie et les fêtes qui l'accompagnaient terminées, Jeanne et Antoine se préparèrent au retour, la guerre qui venait de se rallumer dans les Flandres requérant la présence du prince de Bourbon. Un courrier de la cour de France indiquait à Antoine qu'il fallait mettre à profit l'avantage acquis lors du siège de Metz pour porter l'estocade à l'empereur vieillissant. Le connétable Anne de Montmorency venait de rassembler une armée et s'apprêtait à fondre sur Bruxelles.

– La guerre, gémissait Henri d'Albret. Toujours cette maudite guerre ! Dieu veuille qu'elle épargne notre petit Henri.

– Tant que l'« ogre d'Autriche », Charles Quint, sera en vie, répondit Antoine, il en sera ainsi. La Fortune, dit l'adage, est comme les femmes : elle n'aime pas les vieux. L'empereur souffre de la goutte et sait que ses jours sont comptés. Il n'écoute pas son médecin, qui lui répète que le seul remède à cette maladie est de garder la bouche close. Il dévore !

Le roi insista pour que sa fille restât encore quelque temps en Béarn et s'occupât en personne de son fils.

– C'est impossible, répondit Antoine. Nos domaines réclament ses soins tandis que je me battrai dans le nord du pays. Quant à moi, je n'y suis pas préparé. Un chef de guerre est rarement un administrateur exemplaire de ses biens.

En route pour Compostelle, de passage à Pau, un groupe de pèlerins savoyards apporta des nouvelles : la guerre avait repris en Italie comme en Belgique.

Revenu du siège de Metz, Blaise de Montluc avait eu de nouveau à affronter l'armée impériale. Bloqué dans Sienne, il avait résisté jusqu'à l'épuisement de ses ressources et de ses armes. Le roi de Navarre se fit tout raconter en détail de cette campagne qui lui rappelait celles qu'il avait accomplies en compagnie du roi François Ier, jusqu'au terme fatal de Pavie où François avait perdu sa liberté et lui ses illusions sur la puissance des armées françaises. Des images de feu et de sang traversaient sa mémoire comme une vague d'étendards. Sur les collines d'oliviers et de vignes, au cœur des cités qui hérissaient l'horizon de tours et de clochers, sous un soleil grisant comme le vin, il avait fait l'amour à la guerre et aux plus belles femmes du monde. Il en avait gardé d'âpres nostalgies.

La puissante armée commandée par Montmorency et Bourbon, dans sa marche en direction de Bruxelles, s'était immobilisée à Dinant. Des bruits inquiétants courant sur l'importance des forces envoyées contre eux par l'empereur, ils s'enfermèrent dans la petite cité de Renty, proche de Saint-Omer. Accablés par la famine, décimés par la fièvre, les impériaux battirent une nouvelle fois en retraite dans la grande chaleur d'août.

Une autre nouvelle parvint au roi de Navarre à la fin de l'année : la mort de François Rabelais. Ils ne s'étaient jamais rencontrés ; Henri n'avait lu que quelques chapitres de *Pantagruel*, car la lecture le lassait plus sûrement qu'une chevauchée. Marguerite, en revanche, qui tenait cet écrivain pour un génie, entretenait avec lui une correspondance. C'est un peu d'elle, de sa passion, qui disparaissait avec le curé de Meudon.

Le roi de Navarre recevait peu après une lettre d'Antoine l'informant que le roi Philippe d'Espagne, fils de Charles Quint, venait d'épouser une descendante des Tudor, Marie, qui, après la mort de son frère, accédait au trône d'Angleterre. L'empire refermait ainsi sur la France un étau dont il lui serait difficile de se libérer.

L'ambition suprême d'Henri d'Albret, recouvrer la totalité de son royaume de Navarre, s'estompait. Le territoire d'au-delà des Pyrénées, dont le roi Ferdinand l'avait dépossédé quarante ans auparavant, ne lui laissant que la partie française, ne réintégrerait jamais son patrimoine ancestral. Il ne serait jamais que ce « pauvre petit roi », comme disait avec ironie la reine Catherine, un « gentilhomme champêtre », pour reprendre l'expression des poètes. Il se persuadait peu à peu de cette évidence navrante : il ne laisserait à son petit-fils qu'une couronne d'illusions.

Mme de Bourbon-Busset eut un sursaut en se penchant sur le jardin. Elle s'écria, à l'intention de la servante Antoinette :

– Êtes-vous folle, ma fille ? Ne laissez pas cet enfant au soleil. Il risque l'insolation.

Elle n'avait pas oublié l'accident survenu au premier enfant de Jeanne et d'Antoine, mort d'excès de chaleur par la faute d'une vieille femme frileuse. Gouvernante en second du petit prince de Béarn, elle ne voulait pas risquer quelque autre maladresse qui eût mis en danger la vie de l'enfant, qui allait sur ses trois ans ; elle avait ordre de ne pas le quitter de l'œil.

La chaleur était montée très vite. Un voile de buée bleutée recouvrait la plaine de Nay, autour du château de Coarraze qui dressait sur une butte, à un quart de lieue du village, face à la chaîne des Pyrénées et à un ample paysage de collines, son donjon de pierres rousses et des logis sans grâce accotés à des futaies profondes et giboyeuses. Le printemps s'était déjà installé entre les Pyrénées encore enneigées et les collines de l'arrière-pays. On était au début de mai.

Elle allait ordonner à la servante de mettre le petit prince à l'abri dans la salle basse lorsqu'un bruit de galop résonna sur la pierraille du chemin menant au château. Un cavalier entra dans la cour, sauta de cheval, se pencha vers l'enfant prisonnier de son parc doté de roulettes et s'entretint avec la servante.

– Que veut cet homme ? s'écria Mme de Bourbon-Busset de sa fenêtre.

– Il apporte un courrier pour madame de Miossens, répondit Antoinette. Il s'agit d'une nouvelle grave.

La comtesse Françoise de Miossens revenait de la chapelle encastrée dans la masse du château, en face de la chambre où logeaient le prince et sa gouvernante. Elle ventilait son visage gras, emperlé de sueur, avec un éventail d'Espagne à franges noires.

Le messager venait de Pau, ville séparée de Coarraze par cinq lieues de mauvais chemins. Il tendit à la comtesse un pli émanant du secrétaire du roi, Palma-Cayet. Elle le décacheta, blêmit et s'effondra dans un fauteuil.

– Mon Dieu ! s'écria-t-elle. Est-ce possible ?

– Une fâcheuse nouvelle ? demanda Mme de Bourbon-Busset.

– Cette lettre m'annonce la mort du roi de Navarre.

– Mort, notre roi ? En quelles circonstances ?

– Cette lettre n'en dit rien, ma bonne. Les dernières nouvelles que j'ai reçues du château royal, il y a une quinzaine, indiquaient qu'il se portait bien en dépit des maux propres à son âge. Je vous rappelle qu'il venait d'avoir cinquante-deux ans. À mon avis...

Elle se retourna vers le messager, l'interrogea sur les causes de ce décès ; il répondit en béarnais qu'il l'ignorait et qu'au château tout était sens dessus dessous.

– Conduisez cet homme aux cuisines pour qu'il se rafraîchisse, dit la comtesse, et demandez à toute la maisonnée de me rejoindre. Je dois annoncer cette terrible nouvelle à monseigneur le prince Henri, avec tous les ménagements que vous supposez. Je crains que cette disparition ne l'affecte. Sous ses apparences un peu frustes, c'est une nature sensible. Il aimait beaucoup son grand-père. Plus que ses parents, sans doute. Il les voit si peu...

Mme de Miossens arriva le lendemain à Pau, en litière, accompagnée de la gouvernante en second et d'une escorte envoyée à Coarraze par Palma-Cayet, à la suite du messager.

La forteresse baignait dans un épais silence troublé par les éclats de voix et les sanglots des pleureuses qu'une matrone stimulait à la baguette. L'arrivée de Marianne d'Alespée suivait de peu celle de la comtesse de Miossens et fut moins discrète : elle remplit les grandes salles de cris et de sanglots, proclamant qu'elle avait perdu avec le roi sa raison de vivre, l'amour de sa vie, et qu'elle souhaitait elle-même en finir au plus tôt.

– Cette catin ! s'exclama Mme de Miossens. Elle a osé prendre le deuil blanc réservé aux reines. Elle a dû flairer l'héritage.

C'était l'avis de Palma-Cayet, qui ajouta :

– J'ignore comment elle a appris l'existence du coffret qui renferme le testament de mon maître. Elle le réclame mais ne l'aura pas. La princesse Jeanne me l'a confié avant de regagner la France. Je sais où se trouve la clé et ce qu'il contient : rien qui ne soit connu de tous. Mon maître aimait s'entourer de mystère. Il n'avait plus toute sa tête.

Il raconta que le souverain était mort à Hagetmau, où il était allé faire ses dévotions, selon ses habitudes, à la crypte où reposaient les restes de saint Girons. Conscient de sa fin prochaine, il souhaitait se mettre en règle avec le Seigneur.

Quelques heures après le retour de la dépouille du roi, les membres de la confrérie religieuse de Pau avaient défilé en cortège à travers la ville, vêtus d'habits noirs, agitant des clochettes et lançant à la foule le nom du défunt. Le lendemain, on avait chanté l'office des morts devant l'autel où les confrères avaient posé un grand flambeau de résine accompagné de trois pains de froment et d'un cratère rempli de vin.

Le défunt avait exprimé par testament le vœu que son corps fût enseveli dans la cathédrale de Pampelune, auprès des souverains de Navarre auxquels il avait succédé, mais les circonstances ne s'y prêtaient guère et l'on tint ce caprice sénile pour lettre morte. Il reposerait, en attendant des jours meilleurs, dans la cathédrale de Lescar, à trois lieues de son cher château de Pau.

Les obsèques célébrées depuis quelques jours, Mme de Miossens exprima à Palma-Cayet sa surprise de voir Marianne d'Alespée occuper les lieux comme si le château fût devenu son domaine.

– Nous n'aurons plus longtemps à supporter cette mégère, lui répondit Palma-Cayet. Je vais la faire reconduire par notre capitaine de la garde, Ramón de Saballos, dans sa retraite de Lagrange-Maurepas, d'où elle n'aurait jamais dû sortir.

Ils parlèrent du petit prince. Mme de Miossens manifesta son inquiétude quant au sort qu'on lui réservait. Ses parents n'allaient-ils pas décider de le faire conduire à la cour de France ou dans quelque autre de leurs domaines au nord de la Loire, où le climat est plus rude ?

– J'ignore, dit Palma-Cayet, ce qui sera décidé et je partage votre inquiétude. Il faut, hélas, en ajouter une autre : le roi Ferdinand nous a volé la moitié de notre royaume ; le roi de France lorgne sur l'autre moitié. Jamais l'existence de la Navarre n'a été aussi précaire.

Il reprit, en reconduisant Mme de Miossens à la porte de son cabinet :

– Quoi qu'il en soit, madame, continuez à prendre soin de notre Henri. C'est un bel enfant. Si Dieu le permet, ce sera un grand roi.

Les inquiétudes de Palma-Cayet concernant la survie du petit royaume n'étaient que trop justifiées.

Devenue reine de Navarre après la mort du roi, Jeanne pria le roi de France de la laisser retourner avec son époux dans son royaume. Sa Majesté fit la sourde oreille, puis tergiversa pour finir par leur avouer son dessein de rattacher la Navarre à la France.

Cette décision, ni la reine ni Antoine ne pouvaient l'accepter, la Navarre étant un État allié à la France mais indépendant. Ils partirent avec une idée en tête : convoquer les États et les corps constitués, les tenir au courant de la menace qui pesait sur le pays et obtenir leur opposition au projet du roi de France. L'unanimité se fit autour de ce refus.

– Sa Majesté devra s'incliner devant cette volonté commune, dit Jeanne alors qu'ils reprenaient le chemin de Paris. Elle comprendra que, si elle décidait de maintenir ses prétentions, nous pourrions demander aide et protection à l'Espagne. Cela entraînerait des complications diplomatiques et militaires. Elle a assez à faire avec la guerre qui sévit aux frontières de son pays.

Jeanne raccompagna son époux jusqu'à Agen et décida, dans l'attente de son retour de l'armée, de partager son temps entre Pau et Nérac, où elle se reposait de ses soucis. Elle avait demandé qu'on lui amenât son fils, complimenta Mme de Miossens sur les soins qu'elle lui prodiguait.

– Je tiens à l'avoir près de moi tout le temps que je resterai au pays, dit-elle. Je suis sa mère et je me conduirai envers lui comme toute mère se doit de le faire. J'ai de bonnes raisons de veiller sur lui.

Une fatalité semblait peser sur sa progéniture. Alors qu'elle se trouvait à Gaillon, en Normandie, chez son beau-frère Charles, cardinal-archevêque de Rouen, elle avait accouché d'un troisième enfant, un garçon baptisé Louis-Charles. Ce petit Bourbon eut une existence brève, comme son premier, qui était mort étouffé sous sa couette. Un gentilhomme et la nourrice jouaient à se lancer le nourrisson par la fenêtre, comme une balle, lorsqu'ils le laissèrent échapper. Les reins brisés, il mourut quelques heures plus tard.

Alors qu'elle se reposait à Nérac, Jeanne accoucha d'une fille qu'on prénomma Madeleine ; elle était si chétive qu'elle mourut une semaine plus tard.

Retour pour une quinzaine des champs de bataille du Nord, Antoine séjourna en Béarn. Un mois plus tard, Jeanne constata qu'elle était de nouveau enceinte, et pour la cinquième fois. Elle veilla à ne pas abuser des chevauchées, suivit les conseils de Chiron qui lui prescrivait un repos total durant les deux derniers mois. Elle accoucha d'une fille à laquelle on donna le prénom de la reine : Catherine.

Il me tarde de voir votre petit fruit, lui écrivit Antoine, qui avait suivi la cour à Fontainebleau où il se donnait du bon temps avec la maréchale dont le mari était en campagne. Le « petit fruit » n'avait pas belle apparence : chétive, boudant le sein, souvent fiévreuse, Catherine ne profitait guère. Jeanne se souvenait avec un sentiment d'angoisse de l'inscription figurant au fronton du portail de Coarraze : *Loque a de ser no puedo faltar*. (« Ce qui doit être ne peut manquer d'advenir. ») Elle se dit qu'un mauvais destin s'était attaché à sa descendance et que l'Éternel devait y être pour quelque chose.

Catherine traversa non sans mal les aléas de la prime enfance. Veillée constamment par sa mère, elle survécut comme la rescapée d'un naufrage.

Les messages d'Antoine se succédaient au petit bonheur la chance, soit par négligence, soit que la guerre s'opposât à une correspondance régulière.

Jeanne lisait et relisait ses billets, assise sous la galerie de Nérac ou, par beau temps, dans le jardin de Pau et les allées de la garenne. Il lui écrivait : *J'ai dormi aux avant-postes, face à l'ennemi, aux sons de leurs tambourins ou des nôtres car il n'y a que la rivière entre nous. Je vous remercie de souhaiter que je fusse mieux logé mais je ne saurais me plaindre puisque j'ai fait ce que je voulais faire.* Un autre billet disait : *J'ai reçu la chemise que vous m'avez envoyée. Je vous la rapporterai toute blanche car un homme qui couche tout nu par ce froid ne prend pas grand plaisir, le matin, en se dépouillant.*

Lorsque Jeanne lui exprima ses inquiétudes quant à sa sécurité, il répondit : *Je vous prie, ma mie, de ne point vous mettre en peine de moi car je sais comment me gouverner et j'espère vous rapporter bientôt ma peau tout entière.*

En lisant ces tendres missives, Jeanne ne pouvait s'empêcher de s'interroger sur leur sincérité. Qui, se demandait-elle à ses heures noires, partageait ses faveurs, de la « Belle Rouet », de la maréchale de Saint-André ou de quelque autre fleur vénéneuse cueillie au hasard des chemins ? Antoine avait eu un enfant de la première et se pavanait aux armées avec l'autre. De ses séjours dans l'entourage de la reine Catherine, Jeanne avait ramené cette certitude : un homme comme son époux, séduisant, auréolé d'une gloire guerrière, ne pouvait éviter de sombrer dans ce cloaque qu'était la cour de France. Antoine ne sombrait pas : son amour pour Jeanne l'aidait à surnager.

Un matin qu'elle longeait le bord de la Baïse en compagnie de ses deux enfants, elle vit un cavalier surgir au galop. Il sauta de cheval à quelques pas d'elle, s'avança. Elle faillit lui demander qui il était et ce qui l'amenait quand elle poussa un cri :

– Antoine ! Vous...

Antoine la pressa contre lui, longuement. Il sentait la sueur, le cuir chaud. Sous le chapeau rond dont le bord lui tombait aux sourcils, son visage transpirait sous la poussière. Comment aurait-elle pu le reconnaître ?

– Pourquoi n'avoir pas annoncé votre venue ? dit-elle.

– Tout s'est décidé très vite. Je serais arrivé avant le messager.

Blessé à l'épaule par une décharge d'arquebuse, il avait obtenu un congé du connétable, s'était hâté de prendre la route et avait brûlé les étapes.

– Cette blessure, dit-elle, vous n'en souffrez pas trop ? Montrez-la-moi.

Il éclata de rire.

– Vous aurez tout le temps de l'examiner, ce soir, au lit. Ce qu'il me faut, en attendant, c'est un bain. L'eau de la Baïse fera très bien l'affaire.

Il embrassa les enfants, s'amusa de leur effarement, leur ordonna, ainsi qu'aux dames, de s'éloigner et de ne pas se retourner. Il se dépouilla de ses vêtements, ne garda que son caleçon, gris et gras d'un suint de cavalier, avant de plonger dans la rivière.

– Vous êtes fou ! s'écria Jeanne. Vous allez attraper la mort. Cette eau est glacée !

– Moins que celle de la Somme ! lui jeta-t-il.

Elle l'aida à s'éponger et à se rhabiller. Il s'allongea dans l'herbe, au soleil, fit signe qu'on lui ramenât les enfants avec lesquels il joua, les mignotant et les faisant rouler dans l'herbe en caressant leur bedon.

– Mes enfants... Mes chers petits... Vous m'avez beaucoup manqué, de même que votre mère. Comment ai-je pu vivre si longtemps loin de vous ?

Il semblait soudain malade de bonheur, au bord des larmes.

– Votre blessure, dit Jeanne. Elle n'est pas belle à voir. Vous avez dû perdre beaucoup de sang.

– Beaucoup, ma mie, mais j'en ai de reste. Maudit Espagnol !

Il raconta qu'il effectuait une sortie avec une compagnie d'argoulets de Gaspard de Coligny, quand il avait reçu ce coup d'arquebuse. Lorsqu'on l'avait ramené en ville, il passait pour mort.

– Vous serez un jour victime de votre imprudence, dit-elle d'un air sombre.

– Je ne suis pas imprudent, ma mie, un peu téméraire, je le reconnais, mais en l'occurrence le coup était imprévisible. Je suis parti à temps de Saint-Quentin dont les Espagnols faisaient le siège. Cette ville ne tiendra pas longtemps, si elle n'a déjà capitulé. Montmorency est un incapable et Coligny manque d'esprit de décision.

Ils avaient affaire à forte partie. Le suppléant du duc d'Albe, Maximilien-Philibert de Savoie, qu'on appelait « Tête de fer », était un soldat hors de pair et avait sous ses ordres soixante mille bandouliers d'Espagne auxquels il ne fallait pas en conter.

– Cette blessure, dit-il, est la bienvenue. J'avais tant envie de vous revoir.

Il se retourna vers Henri, lui demanda son âge.

– J'ai passé les quatre ans, père.

– Quatre ans et déjà l'allure d'un petit homme ! Je voulais vous offrir un cadeau mais je n'ai pas eu le temps de m'arrêter en cours de route. Tenez, mon fils, prenez cette dague. Elle me vient de mon frère, le prince Louis de Condé. Je sais que vous en ferez plus tard bon usage.

Il ajouta, en clignant de l'œil :

– Cette arme a égorgé trois Espagnols sous les murs de Saint-Quentin. Tâchez de vous en souvenir.

– Ce n'est pas un présent à faire à un enfant, dit Jeanne. Ne lui donnez pas le goût de la guerre et du meurtre. Cela, je le crains, ne lui viendra que trop tôt.

– Vous avez raison, ma mie, soupira Antoine. Mon fils, gardez cette dague mais ne vous en servez que pour trancher votre viande ou vous tailler des jouets.

Il entoura de son bras valide les épaules de Jeanne.

– J'ai pris en chemin une grave décision, dit-il : nous allons amener votre petit Henri à la cour de France. Il est temps de le présenter au roi et à la reine. Leurs Majestés semblent avoir mis sous le boisseau leur projet d'annexion de votre royaume, car elles redoutent une invasion des forces du roi Philippe par le sud. Nous leur servons de bouclier...

– Quand devrons-nous partir ?

– Dès que possible. Je ne puis, quant à moi, rester que le temps de me refaire une santé : une semaine tout au plus. Je vous tiendrai informée et reviendrai vous chercher dès que possible.

Il attacha la dague à la ceinture de son fils, demanda que l'on prît soin de la petite escorte qu'il avait avec lui et prit Henri en croupe pour le ramener au château.

Il se plaisait à Nérac plus qu'à Pau, cette sombre et hautaine citadelle, ou dans quelque autre de leurs domaines de France. Ce quadrilatère de logis, qui émergeait à peine des toitures du village, sans subir la présence écrasante d'un donjon, de châtelets, de fossés et de pont-levis, se refermait sur lui comme un cocon. Il s'y sentait en sécurité plus que nulle part ailleurs. L'air qu'il y respirait, lorsqu'il bavardait sous l'élégante galerie de la façade occidentale avec Jeanne ou quelques-uns de ses proches, avait le goût de la paix. Les campagnes du pays d'Albret qui s'étendaient alentour pourvoyaient abondamment à la subsistance des châtelains et de leur suite. Des campagnes généreuses habitées par des paysannes qui ne l'étaient pas moins.

– Ah, Nérac, murmura-t-il. C'est ici que j'aimerais finir mes jours, loin du tumulte des batailles, de l'odeur de la poudre et du sang. Comme votre père, ma mie, ce sage, ce « gentilhomme champêtre »...

À défaut d'être explicite, la dernière lettre d'Antoine était empreinte de tendresse et d'esprit. Jeanne l'emporta pour la lire sous la galerie du château de Nérac baignée par un doux soleil hivernal qui donnait aux eaux de la Baïse une couleur de jade.

Ma mie, écrivait-il, *j'espère, si vous êtes gaillarde, que vous m'écrirez. Nous faisons bonne chère du matin au soir, à cheval, avec tous les plaisirs de la chasse et de la volerie qui se peuvent souhaiter. Mais cela me contente moins que le plaisir que j'aurais à être couché chaudement auprès de vous. Ce sera, s'il plaît à Dieu, samedi...*

Elle lui avait annoncé que leur fils était alité à la suite d'une poussée de fièvre comme il en avait fréquemment ; il avait répondu en exprimant son désarroi, assurant son épouse que, s'il arrivait malheur à leur fils, il serait à la fois pour elle *père, mère, frère et le plus doux, le plus attentionné mari qui soit au monde.*

Sa santé robuste avait sauvé le prince. Il avait très vite retrouvé ses jeux et ses promenades dans les allées de la Garenne.

Jeanne avait été bouleversée par une autre lettre de son mari. Au cours de la semaine qu'il avait passée en sa compagnie à Nérac, une de leurs querelles avait failli s'envenimer. Elle s'était refusée à lui un soir où l'inconduite d'Antoine lui revenait en mémoire. Comme il se déclarait surpris et ulcéré de ce comportement, elle lui avait dit les raisons de sa réserve et lui avait jeté au visage le nom de ses maîtresses. Il avait éclaté de rire puis avait tenté de se justifier : cette liberté qu'il s'accordait ne portait nullement préjudice à l'amour sincère qu'il lui vouait ; elle était la seule femme qu'il eût vraiment aimée. Jeanne fit mine d'en douter. De tout le restant de son séjour, il ne lui adressa que rarement la parole et reprit la route la mort dans l'âme, se promettant de revenir à la moindre occasion.

Sa dernière lettre disait encore :

Ma mie, les postes que je courus hier m'ont moins fâché que la nuit que j'ai passée seul au lit. Je sais maintenant que je ne puis vivre sans vous comme le corps ne peut vivre sans l'esprit. Désormais, quand j'effectuerai un long voyage, je souhaite vous avoir près de moi, car seul je m'ennuie. Toutes les dames de la cour me semblent laides et fâcheuses. Je ne sais si c'est le doux vent qui vient de Navarre qui en est cause ou si c'est ma vue qui a tant changé qu'elle ne peut plus se tromper comme elle le faisait, mais vous l'apprendrez par ceux qui tenaient à devoir de vous avertir quand je faisais mal qu'à cette heure c'est le bien que je fais.

Jeanne demeura longtemps perplexe, le billet sur les genoux, les yeux clos dans le soleil, la tête bourdonnante de cette chanson de mots. Antoine aurait-il réellement renoncé à ses maîtresses et à ses amourettes de hasard ? Il lui annonçait sa venue pour un samedi ; mais lequel ?

Ce retour en France dont il avait parlé, elle le redoutait.

Sa place était ici, dans son petit royaume, à l'abri des tumultes de la guerre, des rumeurs de la cour, au milieu de gens qu'elle connaissait bien et qu'elle aimait, gentilshommes ou paysans, de ces dames qui n'avaient pas de secret pour elle. Quant à son fils, quel bienfait pourrait-il retirer de ce voyage dans une cour étrangère livrée à tous les vices de Babylone ? Henri était heureux à Pau, à Nérac, à Coarraze où il allait de temps à autre retrouver sa gouvernante, Mme de Miossens, et ses compagnons de jeux, des fils de paysans, de petits bergers. Jeanne le préparait à son métier de roi en vertu des principes que son père lui avait inculqués dans sa jeunesse : faire prendre conscience au prince de ses futurs devoirs de souverain en restant proche de son peuple, ne jamais quitter de l'œil les sommets des Pyrénées derrière lesquels une partie du royaume restait à reconquérir.

Jeanne commençait à perdre espoir de voir reparaître Antoine lorsqu'un matin, aux premiers jours de l'été, une dizaine de cavaliers en armes, aux capes poussiéreuses, firent irruption. Certains, qui paraissaient blessés, avaient du mal à descendre de cheval.

Antoine monta jusqu'à la galerie et mit chapeau bas en s'écriant avec un large sourire :

– Saluez, madame, les vainqueurs de la bataille de Montgaillard !

Elle plaqua les mains sur son visage, gémit :

– Mon Dieu, vous êtes blessé ! Encore !

Il la pressa contre sa poitrine.

– Rassurez-vous, ma mie, lui glissa-t-il à l'oreille, je suis sain et sauf malgré les apparences. Ce sang sur ma casaque est celui d'un des mes hommes qui, lui, était blessé et que j'ai aidé à se relever.

Sa petite escorte avait eu à en découdre avec un parti de brigands qui campait dans la forêt de Montgaillard. On en avait occis une dizaine, mais on avait des blessés et un mort. Antoine aurait dû arriver la veille – un samedi –, mais cette affaire l'avait retardé.

Il lui reprocha de n'avoir pas donné de ses nouvelles depuis plusieurs semaines; ses dernières lettres étaient acides comme si elle avait trempé sa plume dans du vinaigre. Elle lui retourna le compliment.

– Vos lettres à vous étaient fort aimables mais où en sont vos promesses ? Vous m'avez fait attendre fort longtemps un certain samedi dont vous me parliez dans votre dernière lettre.

– L'homme propose et Dieu dispose..., bredouilla-t-il, la mine basse. De vos retraites de Nérac ou de Pau, que savez-vous des affaires de France ? Croyez-moi : l'attente de mon retour m'a été aussi pénible qu'à vous.

Il ajouta avec rudesse :

– Cette conversation peut attendre. Faites en sorte que l'on prenne soin de mes gens et que l'on soigne les blessés. Quant à moi, je rêve depuis Agen que l'on me sert une belle tranche de fromage de vos montagnes. Trouvez de quoi satisfaire mon appétit et celui de mes hommes et tâchez de me faire porter une bouteille de jurançon.

Cet homme était étonnant : une image constante de la joie de vivre. Il menait sa vie comme une cavalcade. Arrivait-il dans une sinistre citadelle des landes de Gascogne ou du pays d'Albret, elle prenait aussitôt une allure de palais. Débouchait-il dans un silence de crypte, les murs se renvoyaient comme des balles les échos de sa gaieté, ses bons mots, ses rires. Surgissait-il dans l'ombre d'une cave, tout s'illuminait autour de lui.

Bouleversée, elle le regarda dévorer son fromage, se couper d'énormes tranches de pain, mâcher ces aliments avec l'expression d'une joie gourmande, avaler de larges rasades de vin avec un râle de plaisir dans la gorge. Il paraissait souhaiter que tout le monde autour de lui partageât son bonheur. Catherine sur ses genoux, Henri à sa droite, il les conviait à partager son repas, s'esclaffait quand la princesse faisait la grimace en goûtant le vin, passait en riant sa rude poigne de soldat dans les cheveux bouclés de son fils en l'appelant son « petit roi des montagnes ». Il avait la vulgarité des paysans et la superbe des guerriers ; il avait dû laisser à Paris, songeait Jeanne, ses costumes, ses bijoux et ses afféteries de courtisan. Elle devait convenir qu'il était difficile de résister à un tel homme, un prince du sang qui avait du sang de prince. S'il tentait de la prendre ce soir elle ne se refuserait pas à lui comme elle l'avait fait lors de son dernier voyage. Elle sentait son corps envahi par une onde de passion.

II

LES HOMMES NOIRS DE GENÈVE

1557-1558

Riposter ? C'était une obligation. Comment faire autrement quand l'honneur est bafoué, qu'on est agressé odieusement et surtout en étant certain de la victoire ?

En fait, Henri n'était certain de rien. À tout prendre, ses chances étaient minimes, l'ennemi ayant pour lui la supériorité numérique, un armement perfectionné et un chef plein d'autorité et de prestance. En revanche, on occupait une position incontournable : une plate-forme faite d'un amalgame de galets, de terre, de branches mortes avec une issue pour une retraite précipitée. Parviendrait-on à résister longtemps à la vague furieuse qui grondait à quelques pas en brandissant ses armes ?

Melchior se dressa sur le rempart de la citadelle assiégée au risque de rouler jusqu'au gave gonflé par les dernières pluies d'automne et les premières neiges. Melchior de Lagos était le chef incontesté ; personne ne se fût hasardé à critiquer ses décisions et à trahir sa confiance. Il lança en langue du pays :

– *Diou biban !* Si vous ne décampez pas, nous allons faire donner le canon !

Comme l'ennemi demeurait immobile et ricanant, Melchior ordonna à Henri de poser la mèche sur le cul de la pièce.

– Baoum ! fit Henri. Couchez-vous. Vous êtes morts !

Le chef ennemi ne parut guère convaincu de cette riposte tonitruante et de cet ordre comminatoire. Il éclata de rire, montrant une denture veuve de quelques incisives et commanda l'assaut général. Une vingtaine de jambes nues brassèrent l'eau du gave dans un tonnerre de hurlements sauvages.

– Guillem ! Laurus ! Picheri ! s'écria Melchior. Tous aux créneaux ! Henri, au canon, et vise juste !

– Baoum ! Baoum ! fit Henri.

– À présent, lui cria Melchior, fiche le camp si tu ne veux pas tomber aux mains des Espagnols.

Cambré dans sa dignité, Henri refusa de quitter la place alors que la bataille commençait à devenir intéressante. Montrer son derrière aux gueux d'Igon et de Nay lui paraissait insupportable. Plutôt mourir ! Au moins ne pas abandonner la position à ces sauvages. Il lâcha encore quelques bordées de canon mais sa voix se perdit dans le tumulte déclenché par l'assaut. L'ennemi était là. On l'accueillit à coups de galets qui rebondissaient contre les boucliers d'écorce et les paniers de vendangeurs.

– Vas-tu ficher le camp ! s'écria Melchior. Tu vas te faire massacrer.

Laurus et Picheri avaient déjà décampé, les traîtres ! Restaient Guillem et Melchior, qui entraînaient Henri dans leur retraite en direction du talus d'où le capitan Esteban contemplait l'engagement en taillant avec sa navaja dans un gros oignon violet, aussi tranquille que s'il surveillait le bouchon de sa ligne. En dépit des injonctions de Melchior, Henri résistait encore sur la crête du rempart mais il succomba sous le nombre. L'ennemi lui arracha sa chemise et la médaille de la Vierge du Pont, lacéra ses chausses avant de le laisser se retirer sous les lazzi.

– Suffit ! s'écria Esteban en essuyant son couteau sur sa cuisse. Mon gars, te voilà dans un bel état. J'interviendrai en ta faveur, mais tu n'y coupes pas du fouet. L'essentiel, c'est que tu te sois bien battu. Tu mérites un sabre d'honneur.

Il rattrapa au vol deux soldats ennemis, les contraignit à restituer la médaille, les lambeaux de la chemise du vaincu, et leur botta les fesses en les renvoyant.

– Racaille ! *Bandidos ! Dalteadores !* Foutez le camp ! Vous n'avez pas à pavoiser : vous étiez deux fois plus nombreux que ceux de Coarraze. Toi, gamin, je te ramène au château.

Lorsqu'elle vit surgir son protégé, Mme de Miossens poussa un gémissement, invoqua la Vierge, le Seigneur et quelques saints du Béarn. Mme de Bourbon-Busset faillit s'évanouir tandis que le ballet des servantes tournicotait autour de la victime pantelante, cherchant de l'eau, des pansements et des vêtements propres.

– Apportez-moi le fouet ! s'écria Mme de Miossens. Vous, garnement, baissez ce qui reste de vos chausses.

Esteban tenta de disculper le fier soldat : Henri avait été agressé par des gueux des alentours ; il n'avait fait que se défendre.

– Je connais la chanson ! s'écria la gouvernante. Vous les avez laissés se battre, grand pendard ! Cela vous plaisait de les voir s'étriper !

Elle arracha le fouet des mains de la servante, força le prince à se plier sur la table. Elle appliqua les premiers cinglons avec une telle vigueur que Mme de Bourbon-Busset tenta de s'interposer.

– Plus doucement, madame ! Vous allez l'écorcher vif...

– Si ce spectacle vous indispose, répliqua la comtesse, allez voir à la cuisine si j'y suis. Je ne fais qu'appliquer la consigne et sachez que je n'y prends aucun plaisir.

Au dixième coup de lanière le prince poussa un premier gémissement et demanda grâce. La bourrelle n'attendait que ce signe de faiblesse et de contrition pour mettre un terme à la correction et livrer la victime à la servante, qui venait de poser sur la table le pot de pommade.

– Esteban, dit la comtesse, j'ai deux mots à vous dire...

Le capitan Esteban logeait comme un vieux hibou dans la salle de garde du donjon, couchant sur une paillasse de feuilles mortes, enveloppé d'une couverture rapportée de ses campagnes d'Italie, se nourrissant de mets dont un chrétien n'aurait pas voulu. Il commandait à un corps de trois paysans déguisés en soldats, censés veiller à la sécurité du château mais qu'il arrivait rarement à réunir.

Pour assurer la défense de la place, le roi Henri avait extrait comme d'un placard à vieilleries cet ancien fantassin de sa garde personnelle : un rescapé, comme lui, de la légendaire bataille de Pavie. Originaire de la ville de Jaca, en Navarre espagnole, il avait débuté dans la carrière des armes en se battant au côté du roi Jean contre les bandes de brigands qui écumaient la montagne, avant de suivre en Italie l'armée du roi François. Il avait gardé de cette campagne désastreuse un estramaçon long de quatre pieds, ébréché par les cuirasses impériales, qui ne le quittait pas ; lorsqu'il le traînait sur les chemins pavés de galets, il laissait derrière lui un sillon d'étincelles, car il le portait sans gaine, ballant contre sa cuisse.

Neuf ans auparavant, le capitan Esteban avait accompagné son maître en Île-de-France pour assister, comme la plupart des gentilshommes du royaume, au duel de Jarnac qui se déroula sur les terrasses de Saint-Germain. Amer souvenir... Pour avoir parié sur le sire de La Châtaigneraie plutôt que sur Guy Chabot, seigneur de Jarnac en Saintonge, comme la majorité des spectateurs, il avait perdu une forte somme.

Lorsqu'il racontait à Henri ce combat fameux, son œil pétillait.

– Je ne regrette pas trop mes picaillons, disait-il.

Jamais de toute mon existence, et même à Pavie, je n'ai connu une telle émotion.

La finesse de Chabot opposée à la puissance de La Châtaigneraie, l'intelligence contre la force brute... Il avait vu le favori, un tendon tranché net par un coup d'estoc, incapable de se tenir droit et pissant le sang avant de s'effondrer sous un tonnerre de vivats et de jurons.

– Je regrette d'autant moins ma journée, ajoutait Esteban, que j'ai pu reconstituer mon pécule peu après. Je n'ai fait que suivre une bande de gredins qui mit au pillage les tentes des gentilshommes. J'ai ainsi hérité d'un beau vase d'argent que j'ai revendu le jour même à un amateur de curiosités.

Cette histoire, Henri la connaissait par cœur, Esteban la lui ayant raconté dix fois, mais il y prenait toujours autant de plaisir.

– Le coup de Jarnac dont toute la France a parlé, personne, mon petit prince, n'aurait pu le prévoir. J'en ai encore des sueurs froides.

À quelques jours du châtiment, alors que les fesses de la petite victime commençaient à retrouver leur aspect initial, Mme de Miossens attira Henri entre ses genoux et lui dit :

– Il faudra apprendre à vous peigner vous-même, monseigneur. Vous ressemblez à un hérisson ou à une bogue de châtaigne. Avez-vous encore des poux ?

– Fort peu, madame.

– Alors il faudra vous passer la tête au vinaigre. Les poux sont un signe de bonne santé mais point trop n'en faut, car ils vous sucent le sang. Dans trois jours, il faudra que vous soyez beau comme un soleil et propre comme un linge neuf.

– Dans trois jours, madame ?

– Votre mère doit venir vous chercher pour vous conduire à Paris. Vous devrez lui faire honneur. Vous serez présenté au roi Henri et à la reine Catherine qui souhaitent vous rencontrer.

– Je n'en ai cure, madame. C'est ici, près de vous, que je veux rester.

– Il ne saurait être question de refuser. Vous ferez ce que l'on vous dira de faire. D'ici là il vous est interdit d'aller traîner au bord du gave, de pêcher à la ligne, de vous battre avec ce Melchior et quelques autres garnements de sa bande.

– Melchior... Est-ce qu'il me suivra à Paris ?

– Quelle idée ! Ce fils de paysan qui sent la bouse... Jamais de la vie !

– Alors je n'irai pas à Paris.

– Vous irez, monseigneur, que cela vous plaise ou non. Et si vous regimbez vous aurez le fouet.

La reine Jeanne arriva à Coarraze dans une bordée de neige, par une soirée sombre comme un cul de four. Le crépuscule teintait d'un rose virginal les cimes du Gabizos, du Monbula, des Isars, couvertes de neige.

À peine avait-elle mis pied à terre, elle demanda à embrasser son fils. Sous la lourde pelisse d'ours, on ne voyait d'elle qu'un visage mince, rose de froid, un peu anguleux sous ses bandeaux. Henri se laissa embrasser, respira l'odeur de violette du col plat et se renfrogna.

– Vous ne semblez guère content de me voir, mon fils, dit-elle. Ma venue contrarierait-elle vos projets ?

– Monseigneur s'est mis en tête, expliqua Mme de Miossens, de se faire accompagner à Paris par un des galopins qui partagent ses jeux. Vous aurez du mal à lui faire abandonner ce projet.

– Nous y reviendrons, dit la reine. Voyons d'abord si mon fils est en bonne santé.

Tandis que l'on déchargeait son bagage, elle entraîna Henri dans la cuisine, le fit se déshabiller devant le grand feu de souches et l'inspecta des pieds à la tête.

– Eh bien, mon garçon, dit-elle, l'air de Coarraze semble vous réussir. Mais quelles sont ces marques sur vos fesses ?

– Celles du fouet, Majesté, dit Mme de Miossens. Notre Henri est une bonne nature mais capricieux et obstiné. Je dois parfois recourir à ce châtiment.

– Ce petit brigand, murmura la reine.

Mme de Miossens fit dresser le grand couvert en l'honneur de la reine, de sa suite commandée par Ramón de Saballos et de quelques gentilshommes des environs. Avant l'heure du coucher, alors que la tempête de neige redoublait de violence sous un ciel de marbre, la reine prit son fils sur ses genoux et lui dit :

– Ainsi, vous mettez des conditions à votre voyage en France. Qui donc est ce Melchior auquel vous semblez tant attaché ?

Il lui répondit en béarnais que c'était son plus fidèle compagnon de jeux et qu'il souffrirait de s'en séparer. La reine soupira.

– Vous devrez apprendre à vous exprimer dans un français correct. Le roi de France ignore notre langue. Dites-moi qui est ce Melchior. Quel est son nom de famille ?

– Melchior de Lagos, mère.

– Petite noblesse champêtre, murmura Mme de Miossens. Ses parents possèdent quelques arpents de vigne et nous sommes leurs clients. Ce garnement est plus souvent au château que dans sa famille. Ce n'est pas un mauvais sujet, mais l'écorce n'a pas belle apparence.

– Qu'importe si le cœur est bon, dit la reine. Ce garçon, vous me l'amènerez demain.

Melchior avait deux ans de plus que le prince mais semblait beaucoup plus âgé. Jeanne l'examina sous toutes les coutures et ne trouva trace d'aucune malformation ni d'aucune maladie. Elle l'interrogea en français ; il répondit dans cette langue, fort bien et même avec de la repartie. Quand elle lui demanda s'il lui plairait d'accompagner le prince à Paris, le visage du garçon s'illumina.

L'écorce était moins déplaisante que Mme de

Miossens ne l'avait laissé supposer. Melchior n'était pas un Apollon : visage ingrat, lèvres minces, cheveux raides, mais son visage respirait la franchise.

– Tu vas donc te préparer à nous suivre. Tu auras une tenue d'écuyer, une épée et une bourse. Lorsque nous aurons franchi la frontière, tu devras oublier la langue de ton pays.

Le château du Louvre émergeait au-dessus de la Seine comme une montagne de lave noirâtre plaquée contre un ciel de suie. Quelques lumières clignotaient aux baies des hautes courtines sombres dominant le fossé d'où montaient des odeurs pestilentielles ; une sorte de jardin désolé courait le long du fleuve. Sur la berge s'alignaient des barques chargées de foin qui semblaient faire le gros dos sous la pluie aigre d'avant la nuit.

Le cortège emprunta, au niveau de la tour de Nesle, le bac qui le déposa au débarcadère de la tour du Coin, face au Louvre et à la rue d'Autriche qui s'insérait entre le château et le vaste hôtel Bourbon.

La demeure du frère d'Antoine de Bourbon, prince de Condé, était sinistre mais animée. On y voyait débarquer à toute heure du jour et de la nuit des gentilshommes venus de leur lointaine province et des hommes vêtus de noir, au col plat, qui parlaient à voix basse avec l'accent de Genève ou de Strasbourg.

Lorsque le messager du roi vint annoncer le jour et l'heure de l'audience, la reine de Navarre fit ses ultimes recommandations à son fils : observer une attitude discrète, ne répondre qu'à bon escient et en français, ne pas gratter ses poux.

Il n'y avait que peu de distance pour se rendre au Louvre, mais on emprunta le coche des Condé par convenance et parce qu'il pleuvait. On franchit la grande porte de l'hôtel Bourbon qui précédait le pont-levis jeté sur le fossé plein d'une eau croupissante, puis la porte du château qui s'ouvrait entre deux tours massives datant du roi Philippe Auguste. On se fit connaître aux guichets puis à la barrière avant de s'engouffrer, dans le grondement de tonnerre des roues ferrées sur le pavé, sous une voûte mal éclairée par des torchères de résine, de part et d'autre de laquelle s'ouvraient, profondes comme des cavernes, les salles de garde.

Le coche s'arrêta à proximité du vieux puits autour duquel, debout ou assis sur la margelle, conversaient avec animation des groupes de gentilshommes dont les costumes bigarrés contrastaient avec le gris froid des murailles, plus sinistres que celles de Pau, de Nérac ou de Coarraze.

Il fallut longer des galeries, des couloirs plongés dans la pénombre, monter de larges escaliers de pierre qui, à chaque palier, donnaient vue sur la Seine ou l'hôtel Bourbon, traverser des pièces hautes de plafond, glaciales, où évoluaient des groupes de courtisans emmitouflés dans leurs pelisses ou leurs manteaux, attendre dans un courant d'air, sous d'immenses tapisseries, que s'ouvrît la porte donnant accès à la salle d'audience.

– Tu te souviens, recommanda Jeanne. Tu répondras au roi en français lorsqu'il s'adressera à toi et tu t'inclineras quand je te ferai signe. As-tu compris ?

– *Obé*. Oui...

Henri frémit en constatant que le roi semblait d'humeur morose. Ce visage renfrogné, ces traits mous soulignés par une barbe brune, ces yeux perdus dans le vague sous la toque de velours ne lui disaient rien qui vaille. Près de Sa Majesté trônait une matrone entièrement vêtue de noir, visage mafflu et yeux saillants sous l'attifet qui poussait une pointe au milieu du front : la reine Catherine de Médicis, la « marchande florentine », comme on l'appelait avec mépris. Assise en contrebas sur une marche du trône, une fillette potelée jouait avec une naine de carnaval et les petits chiens posés sur leurs genoux : Marguerite, la fille des souverains, qu'on appelait familièrement Margot.

– Veuillez approcher, dit le roi d'une voix sinistre. Je suis heureux de vous savoir de nouveau parmi nous. Comment vont vos affaires ?

Question de pure convenance à laquelle Antoine puis Jeanne apportèrent des réponses succinctes et banales, dont le roi parut se désintéresser.

– Et voici le futur roi de Navarre ! dit la reine Catherine.

Jeanne s'avança vers le trône en tenant son fils par la main.

– Ôtez votre bonnet et inclinez-vous, souffla-t-elle.

– Le bel enfant que voilà ! dit le roi. Et quelle mine superbe ! L'air de vos montagnes est décidément meilleur que celui de Paris. Approchez donc, que je vous embrasse.

Comme Henri restait immobile, plus intéressé par le jeu de la princesse et de sa naine que par les deux sinistres effigies qui lui faisaient face, Jeanne lui dit à l'oreille :

– Eh bien, qu'attendez-vous ? Avancez ! Avancez donc !

Le roi embrassa Henri ; la reine fit de même. Le roi ajouta :

– Je suis heureux, monsieur, que vous m'ayez été présenté. Vous me plaisez. Voudriez-vous de moi pour père ?

Le petit prince eut un mouvement de désarroi. Il chercha des yeux son père, sa mère, se découvrit seul, planté au milieu d'un espace qui lui paraissait vaste comme une lande de Gascogne, sous l'œil narquois de la princesse qui avait cessé de jouer avec sa naine pour l'observer. Il se sentit parcouru d'un frisson de panique, prêt à battre en retraite.

– Eh bien ? dit le roi qui commençait à perdre patience. Répondez, monsieur !

Henri se détourna, montra du doigt Antoine et lança :

– *Ed que es lo pay !*

– Plaît-il ? fit le roi.

– Mon fils, bredouilla Jeanne, a pris l'habitude de parler la langue de notre pays. Il veut signifier, sire, que mon époux, Antoine de Bourbon, est son véritable père.

– Voulez-vous répéter, mon enfant ? dit Catherine.

Mis en confiance, Henri répéta sa phrase. Les deux souverains éclatèrent de rire. Une rumeur joyeuse monta de derrière le trône où se massaient quelques serviteurs du roi et des gentilshommes.

– Comme cela est plaisant ! dit le roi. Eh bien, monsieur, si vous ne pouvez être mon fils, voudriez-vous devenir mon gendre en épousant ma fille, Marguerite ?

Henri se tourna vers sa mère, qui hocha la tête.

– *Obé !* dit-il.

– Cela veut dire oui, sire, dit Jeanne.

– *Obé ! Obé !* répéta la reine en se frappant le genou du plat de sa main grasse. Comme c'est divertissant.

– *Obé ! Obé !* s'écria la princesse.

– Eh bien, ajouta le roi en réprimant son hilarité, puisque vous en êtes d'accord, nous vous unirons dès que le moment sera venu avec notre petite Marguerite. Margot, levez-vous et embrassez votre fiancé !

Les deux enfants échangèrent au pied du trône un baiser rapide et gêné. On entendit murmurer derrière le trône et sur les bas-côtés : « Délicieux... Charmant... Les beaux enfants... » La reine attira Margot contre elle pour l'embrasser et lui glisser à l'oreille :

– Alors, ma mignonne, êtes-vous satisfaite de votre fiancé ? Est-ce qu'il vous convient ?

– Non, mère, bougonna la fillette. Il est laid et il pue l'ail et le fromage.

– Que dit-elle ? demanda le roi.

– Qu'elle est ravie du choix que nous avons fait pour elle.

Elle ajouta, à l'intention de Margot :

– Taisez-vous, petite sotte ! Vous ne savez ce que vous dites.

Jeanne et Antoine ne s'attardèrent pas à l'hôtel de Condé. Antoine s'était discrédité auprès de quelques familles du fait d'une manie qu'il ne parvenait pas à réprimer : il repartait rarement d'un souper ou d'une réception sans emporter subrepticement quelque objet de valeur. En rangeant ses vêtements, Jeanne découvrait avec stupeur dans ses poches des cuillères en argent, des petits bronzes italiens, des bijoux... Lorsqu'elle lui en demandait la provenance, il faisait l'étonné. Avait-il besoin d'argent ? Souhaitait-il revendre aux juifs le fruit de ses larcins ? Était-ce un jeu ?

Antoine haussait les épaules, maugréait :

– Je ne puis résister à l'envie qui me prend de posséder un bel objet. Les Grecs appelaient cela la *kleptomania*.

Jeanne faillit répondre que, cette manie, il l'exerçait de même en matière de sentiment.

Informé de ces pratiques, le frère d'Antoine, Louis de Condé, lui en avait fait le reproche à diverses reprises sans parvenir à l'en guérir. Il finit par lui interdire sa maison.

Les deux époux quittèrent Paris dans les premières chaleurs du printemps et s'arrêtèrent à Limoges, dont Jeanne était comtesse. Ils visitèrent les domaines importants que la famille possédait dans les parages. Après l'atmosphère délétère de la cour et de Paris, ils se plongeaient avec ravissement dans le calme des provinces. Ils abordèrent leur territoire avec le sentiment qu'ils n'auraient jamais dû le quitter.

Jeanne jugea qu'il était temps pour son fils d'apprendre à lire et à écrire convenablement, et en français. Un peu de latin l'aiderait dans ses rapports avec les gens d'Église. Elle se souvenait du dédain affirmé par son père de ne pas voir son petit-fils confiné dans l'ombre de son cabinet, au milieu des grimoires. Tout cela, selon lui, était l'affaire de Palma-Cayet et des secrétaires.

C'était aussi l'avis du capitan Esteban. Quand il voyait le prince en train de lire ou d'écrire sous la férule de Mme de Miossens, il se disait que tout cela n'était pas sain pour son protégé. Il lui dit un jour :

– D'ici peu, il faudra que tu me suives à la chasse à l'ours dans la montagne. C'est plus distrayant que l'étude et tu y apprendras davantage. Mais, pour cela, il faudra attendre d'avoir du poil au menton et que tu ne pisses plus par les narines le lait de ta bourrique.

Le vieux soldat faisait allusion à l'ânesse noire que Mme de Miossens avait achetée pour l'usage exclusif du prince, persuadée que ce lait était meilleur que celui des vaches.

Le jour où Henri manifesta son intention de monter à cheval, la gouvernante tergiversa mais finit par céder, à condition qu'il cantonnât ses randonnées entre le château et le village et ne restât pas absent plus d'une couple d'heures. Il fut de même autorisé à chasser l'oiseau sur la berge du gave, en compagnie d'Esteban et de Melchior. Plus tard il obtint d'étendre ses promenades jusqu'à Barbaste, où se dressaient les tours géantes d'un moulin transformé en forteresse.

Jeanne s'effaça pour laisser passer un personnage à la mine sévère, vêtu de gris et de noir, et qui portait une barbe de savant ou de religieux.

– Je vous présente votre précepteur, monsieur de La Gaucherie, dit-elle. Il vous apprendra ce qu'un prince doit savoir. Tâchez de lui obéir en tout et de le respecter.

À défaut d'élégance, M. de La Gaucherie observait dans sa tenue une sobriété qui s'accordait avec la vie d'ascète qu'il menait et prétendait inculquer à son élève. La quarantaine passée, il portait une barbe grisonnante taillée à la Calvin, en fer à cheval, des besicles en sautoir et, de jour et de nuit, été comme hiver, un bonnet de laine grise cachant une calvitie précoce. Une discrète gibbosité due à des lectures prolongées ajoutait dix ans à son âge réel.

Premier exercice imposé à son élève : une page d'écriture. Il ajusta ses besicles, tira du fond de sa gorge un râle précurseur d'orage avant de laisser tomber son jugement.

– Monsieur, c'est proprement illisible. Nous allons avoir de l'ouvrage.

Il fallut au prince beaucoup d'application et au précepteur non moins de patience avant que les leçons d'écriture pussent porter leurs fruits. La première missive qu'Henri parvint à rédiger s'adressait à son père de retour aux armées. Les exercices suivants portaient sur des commentaires écrits des *Vies des hommes illustres*, de Plutarque, à la mémorisation de quelques poèmes de Pierre de Ronsard, dont M. de La Gaucherie appréciait le talent, et de Clément Marot, dont il louait les idées religieuses puisées dans le creuset de Genève.

S'il rechignait à ces exercices, Henri acceptait plus volontiers le régime spartiate que le précepteur imposait à sa vie quotidienne et qui ne faisait que prolonger celui qu'il observait à Coarraze : cinq heures de sommeil sur une paillasse d'une rudesse militaire, une nourriture de cénobite, des exercices physiques au lever et, quelle que soit la saison, une toilette à l'eau froide.

Ces obligations laissaient peu de place aux armes et à l'équitation.

– Cela viendra en son temps, disait le précepteur. Vous trouverez, lorsque vous suivrez vos parents à Paris, de meilleurs maîtres que chez nous.

Henri avait obtenu de sa mère et des parents de Melchior que ce dernier demeurât près de lui et partageât son existence. Ils se retrouvaient dans le petit jour entre les murs du cabinet que la reine avait fait aménager pour la circonstance dans l'aile du château qui dominait les jardins, la chapelle de Notre-Dame-du-Pont et le gave, avec au loin la frise de quelques collines portant les vignobles de Jurançon.

Henri ne retrouvait pas au château de Pau l'impression de liberté qu'il éprouvait à Coarraze, cette latitude poussée aux extrêmes qu'il éprouvait souvent, à ses risques et périls, d'un monde à découvrir et à conquérir. La sombre citadelle ancestrale à laquelle son grand-père, Henri d'Albret, s'était efforcé de donner une apparence de palais sans y parvenir tout à fait ne lui proposait que des itinéraires sans surprise et sans danger. Ce n'étaient, dans ces énormes corps de logis, que sombres couloirs, salles immenses peuplées d'officiers royaux qui regardaient d'un œil morne déambuler la cohorte qui suivait le prince enfant. Il ne retrouvait une vague et fade impression de liberté que dans les combles où ses prospections lui livraient des trésors dérisoires de vieilles armes rouillées, de pétoires hors d'usage, de coffres débordant de paperasses datant de l'époque où Gaston Phébus demeurait au château, et de vieilles frusques dont Henri revêtait par jeu sa compagnie.

Lorsqu'il parvenait à échapper à la surveillance de sa mère ou de sa gouvernante, c'était pour des vadrouilles dans la petite gorge du Hédas, sur les berges du gave qui bornaient le promontoire sur lequel s'érigeaient les hautes murailles de la citadelle ou dans le vaste parc qui prolongeait le château vers l'occident.

Ce parc, il en connaissait toutes les allées, toutes les clairières, tous les arbres : des hêtres plantés jadis par Phébus et qui avaient pris des dimensions gigantesques. Il retrouvait là les émotions de Coarraze, le goût de la chasse qui commençait à le tenailler, l'ivresse des espaces libres et à demi sauvages qui ouvraient sur des vignobles et des champs à perte de vue, les jeux équivoques avec quelques gamines délurées du château.

Jeanne ne se montrait guère affectée par ce manque d'intérêt que son fils témoignait à l'enseignement d'une religion qu'elle-même négligeait de plus en plus. Lorsque le chapelain se plaignait de l'indifférence de son élève, elle répondait :

– Mon fils est baptisé. Il assiste aux offices, respecte le carême, se confesse, communie et dit sa prière chaque soir. Qu'attendez-vous de plus ? Souhaitez-vous en faire un prêtre ou un moine ?

Le bonhomme encaissait la riposte sans broncher mais n'en pensait pas moins. Depuis des lustres, il assistait, impuissant, à un revirement de la reine en matière de religion. Le château, comme presque toutes les villes et villages du petit royaume, s'animait d'une étrange noria d'hommes noirs. Ils lisaient et répandaient la Bible en langue vulgaire, prêchaient de plus en plus ouvertement dans des caves, des greniers, des granges, se voilaient la face devant les images du Christ et des saints, qu'ils appelaient des « idoles ». Jeanne, de même qu'Antoine lorsqu'il était présent, les recevait dans son cabinet ou dans sa chambre, se promenait en leur compagnie dans les jardins. De temps en temps, on entendait monter de ces assemblées mystérieuses des psaumes pathétiques.

On murmurait qu'Antoine s'était converti à la nouvelle religion sur les instances de la reine, qu'il avait assisté, en compagnie de son frère Louis de Condé, des sires de Châtillon, leurs parents, dont l'amiral de Coligny était le chef, aux premières réunions, au Pré-aux-Clercs ou dans les faubourgs, de ceux qu'on appelait luthériens, calvinistes, protestants, huguenots et, d'un terme péjoratif, parpaillots.

Un jour d'été, à Nérac, on vit surgir dans la cour du château une sorte de squelette vêtu de noir, marchant d'une allure sautillante, barbiche au vent, regard de feu, entouré d'une escorte de ministres du nouveau culte, genevois pour la plupart, montés sur des mulets ou des ânes, qui transportaient dans leurs bagages des écrits condamnés par Rome et de petites bibles en français qu'ils distribuaient comme des dragées à la sortie de la messe.

Certains de ne pas risquer la chambre ardente et le bûcher de l'Inquisition qui sévissaient en France, ils se conduisaient en Navarre comme en terre promise.

Ce petit homme sec, autoritaire, Jean Calvin, avait dans sa jeunesse épousé les idées de Luther et, dans la fièvre et la solitude, en grand secret, rédigé un ouvrage, *Institution de la religion chrétienne*, qui en avait fait le chef de la nouvelle école et une sorte de prophète.

Ce n'était pas son premier séjour à Nérac. Vingt ans auparavant, avec la bénédiction du roi Henri, il s'y était réfugié pour se livrer à ses méditations et les consigner dans ses écrits. Marié à Strasbourg avec Idelette de Bure, il avait quitté cette ville pour la nouvelle Jérusalem, Genève, d'où la sévérité de ses prêches et de ses ouvrages l'avait fait expulser. Il y était retourné avec des armes mieux affûtées et s'y était imposé par la vigueur de son verbe et la conviction qui l'animait. Il y avait conquis une telle notoriété qu'il était parvenu à envoyer au bûcher le médecin Michel Servet, dont les opinions ne correspondaient pas aux siennes.

Lorsqu'il débarqua ce jour d'été à Nérac, il n'était plus que l'ombre de lui-même, rongé par la vie d'ascète qu'il menait depuis des années, mais brûlant du même feu. Tous les maux de la terre semblaient s'être acharnés sur lui : paludisme, migraines, maux d'estomac, goutte, maladie de la pierre... Dans son entourage, il ne tolérait ni musique, ni danses, ni chants, à l'exception des psaumes. En quelques semaines, il avait fait de ce palais des fêtes qu'était le château le plus austère des couvents.

Un matin, la reine dit à son fils :

– Il faudra vous préparer pour le prêche que

nous allons célébrer dans la cour. Oubliez les sornettes de notre chapelain. Nous entrons dans une ère nouvelle de la foi, dans une lumière qui vous fera oublier les mystères dont on vous a abreuvé. Dites-vous bien que nous ne nous dressons pas en rebelles contre le roi de France, notre allié, mais contre le pape de Rome.

Abasourdi par ce revirement, Henri apprit que l'on avait substitué le prêche à la messe, qu'on ne parlait plus de prêtres mais de ministres ou de pasteurs, que la virginité de la mère du Christ n'était que billevesées, que l'eucharistie était à prendre comme un symbole, que l'autorité suprême ne résidait pas à Rome mais dans les Écritures, qu'il fallait se garder d'adorer les « idoles » et les saints, et observer rigoureusement la pratique de la Cène.

Lorsqu'il rencontrait Jean Calvin, il avait l'impression de tomber entre les pattes d'une araignée. Le prophète le faisait asseoir près de lui et, dans l'odeur aigre de son haleine de cacochyme, lui communiquait les préceptes du nouveau dogme, sondait ses convictions, éprouvait leur sincérité. Henri ne l'écoutait que d'une oreille, l'esprit ailleurs.

Jean Calvin livra les conclusions de cette enquête à la reine ; elles étaient décevantes.

– Madame, votre fils semble ouvert à notre credo, mais je suis impuissant à déceler chez lui autre chose qu'une bouillie insipide. Il manque de la conviction et de l'élan nécessaires à l'exercice de notre foi. Il n'est pas rebelle à mon enseignement mais étranger. Son compagnon, Melchior de Lagos, semble dans de meilleures dispositions.

Jeanne tenta de modérer la sévérité de ce jugement. Henri était encore bien jeune et imbu des leçons du chapelain.

– Sans doute, madame, poursuivit le prophète, mais il faudra veiller au salut de son âme, lui éviter une rechute dans les erreurs papistes. La Navarre doit rester notre refuge, nos champs Élysées.

Il s'en prit à M. de La Gaucherie : cette grosse bible en latin qui trônait sur sa table de travail l'indisposait.

– J'ai pleine confiance dans le précepteur de mon fils, protesta Jeanne. Henri a fait grâce à lui des progrès surprenants. Il écrit à son père des lettres que je n'aurais pas honte de signer.

– Une chose, madame, est d'écrire correctement et de penser juste. Une autre de suivre les chemins de la vraie foi.

Il avait eu un hoquet de surprise en constatant que le prince portait encore à son cou la médaille de la Vierge du Pont.

III

LA *REGINATA DI SCOZIA*

1558-1560

À Paris on chassait le huguenot comme le cerf dans les forêts de Saint-Germain. Pour faire obstacle à la vague déferlant de Genève, à cette « religion de papier », comme on disait de la nouvelle foi fondée sur les Évangiles, l'Église traquait et livrait à la chambre ardente puis au bras séculier des rebelles pris à lire des livres interdits ou à critiquer le dogme traditionnel. Avec l'assentiment du roi qui ne boudait pas ce plaisir, on dressait en place de Grève et dans le quartier Maubert des bûchers autour desquels on venait se distraire en famille.

L'affaire du Pré-aux-Clercs, à proximité de l'abbaye de Saint-Germain, avait commotionné la capitale.

Les hérétiques se croyaient tout permis ; ils parcouraient les rues par groupes, bras dessus, bras dessous, en compagnie souvent des gentilshommes d'Écosse, en chantant les psaumes de Goudimel dont Clément Marot avait écrit les paroles.

Au Pré-aux-Clercs, cette étendue déserte d'herbe foulée, livrée d'ordinaire aux jeux, aux duels, à la promenade, ils étaient ce jour-là plus de quatre mille à chanter, à prier, à écouter prêcher les ministres. Ébahi d'une telle audace, le roi se garda de sévir pour ne pas susciter des troubles mais interdit ces rassemblements qui lui apparaissaient comme une provocation envers l'Église.

Antoine avait assisté à cette assemblée et en était revenu bouleversé. Il avait mêlé sa voix à celles des choristes qui chantaient à quatre voix leur respect pour le roi et l'espoir que faisait lever en eux la nouvelle foi.

Le faubourg Saint-Jacques était devenu un foyer du protestantisme. On prêchait autour du couvent des Chartreux, on célébrait la Cène ouvertement et en toute impunité, alors qu'après la défaite de Saint-Quentin les Espagnols des armées impériales approchaient de Paris. Les huguenots bravaient le Ciel et le Ciel se vengeait. Des prêtres crièrent au scandale, ameutèrent la population qui transforma le faubourg en terrain de chasse.

Ce soir-là, quelques centaines de fidèles s'étaient réunis pour célébrer la Cène dans les parages de la Sorbonne, à deux pas de la porte Saint-Jacques. Antoine de Bourbon, qui s'était lié d'amitié avec la famille d'un marchand, M. de Graveron, était présent. Il allait se retirer, l'office terminé, quand une rumeur lui fit dresser l'oreille.

La rue des Cordiers était éclairée comme en pleine nuit de torchères et de chandelles posées sur le rebord des fenêtres comme pour une procession. Aux deux extrémités de cette artère, des hommes tendaient des chaînes, et des gens de la milice bourgeoise en armes surveillaient les issues.

Antoine alerta M. de Graveron.

– On est en train de nous enfermer comme dans un piège, dit-il. Allons voir de quoi il retourne.

Ils venaient à peine de franchir le porche de la demeure qu'une grêle de projectiles les fit reculer. Des hurlements déferlaient de toutes parts.

– Diantre ! dit Antoine. C'est encore plus sérieux que je ne l'imaginais. Ces brigands en veulent à notre vie.

Ils remontèrent à l'étage, prévinrent l'assemblée et, du haut d'un balcon, surveillèrent l'émeute qui semblait s'intensifier, se grossir de sa propre fureur. Des groupes armés, la torche d'une main, leur épée ou leur gourdin de l'autre, avaient envahi la cour, se ruaient dans les maisons voisines en poussant des vociférations et des cris de mort, fracassaient les vantaux des boutiques et les portes, pénétraient par grappes dans les demeures des marchands et des artisans, en ressortaient en poussant devant eux, l'épée aux reins, des hommes et des femmes dont ils barbouillaient le visage de boue et d'excréments.

– Monsieur de Graveron, dit Antoine, veuillez donner l'ordre à vos domestiques de fermer toutes les issues et de les bloquer avec des meubles. Nous allons subir un siège. Avez-vous des armes ?

– Qu'en ferais-je ? soupira le marchand.

– Eh bien, dit Antoine, nous allons réunir nos amis. Nous ne sommes qu'une cinquantaine, mais il y a parmi nous quelques bonnes épées.

Les domestiques ne purent s'opposer au déferlement des vandales qui, après avoir dévasté et pillé la boutique, escaladaient l'escalier menant à l'étage où se trouvaient les fidèles. La porte de la salle enfoncée, un moine surgit en brandissant un crucifix.

– Qui est le propriétaire de cette demeure ? demanda-t-il.

– C'est moi, dit M. de Graveron. Que me voulez-vous ?

– Vous abritez une assemblée d'hérétiques. C'est interdit par la justice !

– Aucune justice ne peut nous interdire de penser autrement que vous en matière de religion. Le Seigneur est le seul juge. Veuillez vous retirer. Ma demeure est des plus respectables.

Le moine s'esclaffa et s'écria en se tournant vers les gueux qui se pressaient derrière lui :

– Respectable ! Vous entendez, mes amis ? Cette maison qui abrite des assemblées interdites, des cérémonies secrètes, des messes noires et des orgies est une maison *respectable*. Livrez-nous votre fille, cette putain !

Mlle de Graveron écarta le groupe des gentilshommes qui, l'épée au clair, attendaient l'attaque. Toute jeune encore et veuve, elle se dévouait pour les pauvres et, dans le quartier de la Sorbonne, passait pour une sainte.

– Vous allez me suivre, dit le moine.

– Non ! dit Antoine. Elle n'a aucune raison de vous obéir.

Il mit la pointe de son épée sur la gorge du religieux, qui recula jusqu'à la porte. Alors qu'il croyait l'affaire réglée, une énorme poussée propulsa dans la salle une masse hurlante. Antoine s'apprêtait à la repousser avec le concours des autres gentilshommes qui se battaient avec ardeur quand un coup de poignard à l'épaule suivi d'un choc à la nuque l'étourdirent. Il s'écroula et perdit connaissance. Il ne revint à lui que quelques heures plus tard. Allongé sur un lit, il se demanda de quel cauchemar il venait d'émerger. M. de Graveron était assis à son chevet, le visage défait, humide de larmes dans la lumière d'une chandelle.

– Que s'est-il passé ? demanda Antoine. Je ne me souviens de rien.

Le marchand lui rappela la soirée mouvementée qu'ils venaient de vivre.

– Votre fille, demanda Antoine, qu'en ont-ils fait ?

– Ils l'ont conduite au Châtelet avec le reste de ma famille et la plupart de nos amis. J'ignore ce qu'ils vont devenir, mais je m'attends au pire. Ces gueux n'ont même pas respecté monsieur Martine, le procureur du roi, qui voulait sévir contre ces barbares.

Antoine parvint à se remettre sur pied sans trop de peine, une main sur son épaule blessée, qu'une servante avait pansée. Dans l'aube naissante, la rue présentait un spectacle de désolation : boutiques et demeures éventrées et pillées, mobilier fracassé jeté par les fenêtres, cadavres flairés par les chiens dans la lumière tremblotante des torchères plantées dans les murs.

– Pardonnez-moi, murmura Antoine, de n'avoir rien pu faire pour vous épargner ce désastre. Je me rendrai au Louvre dès aujourd'hui pour demander justice au roi.

– Vous n'en tirerez rien. Cette situation lui échappe. D'ailleurs, il est trop préoccupé par l'avancée des troupes espagnoles. On dit qu'elles pourraient d'ici à quelques jours se trouver sous les murs de Paris.

M. de Graveron ne s'était pas trompé : la porte du roi resta interdite à Antoine. Les conseillers qu'il rencontra se déclaraient impuissants : Sa Majesté se montrait réticente devant les demandes de grâce pour les religionnaires.

Mise à la question par les juges, en présence de la reine Catherine, Mlle de Graveron se défendit avec une telle vigueur et une telle conviction qu'on vit dans cette obstination dans l'erreur l'influence du diable. On la condamna à avoir la langue tranchée et on la fit brûler vive place Maubert, dans les habits de deuil qu'elle avait réclamés.

Antoine s'était enfermé dans l'hôtel Bourbon en compagnie de Louis et de la famille de ce dernier. Il refusait de mettre le nez dehors, moins par crainte d'être reconnu et agressé que parce qu'il redoutait de se trouver de nouveau confronté à des excès auxquels il se serait cru tenu de s'opposer.

Il recevait jour après jour, presque heure par heure, des nouvelles de la situation. Les armées espagnoles commandées par le duc de Savoie avançaient comme une marée vers Paris, dans un élan irrésistible. Pour défendre la capitale, la reine avait harangué les bourgeois, leur avait extorqué les fonds nécessaires à la constitution d'une armée de cinquante mille hommes qu'elle parvint à réunir en trois jours. On s'apprêtait à la déployer dans les faubourgs, à l'est et au nord de Paris, quand la nouvelle éclata que le duc de Savoie, « Tête de fer », venait de licencier ses mercenaires, dans l'incapacité où il se trouvait de les solder. Son armée se délita, partit en charpie, s'évanouit à travers les campagnes de Picardie, y répandit la terreur, mais Paris était sauvé.

Le péril extérieur écarté, la fièvre de la répression religieuse persistait.

Les exécutions capitales, les bûchers d'hérétiques étaient devenus les réjouissances favorites des Parisiens qui s'y rendaient en famille comme à la foire de Saint-Germain ou à celle du Lendit. Un adolescent avait ri durant un office ? Au bûcher ! Des individus s'étaient permis de critiquer le comportement d'un évêque vénal ? Au bûcher ! Un vieillard impotent avait osé s'en prendre au culte des images ? Au bûcher ! Un garçon avait omis de dénoncer des gens qui disaient du mal des moines ? Au bûcher ! Les quartiers de Paris affectés au supplice par le feu sentaient la fumée et la chair grillée ; on y respirait un air poisseux dont l'odeur collait aux vêtements.

On rapportait à l'hôtel Bourbon des détails atroces sur ces exécutions. Le bourreau enduisait ses victimes de soufre pour qu'elles brûlent plus rapidement... On coupait la langue à ceux que l'on accusait de blasphème... On traînait les femmes par les cheveux et on les attachait au poteau avec des chaînes...

– Nous voilà revenus aux jeux du cirque ! s'écriait Louis de Condé, sauf que, cette fois-ci, c'est l'Église qui jette ses victimes dans l'arène.

Le roi venait de signer, à son corps défendant, disait-on, l'édit daté de Compiègne : désormais, ce seraient des évêques et non plus des laïcs qui auraient à juger du crime d'hérésie.

– Notre pauvre souverain, soupira Louis de Condé, ne sait plus à quel saint se vouer. Il est partagé entre l'affection qu'il doit à la reine et la passion qu'il voue à sa favorite, Diane de Poitiers. De même, en matière de religion, entre les excès de l'Église et son sens de l'équité.

– La défaite de Saint-Quentin, ajouta Antoine, achève de le troubler. Les Espagnols devant Paris, qui sait comment il aurait réagi ?

On voyait arriver chaque jour les restes de l'armée de Montmorency, de pauvres hères blessés ou accablés de fatigue, traînant la jambe, appuyés à la fourchette de l'arquebuse abandonnée à l'ennemi, pieds nus, l'uniforme en lambeaux. Ils racontaient, pour un verre de vin et une tranche de pain, leur campagne désastreuse, l'incurie des chefs, leurs souffrances, leur désespoir. Un désastre comparable à la bataille de Pavie.

La maréchale de Saint-André vint rendre visite à Antoine. Elle n'avait pas de nouvelles de son époux, qui assistait Anne de Montmorency à Saint-Quentin. Elle le voyait prisonnier, l'imaginait mort. Antoine se proposa de la consoler ; elle accepta en reniflant ses larmes. Il traversait la moitié de Paris pour retrouver la couche odorante de cette beauté un peu grasse mais encore ardente et rapportait de ses visites quelques souvenirs chapardés : bibelots rares et bijoux précieux. La maréchale n'était pas dupe mais laissait faire : elle tenait davantage à son amant qu'à ces babioles.

Louis de Condé n'avait pas tardé à lever l'interdiction faite à Antoine de franchir sa porte. Après tout, en dépit de ses vices et de ses manies, il était son frère et il l'aimait. Marié à Éléonore de Roye, il persistait à courir le guilledou avec l'ardeur d'un adolescent. En dépit d'une santé précaire, d'un aspect malingre, de la bosse qui lui déformait l'épaule, il était adoré des femmes et des filles de la cour ; elles s'abandonnaient pour le plaisir de l'entendre leur débiter des galanteries bien troussées, car il avait de l'esprit et du jugement, autant, disait-on, que M. de Montaigne. Ce petit homme nourrissait des ambitions inversement proportionnelles à sa taille, à sa fortune, qui était médiocre, et à ses qualités : courageux, certes, et même volontiers téméraire comme son frère Antoine, mais instable.

Un soir qu'il était ivre à la fin d'un repas, il avait lancé :

– La religion réformée est en passe de conquérir notre monde. Ce peuple de Dieu vaincra Pharaon, mais il lui faudra un Moïse et, si Dieu le veut, ce sera moi !

Dieu, selon lui, n'attendait qu'une occasion propice pour favoriser cette ambition.

Fatigué de l'agitation dangereuse et stérile de la capitale, Antoine aspirait à revenir en Navarre. Sa famille lui manquait ; Henri surtout. Depuis des mois qu'il ne l'avait vu, il se demandait comment il se comportait entre sa mère, sa gouvernante, son précepteur et les ministres du culte. Les lettres qu'il recevait de son épouse ou du prince lui faisaient chaud au cœur et lui donnaient envie d'aller respirer le « doux vent de Navarre ».

Suivrait-il de nouveau l'armée, pour Calais cette fois ? Il hésita puis renonça. François de Guise le relança, en vain. Il avait décidé le roi à entreprendre le siège de cette ville pour tenter de faire oublier le désastre de Saint-Quentin où l'amiral Gaspard de Coligny, qu'il détestait, s'était laissé embourber. Calais libéré des Anglais, il hissait haut le blason de la famille de Lorraine et redorait par la même occasion celui du roi.

Antoine demanda son congé et l'obtint, avec un passeport pour la Navarre. Ces documents avaient une odeur de disgrâce.

Jeanne se dit que son époux arrivait au bon moment.

Le roi Philippe d'Espagne, afin d'orienter en sa faveur les négociations avec la France à la suite du siège de Saint-Quentin, avait lancé quelques bandes de mercenaires aragonais à la conquête de la province du Labourd, entre Béarn et Atlantique.

Antoine arriva à Pau dans une ambiance qui confinait au délire. Chaque jour descendaient des montagnes, accouraient de la Soule, du Barétous, de Bigorre, du Lavedan, des hobereaux accompagnés de groupes de paysans pieds nus, armés de bâtons, de faucilles, d'arcs ou de frondes, eux-mêmes n'ayant pour se défendre que des armes datant de la Conquista ou, parfois, d'antiques arquebuses à corde tout juste bonnes à chasser le merle.

– Comment, s'exclama Antoine, faire une armée avec ce ramassis de paysans et de bergers ? Les Espagnols vont bien rire !

Si les mercenaires eurent cette envie, elle leur resta dans la gorge. Il avait suffi qu'on leur annonçât la présence à la tête de cette troupe du prince Antoine de Bourbon pour qu'ils lâchent leur proie et battent en retraite. On fêta la victoire dans la citadelle de Navarrenx.

À quelques jours de son retour à Pau, Antoine reçut un message de la cour. S'il y avait eu dans son congé une apparence de disgrâce, elle se dissipa à sa lecture : le roi souhaitait sa présence à l'occasion du mariage du dauphin François avec la fille du roi d'Écosse et de Marie de Lorraine, Marie Stuart.

Antoine relut plusieurs fois la lettre pour se persuader qu'il ne rêvait pas : il était attendu, ainsi que la famille royale de Navarre, pour le début du mois d'avril.

– Ce serait une erreur, dit-il, que d'accepter. Cela risquerait d'être présenté comme une caution aux Guise, ces papistes fanatiques. Depuis qu'il a pris Calais aux Anglais, le duc François se conduit comme un vice-roi. Toutes les nouvelles que j'ai reçues de mon frère le confirment.

– Je ne partage pas votre avis ! protesta Jeanne. Une dérobade nous vaudrait un blâme du roi et risquerait de nous livrer à une nouvelle invasion des Espagnols.

Elle ajouta :

– Avez-vous rencontré le dauphin ? À qui ressemble-t-il ?

Il ne ressemblait ni à son père ni à sa mère. Un mauvais esprit déclarait qu'il rappelait un fœtus conservé dans la saumure. Un enfant malingre, blafard, boutonneux. Comment avait-il pu survivre dans l'air confiné du Louvre ? Mystère.

– Il vient d'avoir quatorze ans, dit Antoine, et sa fiancée en a quinze. Cette union est un acte insensé. J'imagine avec horreur leur nuit de noces : une larve se délectant d'une rose. Marie est une jolie rousse, ma foi, un peu forte, pâlotte, mais pleine de vie et d'appétits. Elle aura vite fait d'épuiser ce pauvre François.

Marie avait quitté l'Écosse peu après le décès du roi Jacques Stuart, son père, et, laissant sa mère dans la citadelle d'Édimbourg, s'était retrouvée en France dans la famille des Guises, ses parents. Elle passait des jupes de l'aïeule des Lorraine, Antoinette de Guise, femme autoritaire et portée à la fantaisie, aux robes noires de la reine Catherine, qui la couvait comme un oisillon tombé du nid et, pour hâter sa puberté en vue du mariage, lui faisait ingurgiter des pastilles de myrrhe. Marie avait débarqué entourée d'une garde de sauvages vêtus de peaux et de plaids bariolés, qui remplissaient la cour et les salles du Louvre des sons aigres et discordants de leurs cornemuses.

François considéra sa fiancée, au début de son séjour à Paris, avec la condescendance un peu narquoise que l'on voue à une cousine de province. Il avait appris à la supporter, puis à lui vouer de l'affection et enfin de l'amour. Il l'aimait tant, sa *Reginata di Scozia*, comme disaient les ambassadeurs de Venise et de Rome, qu'il ne la quittait plus. Débarrassée de ses oripeaux barbares, de ses bijoux de pacotille, de ses gants en peau de chien, confiée pour sa toilette aux filles de la reine, elle était devenue très séduisante, au point que les poètes la comparaient à l'astre des nuits et que M. de Bourdeilles, seigneur de Brantôme, était amoureux d'elle.

Marie s'était débarrassée non sans mal de la tutelle contraignante de sa grand-mère Antoinette, dont elle supportait difficilement les fantaisies : la vieille dame meublait son appartement de cercueils, se plaisait à s'y allonger, se confinait des heures dans son oratoire en compagnie de la gouvernante de Marie, Mme de Parois, femme hydropique et acariâtre, qui sentait fort. Marie estimait préférable la compagnie d'un garçon de son âge, aussi laid et chétif fût-il, qui la suivait comme un chien et ne lui refusait aucun caprice.

À la cour, les propos allaient bon train : François serait-il ou non capable d'honorer son épouse ?

– Je crains que non, dit Antoine. Selon ses médecins, il aurait les génitoires constipées. Si sa braguette, comme on le suppose, ne dissimule qu'une illusion, ce mariage tournera vite au vinaigre. Marie ne semble pas fille à se satisfaire d'une passion qui ne puisse assouvir ses appétits. Il suffit de la voir pour comprendre qu'elle attend de l'amour autre chose que des mots.

Il avait assisté, dans la forêt de Rambouillet, à une chasse à courre à laquelle participaient les deux adolescents. Un piqueur avait raconté à Antoine que l'on avait convié François et Marie à une séance d'accouplement entre un cerf et une biche. Marie en était revenue les joues roses de plaisir ; François, lui, n'avait fait qu'en rire. Faudrait-il, pour éveiller son appétit amoureux, procéder à la même opération avec des humains ?

– On y songe sérieusement, ajouta Antoine, mais je doute du résultat. D'ailleurs, dans les chambres du Louvre, il n'est pas nécessaire de regarder par le trou de la serrure pour surprendre des ébats amoureux : il suffit de pousser la porte.

Les dernières réticences d'Antoine quant à son retour à Paris fondirent d'elles-mêmes lorsqu'il reçut un courrier du roi lui annonçant qu'il aurait à assumer la régence, François, devenu par son mariage roi d'Écosse, étant mineur. Ce n'était pas une faveur qu'on lui consentait mais une coutume qui avait force de loi : Antoine était premier prince du sang.

Jeanne, en informant son fils de l'absence de ses parents, y alla de quelques conseils.

– Mon fils, nous allons vous laisser seul avec votre sœur, mais les messieurs des États, votre précepteur, le capitaine Ramón de Saballos veilleront sur vous deux. Tâchez de vous comporter comme un véritable souverain, sans abuser de votre pouvoir. N'omettez pas les devoirs de la foi, assistez régulièrement aux prêches et à la Cène. Que Dieu vous garde...

Se comporter comme un souverain...

Cette phrase bourdonna durant quelques jours et quelques nuits dans sa tête. Il en plaisantait parfois avec Melchior, qui le reprenait avec ces mines de mentor qu'il prenait parfois lorsque le petit prince se laissait aller à des facéties ou à des propos indignes de son rang. Il en parlait plus sérieusement avec son précepteur mais rompait l'entretien, souvent de manière irrévérencieuse, pour éviter la litanie des conseils que La Gaucherie puisait dans les auteurs de l'Antiquité qu'il allait quérir dans les grimoires de la bibliothèque.

Un après-midi, par jeu, il pénétra dans sa salle du Conseil, à un moment où elle était déserte, et s'assit sur le trône occupé par sa mère lors des réunions des états et des assemblées ordinaires. Il le jugea peu confortable, avec son coussin aplati et ses ressorts détendus. Il s'y endormit pourtant, rêva qu'il planait majestueusement au-dessus des vallées et des montagnes, admiré de tous, redouté comme ces génies des orages qui bondissaient certains jours d'été par-dessus les Pyrénées.

Après l'avoir cherché dans tout le château, le jardin et le parc, jusqu'au ravin du Hédas, une servante finit par le découvrir et le sermonna avant de le conduire à l'église, car c'était l'heure des vêpres.

Le dimanche 24 avril, la cathédrale Notre-Dame de Paris scintillait de tous ses feux dans les dernières brumes de la matinée lorsque Jeanne et Antoine arrivèrent sous le tympan du grand portail.

Les gardes-suisses pénétrèrent en musique dans le sanctuaire, précédant François de Guise, qui paraissait découpé dans une enluminure de livre d'heures, auréolé de sa récente victoire contre les Anglais, à Calais. Maître des cérémonies en l'absence du connétable de Montmorency, retenu prisonnier à Bruxelles, il avait obtenu le privilège d'entrer le premier dans la basilique. Ce mariage royal était pour sa famille un triomphe qu'il savourait à chacun de ses pas, et tous d'admirer sa taille imposante, son rude visage, sa chevelure et sa barbe majestueuses, où se mêlaient le blond et le roux, cet air de noblesse dont il se revêtait.

Bonhomme et souriant, l'évêque de Paris, Eustache du Bellay, ouvrait la procession des prélats et un ensemble de musiciens vêtus de tenues rouge et jaune.

Un son de trompe annonça l'entrée solennelle dans la nef des deux enfants royaux. Antoine conduisait le petit François accompagné de ses deux frères, Charles et Henri; Marie était conduite à l'autel par le roi de France et son petit cousin, Henri de Guise. Belle comme une orchidée, toute vêtue de blanc, ruisselante d'une rosée de diamants des pieds à la tête, Marie attirait tous les regards et faisait lever des murmures d'admiration sur ses pas.

Le cardinal de Bourbon, frère d'Antoine et de Louis, maria les deux enfants. L'évêque de Paris prononça un discours que l'on jugea « scientifique et élégant ».

La fin de la cérémonie fut marquée par un incident.

Au moment où les deux époux sortaient de la basilique, des héraults d'armes distribuèrent des pièces d'or et d'argent à la populace aux cris de « Largesse ! ». Cette générosité déclencha une telle émeute qu'il fallut faire intervenir les gardes-suisses et que plusieurs malheureux y laissèrent leur vie.

On banqueta, on dansa, on se livra à des joutes, on défila à travers tous les quartiers, on laissa la population acclamer les jeunes époux allongés dans une litière somptueuse.

À l'occasion du souper offert par la ville dans le palais du Parlement, en l'île de la Cité, on fit pénétrer dans la vaste salle de bal douze chevaux caparaçonnés d'or et d'argent montés par les petits princes et tirant des coches de parade abritant musiciens et chanteurs. Six navires leur succédèrent ; toutes voiles déployées, ils paraissaient tanguer sur des vagues invisibles. Sur l'un d'eux, main dans la main, Antoine et Jeanne se dressaient sur la dunette.

– Je n'en puis plus de ces fêtes, dit Jeanne. Toutes ces richesses qui partent en fumée alors que les guerres ont ruiné le royaume, est-ce bien raisonnable ?

– C'est une folie, j'en conviens, dit Antoine, mais cela fait deux siècles qu'un dauphin de France ne s'est pas marié à la cour. Cet événement est d'une importance telle qu'il justifie ces fêtes. Il y a une autre raison : le roi tenait à faire oublier aux ambassadeurs le mauvais souvenir qu'a laissé le désastre de Saint-Quentin.

– Cette pauvre Marie Stuart, je la plains. Elle doit se morfondre à cette heure sur ses déboires. Cette larve et cette rose, dans le même lit...

Si la reine dauphine croyait aux présages, elle avait d'autres raisons de s'inquiéter pour son avenir. En débarquant à Morlaix, un pont de bois s'était effondré sur le passage de son cortège. Au cours du banquet qui avait suivi la cérémonie du mariage, elle avait dû se défaire d'une couronne trop lourde pour sa tête. Durant les festivités, elle s'était évanouie à trois reprises.

– Ce mariage, poursuivit Antoine, est purement politique. Il fallait faire pièce à l'Angleterre et se concilier les grâces du roi d'Espagne. La politique, toujours... On vient de lui sacrifier deux adolescents qui n'auraient jamais dû se rencontrer tant leur nature est différente. Si je ne me trompe, voilà un mariage qui ne tiendra pas longtemps ses promesses.

Ils retrouvèrent une Navarre où tout respirait l'ordre et la sérénité.

L'infante Catherine venait d'avoir un an. On l'avait flanquée d'une nouvelle nourrice, la précédente n'ayant pas un lait de bonne qualité, au dire du médecin Chiron, qui, l'ayant goûté, avait fait la grimace. C'était une enfant de complexion délicate, maladive, souvent en proie à des accès de fièvre qui gênaient sa croissance. En l'absence de leurs parents, Henri avait veillé sur elle, sans la quitter de l'œil plus de quelques heures.

Il s'était conduit comme un véritable souverain, attentif au courrier, lisant toutes les lettres, dictant les réponses à Palma-Cayet. S'il négligeait, et pour cause, les leçons de son précepteur, s'il lui arrivait de s'absenter aux prêches et d'oublier ses prières vespérales, il ne pouvait traiter par-dessous la jambe les affaires du royaume.

Lorsque Melchior le tentait par la perspective d'une partie de chasse, de paume ou de quilles, il répondait, avec une pointe de suffisance :

– Tu feras sans moi. Je me dois d'abord à mes sujets.

Un régent de six ans avec déjà des manières de roi ! Certains s'en amusaient, l'appelaient le « petit meunier de Barbaste », allusion au plaisir qu'il prenait à se rendre sur ce lieu qu'il affectionnait.

En décembre, Jeanne annonça à son fils qu'il serait invité à les suivre dans un voyage au-delà des montagnes. La reine de Navarre et son mari avaient été pressentis par le roi Henri pour conduire en Espagne la dauphine Élisabeth, destinée au roi Philippe d'Espagne.

Fils de l'empereur Charles Quint et d'Isabelle de Portugal, Philippe, à l'abdication de son père, avait hérité du royaume d'Espagne et des Indes occidentales : un immense empire sur lequel, disait-on, le soleil ne se couchait jamais. On lui avait jeté dans les bras Marie Tudor, reine catholique d'Angleterre – « Marie la sanglante ». Victime de ses excès dans la répression du protestantisme, délaissée de tous et même de son époux qu'elle ne voyait jamais, Marie était morte l'année précédente. Philippe, obéissant à des buts de haute politique, avait sollicité la main d'Élisabeth de France et n'avait eu aucun mal à l'obtenir.

– Ce ne sera pas un voyage de tout repos, dit Jeanne. Il faudra affronter le froid, la neige, coucher à la paille, se nourrir de pain et de fromage, boire l'eau des torrents, et cela jusqu'à Roncevaux. Êtes-vous décidé à nous suivre ?

L'aventure avait de quoi tenter le prince. Il demanda que Melchior fût autorisé à l'accompagner.

– Il sera des nôtres, dit Jeanne. Je vous le promets.

Le cortège de la cour de Navarre se porta au-devant de la princesse Élisabeth jusqu'à Nérac, par un jour de cristal bleu qui rayonnait sur le pays d'Albret.

Élisabeth n'était pas belle mais jolie, avec une apparence de fragilité que semblait démentir une discrète lourdeur du visage héritée de sa mère. Eût-on envoyé au-delà des mers et des montagnes cette vivante effigie de la résignation pour lui faire épouser le fils du khan des Mongols, elle n'en eût pas paru affectée.

On fit à Nérac un semblant de fête en son honneur avant de prendre, par Orthez, Mauléon et Saint-Jean-Pied-de-Port, l'âpre chemin de la montagne. On faillit s'égarer dans une bourrasque de neige, on trouva refuge une nuit dans une *quèbe*, sorte de caverne aménagée par les bergers et les chasseurs d'ours ou de bouquetins, on dut mendier de la nourriture dans des hameaux perdus. Au-delà de Saint-Jean, un homme qui traînait à l'arrière de la caravane disparut dans une tornade ; un autre mourut de froid après une chute dans un torrent ; on perdit quelques chevaux à la suite de glissades sur la glace.

Les adieux à la future reine d'Espagne eurent lieu par un beau jour lumineux, au monastère de Roncevaux où la caravane resta quelques jours pour se refaire une santé. La dauphine versa quelques larmes en se retournant une dernière fois vers le royaume de France, persuadée que son exil durerait jusqu'à sa mort. On la regarda sans regret prendre la route de Pampelune, se dissoudre dans l'immensité enneigée du plateau en compagnie des quelques gentilshommes de la Navarre espagnole venus l'accueillir et des dames qui avaient accepté de l'accompagner dans sa nouvelle résidence.

Le roi Henri avait donné une autre de ses filles, Claude, âgée de douze ans, à Henri le Grand, duc de Lorraine, et insufflé par ce geste une nouvelle ardeur à la lutte contre l'hérésie.

Prévenu trop tard pour intervenir, le souverain avait appris un nouveau coup d'audace des réformés : ils avaient tenu, dans le faubourg Saint-

Germain, hors les murs, un quartier que l'on appelait la « petite Genève », alors en construction, leur premier synode national, pierre angulaire de la nouvelle foi. Les religionnaires avaient posé quelques grands principes destinés à uniformiser le dogme : sacerdoce universel et salut par la foi. Une flèche plantée dans le cœur de Rome, une provocation insensée qui souleva une vague de fureur dans le peuple de Paris et laissa la cour éberluée.

À peu de détails près, c'était la même scène que celle qui s'était déroulée entre Jeanne et Antoine lorsqu'ils avaient reçu l'invitation à se rendre au mariage du dauphin François et de Marie Stuart. Les motifs de la nouvelle invitation qui venait d'atteindre les souverains de Navarre semblaient moins évidents.

En dépliant le courrier, Antoine s'écria :

– Faire tout ce chemin simplement pour assister à des joutes, c'est absurde. Cela sent le piège. Nous n'irons pas à ce rendez-vous.

– Nous irons, dit Jeanne. Je ne vois pas pour quelles raisons on nous tendrait un piège. Il serait trop dangereux d'oser porter la main sur le premier prince du sang et la reine de Navarre. Les raisons, je les connais. Elles sont simples.

La cour de France se trouvait dans une situation insolite. Ce n'était plus Diane de Poitiers qui régnait sur le cœur du souverain, moins encore son épouse, mais une jolie rousse, dame d'honneur de la reine dauphine : lady Johanna Fleming. Pour l'éblouir, son royal amant organisait fête sur fête. Ces joutes faisaient partie du programme.

S'ajoutaient à ces raisons sentimentales des buts politiques qui justifiaient cette invitation.

En quelques mois, la petite Marie Stuart avait conquis la cour et entraîné dans son sillage son oncle, François de Guise, dont elle avait fait une sorte de maire du palais, à la grande fureur de la reine Catherine qui ne pouvait tolérer la mainmise des Lorraine, de ces « princes de hasard », de ces « étrangers », sur le pouvoir. Ses récriminations se heurtaient à l'indifférence d'un roi perdu dans sa nouvelle passion. Catholiques fanatiques, les Guises poussaient à la répression impitoyable des réformés, certains qu'ils tendraient volontiers le cou pour qu'on les égorgeât, car ils étaient sans chef et sans armée.

– Je n'aime guère Catherine, dit Jeanne. Nous avons eu des mots par le passé, mais je crois deviner dans cette invitation son intention de donner aux Guises une leçon de modestie. Par notre présence elle leur montrera qu'ils ne sont pas les maîtres du royaume. Notre fils nous accompagnera. Nous devons donner suite à cette idée lancée par le roi de lui faire épouser sa fille, Marguerite. Nous aurons beaucoup à gagner à ce mariage, s'il se fait un jour.

On avait installé les tribunes rue Saint-Antoine, à peu de distance de l'hôtel royal de la rue des Tournelles.

Ces fêtes qui avaient débuté à la mi-juin étaient destinées aux yeux de l'opinion à célébrer la paix entre la France, l'Angleterre et l'Espagne, au Cateau-Cambrésis. Une paix qu'allaient sceller des mariages. L'air de Paris sentait la fleur d'oranger : Élisabeth de France mariée au roi Philippe d'Espagne, Marguerite, fille du roi Henri, unie au duc de Savoie, « Tête de fer », ayant obtenu des promesses du côté de la nouvelle reine d'Angleterre, Élisabeth...

Au moment de monter sur la tribune qui surplombait la lice, Henri s'accrocha d'un doigt à la ceinture de Melchior. Paris lui faisait peur. De la fenêtre de sa chambre, chez l'oncle Louis de Condé, face au Louvre, il avait vu déferler des foules, passer des processions, défiler des compagnies de gens d'armes et de Suisses, errer le rebut des bas quartiers, avec l'impression obsédante d'être prisonnier de cette multitude.

Il ne gardait de son premier séjour que des souvenirs brumeux : un souverain maussade, une reine noire, une fillette jouant avec une naine et un chien et ce froid qui le secouait de frissons : le froid du Louvre, qu'il n'avait éprouvé nulle part ailleurs, qui collait à la peau avec des odeurs de latrines, de crotte de chien, de cloaque.

Le maître des cérémonies lui indiqua un siège au deuxième rang; Melchior fut invité à se tenir debout derrière lui. Dans la chaleur oppressante de la matinée montaient de toute part des musiques et des chansons mêlées aux cris des héraults, aux appels des dames juchées sur leurs balcons ou accoudées à leurs fenêtres, qui saluaient les cavaliers. Au-dessus des tours de la Bastille des hirondelles et des martinets passaient en rafales.

Malgré l'opposition de la reine Catherine, le roi avait tenu à participer à cette dernière journée de joutes. Elle était assaillie jour et nuit par un sinistre pressentiment : ces fêtes ne s'achèveraient pas sans un incident grave dont son époux serait la victime. Son astrologue, Luc Gauric, était formel : cet événement se produirait à quarante-cinq ans; le roi avait eu cet âge au mois de mars.

Le souverain était dans des dispositions éblouissantes. Les jours précédents il avait culbuté quatre adversaires et se sentait prêt à faire mordre la poussière aux plus redoutables jouteurs. Et l'on savait à qui Sa Majesté dédiait ses victoires...

Ce matin-là, son choix se porta sur un adversaire de taille : Gabriel de Lorges, comte de Montgomery, chef des gardes et huguenot convaincu.

– Sire, lui dit le duc de Savoie, il va être midi. Il fait très chaud, nos montures sont fatiguées, et vous-même...

Il protesta qu'il n'était pas fatigué le moins du monde et se sentait apte à disputer encore deux ou trois combats avant de passer à table.

Le roi fit venir M. de Vieilleville, qui le coiffa du heaume, vérifia l'état de l'armure et de la lance en bon bois de frêne et fixa sur ce harnachement les couleurs de Diane.

– Sire, dit le vieux serviteur, vous devriez vous en tenir là. Vous avez battu les meilleurs. Que vous faut-il de plus ? J'ai eu des cauchemars, trois nuits durant, et j'ai vu chaque fois...

– Eh bien, qu'avez-vous vu ?

– Je vous ai vu à terre, avec du sang coulant de votre heaume.

– Taisez-vous, Vieilleville, vous n'êtes qu'une vieille bête superstitieuse. Il ne m'arrivera rien.

Il eut un sourire en voyant venir à lui, son armet sous le bras, précédé d'un cliquetis d'éperons, M. de Lorges en personne, qui avait l'air accablé.

– Sire, dit le chevalier, avez-vous bien réfléchi ? Souhaitez-vous vraiment que nous nous affrontions ? N'êtes-vous pas trop fatigué ? On le serait à moins.

– Mais qu'avez-vous tous à me dissuader de me battre ? Cela me surprend de votre part, monsieur de Lorges. Auriez-vous peur ?

– Oui, sire, mais pour vous.

– Je vous ai lancé un défi. Relevez-le et tâchez de ne pas me faire de cadeau car le ridicule en retomberait sur ma personne. Allons, en selle ! Vieilleville, faites donner les trompettes !

Les héraults d'armes allèrent de loge en balcon annoncer ce dernier combat de la journée, avec des propos flatteurs à l'intention des deux adversaires. Le combat débuta dans un silence de pierre.

Au premier engagement, les lances des deux champions se brisèrent sur leurs cuirasses. Un murmure courut dans la foule. Le roi allait-il maintenir son défi ? Les sonneurs oublièrent de souffler dans leurs instruments lorsque le roi demanda des lances neuves pour les deux cavaliers. Montgomery refusa celle qu'on lui présentait ; sans doute pour laisser discrètement un avantage à son souverain, il préféra garder le tronçon qui subsistait du premier choc.

Les deux cavaliers regagnèrent au petit trot leur place, aux deux extrémités de la lice, de part et d'autre de la barrière de bois. Le roi adressa un salut à Diane pour lui confirmer qu'il lui dédiait ce combat. Il fit un signe, et les deux cavaliers foncèrent l'un sur l'autre au galop de leurs montures, dans un brasillement d'étoffes précieuses et de métal. Alors qu'ils venaient de se rencontrer au milieu de la lice, un hurlement monta de la foule. Dans les loges, aux balcons, les spectacteurs se dressèrent d'un même élan, le souffle suspendu. Chancelant sur sa selle, le roi laissa sa lance lui échapper et tomber sur le sol. Le bois de la lance de Montgomery, glissant sur la cuirasse, avait pénétré profondément dans le heaume, laissant un gros éclat saillant au niveau des yeux.

Dans un silence tissé d'une multitude de souffles oppressés et de murmures angoissés, tandis qu'une cloche voisine sonnait midi, la foule déferla, rompant les cordons de la troupe et les barrières. Le roi restait en selle, vacillant, près de s'écrouler.

– Il n'est que blessé, dit Melchior. Il s'en tirera.

– Il va mourir, dit Jeanne. C'était écrit.

Parvenu au bout du couloir, le roi se laissa glisser à terre, soutenu par M. de Vieilleville et ses écuyers. Non sans précautions, on lui ôta son heaume. L'éclat de bois avait traversé l'orbite de l'œil droit pour ressortir au niveau de l'oreille. Antoine fit venir une litière et accompagna le blessé jusqu'à l'hôtel des Tournelles.

Appelé d'urgence, le médecin de la cour, Ambroise Paré, enleva l'écharde et pansa la plaie. Lorsque la reine, des sanglots dans la voix, s'informa de la gravité de la blessure, il haussa les épaules et demeura évasif.

– Si la cervelle n'est pas atteinte, nous espérons pouvoir sauver Sa Majesté. Pour le moment, il faut la laisser reposer, ne l'importuner sous aucun prétexte.

– Le roi a-t-il parlé ? Qu'a-t-il dit ?

– Qu'il fallait pardonner à son vainqueur.

– Pardonner, dit froidement Catherine, je ne le pourrai jamais.

– Je suis parvenu, dit le praticien, à ôter l'éclat de bois avec une tenaille de forgeron, car il était planté profond, et à extraire des esquilles par le nez. Il n'y a rien d'autre à faire, sinon dire des prières et ordonner des messes. Dieu seul décidera de la vie ou de la mort de notre blessé.

Paré prit la reine à part, lui glissa quelques mots à l'oreille.

– Certes, dit la reine. Vous obtiendrez tout à l'heure ce que vous me demandez.

Au début de l'après-midi, on fit décapiter au Châtelet quelques prisonniers de droit commun, sur ordre de la reine, et l'on remit leurs têtes au praticien. En présence de la reine, qui ne manifesta aucune émotion, il enfonça à coups de maillet, dans un œil de chaque cadavre, un tronçon identique à celui qui avait occasionné la blessure du roi. Il les arracha avec la pince, sonda les plaies, hocha la tête d'un air contrit.

– Cela ne nous apporte rien de nouveau, dit-il. Pour opérer un diagnostic plus précis, il faudrait renouveler l'expérience sur une personne vivante.

Catherine fit extraire du Châtelet un autre prisonnier, une sorte de brute accusée d'avoir violé et tué une fillette et dont on n'avait pas encore instruit le procès. Il arriva aux Tournelles radieux, persuadé qu'on l'avait gracié. Lorsque des gardes le couchèrent sur une table et lui lièrent les membres, il protesta, s'énerva, fit craquer ses liens de corde; on eut du mal à le maîtriser. Quand le médecin lui planta l'écharde dans l'œil il se mit à hurler comme un porc qu'on égorge, et il poursuivit ce concert jusqu'à ce qu'il perdît connaissance et que la mort le fît taire à jamais.

– Je ne puis, avoua Ambroise Paré, tirer aucune conclusion de cette nouvelle expérience *in vivo*, mais il ne faut pas désespérer. J'ai vu des cas aussi graves sur les champs de bataille sans que la mort s'ensuive. Le roi peut s'exprimer par la parole. C'est un bon signe.

L'agonie du roi se poursuivit jusqu'au 10 juillet, soit une dizaine de jours après le combat.

La nouvelle de sa mort parvint au domicile de Louis de Condé alors que toute la maisonnée était à table, en compagnie d'un des ministres de Jean Calvin, un ancien professeur de grec et de théologie passé à la nouvelle religion, Théodore de Bèze. Un écuyer du prince Louis revenait du Louvre, où il était allé prendre des nouvelles du roi.

– Le roi est mort ! laissa-t-il tomber.

– Mort ? dit Antoine.

– Vraiment mort ? ajouta M. de Bèze.

La nouvelle devait courir Paris car il montait de la rue d'Autriche et des quais de la Seine une rumeur qui s'amplifiait de minute en minute.

Jeanne demanda si l'on dirait une prière pour l'âme du roi défunt. M. de Bèze se récria :

– Ceux de notre religion ont trop souffert de sa tyrannie pour que nous souhaitions le voir siéger parmi les justes, à la droite du Père. Poursuivons ce repas.

Il resta seul à table avec son épouse, avala quelques bouchées puis, par décence, se retira dans sa chambre.

– Nous devons nous rendre au Louvre, dit Antoine. Notre absence risquerait de passer pour une provocation.

– Ainsi, dit Condé, nous voilà pourvus d'un nouveau roi. Il ne régnera pas longtemps, j'en mettrais ma main au feu. Il porte la maladie et la mort sur son visage.

Mme Éléonore, son épouse, ajouta d'un air sombre :

– Ce n'est pas lui qui aura la charge du pouvoir, mais sa jeune épouse et, derrière elle, le duc de Guise et toute la famille de Lorraine. Que pourrions-nous attendre de bon de ce changement ? Les persécutions vont s'amplifier. Vous, Antoine, Jeanne, Henri, vous y échapperez. Il vous suffira de regagner la Navarre. Quant à nous...

Antoine et Louis partirent en costume de deuil pour le Louvre, où l'on avait installé la chambre funéraire. Dans la mort, le visage meurtri du roi avait pris, sous le bandeau qui cachait sa plaie, une expression extatique. La famille royale se tenait debout autour du lit dans une pénombre où la lumière des cierges faisait trembler des ombres sur les tentures et les tapisseries. La petite Margot se tenait en retrait, assise dans un fauteuil, un chien sur les genoux, battant des pieds, la mine renfrognée, les yeux rougis par le chagrin.

Antoine se pencha vers elle, posa la main sur sa tête.

– Ma fille, dit-il, je partage votre peine, et mon fils de même. Il me serait agréable que vous le rencontriez de nouveau. Je vous rappelle le souhait de votre père que vous unissiez vos destinées. Cette idée a-t-elle toujours votre agrément ?

Elle lui jeta un regard inexpressif et se referma dans son silence en caressant son chien.

En sortant du Louvre, Louis de Condé apprit à son frère que la reine Catherine, quelques heures avant la mort de son époux, avait intimé à Diane de Poitiers l'ordre de restituer à la Couronne les châteaux, les terres et les joyaux que son amant lui avait offerts. Elle avait en outre interdit à la favorite de se présenter au Louvre.

Diane assistait d'un balcon aux joutes des Tournelles, juste en face de la tribune où était assis Antoine. La soixantaine passée, elle resplendissait encore d'une vénusté juvénile grâce à une implacable règle de vie et à des soins constants. Le roi l'avait adorée comme une idole ; elle l'avait déniaisé alors qu'elle avait vingt ans de plus que lui. Depuis, ils jouaient sur le devant de la scène, au

Louvre et dans les châteaux du roi, Philémon et Baucis. Philémon était mort, mais Baucis n'envisageait pas de le suivre. La reine, qui tenait sa vengeance et la tenait bien, lui avait enjoint de restituer Chenonceaux et de s'exiler au château d'Anet que le roi avait fait édifier à son intention et qui portait sur ses grilles et ses murs leurs initiales enlacées. Diane, que l'on disait éternelle...

– Le dauphin faisait peine à voir, dit Antoine. De toute la famille, c'est lui qui semblait le plus éprouvé.

Il se tenait debout, sa main dans celle de sa jeune épouse vêtue de blanc, le visage d'une pâleur de cire sous ses sourcils roux. François, le visage bouffi de maladie et de chagrin, semblait plus rabougri que d'ordinaire. Antoine se dit que son frère avait raison : François portait sur ses traits le reflet d'une mort prochaine. Ses muqueuses nasales étant sèches, il ne se mouchait jamais. Il n'était pas aimé de la population qui allait devenir son peuple. Des bruits effrayants couraient sur les soins qu'on lui donnait : des bains de sang prélevé sur des enfants. Lorsqu'il se déplaçait pour se rendre à la chasse, son passe-temps favori, les paysans fermaient leur porte et cachaient leur progéniture.

– J'ai pu m'entretenir avec Montgomery au cours du prêche d'hier, dit Condé. Il est obsédé par la pensée que la reine lui tient rigueur de ce qu'elle semble considérer comme un meurtre, alors que le roi, lui, avait pardonné. Elle lui a confié qu'elle aurait plaisir à lui faire trancher la tête. Sa vindicte va le poursuivre.

Il ajouta à voix basse :

– D'autres rumeurs me sont venues aux oreilles. Elles vous concernent, mon frère. Méfiez-vous de Guise et de ses spadassins : ils risquent de vous jouer un mauvais tour.

– Par exemple ! Je ne leur porte pas ombrage, que je sache.

– Ne faites pas l'innocent. Au titre de premier

prince du sang, vous présentez un obstacle à l'ambition de cette famille : pour le cardinal de Lorraine au plan religieux et pour le duc au plan politique. Ils tiennent François et Marie sous leur coupe. N'allez pas renifler de trop près leur proie, il pourrait vous en cuire.

– Cette proie, comme vous dites, je n'ai pas l'intention de la leur disputer.

– Ils aimeraient en être certains. Ne leur donnez aucun motif à l'étourdie de vous soupçonner. J'ai décelé des éclairs de poignard dans leurs yeux quand ils vous regardent. Ce qu'ils craignent pardessus tout, c'est que ceux de notre religion, las de se laisser égorger comme des moutons et brûler, ne décident de prendre les armes, de constituer une force armée dont vous pourriez être le chef.

– Voilà qui me confond, venant de vous ! Ne m'avez-vous pas déclaré récemment que, dans le cas d'un soulèvement du peuple de Dieu, vous pourriez être notre Moïse ?

– Sans doute... Mais, à la réflexion, c'est à vous, mon aîné, que revient cette mission.

Ils firent en silence quelques pas le long du port au Foin qui sentait bon l'herbe coupée. Sur la place aux marchands, Louis dit à son frère, avec un sourire :

– Pardonnez-moi si je vous quitte là. J'ai un rendez-vous avec une jeune personne qui n'aime pas attendre.

– Mademoiselle de Limeuil, je suppose ?

– Fine mouche ! Vous avez touché juste. Ah, mon cher, quelle femme ! Ces créatures qui nous viennent du Périgord ont la beauté du diable et du feu dans les veines. Rassurez-vous, j'ai gardé toute mon affection à mon épouse, mais, dès que je franchis la porte de ma maîtresse, j'ai l'impression d'entrer en paradis. Elle m'a rajeuni de dix ans !

Il entoura de son bras l'épaule d'Antoine.

– Et vous-même, où en êtes-vous de vos amours ? Madame de La Béraudière... La maréchale...

Antoine prenait son plaisir deux à trois fois la semaine avec la « Belle Rouet ». Quant à la maréchale, leurs rendez-vous étaient devenus difficiles en raison du retour du barbon, qui ne quittait plus le domicile conjugal.

– Si ces deux dames vous lassent, dit Louis avec un clin d'œil complice, songez qu'une autre belle est prête à vous sacrifier sa vertu, si tant est qu'elle en ait. Je veux parler de Charlotte de Sauves. J'ai reçu d'elle quelque confidence. Sa porte vous est ouverte.

Il ajouta, avant de prendre congé :

– Cette montre que vous avez subtilisée si adroitement dans l'antichambre du roi, il faudra la restituer...

Le cortège funèbre quitta le Louvre dans une brume d'orage qui tissait son voile grisâtre sur la ville, pour prendre la route de Saint-Denis, où devait reposer le roi Henri. Catherine avait renoncé à faire disparaître du char mortuaire les initiales « H » et « D ». Le roi étant mort sous les couleurs de sa favorite, c'eût été attenter à sa volonté que d'effacer la trace ultime de ses amours. En revanche, elle avait interdit à Diane de suivre le cortège.

Pour faire oublier le « meurtre » de son époux, elle avait décidé de faire raser l'hôtel des Tournelles [1].

La tradition voulait qu'à la mort d'un roi sa veuve restât cloîtrée quarante jours « sans voir le soleil ni la lune ». Catherine refusa de se plier à ces exigences. Elle était accablée de trop de préoccupations : faire échec aux Guises dont les prétentions à s'arroger le pouvoir lui étaient insupportables ; s'efforcer de mettre un frein à la persécution des religionnaires ; favoriser secrètement la création au sein de la Réforme d'une force armée susceptible

1. Aujourd'hui place des Vosges.

de faire barrage aux ambitions guisardes, avec à sa tête un des princes de sang, Antoine de Bourbon par exemple...

À la mi-septembre, le dauphin reçut la couronne à Reims. Le deuil que la cour était tenue d'observer interdit les fêtes. Le temps, d'ailleurs, ne se prêtait guère aux réjouissances : des tempêtes de vent et de pluie s'abattaient sans discontinuer sur le pays.

François était roi mais ne régnait pas : il laissait ce soin à sa mère, devenue régente, et aux Guises qui, en fait, étaient les maîtres du royaume : le duc pour l'armée, le cardinal de Lorraine pour les affaires de la religion, la maîtrise de l'administration restant à la reine mère. La politique de modération envers les hérétiques resta lettre morte. On jeta dans les flammes Anne Du Bourg, conseiller au Parlement, qui avait osé préconiser la tolérance religieuse. D'autres bûchers s'allumèrent ici et là, une quinzaine au total, qui répandirent sur Paris l'odeur délectable de la chair grillée des hérétiques.

Pour la famille de Navarre la situation devenait dangereuse. Des groupes stipendiés, aux ordres des Guises, passaient sous leurs fenêtres en hurlant des injures et des menaces. Lorsque Antoine circulait dans Paris avec le coche aux armes des princes de Condé il recevait des jets de pierres et de boue.

Il dit à Jeanne :

– L'air de Paris devient malsain pour nous. Revenons sur nos terres. Nous y serons à l'abri de toute surprise.

Il songeait aussi à son fils, pour lequel l'air du Louvre était aussi malsain que pour lui celui de la capitale. Il lui déplaisait de voir le jeune prince se mêler aux enfants royaux, participer peut-être, aussi jeune et innocent fût-il, à leurs jeux équivoques.

La cour connaissait son existence. Cela devait suffire, du moins pour le moment.

L'hiver qu'Henri et Melchior passèrent à Coarraze en compagnie de M. de La Gaucherie était une manière d'adieu à leur enfance. Ils retrouvaient là une vie simple, facile, loin du château de Pau hanté par les hommes noirs qui tournoyaient comme des papillons de nuit autour d'Antoine et de Jeanne, des gentilshommes de Gascogne et de Navarre qui somnolaient dans les grandes salles glacées, drapés dans leurs manteaux, d'hommes de loi qui discouraient sans fin sur les affaires de leur province.

Mme de Miossens les avait accueillis avec des exclamations joyeuses, Mme de Bourbon-Busset avec des larmes d'émotion, le capitan Esteban avec une gravité toute militaire.

Le vieux capitan avait bien vieilli en quelques mois. Il avait renoncé à son estramaçon qui n'impressionnait plus personne; ses jambes percluses de rhumatismes avaient du mal à le porter du château au village, dont il hantait les auberges.

Il avait confessé ses souffrances à Henri en le serrant contre sa poitrine creuse.

– Je suis tout délabré. Ma fin est proche. J'aurais aimé terminer ma vie sur un champ de bataille ou dans une joute, comme ce pauvre roi Henri, Dieu ait son âme ! Mais c'est ici qu'est condamnée à mourir la vieille bête que je suis devenu.

Il s'informa des progrès du prince en matière d'armes. Ses leçons lui avaient-elles été profitables ? S'était-il battu pour de bon ?

– Je n'ai rien oublié de ce que vous m'avez appris, capitan, répondit Henri, mais je n'ai pas eu à me battre, sinon par jeu, et avec Melchior. On m'a jugé trop jeune pour me confier à un maître d'armes.

– Il ne t'en aurait pas appris plus que moi. Je parierais qu'il ignore ce qu'on appelle en Navarre espagnole la passe des *castanuelas*. C'est une botte que je garde secrète et imparable depuis ma jeunesse. Attends, je vais te l'apprendre ! Au moins elle ne se perdra pas. Prête-moi ton épée.

Il prit l'arme, la fit siffler dans un moulinet maladroit.

– Écoute bien ! Tu attaques à la jambe en évitant l'arrêt au visage, puis tu fouettes comme on joue des castagnettes : clac, clac, clac. Et tu piques droit au genou. Tu as compris ? Alors prends l'épée de Melchior. En garde ! Bien... Très bien. N'oublie pas les castagnettes. *Madre de Dios*, c'est parfait. À toi, Melchior !

Il se mit en garde et soudain, alors que Melchior mettait à profit la leçon, il laissa tomber son arme et s'accrocha au bras d'Henri, qui le conduisit jusqu'à un banc de pierre.

– Pardonnez-moi, mes petits, dit-il. Mon cœur me joue parfois des tours.

Ils l'amenèrent jusqu'à la cuisine, le firent s'allonger sur une brassée de brandes.

– Ce vieux fou n'a que ce qu'il mérite ! s'écria Mme de Miossens. Je lui recommande de se ménager, mais il est incorrigible.

Le capitan resta trois jours entre la vie et la mort dans la chambre haute, veillé par les servantes, refusant de boire et de manger. Au matin du quatrième jour, il prit la main d'Henri, l'attira vers lui.

– Je ne voulais pas mourir avant de t'avoir revu, mon petit prince. Tu as bien tardé. Pour un peu je passais l'arme à gauche sans t'avoir revu. Avant de quitter ce monde j'aimerais te laisser deux souvenirs de moi : mon estramaçon et cette médaille de la Virgen del Sagrario de Pampelune qui te portera chance.

– Elle ne me quittera jamais, dit Henri, même lorsque je serai roi de Navarre.

– Tu es un bon petit. Surtout n'oublie pas ton vieux capitan, et cette botte : les *castanuelas*. Même Jarnac ne la connaissait pas.

Il ajouta :

– Maintenant, laissez-moi, vous deux. Je ne veux pas que vous me regardiez crever. Si ce n'est pas trop demander, j'aimerais reposer à Lescar, Henri, auprès de ton père, mon vieux compagnon d'Italie. Revenez demain matin. Je serai mort. Adieu, mes petits.

Le lendemain ils trouvèrent le capitan raide, la bouche grande ouverte, ses mains sèches et brunes jointes sur un chapelet qui portait la médaille de la Virgen del Sagrario. Ses yeux vitreux regardaient au plafond quelque chose que l'on ne voyait pas, peut-être une image de son passé.

Henri retarda leur départ de quelques jours. Il souhaitait, une dernière fois sans doute, se nourrir à satiété de ce pays, lui faire un long adieu, s'imprégner d'images qui ne tarderaient pas à se dissoudre dans le temps. Ces terres d'enfance allaient basculer dans sa mémoire, se déposer en alluvions lumineuses.

Il fit coudre le corps du capitan par les servantes dans une peau de bœuf et le porta avec Melchior au sommet du donjon où le vieil homme allait souvent respirer le serein, face aux Pyrénées. Ils l'allongèrent sur un tapis de neige et l'en recouvrirent.

Ils occupèrent la semaine suivante à courir le pays. Melchior alla saluer sa famille à Lagos et goûter le vin de la dernière récolte, qui lui mit du soleil au cœur.

Le moment du départ arrivé, ils juchèrent le corps léger comme un oiseau mort sur le dos d'un mulet et, accompagnés de leur escorte, s'enfoncèrent dans une tourmente de neige.

À peine Jeanne et Antoine avaient-ils mis pied à terre dans la cour du château, des nouvelles leur plurent sur la tête, apportées par Ramón de Saballos.

Une insurrection des religionnaires avait éclaté en leur absence, sans que l'on pût dire où elle était née et qui l'avait déclenchée. Elle s'était étendue dans toutes les provinces entre la Gascogne et le Dauphiné. Les rebelles pillaient les églises, tuaient les prêtres, faisaient le siège des couvents.

– Il est temps d'intervenir, monseigneur, dit le capitaine. Votre titre de gouverneur vous en fait obligation.

– Intervenir, répondit Antoine, c'est facile à dire, mais je n'ai pas d'armée. Même si j'en avais une, comment pourrais-je user de représailles contre des gens que je dois protéger ?

Dans un éclair de lucidité il flaira une machination de Guise. Profitant de ce qu'Antoine et Jeanne se trouvaient éloignés de la Navarre, il avait eu tout loisir de susciter des provocations génératrices de ripostes, d'émeutes et d'insurrections.

La situation était confuse, les nouvelles contradictoires. On parlait de massacres perpétrés par les religionnaires, mais Ramón ne pouvait en apporter la preuve.

– La faim fait sortir le loup du bois, dit-il. L'hiver a été terrible. Il a suffi de quelques prêches pour mettre le feu aux poudres.

Jeanne réunit son conseil, confronta les informations et les opinions. Tout cela n'était que trop vrai : le sang avait coulé au sud de la Garonne et plus loin encore. Voir dans cette insurrection l'œuvre des Guises était hasardeux mais pas invraisemblable : ils avaient des agents dans tout le royaume et jusqu'en Navarre.

Antoine proposa d'exiger des consuls qu'ils maîtrisent la rébellion dans leur secteur et fassent pendre les meneurs. Il se heurta à un tollé : ce n'était qu'un palliatif. Demander aux consuls d'armer des milices serait risquer de déclencher une guerre civile. La situation ne ferait qu'empirer.

– Il y a plus grave encore, dit un conseiller. Certaines de nos villes, monseigneur, viennent de se déclarer communes libres...

IV

LE BAL DES PENDUS

1560-1562

Louis de Condé se leva, alla glisser un œil par l'entrebail de la porte de son cabinet. L'homme était debout dans l'antichambre, où il faisait les cent pas en attendant d'être introduit par l'huissier.

– Quel est son nom, dites-vous ?

– Monsieur de La Forêt, monseigneur. Ce « gentilhomme » sent la roture. Il vient du Périgord et se dit de la religion.

– Dites-lui de déposer ses armes et faites-le entrer.

M. de La Forêt n'avait rien de patibulaire mais rien non plus qui pût susciter une confiance sans réserve. C'était, estima le prince, un de ces traîne-rapières qui hantent les couloirs du Louvre en quête d'une faveur, avec une allure de chevalier d'aventure : pourpoint de cuir roux mal tanné, hauts-de-chausses qui sentaient la friperie, bas rapiécés, chapeau verdâtre à large bord qui dissimulait à demi un visage sombre envahi par une barbe mal soignée. On lui donnait la quarantaine. Peut-être moins.

Le prince resta debout pour l'accueillir et ne l'invita pas à s'asseoir. Il lui demanda ce qui l'amenait.

– Monseigneur, dit le gentilhomme, je ne puis vous cacher mon désagrément. Pourquoi m'a-t-on désarmé ? Ai-je la mine d'un voleur de grands chemins ?

Louis se gratta la barbe et sourit. Cette fierté lui plaisait et le rassurait. Ces gens du Périgord étaient de bonne race.

– Ne vous offensez pas, dit-il, de cette mesure de précaution. Simple routine. Par les temps qui courent on ne saurait se montrer trop prudent.

Le visiteur demanda la permission de s'asseoir. Il était fourbu.

– Je n'aurais eu garde de vous importuner, dit-il, si l'affaire que j'ai à vous confier n'était d'une grande importance.

M. de La Forêt voulait tout bonnement arracher le roi François à l'autorité des Guises qu'il rendait de surcroît responsables de la mort de son frère. Arrêté porteur d'un message d'Antoine de Bourbon au pasteur Morel, le pauvre garçon avait été incarcéré au château de Vincennes, mis à la question et étranglé à l'espagnole – au garrot. M. de La Forêt avait de même à se plaindre de certains juges qui avaient trompé sa confiance et l'avaient amené au bord de la ruine. Il avait dans le cœur, dit-il, « une gargousse sur le point d'éclater ».

M. de La Forêt revenait de Genève. Il avait confié son projet aux autorités religieuses, qui l'avaient encouragé : elles étaient d'accord qu'il fallait arracher le petit roi aux usurpateurs, avant que les persécutions ne s'étendent à tout le royaume et qu'un sentiment de vengeance ne donne le signal d'une guerre civile.

Louis avança son buste sur la table, pointa sa plume vers son visiteur.

– Et vous avez l'ambition, seul...

– Je n'ai pas le sentiment d'être seul. J'ai amené avec moi une trentaine de gentilshommes de ma province aussi décidés que je puis l'être moi-même.

– Trente hommes... Vous plaisantez ?

– Non, monseigneur. J'ai les hommes et le plan.

– Vous ne franchirez jamais la barrière du Louvre.

– Ce n'est pas au Louvre que l'affaire se fera.

– Où donc ?

– À Amboise. La cour s'y rendra après un séjour à Blois. Je me suis porté sur les lieux pour en faire le relevé.

– Diable, diable... Cela me semble bien audacieux. Qu'attendez-vous de moi ?

– Un peu d'argent et votre protection. Ce n'est pas cher payé pour être débarrassé de notre ennemi commun, François de Guise.

Le prince sursauta. Ou cet homme était un fou ou il était d'une hardiesse peu commune. Il demanda à voir le plan, l'examina, s'enquit des circonstances du meurtre envisagé, hocha la tête à plusieurs reprises.

– Je refuse d'être mêlé à cette affaire, dit-il. Si mon nom s'y trouvait cité, je ne donnerais pas cher de ma vie.

– Eh bien, nous agirons sans votre concours, monseigneur.

– Faites comme il vous plaira. Je ne dévoilerai à personne votre projet et même je vous donnerai quelques subsides, mais sans qu'il puisse s'agir d'une complicité.

– Je respecterai votre volonté, monseigneur. À peine cette porte franchie, j'oublierai notre entrevue.

– Où demeurez-vous ?

– Chez un avocat de la religion. Un homme sûr comme vous-même. Je reviens de Nantes, où je me suis trouvé dans une assemblée de religionnaires. Votre nom a été acclamé.

– Pourquoi n'avoir pas songé à mon frère aîné, Antoine de Bourbon ?

– Il n'a pas votre conviction et votre audace. Et puis la Navarre, c'est bien loin.

– Vous et vos amis me flattez, mais l'honneur que vous me faites est dangereux. Tout ce dont je puis vous assurer, c'est de mon silence et de quelque argent.

– Je m'en contenterai donc.
– La Forêt, est-ce votre vrai nom ?
– Non, monseigneur. Mon nom est Godefroy de La Renaudie, sire de Barry, en Périgord.

Ce n'est pas le prince de Condé qui dénonça La Renaudie mais l'avocat chez lequel il demeurait et qu'il avait mis dans la confidence, Pierre des Avenelles, lequel s'empressa d'aller alerter le cardinal de Lorraine qu'une conjuration menaçait sa famille. Le cardinal se contenta de sourire : il était informé fréquemment de ce genre de menaces et avait fini par les prendre à la légère. Coligny avait refusé de se compromettre dans une éventuelle rébellion, Antoine de Bourbon était retenu dans les affaires de Navarre, le prince de Condé se tenait coi. On pouvait sans risque continuer à faire griller des hérétiques.

Plus inquiet que son frère de ces menées souterraines, François de Guise trouva la parade : une amnistie générale pour les huguenots, avec une exception pour les prédicateurs trop zélés et les conjurés que l'on parviendrait à démasquer. Il fit signer cet édit au roi et partit, le cœur serein, pour Blois avec le reste de la cour.

Alors qu'il chevauchait avec ses trente compagnons le long de la Loire pour se rendre à Amboise, où la cour venait de s'installer, La Renaudie ordonna une halte. Depuis le matin, une inquiétude l'obsédait : à diverses reprises, des reconnaissances qu'il avait envoyées sur la berge avaient aperçu de l'autre côté du fleuve des mouvements insolites d'hommes en armes et un trafic de barques d'une intensité inquiétante.

Peu après on vint le prévenir qu'un groupe de cavaliers portant les écus du roi avait été aperçu chevauchant à travers la futaie en direction du château, comme pour le prendre de vitesse.

Il allait ordonner le boute-selle lorsqu'il vit un

groupe de cavaliers fondre sur lui. L'homme qui marchait à leur tête était connu de lui : son cousin, le chevalier de Pardaillan. Sautant à cheval, il se porta au galop à sa rencontre, l'épée au clair. Il entendit Pardaillan crier :

– Laissez-le-moi ! C'est un traître.

Il porta à son cousin un coup furieux qui le fit chanceler sur sa selle sans le désarçonner puis, l'attaquant au flanc, lui porta un autre coup à la cuisse.

– Tu ne m'échapperas pas ! cria Pardaillan.

Il revint sur lui en hurlant, lui perça la poitrine de part en part. Le cheval de La Renaudie fit sur place quelques tours avant de s'éloigner vers le fleuve.

– Il n'ira pas loin ! dit Pardaillan.

La Renaudie vida les arçons à une vingtaine de pas, tenta de retirer l'épée qui était restée dans sa poitrine et s'effondra sur un coup de pistolet qui lui fit éclater le crâne.

On lia le cadavre par les pieds avec des cordes d'arquebuse pour le faire traîner par son cheval jusqu'au château, dont la silhouette éblouissante se dressait dans la lumière du matin. On l'attacha à une potence, au bas d'un raidillon menant au châtelet d'entrée de la forteresse, avec une inscription sur la poitrine : *La Renaudie, dit La Forêt, chef des rebelles.*

Deux cavaliers furent les premiers à venir reconnaître les restes du conjuré et de quelques-uns de ces compagnons pris dans le même traquenard. Ce complot, ils y auraient été mêlés si, au dernier moment, alors que les trente cavaliers de La Renaudie s'apprêtaient à franchir le pont, ils n'avaient flairé quelque danger et ne s'étaient retirés.

C'étaient deux gentilshommes de Saintonge, le père et le fils, lequel, âgé de moins de dix ans, conduisait sa monture avec autorité. Jean d'Aubigné, sénéchal de sa province et soutien de la religion réformée, avait fait se disperser son escorte et, pour entrer dans la ville, s'était mêlé à une caravane de paysans des environs se rendant à la foire d'Amboise. Accompagné de son enfant, il était certain de n'être pas inquiété et de pouvoir se tenir informé des événements en toute sécurité.

– Agrippa, dit-il, nous allons descendre à l'auberge. Je connais bien maître Jean. C'est un des nôtres.

L'auberge se situait dans la rue qui longe les murailles. Maître Jean tira Aubigné à part et lui dit :

– L'affaire a échoué, mais je ne vous apprends rien, sans doute. Ce qu'en revanche vous ignorez peut-être, c'est que, dans l'entourage des Guises, on est au courant de cette menée depuis le début ou peu s'en faut. Le prince de Condé va sûrement être arrêté et risque la mort. Nous allons devoir faire preuve de prudence. Monsieur, je ne connais même pas votre nom...

– Moi de même, monsieur. Je ne connais qu'un patron d'auberge nommé maître Jean.

Au moment de se restaurer, Jean d'Aubigné dit à son fils :

– Nous allons sûrement vivre des jours difficiles. Il est dangereux de rester à Amboise, où l'on pourrait me reconnaître, mais nous y resterons. Je veux voir comment va tourner cette affaire.

Ils finirent leur journée en baguenaudant à travers le marché qui s'étendait jusque dans les parages du Clos-Lucé où Léonard de Vinci, invité du roi François, était mort quatre ans plus tôt. Le lendemain, Jean d'Aubigné assista à l'écartèlement sur la place publique du corps de La Renaudie, Agrippa restant à l'auberge pour traduire l'œuvre de Platon à laquelle il s'était attaché. De la fenêtre de sa chambre il entendait monter de la foule des cris d'horreur et des rires frénétiques. Lorsque son père revint, il semblait traîner derrière lui une ombre lourde comme du plomb.

On avait apporté le fauteuil du roi près de la fenêtre pour qu'il pût assister aux supplices.

Les Guises avaient exigé que la répression fût exemplaire : elle dépassa leurs espérances. Les chefs des conjurés que l'on avait pu capturer furent décapités et leurs têtes plantées sur des pieux en divers points de la cité.

Le lendemain, le supplice collectif gagna en intensité. On pendit aux balcons, on jeta à la Loire, enfermés dans des sacs, des religionnaires dont certains ne cessaient de clamer leur innocence et d'autres de maudire les papistes.

La reine mère, la reine dauphine Marie, les princes, les gentilshommes, les dames de la cour se tenaient aux balcons, aux fenêtres, à la balustrade des chemins de ronde pour voir les prisonniers se débattre afin d'échapper à leurs tortionnaires et hurler en sautant dans le vide.

– Comme cela est plaisant, s'exclamaient les dames en battant des mains. Regardez comme ils gigotent ! Et cette langue qu'ils tirent...

– Vous vous lasserez vite de ce spectacle, leur lançait la reine mère. Nous avons tant de ces misérables en réserve que vous en aurez pour plusieurs jours à vous divertir.

Le petit roi n'avait pu longtemps assister au massacre. Il souffrait depuis quelques jours d'une fièvre qui faisait bourdonner ses oreilles d'où coulait un pus d'une odeur nauséabonde. Il ne supportait pas, dans ces moments-là, d'autre présence que celle de Marie. Depuis quelques semaines, elle arborait une tunique ample pour faire croire qu'elle était enceinte. Une supercherie qui ne trompait personne, surtout pas Ambroise Paré, qui souriait de cet enfantillage. Que le roi s'épuisât d'amour, personne ne l'ignorait ; qu'il pût procréer eût tenu de l'Immaculée Conception.

De sa chambre où il avait fait le vide, sa main dans celle de la petite reine, il percevait à travers les tentures qui occultaient les fenêtres une rumeur proche où se mêlaient rires et exclamations. Chaque prisonnier qui sautait dans le vide avec la corde au cou était salué par une vague sonore qui atteignait son paroxysme au moment où la corde tendue brisait les vertèbres.

Les bourreaux avaient gardé les prisonniers les plus fringants et les plus robustes pour le dernier acte. Ils donnèrent aux spectateurs un plaisir fou, se débattant des deux jambes comme s'ils marchaient sur un nuage, proférant des malédictions ou chantant des psaumes de Goudimel.

Comme l'on manquait de cordes, François de Guise fit conduire le groupe des derniers conjurés au-dessus des courtines dominant la place du marché et les fit précipiter dans le vide d'une poussée.

Quatre jours après la découverte du complot, les geôles étaient vides, mais les murs du château ruisselaient d'une sinistre vendange, des grappes de pendus autour desquelles commençaient à tourner des rapaces.

Lorsque le dernier condamné eut sauté dans le vide, la reine mère dit à Marie :

– Mon enfant, nous sommes tranquilles pour quelque temps. Le royaume est débarrassé de ces maudits parpaillots et les autres se méfieront. Maintenant, nous allons souper.

– Je ne pourrai pas avaler une bouchée, madame, répondit Marie. Cette odeur est insupportable. Elle me poursuit jour et nuit.

– Il faudra vous y habituer, mon enfant. C'est l'odeur même de l'histoire. Et c'est vrai qu'elle ne sent pas la rose.

L'odeur de la mort, Agrippa la respirait jusque sur les vêtements de son père, jusque dans les aliments qu'on leur servait. Même le pain avait une odeur cadavérique. On la respirait le jour à travers la ville où le vent la véhiculait par lourdes bouffées ; elle entrait la nuit à pleines fenêtres dans les chambres. Agrippa en était incommodé, comme Antigone du cadavre de Polynice. Il se dit qu'il ne pourrait oublier ces événements et qu'il en ferait un poème.

Jeanne et Antoine passèrent la plus grande partie de l'été à Nérac, dans une paix fallacieuse, troublée par les nouvelles de France. L'édit de Blois puis celui de Romorantin avaient mis une sourdine aux répressions sauvages du temps du roi Henri, Madame Catherine s'étant opposée à une extension du massacre perpétré à Amboise et que les Guises auraient bien aimé renouveler.

La ville et le château étaient devenus des centres actifs de la Réforme. Sur les chemins de la prédication, les ministres de Genève et de Strasbourg s'arrêtaient sur les rives de la Baïse, demandaient asile au château ou chez des notables, restaient le temps de se remettre de leurs fatigues, de diffuser dans la population des petites bibles en langue vulgaire avant de reprendre la route, le plus souvent à pied, en direction de la Guyenne et de la Saintonge. On rencontrait dans leurs groupes des prêtres qui avaient tourné casaque mais se débarrassaient difficilement des mauvaises habitudes prises lors de leur précédent sacerdoce. Jeanne les faisait surveiller et dénoncer en consistoire, avant de les renvoyer à leur ancienne croyance.

Il lui plaisait que l'on dît de Nérac et du pays d'Albret qu'ils étaient une « petite Genève », que l'on vantât l'accueil qu'elle réservait aux pasteurs, le sérieux des offices, la qualité des prêches.

Petit à petit, jour après jour, le petit prince s'était détaché de la messe pour satisfaire au prêche et répondre ainsi aux consignes de sa mère qui avaient peu à peu pris forme d'exigences, confirmées par les lettres qu'elle adressait au précepteur et aux pasteurs pour l'enseignement de son fils dans la nouvelle religion.

Elle le retenait parfois par le fond de ses braies lorsqu'il tentait de lui fausser compagnie pour aller retrouver Melchior et quelques autres garnements. Aux questions qu'elle lui posait sur le dogme de Genève, il répondait sans hésitation, mais elle n'avait pas de peine à deviner que c'était chez lui davantage affaire de mémoire que de cœur. Il retenait correctement les leçons des ministres ; que pouvait-elle lui demander d'autre ?

Cette passivité de la part de son fils la troublait. Lorsqu'elle en parlait à Antoine il haussait les épaules : cette question le laissait indifférent. Il préférait voir son rejeton se plonger dans *La Guerre des Gaules* ou les *Vies des hommes illustres* plutôt que de se sustenter des écrits de Luther, de Melanchthon et de Calvin qui étaient des nourritures de moindre intérêt pour un futur roi de Navarre. Il lui témoignait la même indulgence lorsqu'il le surprenait à feuilleter dans la « librairie » du roi Henri d'Albret les écrits de la grand-mère Marguerite que Jeanne avait pris soin de reléguer sur les plus hautes étagères.

M. de La Gaucherie avait beau faire : il donnait l'impression de vouloir faire ingurgiter à son élève une soupe trop salée. La Cène laissait Henri indifférent ; aux prêches, il s'endormait ou jouait avec Melchior ; convoqué aux assemblées de prières qui se tenaient dans le cabinet de sa mère, il demeurait près de la fenêtre pour suivre de l'œil les évolutions des servantes et des chiens dans la cour ou des bateaux sur la rivière.

Jeanne s'indignait de cette passivité ; Antoine n'y attachait guère d'importance. Trop récemment converti, d'une nature frivole, il traitait avec indifférence des problèmes de l'eucharistie et de la prédestination : affaires de clercs...

Il disait à son fils :

– Certes, il convient de garder la foi dans son cœur, mais de ne la considérer que comme un moyen de gouverner et d'assurer la sauvegarde de ce royaume. Trop incliner du côté des religionnaires, c'est risquer de voir à nos frontières les troupes de Philippe. Défendre avec trop de ferveur la religion de nos ancêtres, c'est basculer dans le clan des Guises. Entre le tigre et le loup, comment choisir ? Mieux vaut attendre que les événements décident pour nous.

Peu avant Noël, le prince Louis de Condé se présenta devant le pont-levis avec une vingtaine d'arquebusiers.

– Quel bon vent vous amène, mon frère ? dit Antoine.

– Ce n'est pas un bon vent, répondit le prince. Il est de ceux dont il vaut mieux s'abriter.

Il revenait de loin. Suspect à la suite du tumulte d'Amboise, il avait jugé bon de prendre du champ pour échapper à la police des Guises, s'était livré au jeu du chat et de la souris, prenant les chemins de traverse, dormant dans des gîtes de fortune, toujours sur le qui-vive. Le chat avait fini par rattraper la souris et l'avait jetée au château de Vincennes. Au cours de son procès, il s'était défendu comme un diable, jurant qu'il était innocent dans cette affaire, qu'il ignorait jusqu'à l'existence du complot et de ce La Renaudie dont on lui rebattait les oreilles. Certain que sa captivité déboucherait sur le supplice, il avait faussé compagnie à ses gardiens pour se réfugier en Navarre.

Seul espoir de réhabilitation et de réinsertion à la cour, la mort du roi.

– François serait-il sur le point de mourir ? demanda Antoine.

– Il est mort ! Vous êtes bien le seul à trouver cette nouvelle surprenante.

Depuis son retour d'Amboise et la fièvre qui l'avait terrassé, François n'était qu'un mort vivant. En plus des humeurs qui lui coulaient des oreilles, il souffrait d'un mal de poitrine contracté au cours des parties de chasse qui l'épuisaient et des nuits d'amour qui le laissaient sur le flanc.

– Dans les derniers jours, m'a-t-on dit, son visage avait pris l'apparence d'une courge trop mûre, pourrie de l'intérieur. Certains voient dans cette fin prématurée l'œuvre des Guises. Ils le poussaient aux excès dans l'espoir qu'ils hâteraient sa mort et qu'elle leur ouvrirait les portes du pouvoir, mais ils avaient trouvé Madame Catherine en travers de leur route.

– Qu'allons-nous devenir ? demanda Antoine. Sommes-nous condamnés à l'exil ?

– Rassurez-vous : nous n'allons pas baisser les bras. La reine mère a réuni les états généraux à Orléans. Notre place est là-bas. En nous hâtant, nous arriverons avant la clôture.

Louis et Antoine partirent le lendemain avec une escorte bien armée, dans un brouillard de pluie. Ils arrivèrent à Orléans assez tôt pour entendre le chancelier Michel de L'Hôpital réclamer des mesures d'apaisement nécessaires à la paix. Il s'écriait :

– Ôtons de notre langage ces mots diaboliques : les noms de partis, de factions, de séditions, de luthériens, de huguenots et de papistes. Ne gardons que le nom de chrétiens...

Les ambitions des Guises, dans cette nouvelle politique, s'effondraient. Leur coup d'État avorté, ils risquaient la disgrâce.

Au cours d'une promenade dans les jardins, entre deux averses, Madame Catherine dit à Louis de Condé et à Antoine de Bourbon :

– Le moment est venu de faire la paix. Mon conseil estime que la régence me revient, que je serai la gouvernante des enfants de France. Je compte sur vous, les princes du sang, pour m'aider dans cette mission.

Antoine héritait du titre de lieutenant général du royaume. Quant à Louis...

– Je vous rappelle, monseigneur, dit-elle, que vous êtes toujours sous le coup d'une inculpation aggravée par votre évasion, mais je suis disposée à vous pardonner.

– Vous êtes bien bonne, Majesté, bredouilla Louis.

– Ma gratitude vous est acquise, ajouta Antoine. Je m'efforcerai...

– Pas de déclarations d'intention ! le coupa Catherine. Je ne vous demande rien d'autre que de m'être fidèles et de remplir les missions qui vous seront confiées. Tâchez, en premier lieu, de maîtriser le zèle des adeptes de la nouvelle religion. Ils en prennent un peu trop à leur aise depuis quelques mois.

« Signe rassurant, songea Antoine : elle n'a pas prononcé le mot d'hérésie. »

Ce mot honni, l'ambassadeur d'Espagne, M. de Chantonnay, ne se priva pas de l'employer. La tolérance envers l'hérésie ? Inacceptable ! Qu'allait dire son maître, Philippe ?

Philippe avait mal accepté les nouvelles mesures prises en faveur des hérétiques. Le mot « tolérance » ne figurait pas dans son vocabulaire, sinon comme un crachat. Et le pape, donc ? Ils ne rêvaient l'un et l'autre que de voir l'Inquisition rallumer les bûchers, faire régner la terreur religieuse. Il n'y avait aucun trouble en Espagne. Et pour cause !

Pouvait-on laisser se perpétrer cette infamie ? Impossible de baisser les bras. Philippe ouvrit sa bourse, envoya en France sous divers motifs une multitude d'agents chargés de retourner l'opinion.

Il l'ouvrit encore plus large pour les Guises, la seule famille sur laquelle il savait pouvoir compter pour exterminer ce monstre de Lerne, la huguenoterie.

Flatté de l'honneur que lui avait fait la reine mère, Antoine finit par convenir qu'il s'agissait d'un cadeau empoisonné. Jeanne ne le lui envoya pas dire.

– Vous auriez dû refuser. Cette distinction fait de vous la créature de Madame Catherine. Elle pourra vous manœuvrer à sa guise. Le jour où des troubles se produiront, de quel bord serez-vous ?

Les troubles ? Ils avaient éclaté depuis belle lurette et se poursuivaient allégrement dans le Midi. Mouvans en Provence, Maligny dans le Lyonnais, Montbrun dans le Dauphiné et le Comtat Venaissin n'avaient pas déposé les armes. Le maréchal de Saint-André, Blaise de Montluc leur donnaient de la tablature, mais l'incendie, s'il s'éteignait à la suite de leurs chevauchées punitives, se rallumait ailleurs, et, sur l'horizon de la guerre, aucun nuage porteur de pluie salvatrice ne s'annonçait.

Jeanne attira son fils contre elle, lui releva le menton pour l'obliger à la regarder en face. Elle éprouvait souvent le besoin de sonder ce regard vif, franc, parfois malicieux : elle avait le sentiment qu'elle pouvait trouver en lui le ressort lui permettant de surmonter ses pensées moroses et les problèmes qui l'obsédaient.

– Mon petit prince, mon cher enfant, dit-elle, nous avons à parler de choses importantes. Suivez-moi dans le jardin.

Elle avait beaucoup changé en quelques mois, insensiblement mais sûrement. Elle avait maigri, une sécheresse précoce marquait ses traits, accentuant cette apparence de Vierge Mère au pied de la Croix. C'était moins la santé de sa fille qui lui causait des angoisses que le comportement d'Antoine. Elle avait mal pris qu'il eût accepté ce qu'elle avait appelé un « cadeau empoisonné » ; il s'ajoutait à cette déception une sourde inquiétude quant à l'inconduite de son époux : il était revenu de plus belle à ses anciennes amours, en avait ajouté de nouvelles. C'est à peine, lorsqu'il daignait faire halte à Pau ou à Nérac, s'il s'intéressait à elle.

Sous le pont menant à Jurançon, le gave roulait ses eaux tumultueuses de printemps à travers le réseau verdâtre des saules et des frênes. Un couple de tourterelles chantait l'amour dans le grand pin d'Italie. Une constellation de primevères et de pervenches étoilait les parterres.

– Nous allons devoir partir, dit Jeanne. On nous attend à Paris.

– Resterons-nous longtemps absents ? demanda Henri.

– Je l'ignore. Vous n'aimez pas beaucoup Paris, n'est-ce pas ? Le spectacle de la cour, pourtant... Vous sembliez y prendre plaisir lors de notre dernier séjour. Vous aimiez la compagnie des princes qui ont votre âge, ou peu s'en faut. Et cette petite Margot qu'il vous faudra épouser un jour...

– Je ne les aime guère, mère, et eux me détestent.

Elle reprit son air sévère pour ajouter :

– Croyez bien que cela ne m'enchante guère non plus, mais nous devons en prendre notre parti. J'ai reçu un message de Madame Catherine. Elle insiste pour que nous venions.

Épuisée par la courte promenade, elle s'assit sur un banc, au soleil, et fit asseoir son fils près d'elle. Un moment silencieux, ils observèrent le travail du jardinier de la reine, qui plantait des arbustes et semait des graines, sa fille près de lui, accroupie, tassant la terre avec ses mains.

– Ce voyage à Paris, poursuivit Jeanne, est une obligation. Je ne veux pas vous importuner avec les affaires de la politique, mais il est bon que vous sachiez l'essentiel de ce qui nécessite ce séjour. Votre oncle, Louis de Condé, a été innocenté des crimes de conjuration dont on l'inculpait. L'amiral Gaspard de Coligny, dont vous savez qu'il est des nôtres, est dans les bonnes grâces de Madame Catherine. La reine dauphine Marie et le connétable de Montmorency, ces créatures des ducs de Lorraine, sont écartés du pouvoir. Quant aux Guises, ils sont allés planter leurs choux à Joinville.

Il savait tout cela mais jugea bon qu'elle lui témoignât sa confiance en le lui rappelant.

– Les apparences sont parfois trompeuses, ajouta la reine. Cette trêve qui nous semble favorable est précaire. Il suffirait pour la rompre d'un incident, d'une maladresse, d'un propos mal contrôlé... Je connais les gens de Lorraine : ils ne désarment pas facilement. Pour tout dire, je redoute une guerre civile. Si elle éclate, vous serez plus en sécurité à la cour qu'ici, en Navarre, et nous de même. Quand le diable se mêle de brouiller les affaires des hommes, mieux vaut être à la droite du bon Dieu.

Elle renversa son buste en soupirant, laissa le soleil inonder son visage, modeler ses traits rigides. Les yeux clos, elle poursuivit :

– Votre grand-père, le roi Henri de Navarre, souhaitait faire de vous un gentilhomme champêtre, comme il aimait à le dire. Il manquait d'ambition et il avait tort. Le temps est venu de faire litière de votre éducation à la béarnaise pour faire votre entrée dans l'histoire du royaume de France, sans pour autant renier vos origines. Renoncez à vos parties de chasse dans la montagne, à vos équipées avec Melchior, à la fréquentation de nos paysans. Ce que je vous demande, mon fils, c'est de changer de peau.

Il fallut assister au sacre du nouveau souverain, Charles IX, à Reims, écouter le cardinal de Lorraine vaticiner sur la nécessité pour la France de rentrer dans l'obédience romaine. Il fallut subir l'exubérance de la duchesse Antoinette, grand-mère de Marie Stuart, une sorte d'alter ego de Madame Catherine. Elles se ressemblaient par la stature humaine et politique, la ténacité dans leurs opinions ; elles s'affrontèrent du regard avant de s'asseoir à la même table ; leurs similitudes aboutissaient à des divergences – l'ombre d'une guerre civile se dessinait derrière ces effigies du pouvoir.

– Cette « marchande florentine », bougonnait Marie, je la déteste !

– Ne vous y trompez pas ! rétorquait Madame Antoinette. Catherine est une « glorieuse femme », mais il faudra bien un jour prochain qu'elle se décide à choisir entre Rome et Genève. Et ce ne sera sûrement pas Genève...

Le navire gouverné par la régente roulait bord sur bord et commençait à prendre l'eau par ses sabords.

La manœuvre était périlleuse. Menacée par son gendre Philippe d'une invasion par le sud, elle ripostait en échangeant des amabilités avec la reine Élisabeth d'Angleterre, souveraine d'un royaume revenu à l'hérésie huguenote. Elle maintenait ses décrets comminatoires contre les parpaillots, mais faisait libérer leurs chefs, les attirait dans son giron et confiait l'éducation politique de son fils Charles au chef de l'hérésie, l'amiral Gaspard de Coligny.

C'est dans cette ambiance instable et dangereuse que Jeanne et son fils arrivèrent à Paris.

Si le royaume était partagé, le parti des religionnaires ne l'était pas moins. Antoine s'ouvrit à Jeanne de ses inquiétudes. Il avait eu les jours précédents une querelle avec son frère Louis et l'amiral.

– Je plaide pour la paix religieuse, dit-il, et eux ne jurent que par la guerre !

Le danger d'une scission profonde s'amplifiait. François de Guise, le connétable de Montmorency, le maréchal de Saint-André venaient de se constituer en triumvirat ; ils avaient derrière eux le peuple de Paris.

– Jamais, poursuivit Antoine, nous n'avons été aussi près de la guerre civile. Il suffirait d'une étincelle pour que le baril de poudre explose.

Cette étincelle, elle avait bien failli jaillir dans l'affaire du Pré-aux-Clercs.

Sur la rumeur d'un complot contre le jeune roi, des gens du bas peuple, des spadassins, des moines et des prêtres s'étaient portés en foule au domicile d'un paisible citoyen qui avait le tort d'être huguenot et d'accueillir chez lui, pour le prêche ou la Cène, des gentilshommes de la religion : M. de Longjumeau. Sa demeure donnait sur le Pré-aux-Clercs, promenade favorite des Parisiens.

Averti par les hurlements de la canaille, M. de Longjumeau fit fermer ses portes. La horde les brisa à coups de hache. Prévenu de l'incident, le poste de guet installé au pont Saint-Michel ne daigna pas intervenir.

La porte enfoncée, les gueux trouvèrent devant eux une dizaine de gentilshommes, l'épée au clair.

Attiré par le tumulte, un voisin de M. de Longjumeau, avocat, survint, l'épée au poing, en compagnie de son huissier, fonça sur les misérables qui commençaient à se débander. Ils ripostèrent et laissèrent un cadavre sur le terrain, le malheureux huissier.

– Que croyez-vous qu'il arriva ? dit Antoine. Le Parlement condamna M. de Longjumeau au bannissement et l'avocat à la prison. Quant aux brigands, ils courent toujours. Voilà comment, à Paris, au nom de Dieu et du roi, on rend la justice !

Antoine avait obtenu que Jeanne et son fils fussent hébergés à la cour. Cela répondait aux vœux de la reine mère qui ne souhaitait pas voir la famille de Navarre frayer avec la huguenoterie urbaine. Antoine avait également obtenu l'admission de son fils au collège de Navarre, afin qu'il eût une éducation à la française.

– Vous n'y serez pas dépaysé, lui dit-il. Vous retrouverez dans ce vénérable établissement les princes Henri d'Anjou et François d'Alençon et serez traité avec les mêmes égards. M. de La Gaucherie vous aidera dans vos points faibles, notamment le latin.

– Le latin, dit Henri d'un ton boudeur. À quoi cela me servira-t-il ?

– Vous vous devez de connaître cette langue, d'étudier Cicéron, Sénèque... Lorsque des cuistres vous parleront de ces auteurs vous devrez pouvoir leur clouer le bec. Tâchez de même d'apprendre un peu les Grecs. Il y a de bonnes leçons à retirer de leur histoire.

La reine mère ne versa pas une larme sur le départ de la petite Stuart, qui n'avait plus sa place à la cour, où, depuis la mort du roi, elle traînait ses robes de veuve, indifférente à tout, à tous indifférente. Un royaume l'attendait en Écosse, après la disparition de sa mère qui avait suivi de peu celle de François. En vers, en prose, en paroles, M. de Brantôme ne tarissait pas d'éloges sur sa beauté et son esprit ; il fut chargé de l'escorter jusqu'aux brumes d'Édimbourg. Après quatre jours d'une triste fête donnée en son honneur, Marie fut confiée à Antoine de Bourbon, qui l'escorta jusqu'à son lieu d'embarquement.

Elle fit tristement son bagage, rangea dans un coffret de cuir poèmes et lettres ; elle embrassa ses proches, trouva sèche et froide la joue de Madame Catherine, humide et brûlante celle du roi Charles, qui nourrissait pour sa belle-sœur une passion secrète. M. de Ronsard lui offrit un bouquet de roses de son jardin et son dernier livre de poèmes. Le cardinal de Guise, son oncle, lui fit miroiter la perspective d'une nouvelle union avec l'infant d'Espagne, don Carlos, qui était difforme et stupide, mais passer de Charybde en Scylla ne la tentait guère.

Elle dit au gentilhomme périgourdin :

– J'ai grand-peine à quitter la douce France qui est ma véritable patrie. Que vais-je trouver là-bas ? J'étais étrangère en France, je le serai de même en Écosse. Comment va-t-on m'y accueillir ?

– Ayez confiance, Majesté. Votre charme et votre esprit feront des miracles.

Elle souriait, haussait les épaules : ces courtisaneries l'excédaient. Elle savait qu'elle laisserait peu de regrets à la cour, où elle était passée comme une comète. Madame Antoinette était peut-être la seule que ce départ attristât, mais elle se consolait en portant à son cou le collier de diamants, de rubis et d'émeraudes que sa petite-fille lui avait offert.

Le matin du départ elle eut un avant-goût de ce qui l'attendait en Écosse : la brume, la pluie, une mer grise qui mêlait les embruns à ses larmes. Miss Fleming, l'ancienne maîtresse du roi Henri, et trois autres filles de sa suite s'évertuaient à la distraire sans y parvenir. Elle n'avait d'oreille que pour le petit orchestre qui lui jouait des airs de France sur le pont arrière de la galère, une musique qui n'était pas faite pour chasser ses idées noires.

Le navire ne put mettre à la voile qu'à la mi-août, alors que le vent s'était calmé et que le soleil s'écarquillait dans un ciel d'opale. Marie s'isola à la poupe, immobile et silencieuse, pressant contre ses lèvres le médaillon renfermant le portrait en miniature du petit roi qui l'avait tant aimée. Elle aurait accepté pour le sauver de donner sa chair et son sang; elle n'avait pu lui offrir que ses larmes.

Marie resta à la poupe jusqu'à ce que la côte eût disparu. Brantôme, qui se tenait derrière elle, l'entendit murmurer :

– Adieu, ma douce France. Nous ne nous reverrons plus...

À la cour, une reine succédait à celle qui venait de se retirer.

Madame Catherine avait émis le souhait de voir Jeanne reçue avec les honneurs dus à son rang. Surprise de Jeanne : elle n'en attendait pas tant ! À quoi rimaient ces fêtes, ces hommages, ces attentions ? Elle avait beau se dire que seule la politique entrait dans les intentions de Catherine, elle cédait malgré elle à la séduction de sa « commère » qui, par quelques propos et quelques caresses, avait le pouvoir de faire coucher les lions à ses pieds.

Lors d'une réception à Saint-Germain, Jeanne eut à subir un affront qui devait lui rester sur le cœur. Un soir, alors qu'Antoine accueillait son fils de retour du collège, elle donna libre cours à son acrimonie.

Au cours de la cérémonie donnée en son honneur, elle avait été présentée à deux dames de l'entourage de Catherine, Louise de La Béraudière – la « Belle Rouet » – et Mme de Saint-André – la maréchale. Jeanne avait fait mine d'ignorer leur présence. Fureur de la maréchale, qui s'était écriée :

– Voyez cette pécore : elle nous tourne le cul !

Antoine cacha un sourire derrière sa main.

– Cela vous amuse que l'on m'humilie ? s'écria Jeanne. Ces deux garces sont vos maîtresses. Elles me détestent, ce qui me laisse indifférente, mais qu'elles soient présentes à une réception qui m'était destinée, je ne puis le supporter.

– Une telle dispute, bredouilla Antoine, et devant notre fils...

– Au moins Henri aura-t-il appris que vous vous conduisez envers moi d'une manière indigne.

Elle lui reprocha sur son élan les objets précieux qu'elle trouvait fréquemment dans ses poches et sur la provenance desquels il restait muet.

– Et s'il n'y avait que cela..., dit-elle.

– Et quoi encore, ma mie ?

Il ne se passait guère de jour que, par des pressions subtiles, on ne manœuvrât pour l'écarter de l'influence des ministres de Genève, qu'on ne veillât à ce qu'elle ne fût entourée ou accompagnée que de prélats patelins.

– Je vois venir le jour, dit-elle, où l'on m'entraînera de force à la messe.

– Vous avez tort de vous montrer trop rigide dans votre foi. Quant à moi, s'il me faut aller communier ou me confesser, eh bien ! j'irai plutôt que de perdre mes avantages.

Jeanne se laissa tomber sur une chaise. Cet homme qui évoluait autour d'elle avec des effets de chausses et d'épée, s'arrêtant devant le miroir pour redresser sa toque ou inspecter ses dents, lui était devenu étranger.

– Cette attitude est indigne de vous, dit-elle. Je vous ai connu ardent à défendre notre foi, prêt à donner votre vie pour elle. Et aujourd'hui... aujourd'hui vous êtes prêt à tous les renoncements, à toutes les bassesses. Vous tournez au moindre vent comme une girouette. Qu'il y ait une place libre au triumvirat, et vous vous y précipiterez !

Il bredouilla :

– Qu'y puis-je ? Nous sommes les jouets des événements et des circonstances...

– Personne ne vous obligeait à rencontrer François de Guise et son frère le cardinal, cet *amigo* des Espagnols, ce nouveau Machiavel qui vendrait sa famille pour le trône de saint Pierre. Qu'attendez-vous d'eux ? Que manigancez-vous ?

Antoine balaya une poussière sur sa manche et répondit négligemment :

– Vous oubliez, ma mie, que le vent est à la réconciliation. C'est le vœu de la reine mère. Elle n'a que des bontés pour moi. Je suis son obligé.

Il regarda d'un œil indifférent son fils quitter la pièce en emportant sous son bras un gros ouvrage. Cette discussion n'avait pour lui aucun intérêt ; il y était d'ailleurs habitué. Dès qu'il eut refermé la porte, Jeanne lança d'une voix âpre :

– La vérité, pour en revenir à nos affaires, c'est que vous avez cessé de m'aimer. Voilà deux ans que vous ne daignez plus partager mon lit. Est-ce que je vous répugne ? Eh bien, répondez, par Dieu, au lieu de tourner en rond !

– Vous vous trompez, dit-il. Je vous garde mon affection entière, mais tous ces soucis qui nous accablent...

– Pourtant vous retrouvez votre vigueur pour honorer les catins de Madame Catherine, cette... cette maquerelle ! Vous avez même, dit-on, vos habituées dans le bordel de la cour.

Mine triomphante d'Antoine. Il éclata de rire, s'écria :

– Vous retardez, ma mie ! Le roi Henri a fait supprimer cette maison depuis belle lurette. Pour ce qui est de la foi, je vous préviens que la reine mère juge importuns ces réunions que vous tenez dans vos appartements et ces psaumes que l'on y chante à toute heure du jour et de la nuit. Il faut faire cesser cela.

– Je n'en ferai rien ! s'écria Jeanne. Est-ce que je prends ombrage des offices que l'on célèbre dans la chapelle ? Je n'assisterai jamais à la messe, et mon fils non plus. Plutôt nous jeter dans la Seine.

La discipline du collège de Navarre était stricte, pour la tenue notamment. Les élèves devaient porter la robe noire, la chemise blanche, veiller à la propreté de leurs chausses et de leurs souliers.

Inscrit à la classe de grammaire, Henri ne prenait guère d'intérêt à cette discipline. En revanche, il manifestait d'excellentes dispositions pour le dessin. Il avait dû mettre un frein à son exubérance naturelle : une conduite indigne lui valait le fouet ; pour une leçon mal apprise il fallait s'agenouiller sur des grains de blé en portant deux tomes à mains tendues.

Il retrouvait là, chaque matin, ses cousins Anjou et Alençon dont il avait fait ses compagnons. De retour au Louvre, libérés des contraintes du collège, ils devenaient complices pour des jeux et des facéties. L'une d'elles faillit mal tourner.

Un jour, Henri lança à ses cousins et à d'autres enfants de grandes familles :

– Et si nous jouions au cardinal ?

Aussitôt dit, aussitôt fait. Les garnements se rendirent à la chapelle, revêtirent des tenues d'enfants de chœur et, Henri à leur tête, défilèrent à travers le Louvre, s'arrêtant pour une parodie de messe sous les regards ébahis des courtisans, débitant, avec des mimiques imitées du cardinal de Lorraine, des propos salaces et des chansons profanes.

Sur son élan, le cortège carnavalesque s'engouffra dans l'antichambre du cabinet, où Madame Catherine tenait conseil. Elle surgit, la mine sombre, et s'écria :

– Quelle est cette mascarade ? Voulez-vous sortir, chenapans, ou je vous fais donner le fouet !

Une enquête lui permit de remonter jusqu'à l'initiateur de cette scène impie. Punition pour Henri : vingt coups de fouet.

Les fils de Madame Catherine se livraient à des jeux moins innocents. Leur distraction favorite était d'aller, comme ils disaient, « voir pisser les demoiselles » derrière les buissons de Saint-Germain. Henri apprit que le corps de la femme, jusque dans ses nécessités banales, pouvait être une fête du regard et susciter du plaisir. Dans les campagnes de Navarrre, regarder pisser une bergère n'a rien d'alléchant : elle se contente d'écarter les jambes et de soulever le bas de sa cotte. À Saint-Germain ou dans quelque autre résidence royale, cela relevait d'un rite et se déroulait dans la bonne humeur. Les femmes et les filles s'éloignaient par groupes des terrasses et s'aidaient les unes les autres à se défaire de leurs robes et de leurs vertugadins pour s'accroupir dans un brouillard de soie et de dentelle.

Il leur arrivait souvent de surprendre, dans les gloriettes, les pavillons de chasse, les grottes ou les buissons, des scènes autrement affriolantes : l'étreinte amoureuse d'un couple clandestin.

Un jour d'été, alors qu'il émergeait de sa sieste, Henri alla pousser la porte de la chambre occupée par les princes. Il s'arrêta sur le seuil, interdit : la petite Margot était allongée à demi dans un fauteuil, cuisses écartées sur un sexe impubère et se laissait caresser par ses frères agenouillés.

– Eh bien, mon cousin ! lui lança Anjou, approchez ! Vous devez apprendre comment sont faites les filles et les plaisirs qu'elles peuvent nous donner.

Henri s'avança lorsque Margot, rabattant ses jupes, s'écria :

– Non ! Pas lui...

Cette réaction ne le troubla pas outre mesure : il était habitué aux rebuffades de la princesse depuis le jour où, l'ayant frôlée au cours d'une danse, elle lui avait jeté :

– Ne me touchez pas, monsieur ! Vous puez. Votre place n'est pas ici mais en Navarre, avec vos bergers et vos paysans.

Elle n'était vraiment éprise que du fils du duc François de Guise, Henri, qui ne ressemblait guère à son père : François, lourd, blondasse, carré d'épaules ; Henri, frêle, élégant, l'allure d'un jeune fauve indolent. Ses allures distantes, son refus de participer aux jeux plus ou moins facétieux et troubles de ses « cousins » ajoutaient à l'attirance que Margot éprouvait pour lui ; elle se disait qu'elle ne le repousserait pas si la fantaisie le prenait de fourrager sous ses jupes, mais il ne lui vouait qu'une affection distante.

Libre de son choix, Henri ne l'eût pas porté sur Margot : elle ressemblait trop à sa mère ; elle avait hérité de la Médicis des rondeurs de visage, des yeux saillants, un teint olivâtre, mais il émanait de ce brimborion de femelle un charme provocant dont il avait du mal à se défendre.

Madame Catherine n'avait pas renoncé à l'idée d'une union entre la famille de France et celle de Navarre. Elle prenait Margot sur ses genoux et lui glissait à l'oreille :

– *Carina,* vous habituez-vous à votre petit fiancé ? D'ici à quelques années, vous serez sa femme ! *Contenta ?*

– *No contenta !* ronchonnait la petite. Il pue toujours autant, mère.

Madame Catherine voulut en avoir le cœur net. Elle fit approcher le prince, le renifla et dut convenir qu'il dégageait une odeur *sui generis* qui rappelait celle des fossés du Louvre plus que celle des roses des Tuileries. Elle lui demanda s'il prenait soin de son corps ; il lui répondit qu'il se lavait entièrement une fois par semaine. Elle soupira. Que faire ? On ne pouvait lui imposer un bain quotidien à l'eau de rose, comme, disait-on, le pratiquait Diane de Poitiers.

– Mon enfant, ajouta la reine mère, vous devez prendre davantage soin de votre personne. Allez de ma part demander conseil de mon parfumeur, M. Renato, ou René si vous préférez. Ses eaux de toilette sont réputées jusqu'à Venise.

Il protesta timidement : sa mère s'opposerait à cette démarche.

La reine mère le congédia en lui criant :

– Eh bien, allez au diable, mon fils, et gardez vos odeurs de bouc !

Henri n'avait que des rapports épisodiques et sommaires avec son cousin, le roi Charles, qui allait sur ses treize ans et dont le menton et les joues commençaient à se duveter.

Taciturne, inquiet, coléreux, ce garçon n'avait quitté les jupes de Nanon, sa nourrice huguenote, que pour celles de sa mère, qu'il vénérait et redoutait. Il se mêlait rarement aux jeux de ses frères et de ses cousins, ni d'ailleurs à aucun jeu, si ce n'est la paume ou la chasse.

Il portait sur son visage aux lèvres minces, aux cheveux plats un reflet de la cruauté qui l'habitait. Henri se méfiait de lui depuis le jour où il l'avait surpris en train de tuer à coups d'estramaçon un ânon dans la cour du château. Il ne semblait prendre aucun plaisir à ce spectacle, comme un sacrificateur égorgeant une chèvre sur un autel. Son visage demeurait grave, buté, inexpressif.

Charles avait regardé longtemps, son estramaçon ensanglanté pendant à sa main, l'agonie du pauvre animal agité de mouvements convulsifs et qui lançait des braiements lamentables. Puis il s'était tourné vers Henri.

– Vous aimez ça, avouez-le, lui avait-il dit. La vue du sang vous excite, comme moi. Vous aimez la chasse ?

Henri avait haussé les épaules. Qui n'aimait pas la chasse ? On s'y délivrait des miasmes et des contraintes de la cour, on y éprouvait les limites de sa résistance.

– Vous m'accompagnerez un jour prochain, avait dit le roi. Je vous montrerai comment traquer et abattre un sanglier. C'est cette chasse que je préfère.

C'était un ordre plus qu'une invitation. Il devrait s'y plier.

– Je vous ferai prévenir, avait ajouté Charles, du jour et de l'heure du rendez-vous. En attendant, retrouvez-vous cet après-midi au jeu de paume, celui qui est situé à l'entrée du Louvre, en face de Saint-Germain-l'Auxerrois.

Jeanne avait réagi violemment à l'annonce de cette invitation.

– Gardez vos distances avec ce demi-fou, avait-elle dit. Dieu sait à quels excès il pourrait vous entraîner. Ses parties de chasse tournent au massacre. Il a bien mérité le surnom qu'on lui a donné de « garçon boucher ».

Henri ne put faire moins que de se rendre au jeu de paume. Lorsqu'il se présenta, accompagné d'Anjou et de Melchior, on disputait une partie de longue paume, à quatre contre quatre, ce qui donnait beaucoup d'animation à cet exercice dont l'enjeu était une poignée d'écus. Assis dans la tribune, le roi surveillait la partie d'un air absorbé. Lorsqu'elle fut terminée, il entra en lice et lança un défi à M. de La Rochefoucauld, un de ses familiers, qui répondit de mauvaise grâce à cette invitation.

– Mon frère, dit Anjou, est un fameux joueur, mais son mauvais caractère dissuade ses adversaires de l'affronter. Regardez la mine de La Rochefoucauld, qu'on appelle familièrement Foucauld : on dirait qu'on le traîne au pilori !

Charles n'aimait pas perdre ; il ne souffrait pas non plus les complaisances destinées à éviter sa colère ou à épargner sa dignité royale. Quoique de santé fragile, il ne s'épargnait guère, au jeu comme à la chasse, jusqu'à cracher le sang et s'effondrer.

Charles perdit la partie, ce qui le mit d'une humeur de dogue. Il s'en prit au marqueur, l'accabla d'insultes, à Foucauld, qui jugea prudent de s'esquiver, puis il brisa sa raquette sur son genou.

– Navarre ! cria-t-il. Où êtes-vous ?

Henri se sentit fondre de terreur.

– Je crains, sire, dit-il d'une voix blanche, de n'être pas de votre force.

– Sottises ! Nous allons jouer roi contre cavalier, comme aux échecs. France contre Navarre !

Plus robuste et plus agile que son adversaire, qui avait trois ans de plus que lui, Henri fit bonne figure face à un adversaire qui brandissait la raquette comme un bûcheron sa cognée et qui, le visage congestionné, le souffle bref, s'épuisait vite. Henri lui laissa gagner la partie sans paraître faire preuve de condescendance.

– Navarre, s'écria Charles, vous jouez divinement bien.

Il cracha rouge, s'avança vers le filet, embrassa son cousin, éberlué.

– Henri, dit Anjou, vous avez réussi un tour de force. Vous avez charmé le lion comme Daniel dans l'arène. Charles saura se souvenir de vous. Vous ne lui échapperez plus... Mais je vous préviens, vous serez, à chaque partie que vous disputerez contre lui, sur le fil du rasoir. Vous ne pouvez le laisser l'emporter à chaque engagement, comme vous venez de le faire, si habilement qu'il ne s'en est pas aperçu. Et, si vous le battez, gare à vous : il vous en tiendra rigueur. Vous allez devoir faire preuve de diplomatie. Votre situation n'est guère plus enviable que celle d'un ambassadeur de Venise chargé de négocier avec le Grand Turc. Ne tentez pas de vous soustraire : il vous retrouvera, où que vous vous cachiez. Les passions de mon frère sont incontrôlables et ses décisions sans appel. Vous ne tarderez pas à vous en rendre compte.

Il s'approcha de son cousin, le renifla avec une mine dégoûtée, s'éventa le visage avec son mouchoir brodé.

– Vous puez fort, dit-il. Il faut vous laver plus souvent. Venez me voir demain : je vous donnerai un sachet de poudre de Chypre et un flacon d'eau d'ange, mais évitez les nourritures grossières : l'ail et l'oignon notamment. Leur odeur vous sort de la peau.

Henri quitta le jeu de paume accablé d'une double obsession : le sentiment qu'on ne manquait aucune occasion de l'humilier, comme Anjou venait de le faire, en le traitant en valet d'écurie ; la hantise de nouvelles parties de paume à disputer avec Charles. Il ne se sentait ni le cœur d'un champion ni le talent d'un diplomate vénitien.

Il n'en dormit pas de deux nuits.

Les Guises n'étaient pas restés longtemps à se morfondre dans leur exil. Ils revinrent à la cour dans le courant de l'été, plus arrogants que jamais, forts du soutien de Rome et de Madrid.

Ils arrivaient au bon moment.

Le pape Pie IV avait écrit à la reine mère pour lui demander, avec plus d'insistance que précédemment, de réactiver la répression de l'hérésie. Elle regimba : elle avait eu, au temps où régnait le roi Henri, son content de chair brûlée.

L'ambassadeur espagnol, Chantonnay, se montrait pressant : il fallait que la France redevînt la fille aînée de l'Église et Charles le roi très chrétien.

– Excellence, gronda Catherine, je viens d'interdire les prêches et la Cène dans l'enceinte du Louvre. Que voulez-vous de plus ? Que j'extermine les réformés ? Il vous faut de nouvelles Vêpres siciliennes ?

– Cela plairait à mon maître et à Sa Sainteté, madame, mais je vous connais trop pour savoir que vous n'en ferez rien, que vous ne souhaitez pas vous aliéner l'amitié de la reine d'Angleterre. Pourtant, il est dangereux de boire à deux fontaines. Persistez dans cette voie et nous sévirons.

– C'est trop d'insolence, monsieur. Sortez ou je vous fais chasser par mes gardes !

Elle fit front avec une énergie décuplée à François de Guise, dont la morgue l'exaspérait. Le duc se déclarait prêt à sacrifier sa vie pour la religion traditionnelle.

– Majesté, dit-il, la régence vous a été confiée dans le but de restaurer la vraie foi. Vous dérober à cette mission serait vous disqualifier. N'oubliez pas que le Parlement, le triumvirat, le peuple de Paris sont prêts à nous soutenir. Les événements de province devraient vous ouvrir les yeux. Les réformés accumulent les sacrilèges et les crimes. Allez-vous longtemps les laisser faire ?

Elle eut un haut-le-cœur. Comment Guise pouvait-il l'accuser de baisser les bras ? Elle lui jeta au visage les noms des capitaines qu'elle avait envoyés en province pour réprimer les troubles. En Guyenne, notamment, où Blaise de Montluc laissait dans son sillage des grappes de pendus le long des chemins.

– Des Montluc ! s'exclama Guise, il en faudrait cent ! Pour ma part, je n'ai qu'un credo : le rétablissement de l'Inquisition.

Catherine ressentait, plus lourd de jour en jour, un sentiment d'impuissance et de solitude dans le jeu de balance auquel elle était contrainte pour éviter une guerre civile. Cet exercice périlleux aurait une fin prochaine, les passions l'emporteraient sur la sagesse qu'elle prêchait. Il lui faudrait choisir entre la fontaine de Rome et celle de Genève, comme disait cet effronté d'ambassadeur.

Qui voyait-elle pour faire obstacle aux prétentions exorbitantes des gens de Lorraine ? Un roi de Navarre plus disposé à jouer les séducteurs que les foudres de guerre, un prince de Condé fat, orgueilleux, soucieux seulement de sa gloire, un Coligny insondable, calculateur sous ses allures de sphynx. Son chancelier, Michel de L'Hospital, la soutenait dans sa politique de tolérance mais il n'était accessible qu'au-delà d'un rempart de grimoires et de dossiers. Restait le roi. Pauvre roi... Il s'était pris d'amitié pour l'amiral de Coligny, inclinait vers la religion de Genève et s'intéressait davantage aux exercices physiques qu'à l'étude ou aux affaires.

Si Jeanne avait compté sur le colloque de Poissy pour éclairer son fils sur la situation religieuse, elle en eût été pour ses frais.

Un beau charivari ! Les participants des deux religions dissimulaient des poignards sous leurs ceintures. Assis entre sa mère et son père, Henri suivait sagement les débats puis s'endormait. Jeanne devait le pousser du coude pour le réveiller.

Les gens de la Réforme affirmaient ne reconnaître que deux sacrements : baptême et communion. Les autres, confession, confirmation, mariage, extrême-onction, ordination, n'étaient qu'imposture. Les indulgences que l'on vendait comme des petits pains de Gonesse étaient indignes d'une religion qui prétendait être le « Corps mystique du Christ ».

– Les indulgences, lançait un évêque, sont conformes aux Écritures.

– Prouvez-le ! ripostait un ministre. En vérité elles ont été inventées par le pape Jules II pour remplir les caisses de Saint-Pierre !

On faillit en venir aux mains à propos du culte des saints. Théodore de Bèze contre le cardinal de Lorraine : ces deux marionnettes animées de mouvements convulsifs, jetant des feux d'artifice sonores, amusèrent un moment le prince de Navarre et le roi Charles, qui se tenait à côté de la reine mère.

– À bas les saints ! s'écriait Théodore de Bèze. Nous ne reconnaissons que le Christ. Les saints sont envoyés par Satan pour nous berner. Nous refusons d'adorer l'orteil de sainte Ursule ou une côte de saint Saturnin !

Un moine mendiant se leva pour proclamer :

– Que cela vous plaise ou non, les saints prient pour nous du haut du ciel. Pour nous et pour les pécheurs que vous êtes !

On se livra à d'âpres discussions au sujet des vœux, de l'enfer, du purgatoire, du paradis, des pèlerinages, du culte des images... On brassait des idées comme une vendange, mais il ne sortait du pressoir que du vinaigre ou du poison.

Cette querelle stérile dura des jours et des jours. Ouverte la première semaine d'août, par une chaleur accablante, la joute oratoire se termina une quinzaine plus tard par un constat d'impuissance. Sans la vigilance des gardes armés et l'autorité de la reine mère, on aurait assisté à un pugilat général.

Incapable de discerner une ombre de logique dans les discours des uns et des autres, Charles n'avait pu patienter plus de quelques jours. Catherine était restée jusqu'au bout, impassible, énigmatique sous son masque de fatigue, n'intervenant que pour refréner les excès de passion.

L'impuissance de cette assemblée, la reine mère la ressentait comme son propre échec. Aucune lumière n'avait jailli de ce magma d'opinions, aucune vérité qui pût être reconnue de tous. Elle attendait un entretien courtois ; on l'avait abreuvée d'injures et de menaces.

Henri n'avait retiré de ce colloque qu'une impression, celle d'une grande confusion, ajoutée au sentiment que toute cette agitation le dépassait et que jamais, malgré le désir qui parfois l'y poussait, il ne pouvait mettre de l'ordre pour son compte dans ce fatras d'opinions.

– Eh bien, mon fils, lui dit la reine Jeanne, que pensez-vous de cet affrontement ? Il me semble que nous avons tenu la dragée haute à cette meute d'ânes coiffés et mitrés. Leurs arguments n'étaient que vent et braiements. Désormais ils y réfléchiront à deux fois avant de nous inviter.

Henri hocha la tête sans répondre et courut retrouver la petite bande des princes qui l'attendait aux Tuileries. Il n'allait pas avouer à sa mère qu'il avait passé la moitié du temps de cette chienlit à dormir et l'autre à regarder voler les mouches. Il avait bien conscience qu'il lui faudrait, plus tôt peut-être qu'il ne l'imaginait, prendre ces problèmes à bras-le-corps, les affronter pour en faire jaillir une vérité qui, pour le moment, aussi assidu fût-il aux offices, lui échappait.

En revanche, une certitude se faisait jour en lui : cette bataille de mots en annonçait d'autres.

François de Guise avait de nouveau quitté la cour pour se retirer dans ses domaines lorrains. Avant de plier bagage, il dit à Antoine, qui, depuis quelque temps, boudait les huguenots :

– Monseigneur, je pars écœuré. Cette cour est devenue une officine de l'hérésie et je n'ai plus rien à y faire. Désormais le seul recours pour la défense de notre religion, ce sont les armes. Continuez à nous soutenir. N'écoutez plus les sirènes de Genève : elles nous mènent au gouffre.

L'ambiance, dans le ménage de Navarre, était devenue exécrable. Entre Antoine et son épouse les divergences se précisaient et leurs querelles prenaient de plus en plus d'âpreté. Il lui reprochait ses assiduités aux offices, malgré leur interdiction dans l'enceinte du Louvre ; elle l'accusait de faire le jeu des papistes et lui reprochait ses maîtresses.

Il lui dit un jour, après une dispute plus vive que d'ordinaire :

– Décidément, je crois que nous ne pouvons plus vivre ensemble.

Elle ne put réprimer un sursaut d'angoisse ; cet homme qui la trahissait ouvertement, qui mettait même dans ses infidélités une certaine ostentation, elle l'aimait encore, quoi qu'elle en eût dit.

– Souhaitez-vous divorcer ? dit-elle froidement. Vos convictions, je vous le rappelle, s'y opposent. D'ailleurs, qu'auriez-vous à me reprocher ?

– Nous n'en sommes pas à ce point. En revanche, votre présence à la cour est devenue indésirable. Vous devez retourner en Béarn et vous occuper mieux des affaires de votre royaume et de cette petite Catherine qui nous donne du souci. Quant à moi, je veillerai à ce que notre fils soit enseigné dans la religion de ses ancêtres, qu'il oublie tout ce que vos ministres ont essayé de lui inculquer. Il est trop avisé, malgré son jeune âge, pour ne pas comprendre que ce pays n'acceptera jamais un royaume protestant entre lui et l'Espagne. Je lui ferai comprendre où est son intérêt. Il est donc souhaitable que vous repartiez sans lui.

– Serait-ce un conseil ou un ordre ?

– C'est un ordre, dit-il.

V

UN HOMME DE SANG

1562

Ce dimanche-là, premier jour de mars, le duc François de Guise, après un long séjour dans ses terres de Lorraine, retournait à Paris. Il était accompagné de son fils Henri, du jeune cardinal Charles, de son épouse enceinte et d'une escorte de deux cents arquebusiers. Il venait d'assister quelques jours auparavant à un colloque entre les représentants des deux religions et en avait tiré la conclusion qu'on ne pouvait rien attendre des parpaillots.

En route pour Paris il décida d'aller entendre la messe à Wassy, en Champagne, une petite ville proche de son domaine de Joinville.

À peine l'avant-garde de son escorte avait-elle pénétré dans la cité, une estafette vint lui annoncer qu'un office religieux réunissant environ deux mille huguenots dans une grange encombrait les abords du moustier.

– Qu'allons-nous faire ? demanda le cardinal. Rebrousser chemin ?

– Il n'en est pas question ! répondit François. Par la mort Dieu nous ferons comme nous avions prévu : nous rendre au moustier, y entendre la messe et nous y rafraîchir. Vous resterez avec les moines et veillerez sur votre belle-sœur.

Le duc ne resta dans la chapelle que le temps de

tremper les doigts dans l'eau bénite et de faire le signe de croix. Il ne s'attarda pas non plus au réfectoire où s'étaient attablés des gens de sa suite. Le prieur du moustier, Des Salles, était furieux.

– Ce prêche, s'écria-t-il, est une provocation à l'adresse de Votre Grâce et de nous-mêmes. Le pasteur Morel a fait en sorte que son assemblée se tienne en même temps que notre sainte messe.

Le duc s'informa de l'origine de ces fidèles. C'étaient des marchands, des gens de métier, des agriculteurs, de petits gentilshommes, la plupart venus en famille. Le procureur des syndics de Wassy se tenait parmi eux.

Wassy était une opulente cité, en dépit de ses dimensions modestes. Quelque temps auparavant, elle était entrée en rébellion contre la famille des Guises et avait proclamé son indépendance religieuse et administrative. En plein cœur du domaine des Guises, cela passa pour un défi insupportable. Les huguenots narguaient les moines et les prêtres.

François but un dernier verre de vin, groupa autour de lui une trentaine d'arquebusiers, laissant les autres garder sa famille. Quelques-uns de ses hommes étaient déjà en ville pour parer à toute surprise.

La grange où se tenait le prêche d'où montaient des chants de psaumes se dressait à une portée d'arquebuse en tirant de visée. Lorsque le duc et son escorte arrivèrent près de la bâtisse, ils constatèrent que la rue était encombrée de fidèles qui n'avaient pu trouver place à l'intérieur. Il demanda d'un ton rogue qu'on lui livrât le passage ; des quolibets lui répondirent :

– Votre place n'est pas là !

– Retournez au moustier y faire bombance !

– Retirez-vous ! Vous troublez le prêche !

François dit aux deux arquebusiers qui l'entouraient :

– Tirez chacun un coup de feu, mais en visant les ouvertures.

Deux arquebusades retentirent, faisant voler en éclats les panneaux de bois, provoquant un silence puis une rumeur à l'intérieur de l'édifice, comme une ruche dérangée. Puis des cris et des insultes. Puis des menaces. Des fidèles frappèrent les chevaux à coups de bâton pour les faire reculer. Des pierres ricochèrent sur les cuirasses des gens d'armes. C'en était trop. François s'écria :

– Balayez cette canaille ! S'il y a de la résistance, tirez dans le tas !

Les fidèles qui se trouvaient hors de la grange se débandèrent dès les premiers coups de feu qui firent quelques morts et des blessés. Ceux qui se trouvaient entassés à l'intérieur tentèrent de fermer les portes, mais sans y parvenir ni pouvoir empêcher les assaillants de s'introduire dans la place.

François venait de recevoir une pierre sur son pourpoint. Il criait, debout sur ses étriers, en brandissant son épée :

– À mort la canaille ! Tue ! Tue !

Il poussa sa monture jusqu'au seuil de la grange par où déferlait la vague hurlante des huguenots. À travers la pénombre qu'illuminaient des éclairs de foudre, des soldats abandonnaient leurs arquebuses, trop peu maniables en face de cette masse humaine, trop longues à recharger, et travaillaient de l'épée et du poignard sur les malheureux qui, désarmés, étaient impuissants à réagir. On piétinait les enfants et les vieillards, on traînait les femmes par les cheveux pour les égorger, on crevait à coups d'épée ou de dague des grappes pantelantes de chair.

– Il en sort par le toit ! s'écria François. Ne les laissez pas s'échapper. Tue ! Tue !

Des femmes et des hommes s'étaient rués vers les échelles menant au fenil et faisaient sauter les tuiles pour échapper à cet enfer. On s'amusa à les tirer comme des pigeons ; on les regardait avec des rires gras s'écraser sur le sol tapissé de cadavres.

Une estafette s'approcha de François.

– Madame votre épouse, dit le cavalier, vous prie instamment d'épargner les femmes enceintes.

– Faites passer le mot ! cria François. Que l'on cesse de tuer les femelles !

Grosses ou non, elles étaient déjà nombreuses à joncher le lieu du massacre. François songea qu'il était temps d'en finir. Il commanda de faire le compte des morts et des blessés, en épargnant ces derniers, et de se replier ensuite sur le moustier. Il fit grâce à ceux qui avaient trouvé refuge sur le toit.

Le prieur l'accueillit avec des accents jubilatoires.

– Dieu vous bénisse, monseigneur ! Le châtiment de ces hérétiques est à la mesure de leur jactance. Nous allons dire une messe d'actions de grâces en votre honneur. Daignerez-vous y assister ?

– Il faudra me pardonner, dit François, mais j'ai perdu trop de temps et Paris est encore loin. En revanche, faites-moi servir du pain, du fromage et du vin blanc de vos vignes. J'ai une faim de loup.

Il demanda des nouvelles de la duchesse. On l'avait conduite sous un tilleul du cloître ; elle venait de s'évanouir en apprenant la nouvelle du massacre.

Alors que François attaquait sa collation, on lui amena un homme en robe noire et collet blanc, qui avait perdu son bonnet et qui saignait, ayant été blessé à un bras.

– Je suis le pasteur Morel, dit le blessé. J'ai pu éviter la mort en me cachant sous la chaire.

– Vous êtes l'instigateur de cette assemblée d'hérétiques ! s'exclama François. Je devrais vous faire achever mais je préfère qu'on vous traîne devant la justice, en tant que responsable de cette échauffourée !

– Vous voulez dire de ce massacre ! Faites-moi donc condamner par vos juges, monseigneur, mais mon châtiment retombera sur vous. Votre souvenir en restera souillé jusqu'à la fin des temps, et les générations...

– Le prêche est terminé ! hurla François. Puissiez-vous pourrir en enfer !

– J'en reviens, monseigneur, et le diable n'est pas loin de moi.

– Hors de ma vue !

L'un des arquebusiers demanda ce qu'on allait faire de ce blessé.

– Faites-en ce qui vous plaira. Amusez-vous de lui mais épargnez sa vie.

Les soldats conduisirent le pasteur dans le potager, lui ôtèrent ses vêtements, le fouettèrent avec des cordes d'arquebuse jusqu'à ce qu'il sombrât dans l'inconscience, puis ils allèrent le jeter dans l'abreuvoir.

François demanda qu'on lui amenât son fils. Il caressa ses cheveux blonds, ses joues roses, le rassura.

– Vous ne devez pas porter sur cet acte un jugement trop sévère, dit-il. Il nous venge des provocations et des insultes dont les hérétiques accablent notre famille et le royaume. Nous sommes restés longtemps absents de Paris ; nous allons y revenir la tête haute. Ceux qui oseront me reprocher ma réaction...

– Mon frère, dit le cardinal, personne d'autre que les hérétiques eux-mêmes ne pourront vous la reprocher car elle est agréable au Seigneur comme elle le sera à Sa Sainteté et au roi Philippe. Faites annoncer à Paris, par des estafettes, la grande nouvelle de cette victoire. On vous accueillera comme un héros...

– Ou bien l'on cherchera à me trucider au coin d'une rue ! murmura François. Cela importe peu. Cette « victoire », comme vous dites, servira d'exemple. Quant à moi, je ne crains pas la mort.

– François de Guise est grand ! dit Charles. Aussi grand que...

Il chercha à qui pouvoir comparer le « vainqueur » de Wassy mais ne trouva rien.

– Plus grand que Judas Maccabée, dit Anjou, qui connaissait les Écritures mieux que son frère.

– Plus grand que Montluc ! ajouta Alençon, qui professait une adoration pour le guerrier d'Italie.

– Les parpaillots n'ont qu'à bien se tenir, décréta Margot. Qu'en pense Navarre ?

Assis dans l'herbe, Navarre regardait distraitement les gardiens jeter des quartiers de viande aux fauves de la ménagerie qui se battaient avec des grognements de fureur. Quelques jours auparavant, il avait été choqué par le spectacle auquel Charles l'avait convié : trois porcs vivants lâchés dans la fosse aux lions. Autant il aimait la chasse, autant ce genre de réjouissance l'écœurait.

L'affaire de Wassy, qui avait soulevé un mouvement de réprobation à la cour, avait dû provoquer chez sa mère un flot de colère vengeresse. Il n'avait pas de peine à l'imaginer, ivre de fureur, arpentant avec de grands gestes secs les couloirs et les salles du château de Pau, l'invective aux lèvres, traînant dans son sillage un groupe d'hommes noirs.

– Eh bien, mon cousin, répéta Margot, que pensez-vous de cette affaire ? Pourquoi ne répondez-vous pas ?

Il eût été facile – et prudent – de répondre qu'il attendait d'être mieux informé pour se faire une opinion et l'exprimer. Il se dit que c'eût été trahir sa pensée que de prétendre que le massacre perpétré par le duc de Guise était un juste châtiment, la réponse à une provocation, ce qui était l'opinion couramment accréditée à la cour, mais qu'il eût été de la dernière imprudence, pris qu'il était entre son père et la reine mère, d'y voir un crime abominable. Il décelait surtout dans cet acte l'aboutissement d'une certaine logique issue des événements.

– Je crois simplement, dit-il, que c'est un premier coup de tonnerre et que nous allons subir quelques beaux orages...

La rupture semblait consommée entre Antoine de Bourbon et Louis de Condé.

Fasciné par l'affaire de Wassy, le premier s'était donné corps et âme aux Guises; le second s'était empressé d'adresser à tous les huguenots du royaume un appel aux armes. L'étincelle qui se balançait au-dessus du baril de poudre était sur le point de le faire exploser.

Madame Catherine décida de mettre à l'abri du château de Fontainebleau sa famille et la cour. Peu après, le prince de Condé prenait congé de la capitale. La route était libre pour les Guises, le massacre avait fait place nette.

Paris fit fête au héros. Les églises ruisselèrent d'actions de grâces; on déploya des bannières, des draps, des tentures sur le chemin le menant au Louvre. On buvait comme un vin doux le sang des huguenots et l'on en demandait davantage.

Le Parlement boudait; quelques députés s'en étaient retirés pour marquer leur ressentiment. Guise voulut s'expliquer: il n'avait fait que répondre à une provocation sur ses propres domaines; il avait sauvé l'honneur de sa famille. Le jugeait-on coupable? Il se couvrirait la tête de cendre, se constituerait prisonnier et accepterait le verdict. On décida de l'absoudre.

À Fontainebleau, le roi s'épuisait à chasser le cerf ou le sanglier. Dès le saut du lit, il embouchait son cor et arpentait les galeries et les terrasses pour annoncer le départ vers la forêt. Tandis que l'équipage se formait on l'entendait hurler : « Taïaut ! Taïaut ! »

Il partait tôt dans la matinée et ne rentrait que le soir, quel que fût le temps, traînant dans son sillage des cadavres d'animaux, des chapelets de petit gibier. Il fallait parfois l'aider à descendre de cheval tant il était fourbu, ivre d'air pur et de sang frais, le visage, le torse, les mains gluants de terre et de sueur.

Il surgit un soir sur une terrasse alors que sa mère se prenait de querelle avec le vieux maréchal de Cossé-Brissac, envoyé des triumvirs.

– Que nous veut-il ? demanda Charles.

– Ces messieurs jugent que la cour doit réintégrer le Louvre.

Le roi saisit le maréchal par sa fraise et le secoua.

– Vous osez donner des ordres à ma mère ? Eh bien, je vous ordonne, quant à moi, de déguerpir au plus tôt !

Le maréchal le prit de haut, rappela qu'il était gouverneur de Normandie, qu'il avait combattu en Italie sous le roi François... Henri lui fit dévaler les escaliers à écorche-cul.

Melchior alla retrouver Henri dans le cabinet où M. de La Gaucherie lui faisait réciter un poème de Virgile. Il lui raconta l'algarade à laquelle il avait assisté.

– Voilà qui est inquiétant, dit le précepteur. Que peuvent faire nos souverains avec une vingtaine de Suisses et autant d'arquebusiers pour s'opposer aux ambitions de Guise, qui a de la troupe et tout le peuple de Paris derrière lui ?

– Le mieux que nous ayons à faire, dit Melchior, serait de retourner en Navarre.

Il n'avait jamais pu s'adapter à la vie de la cour, se

méfiait de la reine mère et détestait le roi. Plus âgé que son maître de trois ans, il avait connu sa première aventure amoureuse quelques mois plus tôt avec une des catins de Madame Catherine, qui lui avait laissé un souvenir cuisant.

– Regagner la Navarre... dit rêveusement Henri. C'est ce dont je rêve. Mais mon père ne me laisserait pas partir. Je lui suis trop attaché pour le trahir. Ses revirements me consternent, mais je n'ose les lui reprocher.

– Votre père, dit le précepteur, n'a pas choisi le bon parti. Son frère Condé, heureusement, sauve l'honneur de la famille.

Louis de Condé se trouvait à Meaux, dans l'attente des événements, comme César sur le point de franchir le Rubicon.

Exit le maréchal de Cossé-Brissac, on vit surgir une troupe imposante conduite par Antoine de Bourbon et le connétable de Montmorency. Antoine dit à la reine mère :

– Madame, vous n'êtes plus en sécurité à Fontainebleau. Nous allons vous ramener à Paris.

Elle le prit de haut, arguant qu'elle n'était en sécurité nulle part, et moins au Louvre qu'à Fontainebleau.

– Votre fils, madame, est à la merci d'un complot. Nous avons nos informations...

– Et j'ai les miennes. Je resterai où je suis.

Ils en étaient là lorsqu'ils virent surgir le roi, mal éveillé, semblait-il, d'un cauchemar, vêtu d'un caleçon, torse nu et sonnant du cor en se démenant.

Madame Catherine était trop fine mouche pour ne pas flairer un piège. En regardant s'éloigner les envoyés du duc de Guise, elle se disait que, peut-être, elle avait gagné cette partie et que François renoncerait à son projet.

Il n'avait pas l'intention de renoncer.

Lorsqu'il se présenta quelques jours plus tard, elle fut bien obligée de recevoir celui qu'on appelait

« François le Grand », dont on avait fait dans les gazettes le « roi de Paris ». Elle ergota, lui reprocha le massacre de Wassy mais ne put refuser de le suivre.

La population massée porte Saint-Antoine tourna le dos au cortège royal et lui lança des insultes. Comme le maréchal de Saint-André avait proclamé quelques jours avant qu'il faudrait noyer la « marchande florentine », des effrontés lui criaient : « À la Seine ! » D'autres lui jetaient les propos de Guise : « Il faut vous démettre ou vous soumettre ! » Ces sarcasmes lui étaient sensibles comme des jets de boue ou de pierres. Elle n'avait jamais ressenti à ce point la précarité de son pouvoir et son impopularité.

En pénétrant dans la cour du Louvre, cette femme que rien ne semblait émouvoir pleura.

– Mon fils, dit-elle au roi, voici notre prison.

VI

MORT DES PRINCES

1562-1563

La France se déchire comme une vieille robe trop longtemps portée. En province, la guerre la dépèce lambeau par lambeau; des cités se proclament républiques, élisent leur gouvernement, échappent à l'autorité royale. Le pays a deux capitales : Paris, qui est acquis aux gens de Lorraine, et Orléans, qui appartient aux deux frères Bourbon : Antoine et Louis.

Le prince Louis a pénétré dans la ville ligérienne, acclamé comme François de Guise l'était à Paris; il y a massé son armée. Son *alea jacta est* a répondu aux ambitions de son rival : il a franchi le Rubicon.

Dans le Midi, on s'étripe de province à province, de ville à ville, de rue à rue. Impassible, Montluc arpente les routes de Guyenne; il fait pendre aux arbres, aux fenêtres, aux créneaux des châteaux des centaines de rebelles à sa foi. Les huguenots ne sont pas en reste : dans le raffinement des supplices, ils surpassent les barbares qui opéraient jadis au sac de Rome.

Pas de vraies batailles. Pas encore. On suscite des escarmouches, mais sans faire de quartier, les catholiques en pourpoint rouge, les huguenots portant l'écharpe blanche. Couleurs maudites! Les bourgeois, les paysans les redoutent l'une et l'autre car, de quelque bord qu'ils soient, les soudards font bombance à leur détriment, violent leurs femmes et leurs filles, emportent ce qu'ils ne dévorent pas et détruisent ce qu'ils ne peuvent emporter. Lorsque ces nuées de sauterelles s'éloignent, il ne reste que les yeux pour pleurer.

Jean d'Aubigné, témoin du massacre d'Amboise, resté dans les coulisses de la tragédie, parvint à s'introduire au Louvre à la faveur de la nuit en se faisant passer pour un garçon apothicaire. Il était porteur d'un message de Louis de Condé destiné à la reine mère. Elle se trouvait dans son oratoire, occupée à lire ses heures avant de regagner sa chambre.

C'était bien l'écriture de Louis : lourde, molle, paresseuse. Il lui demandait de rejoindre les forces protestantes à Orléans. Une injonction plus qu'un conseil. Elle fronça les sourcils.

– Il n'y aura pas de réponse écrite, dit-elle. Trop dangereux pour vous comme pour moi. Dites à votre maître que je ne lui céderai pas.

Aubigné parut choqué.

– Eh quoi, madame, dit-il, vous vivez en captivité, une porte s'ouvre et vous refusez de sortir ?

– Quitter cette prison pour me retrouver dans une autre ? Merci bien ! L'avantage de celle-ci est que je suis dans mes meubles, au milieu de mes serviteurs. Si j'écoutais monsieur de Condé, on proclamerait que je me suis ralliée à la religion de Genève.

– Au moins laissez le prince de Navarre libre de nous rejoindre. La reine Jeanne le réclame. Elle nous a retrouvés à Orléans.

– Ce serait une évasion et elle échouerait. Laissez donc ce garçon en paix. Il se mêlera bien assez tôt à nos querelles.

Henri venait de se coucher dans le lit qu'il partageait souvent avec son écuyer lorsqu'un serviteur ouvrit sa porte à la reine mère.

– Mon garçon, dit-elle, je viens de prendre une

décision à votre place. Vous me direz si j'ai bien fait.

Elle lui raconta la visite d'Aubigné et ajouta :

– Approuvez-vous ma réponse ?

– Ç'aurait été la mienne, madame.

Catherine l'embrassa avant de se retirer.

– Tu n'as donc pas envie de revoir ta mère ? demanda Melchior.

– Certes. Elle me manque. Cependant je ne tiens pas à me retrouver auprès d'elle, sachant ce qui l'oppose à mon père.

Il se disait que sa position rappelait celle de la reine mère et qu'elle n'était pas confortable : il se trouvait entre l'enclume et le marteau. Elle pour des questions religieuses, lui pour des problèmes familiaux.

Impuissante à ramener la paix dans le royaume après le colloque manqué de Poissy, Madame Catherine ne désespérait pas de contraindre les adversaires à mettre bas les armes.

À la fin du mois de juin elle avait obtenu une première satisfaction : ils avaient accepté une rencontre. L'entrevue eut lieu à Talcy, petite cité de Touraine entre Beaugency et Blois, dans l'abbaye de Saint-Simon. Elle n'attendait pas de miracle ; il ne s'en produisit pas. La suspension d'armes qu'elle avait espérée n'était qu'illusion : Bourbon, Condé, Guise se séparèrent sans la moindre effusion de sentiment. Au moins avaient-ils gardé leur calme : un calme glacé comme une lame.

Au cours de l'été, dans ce Louvre qui prenait chaque jour davantage l'allure d'une prison, Henri connut une nouvelle déception.

– Mon enfant, lui dit la reine mère, j'ai une pénible nouvelle à vous annoncer : on va vous priver des services de monsieur de La Gaucherie. François de Guise et votre père sont d'accord pour estimer qu'il fait votre éducation à la genevoise et jugent cela insupportable. Ils ont choisi pour le remplacer un savant homme du Périgord, monsieur

Jean de Losse. Vous ne perdrez pas au change, du moins pour la qualité de l'enseignement. La Gaucherie se fait vieux et commence à battre la campagne.

Henri fut chagriné de cette décision prise sans son accord et qui le peinait autant qu'elle le vexait. Il se moquait souvent de ce précepteur, brocardant sans pitié, dans son dos, ses manies de vieillard, comme de mettre, été comme hiver, une chaufferette sous ses pieds durant les leçons, mais La Gaucherie était devenu son confident.

Au moment de la séparation, il mêla ses larmes à celles du vieil homme. Avant de repartir dans sa famille qui demeurait en Sancerrois, il dit à son élève :

– Mon petit prince, je n'ai qu'à me louer de votre comportement à mon égard. Vous êtes turbulent, facétieux mais une bonne nature d'homme. Vous ferez votre chemin. Lorsque l'heure sera venue pour vous de gouverner, en Navarre ou peut-être en France, souvenez-vous des sentences tirées du grec que je vous ai enseignées.

Jean de Losse, petit homme très vif quoique d'un tempérament méditatif, portait toujours sur lui un calepin sur lequel il notait observations et réflexions dont il prétendait faire un recueil qu'il donnerait à imprimer. Savant, il l'était mais ne livrait ses connaissances qu'au compte-gouttes et ne témoignait à son élève qu'une attention distraite. En matière de religion, il s'était installé dans un conformisme exempt de zèle ; il allait à la messe mais ne se privait pas de lire la Bible en langue vulgaire.

C'est lui qui, désormais, aurait la charge de conduire son élève au collège de Navarre, chaque matin, dans un coche.

Sur la fin de l'été, Henri reçut de sa mère une lettre inquiétante.

Elle avait quitté Orléans au péril de sa vie avec une modeste escorte de Gascons. Elle ignorait que Blaise de Montluc avait reçu l'ordre de la capturer et de l'enfermer dans une forteresse en attendant d'être jugée. L'ordre de qui ? De François de Guise.

Durant des jours elle avait dû ruser pour échapper au redoutable chasseur. Elle et sa troupe avaient dû marcher de nuit, se reposer dans les bois ou dans des hameaux perdus de la lande. Elle avait fait échec à Montluc et était arrivée à bon port sans anicroche.

Âgée de quatre ans, Catherine semblait avoir échappé aux maladies de la prime enfance. L'enverrait-on à Coarraze où l'air était meilleur qu'à Pau ? À Nérac où elle se plaisait ? Pas un mot sur Antoine, aucune allusion aux événements qui se préparaient, mais une buée de tendresse et d'émotion se déposait sur les mots.

Henri montra la lettre à Melchior et lui dit :

– Montluc... Si je le tenais, je l'égorgerais comme un porc !

Il l'avait rencontré naguère, en compagnie de son père, dans la forteresse d'Estillac, en Agenais. C'était un lourdaud taciturne, au visage envahi d'une barbe broussailleuse, osseux et inquiétant. Il avait ramené du siège de Sienne une blessure par balle à la jambe droite qui le faisait boiter et accusait son allure de diable fatigué ; à Cérisoles, il avait écopé d'une autre blessure à la hanche qui faisait un martyre de la moindre chevauchée.

– D'autres que toi, lui dit Melchior, se chargeront de l'envoyer en enfer et, si Dieu est juste, il n'en sortira jamais.

L'affaire du Havre éclata à la cour comme un coup de bombarde.

Décidée en vertu d'un traité d'alliance à venir en aide aux religionnaires, la reine Élisabeth – la « Reine vierge », comme on disait – avait annoncé l'envoi de six mille soldats et d'un trésor de guerre ;

elle demandait en échange qu'on lui livrât Le Havre, dont le gouverneur était l'amiral de Coligny. Pour la reine d'Angleterre, c'était une revanche sur Calais que le duc de Guise lui avait arraché un an auparavant.

Antoine se présenta à la reine mère, une expression d'amer triomphe sur le visage.

– Eh bien, madame, dit-il, vous voyez en quelle estime les hérétiques tiennent votre royaume ! Coligny a vendu cette place forte pour une troupe de soudards et une poignée d'écus. Le jour où la Normandie sera aux mains des Anglais, la fin de votre règne sera proche. Philippe interviendra et nous aurons sur les bras une guerre des plus sanglante.

Hébétée, Catherine passa une nuit entière dans son oratoire, son chien à ses pieds, sa naine endormie sur le tapis. Au matin, elle convoqua le roi et son conseil.

– L'amiral est allé trop loin, dit-elle. Nous avons le devoir de réagir sans plus attendre. Les Anglais sont au Havre ; ils seront bientôt maîtres de Rouen. Le territoire national est menacé.

Elle était d'autant plus convaincue de l'urgence de cette réaction que Rouen avait comme gouverneur celui qu'elle tenait comme le meurtrier de son époux : Gabriel de Lorges, comte de Montgomery. L'idée de la vengeance ne l'avait jamais abandonnée.

– Ce Coligny, explosa le roi, ce fourbe, ce traître ! Je le considérais comme mon père et il a trahi ma confiance. Si je le tenais, je l'étranglerais de mes propres mains !

– Peut-être en aurez-vous l'occasion, dit Catherine. Nous allons entrer en campagne et nous vous le ramènerons pieds et poings liés.

Henri relevait d'une rougeole qui avait failli lui être fatale. Ambroise Paré et Cavriana, médecin de la reine mère, attribuèrent cette maladie à une suite de contrariétés. On le traînait à la messe contre sa volonté, on lui mettait l'hostie à la bouche, on lui imposait de respecter les sacrements. Les lettres qu'il recevait de sa mère l'imploraient de résister à ces pressions ; il avait le sentiment de la trahir.

Un matin, moite encore et l'esprit brumeux après un accès de fièvre, il avait aperçu à son chevet une vieille femme. Lorsqu'il émergea, il reconnut Renée de France, duchesse de Ferrare, fille du roi Louis XII. On la respectait pour ses mœurs exemplaires et sa tolérance en matière de religion. Elle avait, alors qu'elle se trouvait en Italie, protégé les protestants sans se faire des ennemis des catholiques. Madame Catherine lui avait demandé de sonder les reins et le cœur du prince de Navarre.

Madame Renée lui essuya le front et lui dit :

– Vous nous avez fait très peur mais vous ne tarderez pas à être sur pied.

Elle voulut lui faire boire un bouillon de poule ; il réclama une frotte à l'ail et au lard. Elle rit : il n'avait pas oublié ses habitudes béarnaises.

– J'aimerais écrire à ma mère, dit-il.

Rien de plus simple. On lui apporta son écritoire. Il raconta sa maladie, sa guérison, sa vie à la cour, qu'il orna de quelques fleurettes destinées à rassurer sa mère. Il lui demanda de lui écrire, encore et encore, une lettre par jour, une lettre qu'il respirerait comme pour y retrouver l'odeur du pays : celle du paradis.

– Monsieur votre père, dit Madame Renée, est venu vous voir mais vous ne l'avez pas reconnu. Il va revenir. Il est fou de joie de vous savoir hors de danger.

Antoine se présenta au Louvre le lendemain, en tenue guerrière ; il s'apprêtait à partir en campagne pour aller défendre la Normandie contre l'Anglais. Henri respira sur sa joue une odeur de bergamote.

– Je suis guéri, dit le prince. Père, emmenez-moi.

– C'est encore trop tôt pour apprendre la guerre. D'ailleurs, vous n'êtes pas tout à fait guéri.

Il s'assit au chevet du malade, lui prit la main, lui dit à voix basse :

– Mon fils, il faut vous convaincre que, malgré nos dissentiments et nos querelles, votre mère et moi formons un couple solide. Je regrette notre séparation. Si Dieu veut que cette guerre s'arrête bientôt, nous nous retrouverons dans notre petit royaume.

Il le serra contre sa poitrine, lui murmura à l'oreille :

– Me pardonnerez-vous de m'être parfois montré brutal ? N'oubliez pas que je vous aime plus que tout.

L'armée royale quitta l'Île-de-France dans les premiers jours de septembre. La fin de l'été rayonnait sur les immensités de la Picardie, dans une tendre allégresse de fin de saison qui sentait la paix.

Madame Catherine avait décidé de suivre l'armée commandée par Montmorency, Saint-André, Guise et Navarre. Elle entraînait dans son sillage une partie de la cour, la foule des serviteurs et une cinquantaine de dames de l'« escadron volant » de la reine, qui apportaient à l'interminable caravane sillonnant les plaines une ambiance de franche gaieté. On chantait tout au long de la route, on dansait aux haltes du soir, on banquetait jusqu'à la mi-nuit dans des châteaux perdus.

L'armée se déploya devant Rouen sous les premières pluies d'octobre.

Un matin, Antoine fit le tour des remparts, accompagné de sa nouvelle égérie, la blonde et suave duchesse de Nevers. Il n'était pas le seul : la plupart des gentilshommes de la cour avaient avec eux leur femme ou leur maîtresse, parfois les deux, et se promettaient de leur donner en spectacle leur courage et leur audace.

– Ma chère, dit Antoine, nous allons devoir dans un premier temps nous rendre maîtres du fort Sainte-Catherine, cette imposante citadelle, au-delà des faubourgs.

La reine mère était déjà à pied d'œuvre le lendemain de l'arrivée de son armée. Elle avait fait édifier, à distance respectueuse de l'artillerie ennemie, une tente de vastes dimensions où l'on avait dressé des tables et épinglé les plans de la ville et de ses abords. Antoine l'y retrouvait chaque jour, étudiait avec elle un système de tranchées, de galeries de mine destinées à la sape des courtines et des tours, de terre-pleins pour installer des batteries de canons.

– Madame Catherine est partout, dit-il, elle s'occupe de tout, veut tout connaître. Regardez-la...

Debout sur une butte de terre de déblai, elle s'en prenait au connétable comme à un simple sergent d'infanterie. Elle lui reprochait sa mollesse, ses négligences. On entendait sa voix par bouffées.

– Je suis seul à lui tenir tête lorsqu'elle est dans l'erreur, ajouta Antoine. Sa volonté de mettre à tout prix la main sur Montgomery l'entraîne parfois à des décisions inconsidérées.

– Gilbert de Lorges..., dit rêveusement Mme de Nevers. J'aimerais le rencontrer. On dit qu'il est très séduisant.

– Vous le verrez, ma chère. Chaque jour, à heure fixe, il vient inspecter ses défenses.

Ils l'aperçurent le lendemain, sans avoir besoin de lunette d'approche. Sa silhouette robuste apparut sur la crête d'une courtine, enveloppée d'un manteau de pluie qui flottait derrière lui comme sa chevelure blonde.

– Il est beau, dit la duchesse. Les femmes doivent être folles de lui.

– Beaucoup souhaiteraient tenir sa tête entre leurs mains, mais Madame Catherine, elle, voudrait la voir au bout d'une pique.

Un coup de feu ponctua cette boutade. Une balle passa en ronflant près d'eux comme une abeille, arrachant un morceau du manteau de Mme de Nevers.

– Diable ! s'écria Antoine. Il semble qu'on nous en veuille. Allons nous mettre à l'abri.

Debout dans le vent, prêt, semblait-il, à prendre son essor, Montgomery restait immobile sur son perchoir comme un oiseau de pierre.

Le temps d'observation terminé, débutèrent les choses sérieuses. On fit péter des gargousses au creux des mines, on creva les murailles à coups de canon, on lança des bandes espagnoles aux échelles, on arrosa l'intérieur de la forteresse de grenades et d'artifices à feu qui en firent une fournaise.

Le connétable s'arrachait la barbe en voyant Madame Catherine s'exposer en première ligne, un pétrinal au poing pour parer à toute surprise, sa silhouette noire, boulotte, passant d'une batterie à une tranchée. Ce n'était pas la place d'une femme, disait-on, mais on l'admirait.

– Ce n'est peut-être pas la place d'une femme, répliquait-elle, mais c'est à coup sûr celle d'une reine.

Un matin, alors qu'il s'apprêtait pour un nouvel assaut, Antoine quitta la tente qu'il partageait avec Mme de Nevers et son écuyer, Raphaël, pour aller poser culotte sous un arbre. Soudain il poussa un cri et s'écroula, une main à son épaule. Raphaël arriva sur-le-champ, accompagné de Mme de Nevers, tous deux en chemise.

– Ça m'apprendra, dit-il, à montrer mon cul aux huguenots.

Il n'en dit pas plus, ferma les yeux, sa tête retombant sur son épaule.

– Il est mort ! s'écria Mme de Nevers.

Antoine s'était simplement évanoui, mais sa blessure laissait craindre pour sa vie : il avait l'épaule broyée par un coup de couleuvrine. Raphaël, laissant le blessé aux soins d'Ambroise Paré et de sa maîtresse, alla prévenir Madame Catherine, laquelle ordonna qu'il fût transporté à Darnétal, sur les arrières de l'armée.

Antoine mourut quelques jours plus tard, alors qu'à Rouen la guerre faisait rage. Une de ses mains reposait dans celle de son écuyer, l'autre dans celle de sa maîtresse. Il parvint à murmurer :

– Pas de confession. Je veux paraître seul devant Dieu.

Il eut la force de dicter une lettre pour son épouse et une autre pour son fils. Il était sur le point d'en dicter une troisième pour son frère Louis de Condé mais les forces lui manquèrent. Il ne put que murmurer :

– Pardonnez-moi, madame, de vous abandonner d'une façon aussi cavalière.

Mme de Nevers lui embrassa la main et lui ferma les yeux.

La forteresse de Sainte-Catherine tomba à la mi-octobre. La ville se rendit à la fin du mois à la suite d'un assaut conduit par le connétable. La reine mère ordonna que l'on fît fermer les portes et fouiller les maisons de fond en comble : elle voulait Montgomery mort ou vif.

Montgomery était déjà loin. Devinant que la résistance de Rouen était inutile, il s'était embarqué de nuit sur la Seine, accompagné de quelques officiers anglais.

La ville prise, liberté fut donnée aux soudards de la piller. Ils ne s'en privèrent pas, y ajoutant des meurtres et des viols. Des essaims de brutes s'acharnaient sur les filles et les femmes, précipitaient dans le fleuve les enfants et les vieillards. Ils firent une orgie de tout ce que contenaient les celliers et les charniers de cette ville grasse et ronde comme une Gargamelle, transformèrent les lieux de culte réformé en bordels.

– Nous n'en avons pas fini avec les rebelles, dit Madame Catherine. Leur armée est presque intacte alors que la nôtre a été fortement éprouvée par ce siège. Nous allons devoir l'affronter, lui faire une guerre ouverte.

Elle souhaita négocier la paix avec le prince de Condé tout en jugeant cette démarche inutile. Elle n'avait rien à gagner à une guerre : les huguenots vainqueurs, le roi Philippe lâcherait sur la France ses quarante mille soudards; un triomphe des catholiques ferait des Guises les maîtres du royaume. Seule la paix pourrait sauver le roi.

L'armée campa dans la plaine de Dreux, sur la route menant à Chartres. On attendait l'amiral de Coligny, qui devait être au Havre avec l'armée anglaise. Il était à Orléans.

En compagnie de Louis de Condé, Gaspard de Coligny attendait le retour de son frère, François d'Andelot, parti quelques mois plus tôt recruter en Allemagne, auprès des princes de la Réforme, une armée de reîtres. Il en ramena six mille racolés sans mal, l'époque étant révolue où l'empereur Charles Quint faisait couper les pieds des hommes qui se vendaient à l'étranger.

Lorsque Andelot apprit que Rouen était tombé, il laissa échapper sa colère.

– Tout doux, lui dit Condé. Nous n'allons pas baisser les bras mais plutôt marcher sur Paris.

– Sur Paris ? s'écria Coligny. C'est la Normandie qu'il faut sauver.

– Paris d'abord, insista Condé.

Il obtint gain de cause. L'armée rebelle s'ébranla en direction de la capitale. À Corbeil, surprise ! Saint-André leur interdisait le passage de la Seine.

– Qu'à cela ne tienne, soupira Condé. Nous reviendrons.

Il semblait en fait peu pressé d'en découdre avec l'armée royale. En revanche, il ne pouvait frôler les murailles d'une cité de quelque importance sans céder au plaisir de s'en rendre maître. Il s'attardait, grognait Coligny, à cueillir la marguerite. Cette interminable promenade militaire risquait de provoquer des désertions et de permettre à l'armée royale de réparer ses pertes.

Lorsque l'armée du prince arriva dans les parages de Dreux, sur une colline d'où l'on apercevait les clochers de la cité, Condé n'eut qu'un mot, mais qui en disait long :

– Foutre de foutre !

Coligny jubilait.

– Finis les escarmouches, les guets-apens et autres attrape-couillons ! Nous allons enfin livrer une vraie bataille.

Quand on lui rapporta l'importance de l'armée royale, il faillit en avaler le cure-dents qu'il portait en permanence aux lèvres. Outre les soldats français, des milliers de bandouliers d'Espagne, une nuée de *bandidos* et de *salteadores*, ces gens qui prenaient un plaisir pervers à tuer et à piller. Et des Suisses, en plus : de vrais soldats, ceux-là.

Le premier engagement eut lieu le lendemain.

Armand de Gontaut, seigneur de Biron, en Périgord, était en train de battre l'estrade sur un front de bandière avec un groupe de hallebardiers suisses de l'armée catholique, quand il fut pris en chasse par les argoulets de Condé. Il leur échappa, donna l'alerte, revint à la charge avec trois compagnies de gendarmes. Pris de revers par une vague de cavaliers à l'écharpe blanche, il fit dévier son attaque sur un parti de reîtres allemands. Montmorency, venu en renfort avec des Suisses, bascula de son cheval sur un coup de pistolet qui lui brisa la mâchoire et fut capturé.

Fureur de François de Guise, qui suivait l'engagement à la lunette. Le connétable prisonnier, les rebelles devaient pavoiser. Il eut d'autres raisons de se lamenter. Il apprit que des chefs de l'armée royale avaient été mis hors de combat, morts, blessés ou prisonniers : Montheron, fils du connétable, le frère de Guise, duc d'Aumale, Beauvais, Givry et quelques autres. Restait l'artillerie. Elle tomba aux mains de l'ennemi.

– Nous sommes flambés ! s'exclama François de Guise. Que nous reste-t-il à opposer à ces mécréants ?

– Les Suisses, dit Saint-André.

– Eh bien, faites donner les Suisses !

Ils s'avancèrent d'une allure tranquille, en bon ordre, hallebarde au poing, vers la cavalerie ennemie. Attaqués par trois fois, leurs compagnies traversées de part en part, ils restaient inébranlables. Ils faisaient avec conviction et ardeur leur métier de soldats et rien ne semblait pouvoir les décourager. Hachés menu par les charges féroces des rebelles, ils se regroupaient, continuaient leur progression, réduits à la moitié de leurs effectifs, puis au quart, puis à une poignée, puis à presque rien.

Ce presque rien était encore beaucoup. Condé décida d'en finir avec ces entêtés. Il lança contre eux un corps de lansquenets allemands, ennemis traditionnels des Helvètes, lesquels les mirent en fuite. En désespoir de cause, le prince prit la tête d'un escadron, s'abattit comme une tornade sur le dernier carré des Suisses et les écrasa.

– Cette fois-ci, dit Saint-André, il ne nous reste plus qu'à battre en retraite.

– Ce serait jeter le gant un peu trop tôt ! répondit Guise.

C'était l'avis de Joinville, l'aîné de ses fils, et de son cadet, Henri.

– La bataille n'est pas perdue, dit Henri de Guise. Il nous reste des compagnies de réserve.

– Je vous reconnais bien là, mes enfants ! s'écria François. Eh bien, nous allons attaquer !

Il fit sonner le rassemblement, regroupa les deux cents chevaux qui lui restaient, une centaine d'arquebusiers, piqua aux flancs sa monture et, accompagné d'un tonnerre de hurlements, s'engagea dans la bataille.

Dans le camp adverse, François d'Andelot avait dû regagner sa tente, en proie à l'un de ces accès de fièvre coutumiers qui le mettaient sur le flanc. Lorsqu'il apprit que le sort des armes était remis en question, il sortit en chemise et piqua des deux sur le prince de Condé qui, face à un groupe d'arquebusiers royaux, avait du mal à garder la place. La mêlée devint à ce point confuse et acharnée qu'on avait du mal à distinguer l'appartenance des combattants. Andelot arriva dans la bataille au moment où Condé, blessé d'un coup d'estoc, venait de tomber entre les mains de Damville et de ses Espagnols. Peu après, le maréchal de Saint-André vida les arçons, une balle dans la tête.

Les deux armées s'affrontaient depuis trois heures et la pluie commençait à tomber dru lorsque Coligny, resté en réserve avec mille deux cents cavaliers, passa à l'attaque. La vague éclata en gerbes de sang contre le corps d'arquebusiers de Guise, mais sa cavalerie se débanda sous un feu intense.

Les deux armées décapitées, près de dix mille morts, une multitude de blessés, une issue incertaine...

Louis de Condé prisonnier, l'armée rebelle avait perdu son chef le plus prestigieux après Antoine de Bourbon, tombé sous Rouen quelques semaines plus tôt. Saint-André tué, Montmorency prisonnier, le triumvirat était réduit à une seule tête : François de Guise.

– S'ils m'avaient écoutée... soupira Catherine.

Dans son désarroi elle voyait poindre un espoir. Ce carnage effroyable aurait peut-être un avantage : inciter les deux partis à conclure une paix honorable.

Elle les fit se confronter mais n'en tira rien. Chacun portait dans son cœur, outre l'amertume d'une bataille à l'issue indécise, le goût de la revanche. Sachant que cela lui était interdit, elle rêva d'une retraite sur les collines proches de Florence, au sein de sa famille, dans une belle demeure entourée d'oliviers, de cyprès et de vignes, sous un ciel sans neige. Car il neigeait sur Paris.

Lorsqu'elle apprit, dans son cabinet du Louvre, que François de Guise s'apprêtait à assiéger Orléans, elle se dit que la roue d'Ixion la condamnait à tourner perpétuellement en marge des Enfers, comme le héros mythique.

Henri se dit que rien ne lui aurait été épargné : les dissensions au sein de sa famille, l'écartèlement entre deux religions, qui lui étaient indifférentes, une guerre à laquelle il ne comprenait rien. La mort de son père, enfin.

En l'espace d'une année, le prince de Navarre était passé de l'enfance à l'adolescence. Non par la tendresse, l'affection, l'éducation, mais par la contrainte et parfois la violence. Madame Catherine rêvait de la douceur de la Toscane ; il n'avait en tête que la Navarre. Enfouir son visage, comme lorsqu'il était enfant, dans les jupes de Mme de Miossens, goûter les soupes épaisses des servantes, aller pêcher ou chasser avec Melchior...

Le projectile qui avait abattu Antoine de Bourbon devant Rouen avait, en même temps, fait s'écrouler un pan de sa vie. Non pas que ce père, en disparaissant, laissât en lui un grand vide affectif : il ne le voyait qu'entre deux campagnes et, pour ainsi dire, entre deux portes, mais il avait été pour lui l'image radieuse du héros : une sorte d'Hector, de Lancelot, de Bayard à l'image de son temps. Les rumeurs qu'il entendait bourdonner autour de lui dans les conversations des adultes et qui présentaient ce personnage sous un jour moins radieux ne faisaient pas tache sur ce que sa mémoire conservait de l'image du demi-dieu : il les réfutait, leur donnait pour motif l'envie ou la jalousie. Il aimait moins le père en lui que le héros et, ce héros, il s'offusquait que l'on osât attenter à ses vertus.

Jeanne, au contraire, tenait son défunt mari pour un guerrier de pacotille, un matamore, un bravache, plus téméraire que courageux : le « prince des Étourdis », qui tenait la bravoure, avant tout, pour un moyen de séduction. Elle avait vite séché ses larmes.

Loin des champs de bataille de Normandie, elle avait à mener son propre combat.

Elle avait prié Jean Calvin de lui envoyer des ministres sachant parler français ; il lui en avait adressé une dizaine. Elle s'était attachée à créer des écoles d'apprentis pasteurs dans des monastères désertés par les religieux ; elle avait transformé des églises en temples, fondu, pour en faire de la monnaie, les trésors des églises. N'ayant plus à craindre l'opposition d'Antoine, elle avait organisé son royaume à la manière genevoise.

Le pape avait fulminé une bulle contre elle, la citant au tribunal de l'Inquisition, avec obligation de comparaître dans les six mois sous peine de déchéance et de confiscation de son royaume. Elle n'avait fait que rire de ces menaces.

Blaise de Montluc la harcelait de lettres lui demandant de faire cesser dans son royaume les exactions contre les catholiques. Des injonctions il en vint aux insultes et aux menaces. Jeanne s'en plaignit à la reine mère. Le fougueux capitaine dut mettre un frein à son zèle.

Les lettres que Jeanne adressait à son fils se présentaient sous forme de litanies de conseils sur la religion (il devait rester fidèle au dogme de Genève), l'éducation (il ne fallait pas qu'il devînt un « âne couronné »), et même sur les femmes (il devait éviter leurs pièges).

On avait renoncé à le faire fouetter pour le conduire à la messe. Depuis la mort de son père, il était libre d'agir à sa guise. Il accompagnait le roi à la chapelle, mais restait sous le porche, un livre sur les genoux. Il était devenu un enfant sage : plus de facéties, plus de mascarades ! Il laissait ces enfantillages aux fous et aux nains qui peuplaient la cour de leurs gesticulations et de leurs criailleries. Son deuil lui imposait cette réserve, mais il aurait de toute manière renoncé à ces jeux. Un sang d'homme, désormais, coulait dans ses veines.

Antoine de Navarre mort, c'est François de Guise qui lui succédait au titre de lieutenant général.

Sa première idée, faire le siège d'Orléans. Il comptait sur une victoire comparable à celle qu'il avait obtenue à Calais, pour redorer son auréole. Il arborait fièrement la blessure au visage qu'il avait rapportée de Dreux, ce qui lui avait fait donner le surnom de « Balafré ».

Revêtu d'une somptueuse cuirasse milanaise damasquinée d'argent, il arriva au début de février sur la rive gauche de la Loire, devant le faubourg du Portereau. À peine achevée la campagne de Normandie, il avait décidé, en rassemblant ce qui lui restait de soldats, d'aller détruire ce nid de frelons.

Il avait rencontré la reine mère à Blois, lui avait raconté à sa manière la bataille de Dreux, en se donnant le beau rôle. Ils convinrent qu'il fallait garder en tête deux objectifs : Le Havre, qu'on devait enlever aux Anglais ; Orléans, dont on devrait déloger les rebelles. La reine mère songeait à Montgomery, récemment de retour au Havre, et François de Guise à Coligny, qui occupait Orléans.

– Cette blessure vous va à ravir, dit Madame Catherine. Elle vous donne l'allure guerrière.

François de Guise arriva en vue du Portereau sous un déluge, le fleuve coulant à pleins bords. Il était accompagné de son fidèle Brantôme, revenu depuis peu d'Écosse. On installa le camp dans la boue, à proximité de la berge. Le lendemain, François s'en fut inspecter les défenses de la ville après une traversée périlleuse. Il en revint radieux.

– Cette ville, dit-il, va tomber dans notre panier comme une poire mûre. Les îles sont mal défendues, ou pas du tout en raison de la montée des eaux. Il nous sera facile d'investir et d'enlever les Tourelles et le pont qu'elles défendent. Les remparts ne tiendront pas longtemps sous le feu de nos canons.

Une nouvelle lui réjouissait le cœur : le glas venant de la ville annonçait que la peste s'y était installée.

– C'est le signe, dit-il, que Dieu est avec nous. Dans moins d'une semaine cette ville sera nôtre.

Il enleva sans peine le châtelet et le faubourg du Portereau, mal défendus par les troupes rescapées de Dreux. On exécuta quelques dizaines de soldats et de mercenaires qui tentaient de regagner la ville. Quelques jours plus tard, on avait balayé ce qui restait de défenseurs dans les îles et pris les Tourelles avec la moitié du pont qu'elles défendaient.

François fit établir le camp principal entre Olivet et Saint-Mesmin. Il compta les forces dont il disposait. On avait peu d'artillerie, mais ceux d'en face n'en avaient guère.

Un envoyé de la reine mère dit à François :

– Sa Majesté s'impatiente. Elle trouve que vous mettez beaucoup de temps à prendre cette ville. Il lui tarde que vous portiez vos forces sur Le Havre.

– Demain, dit le duc, nous commencerons à battre les murs d'Orléans.

Étaient-ce la pluie, le froid, la mauvaise qualité des chemins boueux, la troupe piétinait devant le moindre obstacle. Lorsque l'envoyé de la reine se plaignait de cette lenteur, le duc répliquait :

– À chaque jour suffit sa peine. Cette porte qui nous résiste, Andelot nous l'ouvrira lui-même. On le dit malade. Dieu veuille que ce soit de la peste...

Au soir du 18 février, François de Guise s'en fut

retrouver son épouse qui venait d'arriver au château de Corney. Il venait d'avoir une querelle avec ses capitaines qui eussent souhaité livrer la ville à leurs hommes pour compenser la solde en retard. Il avait tenu bon. On ne pouvait laisser piller une ville comme Orléans.

– Mon ami, lui dit Mme de Guise, quand finira donc ce siège ? La reine mère s'est émue de la lenteur que vous apportez aux opérations. Êtes-vous fatigué, malade ?

François se portait fort bien. Il menait ce siège à sa façon, soucieux d'épargner des vies humaines, préoccupation insolite de sa part.

– Pourquoi ne pas négocier avec les rebelles ? ajouta la duchesse. L'évêque de Limoges est favorable à cette solution et il semble que Coligny et Andelot soient aussi d'accord.

– C'est le bruit qui court, répliqua François. Je crois à une machination. Si l'on s'imagine que je vais tomber dans ce piège...

Le lendemain, il retourna dans son camp, accompagné seulement de deux gentilshommes qui portaient leurs chapeaux lourds de pluie rabattus sur le visage, dont on ne distinguait que la barbe. Avant de passer le fleuve par le pont de Saint-Mesmin, à une croisée de chemins marquée par de grands noyers, François vit deux autres cavaliers surgir d'une futaie. Il allait les interpeller quand un coup de feu éclata dans son dos. Il poussa un cri, tenta de se retenir à la crinière de son cheval, glissa à terre et chercha vainement à sortir son épée du fourreau.

Trois balles de cuivre venaient de lui fracasser l'épaule.

On le ramena à Corney, sur le point de rendre l'âme. Le meurtrier avait frappé très haut, persuadé que le duc portait une cotte de mailles ; il en était dépourvu. Le chirurgien, M. de Castellan, parvint à extraire les trois projectiles, qui étaient liés ensemble.

– Pensez-vous qu'il survivra ? demanda Joinville.

– Avec l'aide de Dieu, soupira le médecin. Le coup a traversé l'épaule, épargné le coffre, ce qui est rassurant. Mais rien ne nous dit que ces balles n'étaient pas empoisonnées.

L'état du blessé s'aggrava dans les jours suivants, au point que le cardinal de Lorraine, son frère, proposa de lui donner les derniers sacrements.

Malgré la désinvolture dont il faisait preuve en parlant du massacre de Wassy, le moribond n'avait pas oublié cet événement et en avait gardé une blessure secrère. Il confessa qu'il avait commis une faute et souhaita que Dieu pût lui pardonner. Il aurait aimé rencontrer son meurtrier, lui demander les raisons de son acte.

– On ne l'a pas rattrapé, dit le cardinal, mais cela ne saurait tarder.

– Lorsqu'on l'aura retrouvé, faites en sorte qu'il soit gracié ou simplement condamné à faire amende honorable. Telle est ma volonté. Je veux...

Le cardinal lui ferma les yeux.

Le meurtrier avait disparu si rapidement qu'on n'avait pu ni l'identifier ni retrouver sa trace. On savait seulement qu'il chevauchait un genet andalou et portait un large chapeau au bord rabattu.

Un soir qu'une patrouille traversait un hameau proche d'Olivet, deux soldats pénétrèrent dans une grange où ils découvrirent un homme endormi dans sa cape près de son cheval.

– Et si c'était le meurtrier du duc de Guise ? dit l'un.

– Alors notre fortune serait assurée, ajouta l'autre. Mille écus de récompense à nous partager ! Un pactole...

On conduisit l'homme à la reine mère qui elle-même le confia au maître des requêtes, lequel le mit à la question. Le mystérieux personnage finit par avouer qu'il se nommait Poltrot de Méré, gentilhomme d'Angoumois relevant de la seigneurie d'Aubeterre. Il était celui que l'on recherchait.

La reine mère assistant à son supplice lui demanda dans quel dessein il avait accompli ce forfait : il nourrissait ce projet depuis que le seigneur d'Aubeterre lui avait ouvert les chemins de la vraie foi. Avait-il des complices ? Il fit signe que non. On serra les poucettes : il laissa échapper un nom : Gaspard de Coligny.

– Ainsi, dit la reine mère, c'est l'amiral qui vous a donné l'ordre de tuer le duc de Guise ?

– Non, madame, seulement de l'espionner. L'idée de le supprimer pour la plus grande gloire du Seigneur vient de moi et de moi seul.

La reine mère, persuadée que le prisonnier n'avait pas tout révélé sur la complicité de Coligny, demanda qu'on lui appliquât le fer rouge. Poltrot finit par reconnaître que c'était bien l'amiral qui lui avait suggéré – mais non ordonné – d'abattre le duc. Théodore de Bèze, qui assistait à cet entretien, était d'accord, ainsi que La Rochefoucauld et un autre personnage dont il refusa de révéler l'identité. Bèze lui avait dit : « Allez et soyez courageux, car les anges vous soutiennent. » C'est l'amiral qui lui avait fourni les armes et le cheval.

Interrogés quelques semaines plus tard, les présumés complices se défendirent avec acharnement. Ils n'avaient jamais pris au sérieux le projet de cet aventurier. Madame Catherine décida qu'ils ne seraient pas inquiétés, ce qui eût donné aux Guises l'occasion de se venger. Elle avait conscience que ce meurtre faisait bien son affaire : il compensait la mort d'Antoine de Bourbon et la captivité de Condé. François de Guise maître d'Orléans n'aurait pu contenir ses ambitions profondes qui étaient de progresser vers le trône. Poltrot de Méré lui avait barré la route.

Catholiques et protestants signèrent la paix à Amboise. Elle marquait une régression : restriction dans l'exercice du culte, autorisation de ne faire de prêches que dans une seule ville par baillage et hors du périmètre urbain, interdiction des offices dans Paris. Le seul avantage de ce nouvel édit était de ramener la paix. Donc de préparer la guerre...

Pour se distraire de leurs fatigues et de leurs émotions, les gens du roi et les rebelles allèrent de concert voir écarteler Poltrot de Méré en place de Grève.

La reine mère avait obtenu une victoire sur le fanatisme ; elle voulut la parachever en conduisant les gentilshommes des deux religions, botte contre botte, à la reconquête du Havre. Et à la capture de son ennemi : Montgomery.

Elle écrivit à la reine Élisabeth :

Rendez-nous cette ville. Elle est terre française.

Élisabeth lui répondit :

Donnez-moi Calais en échange. Elle est terre anglaise.

Un dialogue de sourds que l'on n'abrégerait que par les armes.

Fière comme Artaban, flanquée du roi, radieux à la perspective d'un bain de sang, accompagnée du prince de Condé qu'elle avait fait libérer pour la circonstance, du connétable de Montmorency qu'Andelot lui avait restitué, du vieux maréchal de Cossé-Brissac qui, perclus de rhumatismes, suivait en coche, d'une multitude de courtisans empanachés et de dames d'honneur, Madame Catherine arriva au début de juillet en vue de la grande cité.

Le fils cadet de Louis de Condé, Henri, avait manifesté quelque réticence avant de mettre le cul en selle. On lui décochait des regards et des propos ironiques, allusion à sa captivité dans des latrines, à la suite de la prise d'Orléans ; Catherine avait étouffé son amertume sous les robes d'une de ses dames d'honneur qu'elle lui avait jetée dans les bras. Coligny boudait en rongeant son cure-dents : il était arrivé trop tard pour participer à l'élaboration de l'édit d'Amboise ; il était toujours en retard sur la caravane.

Affectée, comme Orléans, par une épidémie de peste, la ville ne tarda pas à capituler. La reine mère elle-même, mise en goût par le siège de Rouen, mena les opérations avec brio et autorité. Elle chevauchait le long des lignes, jetait des ordres du haut de sa jument, dirigeait le tir des quarante canons braqués sur les remparts, lançait les pionniers dans les fossés pour faire éclater les gargousses au pied des murailles. Elle faisait l'admiration de tous.

Lorsque les portes de la ville s'ouvrirent, la reine mère se dit que sa « commère » Élisabeth n'avait plus la moindre parcelle de terre de France où prendre pied.

Henri se trouvait à Vincennes en compagnie de Melchior et des princes lorsqu'il vit la haute silhouette du roi se découper dans la porte de son cabinet.

– Mon cousin ! s'écria-t-il. Vous voici donc de retour ?

Charles affichait un air maussade. Il aurait aimé raconter des faits d'armes, apparaître sur le champ de bataille auréolé d'éclairs, mais il n'avait pas eu l'occasion de montrer sa bravoure. Un petit siège de rien du tout et qui n'avait pas duré trois semaines ! Les assiégés ne paraissaient souffrir que de la peste. On avait assisté à quelques valeureux échanges de mitraille, mais les feux d'artifice que l'on donnait sur les berges de la Seine étaient plus impressionnants.

Il s'approcha de la table où se tenait Henri.

– Qu'écrivez-vous là, mon cousin ? demanda-t-il.

Henri s'était attaqué à la traduction de *La Guerre des Gaules* et s'enthousiasmait pour les hauts faits d'armes de César. Plus versé que lui en latin, Melchior l'aidait de son mieux.

– Mon cousin, ajouta le roi, il est temps de reprendre nos habitudes. Je vous attends cet après-midi au jeu de paume et demain à la chasse. Cela me manquait.

M. Francis de La Gaucherie était revenu en grâce, suite à l'incompétence de M. de Losse. Ce moulin à sentences exaspérait le prince. Il s'en était plaint à sa mère ; elle lui avait envoyé l'ancien secrétaire de son grand-père, Palma-Cayet. Ce personnage singulier avait gardé, la quarantaine passée, une certaine fraîcheur d'allure et de caractère, avec une tendance à la fantaisie : il avait affronté les plus hauts sommets des Pyrénées et se livrait à des activités d'alchimiste. Il sortait de son laboratoire, qu'il partageait avec Luc Gauric, le magicien de la reine mère, les manchettes et la barbe roussies, le pourpoint constellé de limaille. Il avait tenté d'initier le prince à ses manipulations, mais Henri avait regimbé : en matière de mystères, la religion lui suffisait...

Le retour du roi réveilla la vieille citadelle de Vincennes.

Repris par ses manies, il sonnait du cor sur le chemin de ronde à s'en faire péter la gorge.

Entre deux audiences auxquelles il ne participait qu'à contrecœur, il se faisait livrer par ses piqueurs des cerfs et des sangliers qu'il s'amusait à chasser dans la cour, à torturer et à saigner avec application. Lorsque le gibier manquait, il égorgeait des chiens et des chats.

Scandale à la cour, à la fin de l'année, alors que l'on avait réintégré le Louvre.

Madame Catherine venait de découvrir que la petite Margot était vraiment amoureuse de Henri de Guise. Cet adolescent, de quatre ans plus âgé qu'elle, avait de quoi lui faire perdre la tête : haut de taille comme son défunt père, blond avec des yeux d'un bleu d'acier, svelte, l'allure conquérante, il était devenu la coqueluche des demoiselles, qui ne rêvaient que de le déniaiser.

Margot emporta la palme et commit l'imprudence de s'en vanter. La reine mère prit la chose au tragique ; elle fit examiner la donzelle par

Ambroise Paré, qui conclut à la non-pollution de l'adolescente. Punition : une paire de gifles et la promesse de renoncer à cette passion qui ne menait à rien. Cette sotte ! ce n'était pas Guise qu'elle épouserait. Qui ? elle ne le savait que trop et en avait les sangs retournés.

Anjou lui fit une scène de jalousie : il était convaincu que Margot était sa créature. Elle regimbait : c'est Guise qu'elle aimait et elle ne voulait personne d'autre. Surtout pas ce chevrier de Navarre qui sentait le fromage.

– Personne, vraiment ? dit Anjou en suçotant la médaille de son collier. Nous verrons bien...

Avec la complicité d'Alençon, son jeune frère, il la fit basculer derrière un buisson des Tuileries, la viola, la livra à son complice. Elle pleura un peu, s'écria :

– Vos pages ne vous suffisent donc plus ?

Anjou éclata d'un rire nerveux. Il prenait aussi son plaisir avec des garçons mais n'aimait pas qu'on le lui rappelât. Il avait tenté de séduire Melchior mais avait été éconduit avec d'autant plus de vigueur que l'écuyer du prince de Navarre entretenait une liaison avec une petite Italienne au service de la reine mère, qui avait eu quelque peine à défagoter ce petit gentilhomme campagnard.

Le roi fit installer une forge dotée de tout l'outillage nécessaire. Il avait gardé de ses jeunes années le souvenir ébloui des forges du château où se succédaient des théories de cavales ; il s'était amusé à tapoter le fer rouge et avait rêvé de reproduire pour son propre compte le spectacle de la musique métallique qui réveillait en lui des réminiscences mythologiques. Il en avait parlé à M. de Ronsard, qui l'avait encouragé à jouer les Vulcain.

Charles avait trouvé dans ce nouveau passe-temps un moyen de combattre l'ennui qui lui pesait lorsque, en raison des intempéries ou de quelque obligation, la chasse lui était interdite. Pris d'une ardeur démente, il se jetait dans sa forge, bousculait l'apprenti qui somnolait près du brasero. Ragaillardi par ses massacres d'animaux, il façonnait des volutes, des pampres, des guirlandes ; lorsqu'il était de mauvaise humeur, il se contentait de fabriquer des tiges de fer et des piques.

Parfois Madame Catherine venait lui rendre visite, accompagnée de quelques-unes de ses filles. Charles se dépouillait de sa chemise pour faire plus mythologique et bombait le torse.

– Regardez, mes enfants, comme il est beau, mon petit Vulcain ! disait-elle.

Il ne manquait au Vulcain du Louvre que sa Vénus.

On tardait à la voir se manifester, si bien que l'on se demandait si cette petite brute n'avait pas les aiguillettes nouées. Plusieurs demoiselles s'étaient proposé de les lui dénouer mais avaient vite renoncé devant la mine farouche dont il accueillait ces avances.

À l'occasion d'un incident qui l'opposa au prince de Navarre, on dut convenir qu'il était normalement constitué.

Un après-midi, alors que Palma-Cayet venait de ramener son élève du collège, Henri s'attarda dans le manège pour s'entretenir avec une donzelle à laquelle M. de Carnavalet apprenait les rudiments de l'équitation. Cette blonde amazone originaire des Flandres occupait discrètement l'arrière-ban de l'« escadron volant ».

Henri était en discussion avec elle, en tout bien tout honneur, lorsque le roi se rua sur lui, écarta Melchior d'une bourrade et, le visage rouge de colère, fit face au prince.

– Mon cousin, s'écria-t-il, je vous interdis d'adresser la parole à cette fille ! Si je vous prends à toucher à l'un de ses cheveux, je vous étrangle.

– Par exemple ! protesta Henri. Que pouvez-vous me reprocher, sire ? Nous nous contentions d'échanger quelques propos anodins.

– Je vous connais bien, allez! hurla le dément. Toujours dans les jupes des filles ! Celle-là, il faut la laisser en paix, sinon...

Il prit Henri par sa fraise, le secoua vigoureusement. La demoiselle tenta de ramener le furieux à la raison ; il l'écarta d'un regard menaçant.

– Sire, dit Melchior, je vous conjure de laisser votre cousin. J'ai assisté à la conversation. Elle n'avait rien que de courtois.

Charles le foudroya du regard et lui jeta :

– De quel droit un garçon d'écurie s'adresse-t-il à son souverain sans y être invité ?

Il envoya Henri rouler dans la sciure, saisit Melchior par le col, le roua de coups de pied et de poing et lui intima l'ordre d'implorer son pardon.

– Le pardon pour quelle faute, sire ? s'écria Melchior. Je ne suis pas plus coupable que mon maître.

– Et de plus il ergote ! rugit le roi. C'est une insolence qui va te coûter cher !

Il dégaina sa dague, la leva sur Melchior, qui se contenta de croiser les bras.

– Arrêtez, sire ! s'écria la fille. Vous n'allez pas tuer un innocent pour si peu ?

– Un innocent ! éructa le roi. Ce parpaillot, cet espion, cet insolent !

– Donnez-le-moi, sire, je vous en prie. Je me charge de lui faire la leçon.

Soudain désarmé, comme s'il descendait d'un nuage orageux, le roi rengaina sa dague et se retira sans un mot.

L'incident fit quelque bruit à la cour.

Cet esclandre n'avait en lui-même rien qui pût surprendre. Il n'y avait pas de quoi fouetter un chat. En revanche, on s'interrogea sur les rapports de Charles avec cette fille de modeste extraction. À quelques jours de l'incident, la jeune Flamande disparut. L'opinion était que la reine mère, informée par M. de Carnavalet, l'avait renvoyée dans sa famille afin de mettre fin à une passion qui risquait de susciter des excès de la part de son fils.

Colère de Charles. Il la chercha partout, persuadé qu'on voulait la lui soustraire pour la destiner au prince de Navarre. Il beugla de douleur, frappant du poing et du pied les murs et les portes.

Lorsqu'elle jugea que le temps avait fait son œuvre, Madame Catherine dit à son fils :

– Sire, cette fille n'était pas digne de vous. Une roturière, ou peu s'en faut. Je vous connais trop bien pour savoir où cette folie vous aurait mené.

Elle lui caressa la tête, l'embrassa, lui dit :

– Vous vous consolerez vite. Il est temps de songer à vous trouver un parti digne de vous. Je me disais que la reine Élisabeth...

Il essuya ses larmes, s'écria :

– Cette vieille femme, ce laideron, cette hérétique ? Jamais je ne l'épouserai !

– Réfléchissez, mon fils. Ce serait pour vous un excellent parti. Une de mes filles mariée au roi d'Espagne, mon fils aîné uni à la reine d'Angleterre, ce serait la paix assurée pour votre royaume. Il est nécessaire de penser à vous marier. En attendant, amusez-vous tant qu'il vous plaira avec mes filles. Vous n'avez que l'embarras du choix, mais n'engagez pas votre cœur.

Elle dirigea vers la chambre du roi quelques-unes de ses demoiselles, dans le but de lui faire oublier la belle Flamande. Elles s'attachèrent à remplir leur office avec habileté et application, mais ces amours de commande faisaient long feu : les filles sortaient de son lit affolées, couvertes d'ecchymoses, Charles ayant trop tendance à confondre les plaisirs de l'amour avec les exercices de la chasse, de la forge ou du jeu de paume.

·

Au jardin des Tuileries, le spectacle était permanent.

La reine mère, jugeant la cour trop à l'étroit dans les anciens bâtiments du château, avait entrepris la construction d'un nouveau palais qu'elle avait confiée à Philibert Delorme et à laquelle avaient participé Bernard Palissy et Jean Bullant. Henri se retrouvait souvent sur le chantier, en compagnie des princes et de la cohorte de petits gentilshommes qu'ils traînaient derrière eux.

En sortant du Louvre par la porte occidentale, on traversait une rue longue et droite qui s'effrangeait sur son parcours en espaces de friches hantés par de misérables humanités. Au-delà s'étendait le jardin creusé en son centre d'un étang où les maçons allaient puiser de l'eau et, aux heures creuses, pêcher carpes et tanches. Autour de cette pièce d'eau stagnante s'étendaient les bâtiments de l'orangerie, le chenil, la ménagerie, une curieuse grotte à écho...

C'est de cette sorte de labyrinthe que Navarre vit un après-midi sortir, le feu aux joues, se tenant par la main, Margot et Henri de Guise. Dès qu'ils l'aperçurent, ils obliquèrent en direction de la volière où se pavanaient quelques oiseaux du Brésil qui, par leur plumage et leur ramage, rappelaient certains muguets de la cour.

L'idylle entre les deux adolescents était connue de tous, malgré leurs dénégations vigoureuses. Henri se dit que la passion allait bien à Margot : elle était resplendissante, avec son visage rond, sa chair ferme, d'une matité de fruit, ses yeux pétillants d'esprit, ses lèvres gourmandes. L'idée qu'il pût devenir amoureux d'elle l'effleurait à peine et la jalousie lui épargnait ses tortures. Il n'éprouvait qu'un vague sentiment d'humiliation en se disant que d'autres tiraient leur plaisir de cette garcette qui lui était promise.

Promise ? Vraiment ? Il avait suffi d'une boutade du défunt roi pour que l'idée fît son chemin et fût accréditée dans cette sentine de ragots et de chimères qu'était la cour.

Il se demandait parfois ce qu'il faisait là et à quoi on le destinait. Il avait le sentiment de plus en plus aigu qu'il n'était rien, que sa destinée se jouerait ailleurs qu'entre les murs du Louvre et les remparts de

Paris, que les seules ressources de l'espoir, c'était en lui qu'il devrait les découvrir. Il flottait comme un ludion entre deux royaumes et deux religions.

Au soir de la rencontre des Tuileries, Margot était venue s'allonger près de lui, sur le lit où il lisait quelques pages de Platon en attendant l'heure du souper.

– Mon cousin, lui avait-elle dit, puis-je compter sur votre discrétion ?

– De quoi voulez-vous parler ?

– Vous le savez bien. Cet après-midi, aux Tuileries...

– Eh bien quoi ? Je n'ai pas bougé de ma chambre de tout le jour.

Elle lui avait jeté un baiser sur la joue et s'était retirée avec un grand rire. Sur le pas de la porte, elle lui avait lancé :

– Mon cousin, il me plairait de vous aimer.

VII

LE VOYAGE DE FRANCE

1564-1565

Le Havre repris aux Anglais, Orléans arraché aux huguenots, les chefs réconciliés, du moins en apparence, le royaume s'engageait dans une ère de paix. Un lourd silence succédait au tumulte des batailles.

La guerre sévissait en province, sous forme, bien souvent, d'un divertissement fort couru : les sauteries. Cela consistait à jeter les prisonniers du haut des remparts. C'était devenu une spécialité pour le sinistre baron des Adrets, que les catholiques redoutaient comme la peste. En Guyenne et en Gascogne, Blaise de Montluc continuait à brancher les huguenots par grappes le long des chemins.

Situation insupportable pour Madame Catherine ! Il fallait en finir, éviter que ces guérillas ne dégénèrent en guerre.

Elle dit à Michel de L'Hospital :

– J'ai pris une grande décision, monsieur le chancelier. Mon fils le roi et moi allons entreprendre un grand voyage à travers le royaume.

– Quelles provinces comptez-vous visiter, madame ?

– Toutes, si cela est possible. Nous partirons à la fin du mois de janvier, avec mes enfants et ma cour, sans oublier mon « escadron volant ». Ces filles me sont précieuses. Elles ont des arguments plus efficaces que des armes.

– C'est la sagesse même, dit le chancelier.

Fontainebleau : première halte sur l'itinéraire du « grand voyage », premiers plaisirs.

Le palais sous la neige, avec des dentelles de givre ornant les arbres du parc et les statues dans une brume délicate, semblait sortir d'une légende nordique. Sous un gros soleil roux écarquillé dans un ciel de perle qui semait sur les jardins quelques flocons discrets, des essaims de dames glissaient sur le bassin gelé avec des cris et des rires ; des pages, des écuyers jouaient aux boules de neige. De temps à autre, un coup de feu brisait le cristal de l'air : le roi Charles, de sa fenêtre, s'amusait à tirer les merles auxquels un serviteur lançait des miettes de pain.

Pour les divertissements, on avait aménagé la vacherie. Costumé en pâtre béarnais, le prince de Navarre y était apparu dans un décor de montagnes en carton peint, tandis que Melchior déclamait des vers de Ronsard dans les coulisses. Le poème se terminait par une allusion à l'allégeance que le petit prince devait à Carlin – le roi de France.

– Madame Catherine, dit Melchior, fait toujours en sorte de glisser dans les spectacles des sous-entendus sur sa politique. Ce pauvre Ronsard était bien incapable de refuser.

Lors de la dernière soirée au château, la palme revint à Mlle de Limeuil, la maîtresse du prince Louis de Condé. Dans une pastorale mythologique, elle jouait le rôle d'Hébé, fille de Jupiter et d'Héra, déesse de la Jeunesse. Lorsqu'elle apparut dans un décor imaginé par le Primatice, un murmure flatteur monta vers elle. Déesse de la Jeunesse, Isabelle était aussi celle de la Beauté ; porteuse de fleurs et de fruits, elle évoluait entre des citronniers et des orangers, drapée d'une tunique de gaze qui ne laissait rien ignorer de ses charmes les plus intimes. Ses gestes, ses mouvements semblaient une invite à l'amour qui vibrait dans les stances de Ronsard.

Douce maîtresse, touche
Pour soulager mon mal
Mes lèvres de ta bouche...

Isabelle descendit de l'Olympe et déposa aux pieds du prince de Condé l'hommage d'une corbeille d'oranges.

Les derniers jours à Fontainebleau se passèrent en batailles de boules de neige.

On avait fait édifier par les serviteurs des remparts solides de neige bien tassée. M. de Condé et M. de Guise échangèrent les projectiles qu'on leur tendait ; le roi provoqua la retraite de l'ambassadeur d'Espagne. La petite demoiselle Victoria de Ayala, qu'on appelait « Dayelle », provoqua le prince de Navarre, le défit en combat singulier puis, relevant ses jupes, alla chercher refuge sous un sapin où le prince la suivit. Lorsqu'il lui prit la taille et voulut lui voler un baiser, elle protesta.

– Vous m'avez provoqué, madame, et vous m'avez vaincu, mais vous êtes ma captive.

– Quel châtiment me réservez-vous ? Est-ce que je vous fais peur alors que je suis à votre merci ? Pourquoi ne dites-vous rien ?

Il restait muet, la main sur la poignée de sa dague, incapable soudain de trouver la contenance qui convenait. Il estima qu'elle pouvait avoir son âge et qu'il ne pouvait la traiter comme Condé traitait Mlle de Limeuil, d'autant que son visage imprégné d'une grâce juvénile, un peu long mais d'un bel ovale florentin, était encore imprégné des grâces de l'enfance, avec une pointe de malice dans l'œil.

Elle lui tendit les mains pour qu'il les liât, si proche de lui qu'il sentit son souffle sur sa joue et son parfum de seringa. Ses mains entourèrent la taille du prince, l'attirèrent contre elle. Il l'entendit murmurer :

– Si nous étions seuls, que feriez-vous de moi ?

Il se sentit fondre de confusion autant que de plaisir. Elle ajouta, les lèvres contre son oreille :

– Je viendrai vous retrouver ce soir, dans votre chambre.

Le château s'animait peu à peu dans le petit jour blême. Au fond du parc se tassait encore une ombre traversée de coulées rosâtres. Dans la cour, devant le perron, s'animait le ballet des palefreniers et autres serviteurs qui avaient à préparer le départ : une silencieuse noria de fourmis transportant des coffres, des corbeilles de linge, des tapisseries roulées et tous les impedimenta d'un grand déménagement.

Un autre monde commençait à bouger dans le corps et dans l'esprit du petit prince. Était-ce le même château que celui où il avait passé des heures d'été à flâner dans le parc, à jouer avec les biches en compagnie des fils du roi ? Ce qu'il embrassait à son lever avait l'apparence d'un décor de théâtre. Il colla son front à la vitre glacée pleine de larmes de verre suspendues dans le jaune et le bleu.

Le malaise délicieux qui le baignait depuis son réveil le décontenançait : c'était lui et c'était un autre. Il retrouvait les sensations éprouvées en apprenant la mort de son père : un vide soudain où il nageait sans pouvoir avancer, comme si tout s'était figé autour de lui. Ce qui restait d'enfance en lui, ce matin-là, était préservé, mais il se trouvait soudain en face d'un autre personnage qui lui ressemblait et avec lequel il devrait faire bon ménage.

Victoria de Ayala dormait encore, son visage pâle tourné vers la chandelle qui achevait de se consumer. Il s'assit au bord du lit, écarta la mèche brune qui lui barrait le front, regarda la main délicate qui l'avait caressé, avait flatté sa virilité sans l'encourager à d'autres privautés. Ce qu'elle voulait, c'était dormir dans ses bras une nuit entière. Il s'était dit que les femmes avaient des caprices surprenants.

Elle lui avait demandé s'il était encore puceau. Lui, puceau ? allons donc ! Il avait perdu sa virginité depuis des années. Elle avait vite compris, à ses manières maladroites, qu'il se vantait et que, plus tard, s'ils devenaient amants, elle devrait tout lui apprendre. Elle n'avait que quatorze ans mais déjà l'expérience des hommes.

Il se pencha vers elle, murmura :

– Dayelle... Il faut te réveiller.

Ce nom tournait dans sa tête comme un papillon autour d'une chandelle. Il avait dormi avec une Espagnole. L'Espagne lui collait à la peau, lui chauffait le sang. Lentement il découvrit le corps de la dormeuse, regarda la clarté mourante de la chandelle couler sur la peau mate ou luisante et friser d'un bouquet d'argent le pubis. Il eut envie de s'allonger dans sa chaleur, de la serrer contre lui avant que Melchior, étendu dans le lit voisin, ne se réveillât.

Il croyait qu'elle dormait ; elle l'observait derrière ses longs cils.

– Tu as été très sage, mon petit prince. Un jour prochain, peut-être...

La caravane s'ébranla par groupes dans la matinée glaciale, sous une nouvelle chute de neige qui semblait avoir attendu le lever du jour.

Elle prit, face au soleil, la direction de la Lorraine. À travers l'immensité de neige, on avait du mal à reconnaître la route. Coches et chariots tanguaient, s'embourbaient, versaient dans les fossés. Huit mille chevaux transformaient le grand chemin en fondrière. Les premiers convois passaient sans effort sur un tapis de neige verglacée ; ceux qui suivaient trouvaient la boue ; les derniers pataugeaient dans un marécage suintant de crottin et de bouse.

C'était la première fois que le prince de Navarre assistait à ce qui ressemblait à l'exode d'une *mahalla* marocaine. Rien ne manquait à cette ville en déplacement : ni les prêtres sur leurs mulets, ni les moines sur leurs ânes, ni les boutiquiers dans leurs carrioles, ni les prostituées dans leurs litières.

Les fourriers prenaient les devants dès la veille pour préparer le gîte de la nuit et les repas. Chez l'habitant, bien sûr. Il convenait que chaque courtisan, chaque fille de la reine eût son lit et sa table dans les villes et les villages, la famille royale et les princes étant hébergés dans les demeures seigneuriales. Il fallait, sur des lieues à la ronde, collecter des vivres, mettre parfois le couteau sous la gorge des fournisseurs récalcitrants et les payer en monnaie de singe. Eh quoi ! ne se devait-on pas corps et âme à la famille royale ? N'avait-on pas le devoir de lui faire honneur ?

Émotion de la reine mère en arrivant à Bar-le-Duc... Elle vit venir vers elle sa petite Claude, son troisième enfant, qu'elle avait mariée quelques années auparavant au duc Henri III de Lorraine et de Bar, qu'on nommait « le Grand ». Elle était de complexion fragile, avec l'apparence d'une poupée désarticulée qui ne pourrait tenir sur ses jambes maigres qu'avec des cannes. Au repas du soir, la reine mère, mise en appétit par le voyage, mangea et but d'abondance alors que la pauvre duchesse de Lorraine mangeait sa bouillie du bout des lèvres.

C'est à Mâcon, et par un jeune étudiant en médecine originaire de Genève, que la reine mère apprit la mort de Jean Calvin, disciple de Luther et de Zwingli, puis leur adversaire. Il l'avait approché quelques jours avant son agonie. Calvin avait souffert dans sa chair comme si mille diables, dit-il, s'acharnaient sur lui. Le corps n'était qu'une charogne rongée d'ulcères purulents, en pleine décomposition quelques heures après sa mort. L'odeur était telle que personne ne pouvait rester dans la chambre mortuaire.

La reine mère ne ressentit pas la moindre émotion à ce récit.

– Qu'il achève de pourrir en enfer ! dit-elle. Toutes les guerres, tous les troubles que nous avons traversés sont de sa faute. Il fallait du sang à cette âme de boue. Jean Calvin... Qui donc pouvait l'aimer ?

Une voix murmura dans son dos :

– Madame, personne ne l'aimait, et d'ailleurs il s'en moquait.

Une femme en noir venait de surgir derrière la reine mère, le haut du visage masqué par un chaperon à bavolet, avec, comme pour donner un semblant de vie à cette apparence spectrale, un collet blanc godronné.

– Jeanne ! s'écria la reine mère. Vous ici ! Nous ne comptions vous rencontrer...

– ... qu'à Nérac, soit, mais il me tardait de revoir mon fils. Comment se porte-t-il ?

– Au mieux, ma chère ! Il a même commencé à faire des conquêtes parmi mes filles. Il est précoce, ce petit bonhomme !

Elle ajouta, en prenant le bras de Jeanne :

– Votre repartie concernant Calvin me surprend. Personne ne l'aimait, dites-vous, et pourtant ses adeptes l'auraient suivi au bout du monde.

– Il avait de nombreux disciples mais peu d'amis, même à Genève, où il régnait en maître. Il voulait que ses fidèles se comportent en tout comme lui, refusent de pratiquer la danse et la musique, renoncent aux repas trop plantureux et à tous les plaisirs de la vie. Il suspectait ceux qui se présentaient à lui le sourire aux lèvres. Il recevait peu, d'ailleurs, et restait des semaines sans sortir de son cabinet de travail. Cet homme est mort martyr de sa foi. Peu de gens le regretteront et pourtant beaucoup auraient aimé mourir à sa place.

Jeanne ne revit son fils qu'à la nuit tombée, au débotté, encore couvert de la poussière de l'été et d'une sueur qui lui faisait un masque de boue. Il avait grandi ; ses épaules avaient pris de l'ampleur, son allure de l'autorité. En voyant sa mère, des larmes se mêlèrent à la sueur sur ses joues.

Ils renoncèrent au repas offert par les consuls, préférant dîner en tête à tête dans la maison d'un bourgeois du quartier des Ursulines. La reine lui raconta ses démêlés avec Montluc. Depuis la mort de sa première épouse, Antoinette d'Yssalguier, il ne quittait son domaine d'Estissac que pour battre la campagne avec ses bandes espagnoles et gasconnes. Il venait de prendre une nouvelle épouse : Isabeau-Paule de Beauville, ce qui lui avait conféré un regain d'énergie et de violence.

Jeanne soupira.

– J'ai tout à craindre de ce retour de flamme. Le bougre est loin de baisser les bras, mais je l'attends de pied ferme.

Il lui raconta l'exode de la cour, les haltes du soir qui transformaient la moindre bicoque en caravansérail, les nuitées de hasard, parfois dans des granges, parfois à la belle étoile, les repas de soldats, les festins et les cérémonies. On ne voyait pas passer les jours, on ignorait ce que l'on trouverait le soir : un lit à baldaquin ou la paillade.

Il ne regrettait rien, pourtant, et surtout pas sa vie au Louvre, cette citadelle sinistre, hantée par des spadassins, des boutiquiers, des prostituées, des chiens et des rats. Il fallait toujours garder la cotte de mailles sous son pourpoint et la dague à la ceinture. Il ne regrettait pas davantage Vincennes, cette prison-forteresse, Saint-Germain, Rambouillet où l'on se trouvait constamment en butte aux caprices du roi. Fontainebleau était le seul lieu dont il eût gardé un souvenir agréable.

La reine dissimula un sourire derrière sa main.

– Cela ne m'étonne guère, dit-elle. Où en sont vos amours avec cette demoiselle de Ayala ou Dayelle ?

– Il faut oublier cette aventure, mère, comme je l'ai moi-même oubliée. D'ailleurs, il ne s'est rien passé.

La nuit de neige à Fontainebleau n'avait pas eu de suite. Dayelle s'était fondue dans le tourbillon des amazones royales. Henri s'étonnait qu'elle ne donnât pas de nouvelles, regrettait qu'elle ne lui eût rien révélé de ses origines et de sa condition. Melchior, qui laissait partout traîner ses oreilles, lui avait appris qu'elle n'était pas espagnole mais grecque, et qu'elle était la fille d'un vague secrétaire d'ambassade.

– Vous avez été le jouet de Madame Catherine, dit Jeanne. Cette fille, vous ne la reverrez pas. Elle a fait son rapport et s'est envolée comme un oiseau. Elle ne vous est rien. Ne songez plus à elle.

On souffrit de la chaleur comme on avait éprouvé les rigueurs de l'hiver.

Les grands personnages de la cour, les demoiselles de la reine mère montèrent avec la famille royale dans les coches d'eau enrubannés et fleuris comme des galères de parade pour suivre le fil du Rhône.

Henri s'était joint à eux. Il avait confié à Melchior le soin de conduire sa maison par la route riveraine et les chemins de halage, et gardé sa mère près de lui. Elle se tenait au bordage, droite comme un if au milieu d'un buisson de dames et de demoiselles qui répandaient couleurs, parfums et chansons autour d'elle. On brocardait sa tenue austère, son mutisme glacé, l'isolement dans lequel elle se cantonnait, les prêches qu'elle faisait célébrer discrètement avec une poignée de ministres et de fidèles, dont le vieux Ramón de Saballos, son garde du corps. À l'approche de la nuit, le chant des psaumes répondait aux danseries du pont.

De tous les gentilshommes qui participaient au voyage, le plus brillant, le plus entouré était Pierre de Bourdeilles, abbé commendataire et laïc de Brantôme. Barbe brune, épaisse, regard scrutateur sous des paupières lourdes, il était doté de grandes oreilles qu'il utilisait à bon escient. Sa conversation ne manquait ni d'agrément ni d'intérêt, mais il lui arrivait d'en abuser dans l'intention de séduire son auditoire. Il collectait les rumeurs, les ragots, n'oubliait rien, en rajoutait même à l'occasion.

Il racontait qu'en se promenant dans le parc de Fontainebleau avec une dame de la suite royale il avait fait halte devant un hercule coiffé d'un bourrelet de neige, dans l'intention, peut-être, d'amener sa compagne à comparer cette anatomie avec la sienne. La dame s'était esclaffée, trouvant le membre viril du héros trop petit pour un corps de colosse.

Il s'était délecté à la lecture du sonnet que la belle Limeuil, sa voisine du Périgord, avait reçu du jeune Henri de Condé, qui s'exerçait à la poésie comme la plupart des courtisans. Il le déclamait avec des mimiques narquoises.

Douce Limeuil et douces vos façons
Douce la grâce et douce la parole...

Il se plaisait à débusquer et à révéler les amours vénales ou spontanées de tel ou telle, les manies vicieuses des pages qui allaient surprendre les dames sous les latrines et leur piquer les fesses avec une aiguille fixée à la pointe d'un bâton.

L'adultère était son thème favori. Il recueillait les historiettes comme on ramasse des pommes dans l'herbe. Il détestait les cocus acariâtres autant que les femmes trop vertueuses; il disait :

– J'aime les gentils cocus, ces compagnons pleins d'une sainte patience, qui savent fermer les yeux, et j'aime aussi les femmes généreuses.

Henri ne perdait pas un mot de ces révélations salaces; elles lui apprenaient davantage sur les mœurs de la *curia regis* que ses entretiens de fond de cour avec ses collègues du collège de Navarre et avec son entourage, dont toute perversité était exclue.

Entre Bar-le-Duc et Lyon, Brantôme disparut mystérieusement. Il avait été délégué par Madame Catherine pour une affaire délicate opposant le roi d'Espagne aux autorités turques qui occupaient un point stratégique sur la côte de Berbérie, Peñon de Velez-de-la-Gomera, face à la citadelle espagnole de Malaga. Ce repaire de pirates indisposait le roi Philippe, qui désirait l'éliminer avec le concours de la France.

C'est à contrecœur que la reine mère abrégea son séjour à Lyon.

Elle aurait aimé rester plus longtemps dans cette région, dont le climat lui rappelait celui de sa Toscane natale. Lyon était devenu le refuge de la bonne société italienne lasse des révolutions et des guerres qui ensanglantaient la péninsule.

Un matin, son médecin particulier, Cavriana, lui annonça une mauvaise nouvelle : la peste venait de faire son apparition. Branle-bas de combat ! En quelques heures, on battit le rappel de la cour ; le départ prit l'allure d'une débâcle.

On n'avait fui l'épidémie que pour affronter la tempête. Le Midi était en proie à une véritable convulsion : on s'étripait allégrement en faisant assaut de cruauté et d'invention dans l'art de supplicier des innocents.

La reine mère, d'accord avec le roi, prit, dans le château de Roussillon, près de Crémieux, en Dauphiné, une décision qui allait faire grand bruit et susciter bien des désordres : un arrêté fixa au 1er janvier le début de l'année qui, auparavant, commençait à Pâques.

La cour se reposa un mois plein à Roussillon, dans les folles galopades du mistral et le chant des cigales, au milieu des vignes et des oliviers. On organisait des repas, des fêtes, des danseries dans les villages, on traquait le sanglier dans les collines, on dormait dans les granges ou au pied des meules, ivres de vin et d'amour.

Lorsque Madame Catherine, qui ne perdait aucune occasion de montrer son autorité, prétendit décréter de nouvelles mesures contre la religion réformée, la reine de Navarre s'insurgea.

– Vous nous privez de tous nos droits, madame !

s'écria-t-elle. Il ne nous reste que les yeux pour pleurer.

– Eh bien, riposta Catherine, vous n'avez pas fini de verser des larmes ! Si vous n'aviez fait de votre royaume un repaire de brigands, si vous n'aviez soutenu constamment les bourreaux des catholiques, si vous n'aviez encouragé vos soudards à piller les églises et à tuer les prêtres, nous n'en serions pas là. Qui sème le vent...

Elle ajouta :

– Mon seul souci est la paix du royaume. Ce que je demande à vos religionnaires, c'est d'obéir au roi. Si j'apprends que de nouveaux troubles se produisent, j'emploierai pour les mâter le vert et le sec...

La grande caravane reprit son chemin dans la chaleur de l'été. Valence... Montélimar... Avignon...

Au cours du séjour dans cette dernière ville, Jeanne n'eut qu'à se louer de la rigueur dont sa « commère » fit preuve envers l'autorité épiscopale : elle lui ordonna de restituer aux protestants les biens dont elle les avait spoliés et de se montrer plus tolérante.

Las de cette interminable errance sous une chaleur accablante, Charles tomba malade au point que la reine mère songea un moment à arrêter là le voyage et à repartir pour Paris.

Le matin, en remontant à cheval, il disait à sa mère :

– Où me conduisez-vous encore ? N'avez-vous pas votre aise de ce train d'enfer ?

– Patientez, mon fils, répondait la reine mère. Ce voyage est nécessaire pour que vous connaissiez mieux vos sujets. Vous semez sur votre passage la bonne graine de la paix.

Sur la route de Salon-de-Provence, Madame Catherine plaisantait avec Jeanne.

– Décidément, ma chère, ce voyage ne me réussit pas. Regardez-moi ! J'ai peine à entrer dans mes robes. Je vous envie : comment faites-vous pour garder cette taille d'adolescente ?

Alors que Jeanne observait un mode de vie spartiate, Catherine ne se refusait aucun plaisir, si ce n'est celui de la chair, encore qu'on lui attribuât quelques aventures discrètes. À quarante-cinq ans, elle dévorait la vie à belles dents, ne tenait pas en place, rabrouait les médecins qui la mettaient en garde contre ses appétits, fronçaient les sourcils en sondant les profondeurs de son pot. Qu'ils aillent au diable, les médecins et leurs médecines ! Les médications de son parfumeur apothicaire René le Florentin lui suffisaient et elles étaient douces.

On arriva à Salon sous les premières ondées de l'automne.

– Nous irons présenter nos civilités à Michel de Nostre-Dame, dit Catherine. Je souhaite que vous rencontriez ce mage. Il lit dans l'avenir comme dans un livre.

– Mon avenir, soupira le roi. Une page ou deux suffiraient à le résumer...

Michel de Nostre-Dame, que l'on appelait, à la mode du temps, Nostradamus, avait, après de longues pérégrinations, fixé sa résidence à Salon, en bordure du désert de la Crau. Descendant d'une famille de juifs convertis, il se prétendait l'héritier d'Issachar, chef d'une des douze tribus d'Israël dont les membres étaient dotés de dons prophétiques. Il se disait « médecin astrophile », guérissait les maux du corps les yeux levés vers les étoiles, tressait des liens entre microcosme et macrocosme, entre ciron et galaxie.

Le combat efficace qu'il avait mené contre la peste lui avait conféré une renommée universelle. On savait que ce fléau résultait de la conjonction entre Saturne, Mars et Jupiter, mais on ignorait la façon de le vaincre.

Sans renoncer aux méthodes empiriques, le jeune « Michelet », comme on l'appelait familièrement, lança la mode du médecin des pestiférés : tunique de cuir, rouge de préférence, passée sur trois ou quatre épaisseurs de chemises imprégnées d'antiseptiques, des clochettes aux chevilles pour écarter les passants comme les crécelles des lépreux, une cagoule, une gousse d'ail dans la bouche et du coton dans les narines. La prophylaxie, selon « Michelet », devait consister à répandre sur les murs, à l'aide d'une pompe, une solution à base de vinaigre ; il était en outre recommandé de porter sur soi une pierre d'hyacinthe, variété de zircon orangé rouge.

Dans le secret de son laboratoire, Nostradamus concoctait un remède souverain contre l'épidémie, à base de cyprès, d'iris de Florence et d'autres plantes ou aromates – un mélange d'une telle complexité qu'il manquait toujours quelque élément.

Après avoir roulé sa bosse dans les grandes cités du Midi, expérimentant ses mixtures, vendant aux dames ses confitures et ses fards, il avait décidé de finir ses jours à Salon en peaufinant à la fois ses inventions et son livre de prédictions qui embrassait l'immensité du monde et déterminait les destins particuliers en liaison avec les astres.

À l'annonce que lui fit le mage que « tous ses fils régneraient », Madame Catherine se sentit baignée de sueurs froides : cela signifiait en toute logique que chacun aurait un règne bref. Le dernier de ses enfants disparu, qui monterait sur le trône ? Henri de Guise ? Henri de Navarre ?

Elle voulut en avoir le cœur net.

Un matin, au saut du lit, le prince de Navarre se trouva nez à nez avec la reine mère et un bonhomme vêtu de noir, visage carré, regard insondable.

– Maître Nostradamus, dit la reine mère, a souhaité vous rencontrer. C'est un grand honneur qu'il vous fait.

– Levez-vous, monseigneur, dit le médecin astrophile, et ôtez votre chemise.

– Mais, madame, balbutia le prince, qu'ai-je fait pour mériter le fouet ?

– Qui parle de vous punir ? dit le mage. Si je souhaite vous voir nu, c'est pour mieux vous examiner *in naturabili* et voir si les astres vous sont ou non favorables. Dois-je vous rappeler que j'avais prédit la mort dramatique du roi Henri ? Que Dieu ait son âme ! Allons, monseigneur, ôtez cette chemise qui fait obstacle entre vous et les astres !

Henri obtempéra sans broncher à l'ordre donné d'un ton péremptoire, tandis que, dans l'ombre du maître des destinées, un secrétaire notait ses remarques.

– Marchez jusqu'à la fenêtre... Tournez en écartant les bras... Revenez vers moi...

L'exercice terminé, le patient grelottant de froid, le mage déploya un rouleau sur la table, y fit jouer un compas, jeta des observations au secrétaire. Il paraissait jongler avec les astres. Henri l'entendit murmurer leurs noms, employer des expressions dont le sens lui échappait.

– Vous pouvez vous rhabiller, monseigneur, dit le mage. Tout cela peut vous paraître incongru, mais c'est l'expression d'une science qui a fait ses preuves depuis les Chaldéens et les Babyloniens. Elle peut se résumer en quelques mots : « L'homme contient le monde comme le monde le contient. » Permettez-moi de vous rappeler que vous n'êtes qu'une minuscule parcelle du grand tout universel. Aussi puissant fussiez-vous, vous ne pourriez échapper à cette définition. La partie est semblable au tout. J'ai interrogé Mars. Réponse : votre cœur est en parfait état. Le Lion vous est favorable. La Balance... eh bien, la Balance veille sur vous. En revanche... en revanche, hum ! Mercure vous dit de surveiller votre pied gauche : il a des faiblesses.

Henri se piqua au jeu. Il àurait aimé en savoir davantage quant à sa destinée. Il n'eut satisfaction que le lendemain. Palma-Cayet, qui se passionnait lui aussi pour la magie, avait surpris un entretien entre le maître et le gouverneur de la ville.

– Michel de Nostre-Dame, dit-il, est tombé d'accord avec Luc Gauric, l'astrologue de la reine. Parlant des affaires du royaume, il a prétendu que vous auriez « tout l'héritage ». Cela me semble signifier que vous hériterez du trône de Navarre et de celui de France. La race des Valois est en train de pourrir sur pied. Aucun des trois fils de la reine n'aura de descendance. C'est à vous que reviendra le sceptre.

– À moi ou aux Guises. On connaît leurs ambitions.

– Vous êtes premier prince du sang. Eux, comme dit Madame Catherine, ne sont que des « princes de hasard ».

Palma-Cayet avait accompagné la reine mère chez le mage et en était revenu ébloui.

Autour de l'athanor, des tables encombrées de cornues, d'alambics, de sabliers, de grimoires, s'activaient des serviteurs et des apprentis qui surveillaient le feu et les distillations. La tenue des médecins chargés de porter leurs soins aux pestiférés pendait au mur avec des panoplies de lancettes destinées à débrider les bubons.

La reine souhaitait s'informer auprès du maître des qualités génésiques du roi. Le mage s'était gratté la barbe et s'était plongé dans un gros livre. Il le parcourut en ajustant ses besicles et déclara :

– Sa Majesté, madame, est normalement constituée et parfaitement capable d'engendrer. En revanche... je ne lui vois pas de descendance. Peut-être lui manque-t-il d'apprécier les plaisirs de la vie.

Il lui conseilla de lire son *Traité des bardements et confitures*. Le révérendissime évêque de Carcassonne, venu consulter le mage pour lutter contre sa complexion mélancolique et sa virilité défaillante, en avait été fort satisfait.

– Monseigneur Amanieu de Faye, avait ajouté Nostradamus, ne tarit pas d'éloges sur la recette qu'il a découverte dans cet ouvrage et qui lui a redonné un sang vif. Elle accentue l'émission de la semence spermatique.

Il ajouta à l'ouvrage qu'il proposait à la reine mère un bocal de confiture. Elle y trempa le doigt, goûta, s'écria :

– Mais c'est tout bonnement de la confiture de coings !

– En apparence, Majesté. J'y ai mêlé, au premier quartier de la lune de juillet, une poudre alchimique dont je tiens la recette de Philippus Aureolus Theophrastus Bombastus von Hohenheim, mieux connu sous le nom de Paracelse, qui fut mon maître. J'y ajoute ce pot de fard qui vous donnera un teint de rose et cette pierre d'hyacinthe que je vous prie de porter lorsque se déclarera une épidémie de peste. Que Dieu nous en préserve !

– Je vous suis très obligée, maître, de toutes ces bontés.

– Je suis votre serviteur, Majesté, dit le mage en s'inclinant. Veuillez faire régler le tout à mon trésorier. Cela doit se monter à vingt écus...

Il tombait sur Carcassonne la même neige drue, un peu folle, qu'à Fontainebleau environ un an auparavant. De la couche qui atteignait cinq pieds on fit des bastidons et des redoutes puis on se livra à une petite guerre pour s'échauffer autant que pour se distraire. Le roi se trouva adversaire de Navarre et s'en donna à cœur joie, ayant dégusté chaque matin, depuis le départ de Salon, sa confiture magique. Dominant l'immense plaine enneigée d'où toute trace de vignoble avait disparu, l'énorme citadelle semblait une île perdue sur la banquise de Thulé.

Le cortège royal dut observer dans l'ancienne place forte du comte de Trencavel une halte plus longue que prévu. Madame Catherine en profita pour préparer avec son chancelier l'entretien qu'elle aurait à Bayonne avec son gendre, le roi d'Espagne.

Alors qu'il venait à peine de s'endormir, Palma-Cayet et Melchior allongés à quelques pas sur une paillasse, Henri sursauta : les couvertures s'étaient écartées et une ombre se glissait près de lui. Il faillit appeler à l'aide mais une main parfumée, légère et douce, se plaqua sur ses lèvres. Dans la lumière de la chandelle, il reconnut la chevelure à reflets métalliques et la peau mate de Dayelle. La bataille de boules de neige avait épuisé le prince et il se sentait engourdi par le froid polaire qui régnait dans l'immense salle.

Dayelle... Il semblait que cette créature mystérieuse ne révélât sa présence que par temps de neige, qu'elle vînt à lui non pas de Grèce mais d'Islande.

– Qu'étiez-vous devenue ? dit-il. Je vous ai cherchée.

– Je l'ai remarqué, dit-elle. Je vous voyais, mais vous non. Il est vrai que je portais un masque, comme les autres dames de mon entourage.

– Pourquoi m'avoir joué ce tour ?

– Il faut savoir raison garder, mon petit prince, éviter de vous attacher à moi comme d'ailleurs à une autre fille.

– Madame Catherine vous a fait la leçon.

– Pourquoi vous le cacher ? C'est elle qui m'a envoyée vers vous la première fois. Ce soir, je viens de ma propre initiative. Parce que... parce que je n'arrivais pas à me réchauffer.

– Est-ce la vraie raison ?

– Non. Je vous ai vu combattre le roi à coups de boules de neige. Vous l'avez contraint à battre en retraite. Vous étiez beau. Un adonis. Alors, ce soir, j'apporte sa récompense au héros. Mais n'en soufflez mot à personne. Je risquerais la disgrâce si j'étais découverte.

Son babillage s'éteignit en murmure dans la chevelure du prince. Elle s'endormit et il n'eut garde de la réveiller. Lorsqu'il s'éveilla dans l'aube glacée, elle avait disparu. Il se rendormit dans son odeur.

La caravane s'ébranla lourdement dans ce qui restait de neige sur le grand chemin menant vers la Navarre.

Henri profita d'une halte à Pau, puis à Nérac, pour pousser jusqu'à Coarraze en compagnie de Melchior. Mme de Bourbon-Busset était décédée peu avant. Mme de Miossens végétait au milieu de son petit train de maison. C'était une vieille dame impotente qui commençait à battre la campagne. Elle lui demanda qui il était ; quand il se fut fait connaître, elle pleura en lui reprochant de l'avoir abandonnée. Dans la salle de garde du donjon, ouverte à tous les vents, la tenue guerrière, l'énorme estramaçon de Pavie pendaient encore contre la muraille, reliques du capitan.

Après un long arrêt à Toulouse, la caravane flâna au gré des vents à travers la Guyenne dans l'attente de l'entrevue de Bayonne.

Quelques jours avant d'arriver sur les bords de l'Adour, Madame Catherine apprit avec soulagement que Philippe ne daignerait pas se présenter ; il avait délégué ses pouvoirs à la reine Élisabeth et à don Fernando Álvarez de Tolède, duc d'Albe, redoutable soldat versé dans la diplomatie, qui détestait les Français, contre lesquels il s'était battu, autant que les hérétiques dont il souhaitait l'extermination.

Élisabeth avait quitté la cour de France six ans auparavant, accompagnée à Roncevaux par la famille de Navarre. Sa ressemblance avec les Médicis s'était accentuée avec l'âge, mais elle avait gardé quelque éclat de sa jeunesse. Madame Catherine fondit en larmes ; les yeux d'Élisabeth demeurèrent secs et sa joue glacée. Elle parut prêter davantage d'attention à sa petite sœur Marguerite plutôt qu'à sa mère, dont les effusions l'agaçaient.

– Vous voilà grandette, ma mie, dit-elle. Quel âge avez-vous ?

– Treize ans, Majesté.

– Dans quelques années, il faudra songer à vous marier. On parle de vous donner au prince de Navarre.

La fillette se renfrogna, parla de « menteries ».

– Si ce mariage ne se fait pas, ajouta la reine, pourquoi ne pas songer à mon beau-fils, l'infant don Carlos ?

Au cours du premier souper dans la demeure d'un armateur richissime, l'ambiance entre la mère et la fille faillit tourner au vinaigre. La raideur d'Élisabeth, la morgue qu'elle apportait à ses propos auguraient mal des discussions avec le duc d'Albe.

– Ma fille, dit la reine mère, je vous trouve bien *espagnole*.

– Je le suis corps et âme, mère, répondit froidement Élisabeth. C'est mon devoir d'épouse et de reine.

On attendait le duc d'Albe le 29 mai ; il arriva une semaine plus tard sans daigner s'excuser. Lorsqu'elle le vit descendre de son coche, dans l'île de l'Adour où avaient lieu les cérémonies et les fêtes, la reine mère crut défaillir. Cette silhouette décharnée sous la cuirasse noire damasquinée d'or, ce visage racorni comme un vieux parchemin, cette barbiche tombant en filaments grisâtres sur la fraise, ce regard féroce lui proposaient l'image d'un dieu de la Guerre égaré parmi les saints du Greco.

Il s'inclina sèchement, murmura une salutation espagnole inaudible, sans le moindre sourire. Il fit d'emblée comprendre qu'il n'avait pas de temps à perdre en mondanités. Elle lui laissa entendre qu'il ne s'en tirerait pas à si bon compte, qu'une dérobade de sa part serait mal perçue des autres ambassadeurs et préjudiciable au roi Philippe.

Madame Catherine dit à son fils, peu après :

– Ce personnage me glace. Il me rappelle Blaise de Montluc. J'avoue ignorer comment le prendre. Entre nous ce sera la rencontre de la glace et du feu.

– Je vous fais confiance, mère, dit le roi. Vous saurez bien l'amener dans vos filets.

Elle songea un moment à lui jeter dans les bras une de ses filles, mais la plus séduisante eût fait chou blanc. Elle résolut de l'étourdir, de l'entraîner dans le branle, de l'obliger à sourire.

Obliger le duc d'Albe à sourire ? Autant inviter le saint Jérôme de la cathédrale à raconter des gaudrioles. Après avoir obtenu l'ajournement de l'entretien officiel, la reine mère poussa le farouche ambassadeur dans la ronde, veilla à ce qu'il fût entouré des beautés de la cour, en interdisant toute manœuvre ostensible de séduction. Il restait de marbre. Elle le rabrouait.

– Eh bien, don Álvarez, déridez-vous, prenez un peu de bon temps. Les choses sérieuses peuvent attendre !

– Hélas, non, madame : il y a urgence, au contraire. J'ai d'autres problèmes à affronter.

Elle songea qu'il faisait allusion à l'insurrection qui venait de soulever les Flandres contre l'occupation espagnole.

Il marmonnait dans sa barbe, regimbait, mais, de mauvaise grâce, suivait le train que la reine mère lui imposait.

Madame Catherine avait bien fait les choses. L'île de l'Adour, en aval du pont Saint-Esprit, était, comme sous un coup de baguette magique, devenue une annexe du paradis. Au milieu d'une vaste prairie, entre d'épaisses futaies, on avait installé des loges de verdure comportant une table ronde où douze convives pouvaient prendre place et que servaient des filles costumées à la mode du pays. Autour des notables austères qui avaient accompagné l'ambassadeur, les courtisans et les filles de la reine mère jetaient des feux comme un buisson ardent qui s'épuisait à tenter de consumer des bûches noirâtres.

La reine mère avait fait dresser pour elle et la famille royale une table surélevée à laquelle on accédait par des marches gazonnées. Le temps était doux et chaud, les soirées longues et lumineuses, les nuits illuminées. Le parfum des femmes se mêlait aux odeurs du fleuve et de la forêt ; la musique des petits orchestres faisait écho au chant des grillons et des rossignols. Des embarcations aux vergues constellées de pots à feu traversaient sans relâche le fleuve paisible.

Madame Catherine mangeait de bon appétit, buvait sec, parlait d'abondance, plaisantait sans tirer un sourire au fauve espagnol. Il lui confia un soir, alors qu'ils regagnaient leur domicile, à Bayonne :

– Je vous sais gré de votre accueil, Majesté, mais le temps est venu pour moi de quitter cette ville. Je souhaite m'entretenir avec vous dès demain.

– Comme il vous plaira, don Álvarez, soupira-t-elle. Votre heure sera la mienne.

Il ajouta :

– Qui est ce garçon que l'on voit toujours dans vos jupes et qui semble ne rien perdre de nos entretiens ?

– Henri, prince de Navarre, Excellence.

Le duc d'Albe eut un air de mépris pour lâcher :

– Navarre... De la graine d'hérétique...

Henri se trouvait avec Charles dans le cabinet de la reine mère quand on introduisit le duc d'Albe. Il se leva pour partir.

– Restez, dit Charles, et ouvrez bien vos oreilles.

L'entretien fut un modèle de concision et de froideur, le duc d'Albe n'étant pas homme à s'encombrer de digressions. Il entra d'emblée dans le vif du sujet.

– Madame, dit-il, je suis venu dans l'intention de dissiper un malentendu. Sa Majesté est fort irritée des mesures de clémence que vous adoptez envers les hérétiques. Elle se demande de quel bord vous êtes, de Rome ou de Genève.

– Je suis du bord qui évite à mon peuple de sombrer dans la guerre civile.

– La paix ne s'achète pas à n'importe quel prix ! Lorsqu'un membre est gangrené, on le coupe sans hésiter. Dois-je vous rappeler l'adage latin : *Haereticis non es habenda fides* ? « Lorsqu'il s'agit d'hérétiques, tous les moyens sont bons. » Pour s'en débarrasser, s'entend.

– Permettez-moi de penser autrement, Excellence, et de croire qu'il y a place dans mon royaume pour deux religions, à condition que chacun prêche pour sa paroisse et n'inquiète pas les voisins. Cela se fait couramment en Allemagne.

– Mais ce n'est pas le cas en France ! Ces provinces du Midi ravagées par les religionnaires, ces destructions de lieux saints, ces massacres de prêtres...

– Ce sont les catholiques qui ont donné le branle. Rappelez-vous le massacre de Wassy, les holocaustes de...

Le duc d'Albe l'interrompit d'un geste.

– Si nous continuons sur cette voie, toute discussion sera stérile. Le dilemme se résume en quelques mots : extirpez l'hérésie de votre royaume et vous pourrez compter sur les bonnes grâces de mon maître. Persistez dans votre politique de tolérance et vous aurez à supporter sa colère.

– Selon vous, quelles mesures devrais-je adopter pour satisfaire Sa Majesté ?

– Trancher dans le vif, interdire l'exercice de la religion réformée, anéantir les récalcitrants.

Madame Catherine eut un haut-le-corps.

– Cela signifierait-il que nous dussions massacrer tous les protestants ?

– Tous, madame ! Il faut détruire le mal à la racine.

– Cela ferait des centaines de milliers de victimes !

– La paix en Europe est à ce prix. Une guerre civile ferait davantage de morts. J'attends de votre part une réponse sans ambages. C'est oui ou c'est non.

Catherine fit deux fois le tour de la table, s'arrêta devant la fenêtre ouverte sur le port, à peu de distance du pont reliant la citadelle au faubourg Saint-Esprit. La matinée était lumineuse comme un dimanche de Pâques fleuries. Des embarcations chargées de marchandises sillonnaient le large plan d'eau du fleuve, certaines pavoisées d'emblèmes espagnols. Sur l'embarcadère, en contrebas, on déchargeait un navire des îles.

Elle se souvint soudain de la plaque accolée au mur de la citadelle, célébrant la victoire remportée quarante ans plus tôt par les gens de Bayonne contre la soldatesque ibérique lancée à l'assaut de la ville : *Numquam polluta* (« Jamais violée »). Elle en conçut un regain d'énergie, posa sa main sur la tête du prince de Navarre et se retourna avec vivacité.

– Don Álvarez, dit-elle, votre proposition demande réflexion. Je vous tiendrai informé.

Le lendemain, alors que le duc d'Albe venait de reprendre la route de la frontière, Madame Catherine écrivit au roi Philippe une lettre tartinée de miel : elle le remerciait de lui avoir permis de revoir sa fille chérie et l'assurait de son amitié. Une autre lettre était adressée au connétable, lui interdisant de rien changer aux édits de tolérance, du moins jusqu'à son retour.

Dans le même temps, l'ambassadeur d'Espagne, don Francès de Avala, adressait à son souverain une lettre sévère pour la « gouvernante de France » : il avait assisté à l'entretien entre don Álvarez et la reine mère et pouvait témoigner qu'elle n'avait rien lâché et que ses déclarations étaient « de pure forme ».

La cour commençait à se lasser de cette interminable randonnée. Allait-on enfin reprendre le chemin de la capitale ? Pas encore. La reine mère décida de prendre la direction de Nérac pour un entretien avec la reine Jeanne.

Le convoi resta quatre jours dans la capitale du pays d'Albret. Quatre jours de fêtes, de mascarades, de promenades à pied dans la garenne et en barque sur la Baïse.

Catherine dit à sa « commère » :

– Votre fils a dû vous informer de la conférence que j'ai tenue avec les envoyés de Philippe. Qu'en pensez-vous ?

– Mon fils m'a tout raconté. Il m'a même rapporté une phrase que le duc a glissée à l'oreille de l'ambassadeur en parlant de l'amiral de Coligny, et que vous n'avez peut-être pas entendue : « Un saumon vaut mieux que dix mille grenouilles. »

Catherine fronça les sourcils.

– Et cela signifie quoi, selon vous ?

– L'allusion est claire. Il faut abattre l'amiral de Coligny avant d'organiser un massacre général des réformés.

– Quel toupet ! Je déteste qu'on me dicte ma conduite. En revanche...

La reine mère prit une poire dans le compotier, y mordit à belles dents.

– En revanche ? dit Jeanne.

– Nous devrons prendre des mesures pour rassurer Philippe. En premier lieu, mettre un frein au zèle de vos ministres et à l'agressivité de vos fidèles, faire en sorte que la liberté du culte soit reconnue dans votre royaume aux catholiques. Sinon nous avons, vous et moi, tout à redouter de ce roi fanatique. C'est vrai qu'il a quarante mille hommes prêts à intervenir si nous ne lui donnons pas quelque apaisement.

– Vous céderiez au chantage, vous ?

– C'est cela ou la guerre avec l'Espagne. Et je n'en veux à aucun prix.

Tout ce que Jeanne put promettre à sa

« commère » fut d'aviser. Elle nourrissait le projet de ramener son fils en Navarre. Elle ne l'avait pas revu depuis environ un an et le trouvait changé : il avait pris des manières de courtisan, portait l'épée avec un brin d'ostentation, se coiffait comme Henri de Guise, le bonnet de velours sur l'oreille, se pavanait dans des hauts-de-chausses bouffant à l'extrême et avait pour ainsi dire perdu son accent, à croire que du sirop parisien lui coulait des lèvres. Allait-il à la messe ? Il lui avait juré qu'il s'en abstenait mais qu'en revanche il assistait en secret au prêche et à la Cène.

– Madame, dit Jeanne, laissez-moi mon fils. Je souhaite l'élever à la manière de Navarre.

Catherine protesta : il s'élevait très bien à la cour, y fréquentait des gens illustres, y apprenait ce qu'il ne pourrait apprendre à Pau ou à Nérac. Elle ajouta :

– Votre fils est heureux parmi nous. Il jouit d'une liberté que vous ne lui accorderiez pas. Je vous connais bien, ma bonne : vous n'auriez de cesse que de le jeter en pâture à vos ministres. Henri est prince du sang. Sa présence à Paris est une obligation.

– Vous en faites un otage !

– Un grand mot, mais qui sonne faux ! Ne tentez rien pour m'enlever cet enfant. Il me sera utile, et plus tôt que vous ne pensez...

Jeanne fit mine de baisser pavillon et suivit par petites étapes le cortège remontant vers Paris en passant par la Saintonge. La reine mère se demanda si l'on ferait halte à La Rochelle, citadelle du calvinisme, cité rebelle. Elle envoya son chancelier en reconnaissance : on attendait la reine mère ; on lui fit bon accueil en laissant sous le boisseau les problèmes épineux. Elle obtint cependant de la municipalité qu'elle décrétât la liberté du culte pour les catholiques et l'arrêt des persécutions. On y consentit sans rechigner. Promesse de Normands...

Au début d'octobre, la caravane touchait aux limites de la Bretagne. On festoya chez le connétable qui séjournait dans son castelet de Châteaubriant ; on vida sa cave et ses coffres avant de prendre joyeusement, passé la Toussaint, le fil de la Loire.

Les Bretons avaient fait grise mine à la famille royale ; les Angevins leur ouvrirent grandes leurs portes. C'était déjà l'air de l'Île-de-France que l'on respirait dans le bel automne ligérien où flottait dans l'odeur des vendanges le souvenir de François Rabelais. On vécut là quelques semaines de goguette.

L'alacrité baissa d'un ton lorsque, fin novembre, la tête de la caravane arriva à Blois : Paris était en ébullition. Sommé, en l'absence de la cour, de préserver la paix dans la capitale, François de Montmorency, fils du connétable, avait failli à sa mission, soufflant sur la braise au lieu de l'éteindre. Entre papistes et parpaillots se perpétraient des embuscades de corridor. Coligny et ses frères, Odet et Andelot, jouaient les maires du palais et tournaient les Guises en dérision. Le connétable mettait son épée dans les reins du nonce Prosper de Sainte-Croix et menaçait de le renvoyer à Rome.

Chaque jour, de ses fenêtres du château de Blois, la reine mère voyait surgir des groupes de cavaliers huguenots qui prenaient possession des lieux, entouraient sa personne d'une cour caquetante et importune, dans le but de l'investir. Ils s'en prenaient volontiers au roi, lui disant :

– Majesté, Paris vous attend. Vos sujets souhaitent que vous fassiez justice de vos ennemis qui veulent vous livrer au roi d'Espagne ou au pape.

Ce n'est pas vers Paris que le cortège royal se dirigea en quittant Blois, mais vers Moulins. Pourquoi Moulins ? La reine mère avait ses raisons : on ne risquerait pas de troubles dans une ville de moyenne importance ; les récoltes avaient été excellentes dans cette région ; on ferait tirer la langue aux huguenots qui avaient tendu leur piège à Paris.

La reine mère eut un sursaut d'indignation en voyant surgir un matin, frais et pimpant sur son destrier, celui qu'elle comptait ne revoir que pieds et poings liés, le comte Gabriel de Lorges, Montgomery. Elle songea à organiser une mise en scène pour perdre le meurtrier de son époux : une partie de chasse ou une promenade en barque sur la Loire, puis elle renonça, persuadée que la vengeance viendrait à son heure : elle la laissait durcir dans son esprit comme une balle de plomb qu'on laisse refroidir.

La cour resta trois mois à Moulins. On y était arrivé peu avant Noël, sous des bourrasques de pluie et de neige. La ville semblait endormie ; elle ne tarda pas à se réveiller.

Madame Catherine ne perdit pas son temps à jouer aux boules de neige. Elle était dans son cabinet dès l'aube, tançait ses secrétaires et ses ministres qui se présentaient en retard, les retenait jusqu'au soir. Le calme de la petite ville était propice à son activité de régente ; elle pouvait se passer du Louvre, de ses intrigues, de ses odeurs.

Un matin de mars, elle força la porte de Francès de Avala, ambassadeur d'Espagne, le surprit à sa toilette. Elle brandissait un message qui venait de lui parvenir et s'écria :

– Lisez, Excellence !

Elle lui fit passer le feuillet par-dessus le paravent andalou.

Des Français de confession calviniste s'étaient installés en Floride dans l'intention d'y fonder une colonie sous le signe des Évangiles. Elle commençait à prospérer avec la bénédiction de l'amiral de Coligny, qui voyait là une promesse de réalisation d'un vieux projet : une petite république à la genevoise. Les Espagnols avaient débarqué et massacré toute la population.

– C'est un acte infâme ! s'écria la reine mère. Les sujets du roi Philippe et Sa Majesté elle-même se prendraient-ils pour les maîtres de l'univers ?

L'ambassadeur pointa sa barbiche au-dessus du paravent.

– Mais, madame, le pape Alexandre VI...

– Alexandre ! Croyez-vous que j'ignore qu'il ait partagé le monde à découvrir entre Espagnols et Portugais ? Il y a un siècle de cela. Depuis, les choses ont changé. Je protesterai auprès de votre souverain ! J'alerterai le monde entier, s'il le faut !

– Ces colons, madame, n'étaient que des hérétiques, une race honnie...

Elle s'assit pour reprendre son souffle, avisa une bassine d'eau, résista au désir de la lancer à la tête de ce... de ce...

– ... de cet imbécile, de cet esclave borné !

– Que dites-vous, madame ?

– Que j'ai supporté avec patience les insolences de don Álvarez, mais sachez que le roi, pas plus que moi, n'est décidé à se laisser dicter sa conduite.

Elle supportait de moins en moins l'infiltration sournoise des sujets du roi d'Espagne, cette nuée d'agents simples ou doubles qui grouillaient à la cour, investissaient le domicile des Guises et de leurs alliés, faisaient du jeune duc Henri leur hochet et du cardinal de Lorraine un complice grassement prébendé.

Elle s'ouvrait peu après de ses inquiétudes à Michel de L'Hospital.

– Que faire ? dit-elle. Mon gendre nous tient sous la menace de ses armes. Notre marine serait impuissante à tenir tête à la sienne. Il possède l'or d'Amérique, et notre trésor est vide. Il peut envoyer contre nous cent mille bandouliers auxquels nous ne pourrions opposer qu'une armée désorganisée. Combien de temps devrons-nous subir sans broncher de telles humiliations ?

Le chancelier essuya à sa manchette son nez humide, ses yeux que le froid faisait larmoyer.

– Il est vrai, dit-il, que nous ne pouvons affronter Sa Majesté votre gendre, mais du moins pouvons-nous lui faire comprendre que nous ne sommes pas dupes de ses bravades.

– De quelle manière ?

– En poursuivant notre politique de tolérance, en nous rapprochant de l'Angleterre, en refusant de donner suite au projet de mariage de l'infant don Carlos, cet infirme, avec votre fille, Marguerite, promise, je vous le rappelle, à Navarre.

– Vous êtes un homme sage, monsieur le chancelier. C'est bien ainsi qu'il faut opérer. J'aurais dû me montrer plus ferme avec don Álvarez, à Bayonne. Il a dû prendre mes hésitations pour de la faiblesse. Je ne suis que la régente, la fille d'un marchand de Florence...

– ... et la nièce d'un pape, madame !

Après trois mois à se goberger chez les bourgeois de Moulins, la cour s'effrangeait. Un à un, les gentilshommes reprenaient le chemin du retour.

On n'en avait pas fini avec cette interminable vadrouille, la reine mère tenant à montrer à son fils leurs possessions d'Auvergne et du Limousin.

Elle profita de ce dernier délai pour concocter certains projets. Le roi de Pologne mort sans héritier, la Diète semblait favorable à la candidature d'un prince français : elle songea à Henri, duc d'Anjou, son fils favori. Elle n'avait pas oublié la promesse de mariage entre Charles et la reine Élisabeth et entre Marguerite et Henri de Navarre. De quoi clouer le bec à Philippe...

Cette dernière union était le moins sujette à caution de ces projets, mais les deux adolescents semblaient en avoir fait litière. Ils s'ignoraient sans se détester vraiment. Durant tout le voyage ils n'avaient pas connu l'ombre d'une querelle, la moindre trace d'acrimonie. Ils partageaient les repas, les promenades, les jeux des autres enfants royaux.

Margot semblait de plus en plus éprise du jeune Henri de Guise, qui paraissait insensible à cet élan. C'était un des plus beaux et des plus élégants jouvenceaux de la cour ; l'âge avait estompé ses airs de béjaune blondasse ; en l'espace de deux années, il s'était affiné, avait pris de l'autorité à la mort de son père ; presque un homme, déjà, et des plus séduisant ; amoureux de l'Espagne plus que des femmes, disait-on.

Lorsque Henri regardait sa promise à la dérobée, il se disait qu'il n'accepterait pas de l'avoir pour femme. Margot n'était ni vraiment belle ni vraiment laide ; elle avait un esprit mâtiné de malice et d'effronterie qui ne déplaisait pas au prince de Navarre.

Appelés à se rapprocher au hasard de leur cohabitation, ils évitaient de se regarder, de se toucher, de se parler. À Blois, alors qu'ils disputaient dans les allées du jardin une partie de palle-mail, il avait guidé sa main. Elle avait eu un mouvement de recul et avait grogné :

– Laissez-moi ! Je n'ai pas besoin de votre aide.

– Que vous ai-je fait ? Que me reprochez-vous ?

– Rien.

– Alors pourquoi ce comportement à mon égard ?

– Parce que.

Il n'en avait rien tiré d'autre. À quelques jours de là, pourtant, elle se montra plus loquace.

– Je n'ai rien à vous reprocher, mon cousin. Je vous ai détesté. Aujourd'hui, je vous tolère. Je n'ai pas plus que vous envie de ce mariage qu'on a manigancé pour nous, mais ce n'est pas une raison suffisante pour que nous nous regardiions comme chien et chat.

Elle n'avait pas osé avouer ses préventions : son manque de distinction, cette odeur de bergerie... Il s'était évertué à combattre ces imperfections de sa nature : il se lavait fréquemment, des pieds à la tête, se parfumait à l'eau de Naples, évitait de manger de la frotte à l'ail.

Il avait ajouté :

– À défaut d'amour, voulez-vous de mon amitié, ma cousine ?

Elle avait hoché la tête et, à dater de ce jour, l'avait considéré avec moins de rigueur. Elle en vint même à trouver sinon du charme du moins du caractère au berger navarrais : cette tignasse rêche, tirant sur le roux, cet accent qui traînait encore quelque rocaille des gaves...

– Eh bien, avait-elle soupiré, soit ! Soyons amis.

Au début d'avril, le reliquat de la caravane royale séjourna à Clermont d'Auvergne, à Riom, à Aiguperse, où le chancelier avait sa famille. Le printemps resplendissait dans une lumière glorieuse sur la plaine des Limagnes et sur la dentelle des puys. L'air sentait la bouse et la fleur de pommier. Par tous les pores de cette vieille terre suintait l'eau des dernières neiges.

La reine mère avait pris sa décision : cette fois-ci, on rentrait à Paris. On flâna encore un peu, pour l'agrément d'une promenade printanière, à travers le Nivernais, l'Auxerrois, le Sénonais, la Champagne. On trouva la Brie tout en fleurs. La saison était si douce que la reine décida d'une ultime étape à Saint-Maur, à quelques portées de couleuvrine des murs de la capitale. Elle s'y attarda quelques jours, le temps de remettre de l'ordre dans la caravane, de rapetasser les effets malmenés par le voyage, de faire une toilette générale.

Henri put se dégourdir les jambes. En mettant pied à terre aux haltes du soir il boitait comme un cheval qui aurait un caillou logé entre la corne et le fer. Il lui tardait de revoir sa mère : elle devait l'attendre au Louvre, peut-être avec la petite infante Catherine qui allait sur ses huit ans et avait enfin triomphé d'une enfance difficile.

La Marne qui coulait à quelques pas du château était déjà une promesse de retrouvailles.

VIII

« J'AI LA GUERRE DANS LES ENTRAILLES »

1566-1568

Melchior tournait autour du pot : il ne savait comment annoncer la nouvelle à son maître. Il lui dit d'un air cérémonieux qui cachait mal sa gêne :

– Monseigneur, je vais vous quitter.

– Eh bien, pars donc, mais ne tarde pas trop à revenir. Veux-tu aller revoir ta famille à Lagos ?

– Non, monseigneur. En vérité, je ne sais où j'irai ni même si je vous reviendrai.

Occupé à lire Montaigne près de la fenêtre de sa chambre, Henri se leva lentement, laissa son livre tomber sur le parquet.

– Tu souhaites me quitter... pour tout de bon ?

Depuis leur querelle dans le manège, le roi ne pouvait plus souffrir la présence de Melchior à la cour ; il ne perdait aucune occasion d'humilier en public celui qu'il appelait le « valet d'écurie ».

– Il y a autre chose, dit-il. Je supporte mal l'atmosphère de la cour : on y joue des comédies qui risquent à tout moment de dégénérer en drames. J'y étouffe. Cette décision, je ne l'ai pas prise de gaieté de cœur. Comment pourrais-je oublier toutes les bontés que vous avez eues pour moi ?

– Je ne puis te retenir de force, mais tu me manqueras. Où comptes-tu te rendre ?

– Je n'en sais rien encore.

– Avec qui ?

– Avec Philippe Strozzi. Il m'a proposé un grade dans les gardes-françaises qu'il commande.

– Tu aurais pu faire un plus mauvais choix. Avec lui, tu seras à bonne école puisque tu as choisi le métier des armes.

Philippe Strozzi, qu'on appelait « Estrozze », était un des plus fameux soldats du royaume. Originaire d'Italie, il avait passé sa jeunesse à Venise et avait combattu dès l'âge de vingt-cinq ans, il était d'allure massive, brun de peau et de poil.

Ce condottiere avait noué avec Brantôme une relation amicale qui, disait-on, rappelait celle que Montaigne entretenait avec La Boétie, sauf que leur souci principal n'était pas l'écriture. Brantôme laissait ses grandes oreilles balayer les couloirs du Louvre et Strozzi ne rêvait que de se distinguer dans la guerre. Leur amitié était née d'un goût commun pour les belles armes, de préférence celles qui venaient de Milan : de véritables œuvres d'art. Strozzi en achetait de pleins coffres ; Brantôme se contentait de les admirer.

Un jour que, dans la salle d'armes du Louvre, les deux amis se livraient un duel courtois, Brantôme avait reçu une blessure légère au poignet. Melchior, qui assistait à l'engagement, avait arraché un lambeau de sa chemise et avait pansé la blessure.

– Je suis vraiment trop maladroit, avait gémi Brantôme.

– Vous avez eu le tort, avait dit Melchior, de trop vous découvrir, de laisser la garde trop basse. C'était comme une porte ouverte...

Strozzi lui avait demandé s'il avait des connaissances en la matière ; il avait pris quelques leçons auprès du prince de Navarre, dont il était l'écuyer. Strozzi lui avait tendu l'épée de Brantôme ; Melchior avait eu un mouvement de recul.

– Je n'oserais jamais vous affronter, monseigneur ! Un simple écuyer...

– Que tu sois écuyer ou empereur d'Autriche, *basta* ! En garde !

Sans se départir de sa mine rébarbative, Strozzi avait paru s'amuser comme un fou face à ce valet qui manifestait de bonnes dispositions. À la fin de l'engagement, il lui avait dit :

– Si tu souhaites rendre ton tablier au prince de Navarre, préviens-moi. Tu me trouveras dans la salle de garde ou dans la plaine de Grenelle où campent mes troupes. Si tu aimes les armes, je te montrerai ma collection milanaise.

Dès son retour à Paris, le roi avait été repris par ses démons : la chasse, le jeu de paume, la forge, ainsi que de menus plaisirs comme le dessin, la peinture, l'orfèvrerie et la lecture.

Sa haute taille accentuait sa maigreur et laissait se déployer une charpente robuste. Hormis ses vices et ses passions, Charles était un adolescent sage, doté des qualités qui font les bons souverains, bien qu'il laissât à sa mère les soins de gouverner. Il faisait preuve d'une certaine justesse dans ses avis.

Madame Catherine vouait de l'affection à Charles et de l'amour au duc d'Anjou : elle regardait ce dernier s'épanouir comme une plante de serre ; l'atmosphère délétère de la cour, les tièdes vapeurs sulfureuses qu'on y respirait semblaient convenir à sa nature d'orchidée. La suave beauté de ses quatorze ans, ses coquetteries de catin, son habileté aux armes, cette souplesse de félin dans ses évolutions lui attiraient des regards concupiscents de la part des filles de la reine, de certains jeunes tireurs d'épée et de vieux capitaines bardaches. Il passait, indifférent, plus roi, déjà, que son frère le roi. Il n'aimait que sa sœur Margot.

Ce n'était plus un secret à la cour : Margot partageait avec ses frères Anjou et Alençon des jeux équivoques.

François différait de son frère aîné comme la fleur du crapaud. Il semblait être né sous une mauvaise étoile tant son physique s'accordait avec son caractère : ce nabot aux jambes torses comme les nains de la reine mère, au visage couleur de pruneau, était affecté d'un nez fendu au bout et qui semblait double ; il avait l'esprit d'un diablotin, porté aux facéties les plus extravagantes, aux accès d'humeur les plus âpres. Anjou tenait de la panthère et lui du renard. Il se plaisait dans la compagnie des nains, des naines, des bouffons, se mêlait à leurs jeux, assistait à leurs copulations ; on le disait épris de la nabote la plus célèbre du troupeau : la brune et grasse Jardinière, affectée aux soins des chiens, des perroquets et des singes.

La petite Claude, deuxième enfant de la couvée royale, achevait de se dessécher à la cour de Lorraine, entre son époux Charles le Grand et son beau-frère, le cardinal, l'*amigo* des Espagnols, qui ambitionnait la tiare de Rome.

Quelques mois après le retour du grand voyage, le prince Louis de Condé s'était remarié à l'âge de trente-cinq ans. Sa première épouse, Éléonore de Roye, était décédée des suites d'une maladie sournoise consécutive, disait-on, aux infidélités de son époux. Louis ressemblait à son frère, Antoine de Bourbon, par son humeur versatile et un charme naturel qui attirait la passion. Il se partageait entre trois maîtresses, en plus des dérives ancillaires : la belle Limeuil, la veuve du maréchal de Saint-André, qu'il avait partagée naguère avec Antoine, et Françoise de Longueville. Après avoir songé à épouser Marie Stuart puis Anne de Clèves, sa cousine, sœur des Guises, il avait fini par donner comme remplaçante à sa défunte une demoiselle de la grande famille des Longueville.

Discrètement bancal et bossu, Louis de Condé tenait l'essentiel de son charme de son visage aux traits fins, marqué d'une balafre guerrière, de son esprit toujours en mouvement et de sa conversation agréable. Une chanson courait sur lui les tavernes et les bouges, que ses ennemis murmuraient dans son dos.

Ce petit homme tant joli
Qui toujours chante et toujours rit
Et toujours baise sa mignonne...

Le mariage de Louis laissa Isabelle de Limeuil au bord du désespoir. Enceinte de ses œuvres, elle avait été chassée de la cour comme une pestiférée et s'était retirée dans son domaine du Périgord.

Antoine de Bourbon mort devant Rouen, Coligny discrédité par ses rapports intéressés avec l'Angleterre, Condé devenu la créature de la reine mère qui se jouait de lui, le connétable commençant à bavocher sur sa fraise, le parti des huguenots était pour ainsi dire dépourvu de chef. Une carence qui faisait le jeu des Guises, dont les ambitions refleurissaient de plus belle. Qui donc, songeait la reine mère, pourrait faire barrage aux princes de Lorraine ? Personne, dans cette tourbe de gentillâtres sans cervelle et sans honneur.

C'est alors que son regard se porta avec un intérêt soutenu sur cet adolescent dont la barbe commençait à pousser : Henri de Navarre.

Jeanne s'attendait à une réticence de la reine mère lorsqu'elle lui annoncerait son intention de ramener son fils en Béarn : elle se heurta à la statue animée de l'Indignation mais elle tint bon.

Depuis l'entrevue de Bayonne, la situation dans le Midi n'avait fait qu'empirer. La « fournaise de fureur », comme disait Jeanne, atteignait son paroxysme. Une ligue de papistes s'était constituée, dirigée par quelques seigneurs décidés à arracher le petit royaume à l'hérésie et à rétablir la religion romaine. Il ne fallait pas être fin clerc pour deviner sous cette agitation la main du roi Philippe et celle du pape. Une sorte de croisade se tramait. Elle avait débuté par des massacres : à Foix, les catholiques avaient passé au fil de l'épée cent vingt religionnaires qui défilaient sous leur bannière ; à Pamiers, Montluc en avait branché sept cents, femmes et enfants...

Contre cette menée insurrectionnelle, une femme : la reine de Navarre, et un adolescent : son fils.

Ils arrivèrent à Pau en juillet, accompagnés d'une escorte de gentilshommes et d'arquebusiers. Installé à Pau, Henri rameuta le ban et l'arrière-ban des fidèles. Ils arrivèrent à cheval, à dos de mulet ou d'âne, vêtus de sarraus ou d'armures datant de la *Reconquista*, armés de pétoires, de longs couteaux navarrais, de faux emmanchées à l'envers, chaussés d'espadrilles ou pieds nus. De cette horde de soldats-paysans, Henri voulut faire une armée : à défaut d'en avoir l'allure, elle avait l'allant. Il en prit la tête et confia les différents corps à des capitaines éprouvés : Beynac, Gramont, Labadan...

Pour tenter d'éviter que les conjurés ne se replient sur des places fortes, on dota ces dernières des quelques pièces d'artillerie qui achevaient de rouiller sur les terrasses du château. L'armée s'ébranla dans les rumeurs du tocsin sonné par toutes les cloches de la Soule, du Barétous, des pays d'Orthez et de Morlaas.

Brève campagne... Il avait suffi à l'armée du prince de battre l'estrade durant quelques semaines pour que l'ennemi se dissipât dans la montagne et passât aux Espagnols, qui les accueillirent avec des pierres.

– Pour votre baptême du feu, monseigneur, dit Beynac, c'est un succès.

Henri fit grise mine : il n'avait pas eu à faire tirer un seul coup d'arquebuse. Tout ce que l'on avait vu des rebelles, c'était leur cul, et ils couraient plus vite que la troupe régulière puisqu'on les avait poursuivis en vain jusqu'à Saint-Jean-Pied-de-Port.

Labadan le complimenta sur la qualité des discours qu'il adressait à la population pour l'inviter à ne pas assister les rebelles. On l'avait écouté religieusement et on l'avait acclamé.

– Tout cela, dit-il, n'est que du vent. Dès que nous tournons le dos, les belles promesses et les compliments sont oubliés.

Gramont lui demanda s'il allait devoir revenir à Paris.

– Sans doute, dit-il d'un air sombre. Madame Catherine y tient. Elle serait capable de me tendre une embuscade et de me faire ramener prisonnier dans ma cage.

C'était bon de retrouver des visages connus, de s'enfoncer dans les vallées profondes, d'entendre et de parler la langue du pays, de jurer par *Diou biban* et de manger la frotte à l'ail et la grosse soupe des paysans.

La reine mère n'envoya pas en Béarn de quoi lui tendre un traquenard, mais un ambassadeur bien connu du prince qui l'avait eu un temps comme précepteur : Jean de Losse, sire de Banes – un beau parleur, insinuant, ondoyant comme une couleuvre. Henri l'avait trouvé, au retour de sa campagne, installé au château de Pau comme chez lui, emplissant les appartements de sa faconde et distribuant sourires et bonnes paroles comme des dragées à la porte d'une église.

Le prince chancela lorsque l'importun le serra contre sa poitrine, s'exclamant, avec des graviers dans la voix :

– Ah, monseigneur ! comme je suis aise de vous revoir vivant. Madame Catherine et moi-même eussions été navrés d'apprendre qu'il vous fût arrivé quelque traverse !

– Monsieur de Losse, dit Jeanne, est envoyé par la reine mère. Elle souhaite que vous acceptiez de le suivre à Paris.

– À Paris, monseigneur ! s'exclama l'ambassadeur. À Paris, où l'on attend votre retour.

Catherine avait eu du mal à pardonner ce qu'elle considérait comme une désertion. La place de Jeanne et de son fils, affirmait-elle à tout vent, n'était pas dans ce « royaume de merde ». Elle avait besoin d'eux, de Jeanne surtout, à laquelle elle souhaitait confier une mission de médiatrice entre les deux partis, afin d'éviter que des guérillas ne tournent à la guerre civile.

Lorsque le prince eut fait toilette et se fut reposé, il invita Jean de Losse à une promenade dans le jardin. L'envoyé de Madame Catherine n'avait pas dévoilé toutes ses batteries. Il reprocha d'un ton paterne au jeune prince l'imprudence qu'il avait commise en entreprenant cette expédition où il aurait pu laisser la vie. Lorsque la reine mère l'apprendrait, elle laisserait éclater sa colère. Henri se garda de répondre ; il se souvenait de ce que sa mère lui avait dit un moment auparavant : « Méfiez-vous de ce beau parleur ; ses paroles sont de la glu ; il veut vous prendre à la pipée. »

– Monsieur, dit-il, vous perdez votre temps : je ne souhaite pas revenir à la cour. Ma place est ici.

– Voilà qui est parler net, monseigneur. Prenez le temps de la réflexion, cependant.

– Le temps ne changera rien à ma décision.

À quelques jours de là, lorsque Henri partit avec quelques hommes pour installer une petite garnison à Coarraze, il faillit tomber dans une embuscade que souhaitait lui tendre Jean de Losse. Elle échoua, l'ambassadeur, pris d'un flux de ventre, n'ayant pu arriver sur les lieux.

Henri n'apprit l'incident qu'au retour à Pau.

– Nous savons désormais, lui dit sa mère, à quoi nous en tenir sur les méthodes de cette Jézabel ! Elle ne recule devant rien quand elle a une idée en tête. Vous devrez vous montrer plus vigilant que jamais.

Elle eut un mouvement de stupeur lorsqu'il rétorqua, en la regardant droit dans les yeux :

– Si nous en sommes là, mère, il y va pour beaucoup de votre faute !

Le royaume de Navarre n'était pas Genève. La population refusait d'adopter dans tous ses chapitres le dogme de Calvin. Elle avait son mode de vie, ses coutumes, ses lois, qui n'étaient pas celles des fanatiques de la Réforme.

– Vous avez fait preuve d'intolérance, mère, ajouta-t-il. Que vous ayez réprimé l'usure, la prostitution, l'ivrognerie, passe encore ! Mais interdire les jeux, la danse, les fêtes, voilà ce que notre peuple n'acceptera jamais. Vous lui avez donné les verges pour vous faire battre.

Jeanne regimba : elle s'était engagée corps et âme dans le bon combat de la foi et tenait à le mener sans faiblesse. Il lui reprochait son fanatisme, mais celui de leurs ennemis était pis encore ! On ne dompte pas les fauves avec de bonnes paroles.

La colère l'enlaidissait : elle lui gonflait la gorge, faisait ressortir les ganglions qu'elle portait au cou comme un collier, l'animait de mouvements et de gestes d'araignée acharnée sur une mouche. Il retrouvait l'image qu'elle lui avait laissée de ses querelles avec son mari.

– Vous avez dispersé les rebelles ! s'écria-t-elle. À moi de faire justice !

Elle réunit les états de Navarre, décréta une amnistie générale pour les séditieux mais fit pendre trois de leurs chefs.

– Je suis décidée à me montrer impitoyable ! dit-elle. Dans les affaires de religion, j'irai jusqu'au bout. J'ai la guerre dans les entrailles...

Elle lui annonça qu'ils allaient devoir quitter le château de Pau.

– Pour revenir à la cour de France ?

Elle s'esclaffa. Retomber dans les griffes de la Florentine ? Certes non !

– Nous allons rassembler toutes les forces dont nous disposons et prendre la route de la Saintonge. On nous attend là-bas.

Les massacres avaient repris dans le Midi avec une fureur accrue. Aux atrocités de Montluc les huguenots avaient répliqué par la Michelade : le jour de la Saint-Michel, à Nîmes, les réformés jetèrent dans un puits les cadavres de quatre-vingts catholiques égorgés dans une crypte.

Première halte sur la route de La Rochelle : Bordeaux. Le prince de Navarre, qui manquait d'argent, investit quelques notables et en obtint ; il séduisit les dames qui lui trouvaient le « poil un peu ardent » et le nez un peu long, mais l'allure d'un dieu Mars, sans qu'il y perdît sa virginité.

L'avenir était sombre pour la reine mère. À l'ouest, les huguenots prenaient position en Saintonge ; à l'est, les Espagnols souhaitaient traverser le territoire français pour aller combattre la révolte des gueux des Pays-Bas ; au sud, quarante mille bandouliers attendaient l'ordre de fondre sur la Navarre.

Elle cloua le bec aux huguenots en nommant Anjou (son « cher cœur », son « petit aigle ») lieutenant général ; elle interdit au duc d'Albe le passage par la France ; quant à l'invasion par le sud, elle la tenait pour un chantage, Philippe ayant assez à faire dans le Nord.

Philippe Strozzi prit Melchior par le bras et l'entraîna au fond de la tente où il venait de tenir un conseil.

– Mon garçon, dit-il, il va falloir renoncer à ton bel uniforme de garde-française. Le roi a décidé, pour apaiser les esprits, de dissoudre cette unité jugée trop catholique. Ta carrière aura été brève. Trois roulements de tambour, une montre, et te voilà dehors. *Miseria*...

Miseria... C'est le mot qui convenait à la situation. Melchior s'était ruiné dans l'achat d'un cheval hongrois, d'une tenue militaire, et avait loué les services d'un écuyer.

– Est-ce à dire, bredouilla-t-il, que je doive m'apprêter à aller planter mes choux à Lagos ?

– Certes, non ! Je te tiens, je te garde. Tu es le seul de mes officiers à pouvoir me réciter Plutarque et Virgile, et de plus tu ne manques pas d'initiative et de courage. Tu ne feras que changer d'uniforme. Tu vas participer à une campagne en Picardie afin de veiller à ce que les troupes du duc d'Albe ne viennent pas piétiner nos plates-bandes. Une véritable promenade militaire...

Lorsque Melchior annonça son prochain départ à Margret, elle se jeta à son cou en s'écriant :

– Refuse de partir ! Quelque chose me dit que tu ne reviendras pas.

Elle était trop émotive. Il tenta de la rassurer : ce n'était pas à la guerre qu'on l'envoyait.

Nouvelle preuve d'amour de la part de sa maîtresse : son émotion lui allait droit au cœur.

Margret Tobel était la fille d'un apothicaire originaire de la Suisse alémanique, disciple de Luther, venu s'installer à Paris quelque vingt ans auparavant. Mêlé à des étudiants de Zurich, il avait effectué à pied le trajet jusqu'à la capitale. Parti avec une poignée de monnaie, il était, quelques années plus tard, à la tête d'une petite fortune et père de quatre enfants, dont Margret. Melchior l'avait rencontrée dans la boutique de son père, en train de peser des herbes médicinales. Il venait acheter un pot d'aromates de Chypre pour la reine de Navarre et, subjugué par la beauté de cette fille, était reparti sans payer. Il était revenu le lendemain pour réparer sa bévue et avait renouvelé sa visite sous des prétextes divers, au point d'éveiller l'amour dans le cœur de la demoiselle et le soupçon dans l'esprit d'Ulrich Tobel.

Un jour qu'il était occupé à travailler du pilon dans un mortier posé contre sa poitrine et dans lequel trempaient quelques poils de barbe, le frère apostropha le galant.

– Il semble, monsieur, que vous ayez de nombreux malades à soigner. Une visite par jour depuis deux semaines... Travaillez-vous à l'Hôtel-Dieu ?

Melchior avait avalé une salive sèche et dévoilé ses batteries.

– Puisque vous m'en donnez l'occasion, maître Tobel, je dois vous avouer que j'éprouve plus de sentiment pour votre fille que d'intérêt pour vos médecines. M'autorisez-vous à lui faire la cour ?

– Si vos sentiments sont sincères, jeune homme, je ne puis m'y opposer, mais j'aimerais en savoir plus long sur vous.

Melchior déclina son identité, plaida sa cause avec feu et fut agréé. Il s'attendait presque à recevoir un diplôme ; il reçut mieux : un baiser de Margret et les larmes dont la dame Tobel lui barbouilla les joues. Il avait tant d'amour dans le cœur et, dans son coffre, tant de tisanes qu'il était pourvu de l'un et des autres pour toute son existence.

Il y avait un codicille au contrat ! Margret était jeune et fragile ; il ne faudrait pas la brusquer, pas la trahir non plus car elle en mourrait.

La première année de leur mariage ils eurent un enfant que Dieu rappela à Lui quelques jours après sa naissance.

Margret renifla ses larmes, s'accrocha à son mari.

– Si tu dois un jour partir pour la guerre, je crois que j'en mourrai. Ou alors je t'accompagnerai.

– Ce n'est pas le cas, cette fois-ci. Mon absence sera brève et je t'écrirai chaque jour. Quant à m'accompagner...

Elle insista avec une telle obstination qu'il demanda à réfléchir, s'informa auprès de Strozzi si la chose était possible. Elle l'était. De nombreux officiers se faisaient accompagner qui de leur femme, qui de leurs maîtresses.

– Je t'accorde cette faveur parce que j'ai beaucoup d'estime pour toi, lui avait dit le capitaine, mais je t'avoue que je n'aime guère voir des femelles traîner derrière l'armée. Fais en sorte que cette femme ne te fasse pas oublier tes devoirs !

Durant une semaine, en poste à l'orée de la forêt de Saint-Michel, à la limite orientale de la Thiérache, Melchior de Lagos regarda défiler du haut de son cheval les unités espagnoles conduites dans les Flandres par le duc d'Albe. C'étaient pour la plupart de vieilles bandes qui s'étaient battues en Italie et contre le sultan. Elles avançaient d'une allure lente, par groupes massifs, comme pour se protéger d'un orage. Leur cavalerie était la plus belle, la mieux équipée qu'on eût jamais vue. Poignants, sauvages, la musique et les chants déferlaient d'un bout à l'autre du défilé interminable. Les canons, les couleuvrines, les convois de chariots s'étiraient sur des lieues, drainant vers le nord des boutiquiers, des putains et des religieux.

En quelques mois, la situation dans les Flandres avait pris un tour dramatique. Le comte d'Orange, Guillaume de Nassau, le « Taciturne », allié au comte de Hornes, était entré en rébellion contre le cardinal de Granvelle. Lamoral von Egmont, le vainqueur des Français au siège de Saint-Quentin, avait refusé de cautionner cette rébellion. La situation, de confuse qu'elle était, tourna au drame. Le duc d'Albe avait reçu mission d'y mettre bon ordre à sa manière, qui n'était pas tendre.

Melchior et Margret revinrent à Paris, bouleversés par le spectacle de cette armée qui semblait partir à la conquête du monde. La promenade militaire avait été bienfaisante pour Margret : elle lui avait donné des couleurs et de la bonne humeur.

– Je suis content de toi, lui dit Melchior. Tu t'es conduite comme un véritable petit soldat. Je vais te faire un cadeau. Nous irons le choisir ensemble à Paris.

– J'ai moi aussi un cadeau pour toi, dit-elle avec un sourire malicieux. J'attends un enfant.

Il fit son rapport à Strozzi, qui était resté à Paris et campait dans la plaine de Grenelle. Il le trouva en train de dîner avec son « ami parfait », Brantôme, en galante compagnie.

– Fort bien ! lui dit le capitaine. Je n'aurais pas fait mieux. Pour ta récompense, je t'annonce que tu vas de nouveau partir en campagne. Tu viens de manger ton pain blanc. C'est du pain noir que je te propose, et de la viande coriace. Condé, Coligny, Navarre, ce trio de brigands hérétiques, sont entrés en rébellion ouverte. Tu les trouveras en Saintonge. C'est Condé qui a déclenché le mouvement. Il est furieux que la reine mère ait fait d'Anjou son lieutenant général. Nous allons le rappeler à plus de modestie.

Le début d'année avait été satisfaisant pour Madame Catherine. Sa politique de tolérance avait porté ses fruits : un sourire à Louis de Condé, une grimace à Henri de Guise ; une amabilité pour Philippe d'Espagne, une réprimande pour Élisabeth d'Angleterre... Et toujours l'œil sur le fléau de la balance.

Tout allait pour le mieux quand ce freluquet de Condé se mit à jouer les boutefeux ! Catherine connaissait les ambitions de ce bravache et s'en amusait, disant que ce petit coq avait plus de couilles que de cervelle. Ce « petit homme tant joli » qui tournicotait autour des dames de la cour, elle ne pouvait le prendre au sérieux. Elle lui avait joué un bon tour en le privant du titre de lieutenant général ; il en crevait de rage.

– Mère, lui disait le roi, qui détestait Condé et sa clique, ce gueux en veut à notre trône. Il faut le jeter à la Bastille. Regardez ce que j'ai trouvé sur mon enclume ce matin...

Sur la table où Madame Catherine était occupée à écrire, il jeta une médaille d'or à l'écu de France portant sur une face l'effigie du prince de Condé et sur l'autre une légende : *Ludovicus XIII, Dei gracias Francorum rex primus christianus*.

Le *Francorum rex* fit bondir Catherine. Elle tourna et retourna la médaille, en éprouva l'aloi du bout des dents, la jeta dans sa poche.

– Mon avis, dit-elle, est qu'on a cherché à vous provoquer et à vous berner. Le prince de Condé est ambitieux mais pas à ce point.

Lorsque Madame Catherine décida de convoquer le maroufle pour le contraindre à cracher son secret et à élucider ce mystère, il s'était éclipsé. Elle fit gronder sa colère dans son conseil privé. Eh quoi ? Condé n'était pas lieutenant général, mais oubliait-il qu'elle lui avait donné le gouvernement de la Picardie, érigé en duché d'Enghien son comté de Nogent-le-Rotrou, accepté que le roi fût le parrain d'un enfant qu'il venait d'avoir de sa nouvelle épouse ? Ce n'était pas rien. Que voulait-il encore ? Le trône ?

Le chancelier hocha la tête, gratta du bout de sa plume la longue barbe qui dissimulait un collet discret.

– Monsieur le prince, dit-il, souhaite que nous portions secours aux rebelles protestants des Flandres contre les Espagnols.

– Vraiment ! s'exclama Madame Catherine. S'il s'imagine que nous allons déclarer la guerre au roi Philippe pour sauver une poignée d'hérétiques, il se fait des illusions. Comment le pourrions-nous, d'ailleurs ? Notre armée est affaiblie, mal équipée, notre marine inexistante... Et ce trublion voudrait...

– ... une guerre, madame. Il ne rêve que d'en découdre avec les ennemis des Évangiles.

– Eh bien ! dit Catherine, il me trouvera sur son chemin !

La reine mère décida d'aller passer quelques semaines dans son château de Montceaux, à quelques lieues de Meaux.

L'automne dans sa gloire rayonnait sur des immensités d'éteules rousses et de guérets. Le roi s'égosillait à sonner de la trompe et faisait des hécatombes de gibier. Alençon, ce « petit moricaud », comme disait la reine mère, caracolait dans le parc avec une troupe de filles montées en amazone. Anjou était resté à Paris pour faire face à une éventuelle surprise. Margot passait des heures à lire l'*Heptaméron*, de Marguerite de Navarre, et semblait goûter fort ces contes licencieux ; elle n'avait manifesté aucune surprise, aucun regret en apprenant que son « fiancé » complotait en Saintonge avec cette harpie, la reine Jeanne.

Un certain équilibre de la cour venait de se rompre.

Depuis que Jeanne de Navarre (cette « dévergondée », disait abusivement Madame Catherine) avait pris le large avec son rejeton, on n'entendait que la messe. On perdait en animation ce que l'on gagnait en sérénité. Catherine s'était habituée à la présence du prince de Navarre ; elle appréciait sa vivacité de corps et d'esprit, la vulgarité même de sa langue dont il abusait sciemment par manie de provoquer, la touffe de cheveux rêches dans laquelle elle aimait promener ses doigts dans ses moments de tendresse.

Il fallait la bonne humeur, les jeux, les facéties de son petit peuple lilliputien pour mettre un peu de gaieté dans cette cour repliée sur elle-même comme sous la menace d'une tourmente.

Madame Catherine appelait sa naine favorite, la Jardinière, pour lui demander de jouer sur son luth et de chanter un air qu'elle aimait, *Le Petit Pont*.

À Paris, sur le Petit Pont
J'ai fait faire une maison
De quatorze pieds de long...

Un matin, la naine entamait le dernier couplet lorsqu'un bruit de bottes et d'éperons retentit sur la terrasse. Philippe Strozzi s'avança vers la reine mère, son chapeau à plumes d'une main, l'autre posée sur la poignée de son épée, le torse ceint de l'écharpe rouge des catholiques. Il s'inclina et dit en italien :

– Madame, j'ai une mauvaise nouvelle à vous annoncer : une armée de parpaillots est en route dans l'intention de vous surprendre. Il faut battre le rappel de vos gens et préparer votre départ. Nous nous dirigerons vers Meaux. Tout est prêt pour vous y recevoir avec vos gens.

L'affaire avait été décidée au début de septembre, à Rosoy-en-Brie, lieu de rassemblement de l'armée rebelle. Jusqu'au dernier moment, Coligny avait tenu tête au prince de Condé, opposant son flegme à la fougue de son cousin. Renouveler la tentative d'Amboise sans avoir la moindre certitude de sa réussite, c'était folie pure !

– L'affaire d'Amboise, avait bougonné le prince, était préparée en dépit du bon sens et reposait sur un seul homme, sans que nous y eussions mis la main. Le secret a été mal gardé. Même nos ennemis étaient au courant. Correro, l'ambassadeur de Venise, l'apprit... en Belgique !

– Certes, murmura Coligny, mais êtes-vous certain que, cette fois-ci, personne ne trahira cette menée ?

– Personne ! Je m'en porte garant. Notre projet réussira comme celui qui a abouti, en Écosse, à l'enlèvement de Marie Stuart par les réformés qui l'ont conduite en Angleterre.

Quelques jours plus tard, le prince de Condé faisait sonner le boute-selle et, flanqué de Coligny et d'Andelot, prit la tête de l'armée qui s'ébranla dans le grondement des cantiques.

Devant l'approche du danger, Strozzi n'avait pas perdu de temps. Il avait envoyé Melchior de Lagos avec un parti d'arquebusiers à Château-Thierry pour alerter le régiment des Suisses qui cantonnaient dans les parages. On pouvait compter sur leur courage et leur fidélité pour protéger la cour dans sa retraite de Meaux à Paris. Le colonel Pfyffer commandait ce corps : un militaire courageux et irréprochable.

On installa la reine mère, le roi, la famille royale et leur suite dans des coches et des charrettes que l'on encadra de carrés de piquiers suisses. On arrivait en vue de Meaux lorsque se dessinèrent, sur la crête d'une colline proche de Tribardou, leurs cuirasses étincelant sous le soleil de septembre, les avant-gardes de la cavalerie huguenote.

– Il semble que nos ennemis soient sur pied de guerre pour nous surprendre, madame, dit Strozzi. Vous n'avez rien à craindre. Le duc de Nemours vient d'envoyer une reconnaissance : les rebelles sont au nombre de mille cinq cents. Ils n'oseront pas nous attaquer.

Peu avant Claye-Souilly, à quelques lieues de Villeparisis, de petits groupes de cavaliers à l'écharpe blanche se détachèrent pour battre l'estrade en hurlant des insultes et des menaces, mais se gardèrent de venir se frotter à la colonne de Pfyffer, sorte de forêt en marche avançant le long de la Marne et protégeant sa gauche. Aux cris des rebelles qui passaient en trombe sur le flanc droit répondait le silence des Suisses et leur lourd piétinement.

Un cri de joie monta de l'avant-garde de Pfyffer. On arrivait au Bourget, et Paris était en vue. Radieux, Strozzi s'approcha de la reine, qui venait d'écarter le rideau de cuir de son coche.

– Madame, dit-il, l'opération a réussi. Nous allons vous ramener au Louvre pour ainsi dire sans coup férir. Pfyffer a perdu quelques-uns de ses hommes sur des coups d'arquebuse, mais l'ensemble de ses forces est intact.

– J'imagine la tête de Condé et de Coligny ! s'esclaffa le roi. Ils ne vont pas tarder à demander leur pardon.

Charles ne tenait plus en place. À l'annonce que les murs de Paris, dans les parages du Rancy, étaient en vue, il bondit hors du coche, emprunta un cheval et, fendant les rangs des mercenaires, se porta aux avant-gardes.

Il voulait être le premier à entrer dans Paris.

La cour réinstallée au Louvre, les Suisses campant dans la plaine de Chaillot, on n'en avait pourtant pas fini avec les rebelles.

L'armée du prince de Condé avait entouré la capitale d'un cercle de fer, installé à ses portes des compagnies arrivées de Saintonge au chant des psaumes, dans le grondement des tambours et l'aigre musique des fifres. Nul n'aurait pu entrer ni sortir, même par le fleuve où l'on avait disposé des rideaux d'embarcations de toute nature. Brantôme avait beau dire que « ces fourmis s'attaquaient à un éléphant », la situation s'aggravait par manque de ravitaillement, personne n'ayant prévu ce siège.

Le chancelier tenta de négocier avec les assiégeants, mais en vain : il se heurta à la morgue de Coligny, à l'intransigeance de Condé et revint avec une mauvaise nouvelle : les rebelles attendaient un régiment de reîtres allemands que devait leur amener un homme de guerre redoutable : Jean-Casimir, fils de l'électeur palatin Frédéric III.

Les troupes fidèles au roi, on savait où les trouver : en Picardie. Strozzi fut chargé de les rassembler et de les ramener vers la capitale.

Il parvint, en pleine nuit, à se glisser à travers la digue de barques, péniches et coches d'eau qui défendait l'accès de la ville. Il vola un cheval à des cavaliers huguenots campés près de Vincennes et, à bride abattue, fila vers le nord sous la pluie battante avec pour seule arme son épée.

Le stratagème employé pour assurer la retraite de Meaux ayant réussi, Strozzi avait décidé de le renouveler. Il n'avait pas les Suisses ? Il disposerait de chariots et de fardiers. Comme Attila au cours de son incursion en Gaule, il abrita ses troupes derrière ces remparts mouvants. Les charges de cavalerie se heurtèrent à cette muraille d'où fusaient de rudes arquebusades. Les assaillants s'en prirent aux animaux de trait pour ralentir la marche de la troupe mais ils ne purent l'interrompre.

Strozzi mit une semaine avant de faire irruption en force dans Paris. La foule l'accueillit comme un héros. Il amenait cinq cents hommes, peu de chose en regard du nombre de cavaliers et de fantassins massés autour de la capitale, mais le condottiere avait su les galvaniser en cours de route ; sur un ordre de lui ils auraient, en d'autres temps, accepté d'affronter l'armée des Perses, aux Thermopyles, autour de Léonidas.

Strozzi n'acceptait pas de se laisser enfermer plus longtemps dans Paris comme un rat dans une nasse. Il proposa d'engager la bataille dans la plaine de Saint-Denis. Il avait fait ses comptes et donna ses conclusions.

– Nous formerons des régiments de volontaires, nous ferons appel à la milice et aux Suisses. Nous écraserons cette gueusaille !

Condé eut un sursaut de panique en voyant se déployer entre Aubervilliers et Saint-Ouen la puissante armée royale dans la grisaille de novembre. Il délibérait avec Coligny, déjà le cul en selle, lorsqu'on vint le prévenir que l'on commençait à escarmoucher.

Prudent de nature, Coligny était partisan de refuser la bataille et de se retirer en direction de l'est pour se porter aux devants de Jean-Casimir et de ses mercenaires, qui devaient se trouver en Bourgogne.

– Vous avez tort de baisser pavillon ! lui dit Condé. Cette armée qui nous est opposée est faite de bric et de broc. Un coup d'éclat de notre part, et c'est la débandade.

Il forma sa cavalerie en haie, sur une seule ligne, couvrit ses flancs avec des manches d'arquebusiers. L'amiral avait fini par renoncer à son projet pour ne pas sembler se dérober. Il se tenait en compagnie du prince de Navarre, qui venait d'arriver de Saintonge, appuyé sur Saint-Ouen avec la cavalerie et des compagnies d'infanterie dispersées dans les jardins et les bosquets. Genlis et Vardes tenaient Aubervilliers, avec un moulin à vent pour point d'appui.

– Ces gens sont fous ! s'écria le connétable. Accepter la bataille dans cette plaine découverte, ça ne peut qu'être une idée de monsieur le prince de Condé. Nous allons hacher menu ces rebelles.

Restait à élaborer une stratégie.

– L'affaire est simple, dit Nemours. Il faut enlever Aubervilliers, puis Saint-Ouen, foncer sur Saint-Denis, où l'ennemi a massé le gros de ses forces.

Il monta sur une éminence pour embrasser l'étendue du champ de bataille à la lunette. Le contraste était frappant entre le tissu arachnéen des troupes rebelles, leurs tenues austères, et la puissante armée catholique éclatante de cuirasses, de bannières et de lances.

Lorsque les premières décharges d'artillerie éclatèrent du côté d'Aubervilliers, il sursauta. Sans attendre les résultats de la première bordée de canons et s'assurer l'appui de la cavalerie, le connétable était passé à l'attaque. Il fut rudement accueilli et repoussé. Du côté de Saint-Ouen, à moins d'une lieue de là, les vétérans de l'armée rebelle venaient d'enfoncer un corps de volontaires parisiens qui se débandaient en hurlant.

– Melchior ! s'écria Strozzi, file voir ce qu'il se passe. La chance semble nous tourner le dos.

Melchior rejoignit la cavalerie du connétable qui tentait de se reformer sur deux lignes, face à celle de Condé qui déferlait de la pente menant au moulin. La charge brutale déborda la première ligne du connétable, se rabattit avec furie contre la seconde. Avant de se retirer pour faire son rapport, Melchior eut le temps de voir le connétable tomber de cheval. Un cavalier écossais lui cria de se rendre et, sans réponse, lui brisa la mâchoire d'un coup de pistolet. Le blessé tentait de se relever lorsqu'une autre balle lui traversa la poitrine.

Lorsqu'ils apprirent la nouvelle de la mort du connétable, ses trois fils, François, Méru et Thoré, sautèrent à cheval, entraînant derrière eux leurs escadrons. Ils foncèrent sur Coligny, qui venait luimême de se lancer à la poursuite des volontaires parisiens. Ils le rattrapèrent, le forcèrent à se replier et soudain se trouvèrent face à la cavalerie du prince de Condé sur laquelle ils se ruèrent avec des cris de mort, bientôt rejoints par l'armée royale.

La nuit commençait à tomber avec une légère bruine quand les rebelles, lâchant pied, se répandirent dans la campagne en direction de Saint-Denis, laissant l'ennemi occuper le champ de bataille.

Philippe Strozzi laissa échapper sa colère à sa manière, qui était brutale : il tournait en rond dans sa tente, frappait du pied le mobilier, prenait ses proches au collet en hurlant :

– *Domeniddio !* Que veulent dire ces sourires satisfaits ? Si j'en prends un de vous à prononcer le mot de « victoire », je lui casse la tête. Nous aurions dû écraser cette racaille. Elle nous a échappé ! Et le connétable est mort ! Qui, après cela, osera parler de victoire ? Si les reîtres avaient fait leur jonction avec les rebelles, nous aurions été balayés !

On fit au connétable des obsèques solennelles à Notre-Dame. À soixante-quatorze ans, ce vieux soldat se tenait assez bien en selle. Caractère exécrable, avide d'honneurs et d'argent, de la dernière ladrerie, il était demeuré d'une fidélité exemplaire aux quatre rois qu'il avait servis. Durant les dernières années de sa vie, il avait traversé des épreuves pénibles, sa famille étant partagée entre les deux religions.

Les reîtres de Jean-Casimir n'étaient pas loin ; on s'attendait à tout moment à voir surgir leurs avant-gardes, à entendre leurs chants de guerre.

Le lendemain de la bataille de Saint-Denis, Condé envoya Andelot réoccuper le terrain perdu la veille, les forces royales s'étant repliées dans Paris. Dans l'aube froide et pluvieuse, le champ de bataille n'était plus qu'un immense cimetière à ciel ouvert d'où, de temps à autre, retentissaient l'appel d'un soldat à l'agonie ou le hennissement d'un cheval.

Après leur jonction avec les troupes rebelles, les bataillons allemands, malgré leur fatigue, avaient poussé jusqu'à Chartres. Après de durs combats, ils avaient occupé la ville et les villages alentour dans le but d'affamer Paris. Les Teutons se conduisaient en tortionnaires et en pillards si bien que Condé dut les rappeler à l'ordre.

En dépit de la volonté de François de Montmorency, désireux de venger la mort de son père, et de Strozzi, hanté par le remords d'une fausse victoire, la reine mère accepta les négociations que lui proposait Condé.

La paix fut signée à la fin du mois de mars 1568, à Longjumeau. Les cosignataires en étaient le gentilhomme huguenot Gontaut de Biron, qui était boiteux, et, pour le roi, le maître des requêtes, Henri de Mesmes, seigneur de Malassis. Cela fit dire aux Parisiens, toujours prompts aux calembours, que cette paix était « boiteuse et malassise ».

Philippe Strozzi s'en prit au maréchal François de Montmorency, gouverneur de Paris, à la suite de cet événement, jugeant qu'il avait fait montre de trop d'esprit de conciliation, alors qu'il estimait, lui, Strozzi, que cette prétendue paix n'était qu'une trêve et que tout serait bientôt remis sur le tapis. Un autre personnage s'était montré trop accommodant avec les rebelles, Michel de L'Hospital. La reine mère avait jugé bon de s'en séparer.

Strozzi frappait les murs du poing, faisait retentir le Louvre de ses imprécations.

– Il fallait poursuivre, rattraper, embastiller, faire décapiter ces deux criminels, Condé et Coligny ! Ils vont s'enfermer dans La Rochelle. Ils y recevront des secours d'Angleterre et nous ne pourrons les déloger !

Sous un prétexte fallacieux et sans demander l'avis du roi et de la reine mère, il se mit en campagne, persuadé qu'il pourrait mettre la main sur le prince, l'amiral et les ramener à Paris. Il rata son coup et faillit déclencher une reprise des hostilités.

Il fallut bien convenir pourtant que ce matamore était doué d'un certain bon sens. Enfermés dans La Rochelle, avec une ouverture sur l'Angleterre et l'appoint des reîtres de Jean-Casimir, les huguenots pouvaient sans trop de risques, en dépit du traité de paix, braver l'autorité royale.

De retour à son domicile, Melchior trouva Margret bien ronde et la mine sombre.

– C'est d'inquiétude, dit-elle d'un ton boudeur. J'ai passé deux jours sur les remparts de la porte de Saint-Denis, au milieu de la foule, au risque d'étouffer et de perdre notre enfant. J'ai cru un moment, en voyant les volontaires et les miliciens se précipiter sur la porte, que la bataille était perdue, que tu étais mort ou prisonnier, que tu ne reviendrais jamais.

Elle le serra contre elle, lui fit caresser son ventre.

– Je ne veux plus que tu nous quittes, dit-elle, sinon, j'en mourrai.

IX

LES BELLES AMOURS

1568-1569

Depuis quelque temps, des changements s'étaient produits dans le comportement et le caractère du roi. En fait, depuis qu'il avait rencontré Marie Touchet, une jeune beauté originaire des Flandres, dont il s'était épris dès le premier regard.

Sans jouer le moindre jeu faussé par l'intérêt, du seul fait qu'elle existât, elle tenait ce fauve à sa botte. Ouvrait-elle la bouche pour lui parler, il s'attendait à en voir sortir une antienne ou une guirlande de roses, quelque chose de doux et de suave. Cette demoiselle était bonne comme on le dit du pain. L'approcher, c'était s'exposer à des envies de mordre dans cette chair fruitée, d'y goûter une saveur de printemps, de boire à ses lèvres cerise la source de sa voix.

Leur première rencontre datait de l'année 1566, alors que le roi abordait sa seizième année et se trouvait à Orléans, au terme du grand voyage. La municipalité avait organisé à l'hôtel du Gros-Lot un festin suivi d'un bal. Invitée par le prévôt, ami de la famille, Marie Touchet passait sans effort d'une gaillarde à un branle. Charles n'avait d'yeux que pour elle.

Réprimant sa timidité, il pria son gouverneur de lui amener cette perle rare. Elle s'inclina devant lui et soudain il se sentit la proie d'une panique telle qu'il se crut victime d'un sortilège. Lorsque la musique des violons reprit, elle demanda la permission de revenir danser.

– Permission refusée ! dit-il. Je veux que vous restiez près de moi. Allons sur la terrasse. Il faut que je vous parle.

Il lui tendit la main ; elle y posa la sienne, légère et douce comme une plume. Ils marchaient sur un nuage, et c'était déjà comme s'ils se donnaient l'un à l'autre.

Il lui désigna une banquette de l'orangerie, entre des arbustes en fleurs qui ruisselaient de parfum. Tout le temps qu'il l'interrogea, il lui tint la main. Il apprit son âge : dix-sept ans, son nom : Marie Touchet, sa condition : elle était la fille de Jean Touchet, lieutenant particulier au baillage d'Orléans, descendant d'une famille de négociants de la Beauce originaire des Flandres.

Ébloui, le roi se demandait par quel prodige cette beauté séraphique avait échoué sur le bord de la Loire, quels vents heureux avaient poussé sa famille jusque-là.

– Assez parlé ! lança-t-il joyeusement. Allons danser !

Ébahie, elle dansa tout le reste de la soirée avec le roi, sans se partager et n'en ayant nulle envie. On s'écartait d'eux pour mieux les admirer. Le sonneur de cor, le tueur d'animaux, le forgeron dément s'était mué, comme sous le coup d'un charme, en image de la grâce.

La moins surprise de cette passion naissante ne fut pas Madame Catherine. Elle ne laissa rien deviner de son étonnement et même s'amusa de cette aventure. Charles amoureux, voilà qui avait de quoi la surprendre ! Elle se garda de l'interroger, ne lui parla de rien. Il était ailleurs, et elle savait en quelle compagnie. Cela n'était pas pour lui déplaire, loin de là.

Dans les jours qui suivirent la rencontre, alors

que les deux amoureux ne se quittaient pour ainsi dire pas, elle se dit que cette poussée de sève chez son fils servait ses plans : elle était sa mère, soit, mais aussi la gouvernante de la France, comme elle aimait qu'on la nommât. Distrait par cette passion plus intense que les coucheries qui l'avaient précédée, le roi la laisserait libre d'agir à sa guise dans les affaires qui l'attendaient au retour dans la capitale.

Apparemment, Marie était sage ; à l'évidence, elle était jolie : front large et haut, nez à l'antique, bouche en forme de cerise, paupières rosées sur un regard de pervenche. Seule désavantage : elle n'était pas vraiment « née ».

Lorsque Charles, sans daigner obtenir l'accord de sa mère, décréta que Jean Touchet était digne de figurer à la cour comme conseiller du roi, Madame Catherine se dit que cette belle aventure risquait de devenir importune et qu'il fallait y mettre le holà.

La famille Touchet quitta Orléans pour Paris. Afin d'éviter les rumeurs malveillantes et les curiosités intempestives, Charles installa sa bien-aimée dans une demeure élégante et discrète donnant à la fois sur les rues des Barres et du Grenier-sur-l'Eau, à une portée de couleuvrine du Louvre, dans le voisinage de la place de Grève.

Il venait la retrouver chaque jour ou presque, lui apportait les livres qu'elle aimait, des poèmes surtout, qu'ils lisaient et commentaient de concert. Ils reçurent un jour un poète originaire de Limoges, Jean Dinemandi, surnommé Dorat, maître de Ronsard et de Du Bellay. Amateur d'anagrammes il en composa une avec le nom de Marie Touchet : « Je charme tout. »

Ils accueillirent d'autres célébrités, ou simplement des amis, formèrent un petit cercle, s'amusèrent et apprirent beaucoup des uns et des autres. De temps en temps, Charles lisait à voix haute des poèmes qu'il aimait composer pour des jeux de société.

Ils mirent des semaines avant de connaître

d'autres plaisirs. Cette longue attente les avait préparés à une sorte de perfection dans leurs premières étreintes : ils s'y livraient sans fièvre, comme de vieux amants qui se retrouvent, certains d'atteindre à la plénitude de leur amour.

Il lui disait :

– Marie, j'aimerais tout vous donner mais vous ne me demandez jamais rien !

– Je n'ai nul besoin, mon ami. Votre présence suffit à me combler.

Il songea à la faire résider à la cour, à la présenter aux grands du royaume, à la faire participer aux fêtes, mais finit par se dire que, dans cette ambiance délétère, leur bel amour risquait de se dissoudre. D'ailleurs elle ne souhaitait pas quitter son logis.

Charles n'avait pas renoncé pour autant à ses plaisirs favoris, mais il s'y livrait avec moins de frénésie. La reine mère, elle, gouvernait sans quitter de l'œil l'idylle de son fils, redoutant que le terme n'en fût une promesse de mariage, alors qu'elle nourrissait pour lui des desseins plus ambitieux.

Un soir, après l'amour, alors qu'ils savouraient le miel de la soirée, toutes fenêtres ouvertes sur la Seine et le port au Blé, il lui tint un propos banal.

– J'aimerais que notre amour n'eût pas de fin.

Elle soupira.

– Il finira comme toute chose sur cette terre, mon ami. Il faudra vous marier, et ce ne sera pas avec moi. Madame votre mère...

Il protesta avec vigueur.

– Madame ma mère ne me tient pas en tutelle ! Dois-je vous rappeler que je suis le roi ?

– Personne ne vous conteste ce titre, mon ami, mais un roi se doit de convoler selon son rang et d'avoir une descendance.

Il ne pouvait qu'en convenir.

– Vous avez toujours raison, dit-il, et je ne suis qu'un pauvre sot, mais, qui que je doive épouser, je vous garderai toujours près de moi.

Il lui avoua benoîtement qu'il n'aimait vraiment

que deux femmes : sa nourrice, Nanon, une huguenote, qui ne l'avait pas quitté depuis qu'elle lui avait donné le sein, et elle, surtout, Marie. Elle sursauta.

– Que me dites-vous là ? Et votre mère ?

Il se libéra mollement de son étreinte. Sa mère, certes... Elle avait veillé avec un soin constant à son éducation de roi, mais sans cette tendresse, sans cet amour qu'elle vouait au duc d'Anjou, son préféré. Elle détestait Margot, mais sans faire trop étalage de ce sentiment, peut-être parce qu'elle retrouvait en elle sa propre image. Alençon ? elle méprisait ouvertement ce « moricaud », cette larve d'homme qui lui rappelait son fils aîné, le pauvre roi François, cet infirme. Pour Claude, mariée en Lorraine, elle n'avait gardé qu'une affection distante ; cette princesse coxalgique, impersonnelle, avait glissé dans le camp des Guises.

Il répéta :

– Je vous veux toujours auprès de moi. Vous seule êtes digne de partager mon amour.

– Je sais qui vous est destiné, mon ami : Élisabeth, fille de l'empereur d'Autriche. Mais rassurez-vous, cette Allemande ne me fait pas peur...

Agrippa, fils de Jean d'Aubigné, passait la majeure partie de son temps à guerroyer, le reste à lire, à méditer, à écrire des poèmes dans le style de Ronsard. À l'âge où l'on use le haut de ses chausses sur un banc de collège, la vie ne lui avait réservé que les épreuves de la guerre et les fatigues des chemins ; il y avait autour de lui plus de sang que d'encre.

Un soir qu'il se promenait sur les quais de La Rochelle en compagnie d'Henri de Navarre, qui avait son âge à quelques mois près, il lui avoua qu'il avait assisté aux pendaisons d'Amboise.

– Je n'ai pas oublié, dit-il, et n'oublierai jamais. Mon père m'a montré les victimes en train de se débattre au bout de la corde et m'a fait jurer de les venger. Je le ferai. Je n'ai qu'une parole, monseigneur.

Henri se plaisait dans la compagnie de cet adolescent rude de visage comme de sentiment. Ils s'étaient côtoyés sans se lier vraiment d'amitié six ans auparavant, chez Mathieu Béroalde, professeur de philosophie et d'hébreu au Quartier latin. Ils s'étaient perdus de vue sans s'oublier tout à fait. Agrippa avait fait sa guerre, Henri avait fait la sienne ; ils étaient du même bord mais dans des unités différentes. C'est dire qu'ils avaient de quoi bavarder.

– Pierre de Ronsard, dit Agrippa, est mon maître. J'aurais honneur et plaisir à le rencontrer et à lui témoigner mon admiration. Le premier de mes poèmes lui est dédié. Peut-être daignera-t-il le lire ?

Henri avoua qu'il n'aimait guère ce courtisan : il se répandait en hommages de complaisance pour les dames de la cour, qui se montraient sensibles à ces flagorneries sans l'en remercier autrement que par des paroles banales.

– Un bon poète, certes, dit Henri, mais un détestable courtisan, toujours à l'affût du personnage à encenser.

– L'homme m'importe peu, répliqua Agrippa, quand le poète a du génie.

Agrippa tira de sa ceinture un petit carnet relié en velin où il avait recopié des poèmes de son idole et entreprit la lecture à haute voix de l'un d'eux. Il y ajouta une œuvre de sa composition, dédiée au maître.

Cette vertu, Ronsard, hautement emplumée
Ce Pégase sur qui ta dextre renommée
A défait l'ignorance à la pointe des vers...

Henri interrompit son élan verbeux.

– Vous avez du talent, dit-il sans conviction, mais, avec votre expérience des hommes et de la guerre, vous devriez écrire en vers l'histoire de ce temps.

– J'y songe, dit rêveusement Agrippa, mais je manque de la maturité nécessaire. J'en suis aux fleurs. Les fruits ne tarderont guère.

Ils allèrent boire du vin de Saintonge dans un cabaret du port, mangèrent du pâté et des oignons crus en écoutant les propos des matelots, qui parlaient grand large et marée. On s'entretenait souvent des affaires de Floride, du sort de ces colons huguenots massacrés par les Espagnols au nom d'on ne savait quel droit à la possession des terres nouvelles.

– Qu'y a-t-il de vrai, demanda Henri, dans cette affaire d'Archiac qui vous concerne ?

– J'ignore comment on vous a présenté cette anecdote, mais elle n'est pas inventée.

Jean d'Aubigné ayant été tué dans une escarmouche près d'Orléans, le jeune Agrippa avait été confié à un curateur sévère, à Archiac, village proche de Pons et lieu d'origine de la famille.

– Aubin d'Abbeville, dit Agrippa, était pour moi un implacable mentor. Informé de ma nature batailleuse, il redoutait de me voir quitter son domicile pour aller battre la campagne avec ceux de notre religion. Afin d'éviter que je m'évade, il emportait chaque soir mes vêtements, ne me laissant que ma chemise...

Une nuit, Agrippa s'éveilla en sursaut : on tiraillait dans les parages. Il ouvrit sa fenêtre, aperçut de lointaines lumières de torches, des éclairs d'arquebuses, entendit des cris et des chants. On se battait sur la route de Jonzac et lui il était là à se morfondre !

– Sans réfléchir aux conséquences de mon acte, dit-il, je nouai mes draps en corde et m'évadai par la fenêtre.

– En chemise ?

– Et par un froid à fendre les pierres. J'ai couru jusqu'au lieu de la bataille, qui se déroulait au bord de la Trèfle. Blotti dans une grange, grelottant de froid, j'ai attendu pour sortir de voir passer des écharpes blanches.

Stupeur des cavaliers hugenots en voyant sortir d'une grange une sorte de spectre enveloppé de son linceul ! Un cavalier lança :

– Qui es-tu, gamin ?

– Un de la religion. Je veux me battre avec vous.

Ils avaient éclaté de rire, lui avaient demandé où se trouvaient sa cuirasse et ses armes. Il n'avait rien que sa chemise.

– Tu veux te battre ? dit un cavalier. Alors monte en croupe. On va faire de toi un soldat.

Après une fin de nuit réparatrice, on le conduisit à un sergent d'arquebusiers.

– Monseigneur, dit Agrippa, vous dire ma joie... J'étais enfin dans mon élément et maître de ma destinée. On me donna un uniforme, une épée, une arquebuse avec sa poire à poudre, sa mèche et sa baguette, prélevés sur un soldat ennemi. J'étais le roi du monde et le dieu Mars n'était pas mon cousin ! Ma joie fut complète quand on me donna un cheval, celui sur lequel vous m'avez vu tout à l'heure. Il a pris quelques balles dans le cuir, ce qui le rend méfiant, mais il aime la guerre, comme son nouveau maître.

– J'aime vous entendre parler de la guerre, dit Henri, mais vous êtes chiche de confidences sur vos sentiments.

Agrippa rougit, balaya machinalement du tranchant de la main les pelures d'oignon. L'amour l'avait déjà effleuré d'une aile d'ange.

Louise Sarrasin était la fille d'un médecin de Lyon que ses convictions huguenotes avaient contraint à émigrer à Genève. C'est là qu'Agrippa rencontra Louise. Il avait trouvé à se louer dans sa famille et n'avait pas tardé à tomber amoureux d'elle. À seize ans, brunette jolie et faite au tour, elle étudiait comme lui le latin et le grec. Leurs mains se rencontrèrent et s'étreignirent sur une page de Théocrite.

– Pas ses poèmes d'amour, dit Agrippa : ses épigrammes. Ses *Idylles*, nous les lûmes un peu plus tard, mais la nôtre tourna court.

Le père de Louise démasqua et chassa le suborneur qui, longeant le Rhône, songea au suicide. Un homme le retint par le bras, le sermonna et l'emmena chez lui. Louis d'Azza était médecin mais se piquait d'astronomie et se disait bâtard du duc de Milan. Il tenta vainement d'initier son jeune compagnon aux mystères de son cabinet. Agrippa préférait l'odeur des champs de bataille à celle du soufre. Il faussa compagnie à son bienfaiteur.

– Vous savez tout, monseigneur, soupira-t-il, de mes malheureuses amours. Mais vous-même...

Henri haussa les épaules et se garda de répondre, d'autant que le sujet ne prêtait à aucun développement. Ses deux nuits avec la petite Dayelle, cette adolescente délurée, ne lui avaient laissé qu'un souvenir volatil comme un parfum. Ce n'étaient pas les innocentes galipettes, les caresses furtives derrière les buissons qui eussent mérité le nom d'amour. La passion qui avait visité Agrippa et l'avait laissé sur le flanc, avec des poèmes plein la tête, ne le concernait pas. Il se dépensait dans la guerre et la chasse et cela lui suffisait.

– L'amour, le vrai, dit Agrippa avec feu, vous n'y échapperez pas, monseigeur. Quant à moi je n'ai pas oublié Louise et j'espère la retrouver un jour prochain, si Dieu le veut.

Les huguenots qui occupaient La Rochelle étaient également maîtres de l'Aunis, de la Saintonge, jusqu'aux portes de Bordeaux, qui demeurait résolument catholique.

Jeanne de Navarre ne portait pas d'armes, mais elle en était entourée; leurs cliquetis la poursuivaient jusque dans son sommeil. On la trouvait plus souvent dans le cabinet du prince de Condé, sur le champ de manœuvres situé au-delà de la porte de Cougnes ou au-dessus des carrières, qu'à faire de la broderie ou à chanter les psaumes.

Elle referma d'un geste autoritaire le livre que son fils était en train de lire et lui lança :

– Finie la lecture ! Vous allez vous user les yeux. Filez à la salle d'armes. Je vous trouve maladroit au pistolet.

Il se leva en soupirant, prit dans le coffre une paire de pistolets et se dirigea vers la salle d'armes, près de la porte du Gros-Horloge. Melchior lui manquait. Il se demandait parfois quel serait leur comportement s'ils se retrouvaient sur un champ de bataille, face à face. Henri lui avait tenu rigueur de sa défection, non sans convenir qu'il avait des raisons sérieuses de quitter cette cour où, pour complaire au roi, on le considérait comme un élément indésirable. Si Melchior revenait, Henri l'accueillerait à bras ouverts, lui rendrait ses fonctions, mais cette perspective était improbable : Melchior vivait dans l'ombre de Strozzi et semblait s'y plaire. Était-il encore de ce monde ? Les tourmentes des années passées avaient arraché tant de feuilles aux arbres...

La Rochelle se partageait entre deux mondes : celui des militaires et celui des religieux. Des mondes gémellaires qui cohabitaient sans animosité comme sans sympathie.

Les premiers avaient pris en main les affaires de la terre ; les seconds celles du ciel. Ils menaient même combat sur des champs de bataille différents et ne se retrouvaient que pour chanter les psaumes de Clément Marot et de Goudimel, pour écouter les sermons des pasteurs à l'accent alémanique et pour célébrer la Cène un dimanche par mois. Pour le reste, chacun se tenait à son poste.

– Mon fils, disait Jeanne, je ne vous trouve guère assidu aux offices.

– Pas plus qu'à la messe, mère.

Elle aurait aimé balayer, comme d'un coup de chiffon sur une ardoise, les séquelles que la cour de France avait laissées dans l'esprit du prince, mais c'était comme caresser un hérisson à rebrousse-poil.

– Au moins, mon fils, croyez-vous en Dieu ?

Il y croyait, certes, mais enfin, ce Dieu qui permettait que se commettent tant de crimes et les laissait impunis, ce Dieu qui avait laissé à l'abandon une œuvre imparfaite pour se prélasser dans un interminable dimanche, ce Dieu qui...

– Je crois en Dieu, mère, de tout mon cœur.

De tout son cœur, peut-être, mais sa raison restait en éveil au bord du doute. Il avait avant tout souci de ne pas entrer en conflit avec sa mère, qui n'eût pas hésité à le traiter en pestiféré. Il jurait en croisant les doigts de demeurer fidèle à la religion des Évangiles, quitte à se reprocher cette hypocrisie, cette petite lâcheté.

Quant à l'amour, dans cet amalgame de guerre et de religion, il ne fallait guère y songer. Il se maintenait, sous le regard vigilant de sa mère, dans la stricte observance de la morale calviniste et avait pris son deuil de la chair, même s'il se réveillait au milieu de la nuit la cuisse humide et le cœur battant la chamade. Quant à approcher les servantes, il ne fallait pas y penser : la reine avait pris soin de les trier sur le volet et de ne retenir que les vieilles et les laides.

La cour de France... Il lui arrivait de regretter son ambiance. Elle était l'antre de l'ordure, du vice, du crime, soit, mais il suffisait de frapper à l'huis pour que l'amour ouvrît et sourît. Dayelle l'avait introduit dans un théâtre, lui avait révélé des personnages, des décors, une scène où il n'avait pas eu le temps de s'insérer pour y jouer un rôle. Dayelle... Victoria de Ayala... Il l'imaginait en train d'évoluer sur les parquets du Louvre, de danser, sa main posée sur celle de Strozzi comme un pétale de rose sur une rude écorce.

On s'amusait beaucoup, semblait-il, dans la chambre de Madame Catherine lorsque Philippe Strozzi en poussa la porte. Il s'arrêta sur le seuil, interdit, l'odorat en éveil. Il venait de la pièce une odeur d'herbes aromatiques, avec une pointe d'opiat point déplaisante. Il s'avança jusqu'au cercle entourant la reine mère, qui dispersait sur sa collerette de généreux éternuements en éclatant de rire.

– *Felicità !* dit Strozzi. À vos souhaits, Majesté !

– Avancez, Estrozze ! s'écria la reine entre deux éternuements. Prenez donc une pincée de *tabaco*.

Elle prit dans un sachet une poudre très fine, la déposa sur le gras du pouce du capitaine en lui demandant d'inspirer avec force par le nez. Il s'exécuta, se cambra violemment comme piqué par une guêpe et se répandit en éternuements tonitruants, comme s'il crachait de la mitraille par le nez.

Catherine, que Strozzi avait vue le matin d'une humeur exécrable, s'amusait comme une folle en compagnie de Mme d'Andouins, de Jeanne de Piennes, maîtresse de François de Montmorency, de Jeanne de Tignonville et de quelques naines qui faisaient des cabrioles sur le tapis.

Le capitaine salua d'une brève inclinaison de tête un personnage à visage de Maure posé sur une fraise opulente, qui portait de temps à autre à ses lèvres un long tuyau raccordé à une sorte de petit fourneau de terre blanche dont il tirait une fumée qu'il rejetait par la bouche ou les narines.

– Mon cher Estrozze, dit Madame Catherine, je vous présente monsieur Jean Nicot, notre ambassadeur à Lisbonne et médecin à ses heures. Son Excellence vient de me remettre un remède qui nous vient d'Amérique : le *tabaco*, ou *tabac*, souverain contre les migraines et qui met de belle humeur.

Jean Nicot se leva, expliqua que l'on devait cette découverte au señor Cristóbal Colón qui, retour de ses voyages dans le Nouveau Monde, avait rapporté à la cour de Madrid cette herbe magique. Les Indiens caraïbes la consommaient surtout en fumigations, roulant les feuilles en forme de tison, en tirant une fumée qui, disaient-ils, leur permettait d'entrer en contact avec les esprits. Jean Nicot, quant à lui, préférait fumer le *tabac* dans le curieux ustensile qu'il appelait *pipe*.

– Sa Majesté, dit-il, me fait l'honneur d'appeler ce produit l'« herbe à Nicot », mais je préfère l'appellation d'« herbe à la reine », ou, comme disent encore les Indiens, de *pétun*. Voulez-vous tirer une bouffée de ma *pipe* ?

Strozzi déclina cette offre avec un air de dégoût : la poudre diabolique qu'il venait d'inspirer lui suffisait.

À la mi-octobre, alors qu'elle tenait conseil avec son fils le roi et le nouveau chancelier, M. de

Morvilliers, la reine mère apprit par l'ambassadeur d'Espagne la mort de sa fille Élisabeth lors de ses troisièmes couches. Elle laissa la plume qu'elle tenait lui tomber des mains et gémit :

– Seigneur Dieu ! ma petite Élisabeth, mon enfant chérie...

Elle maîtrisa rapidement son chagrin, se tourna vers don Francès de Avala et murmura entre ses dents :

– J'aurais dû me douter qu'il lui arriverait malheur. Ce Philippe...

– Madame, protesta Avala, je puis vous dire que Sa Majesté n'a eu aucune part à ce drame.

– Oseriez-vous prétendre, Excellence, qu'il était de même étranger à la mort de l'infant don Carlos ? Chacun sait que votre maître a fait empoisonner son propre fils !

– Majesté, balbutia l'ambassadeur, je tâcherai d'oublier ces propos.

– Quant à moi, Excellence, sachez que je n'oublie rien !

La reine mère revêtit ses vêtements de deuil, qui ne variaient guère de son ordinaire, et se retira comme chaque soir dans son oratoire. Le cœur chaviré, le visage boursouflé par le chagrin, elle s'agenouilla, ouvrit le livre d'heures posé sur le pupitre et laissa son regard se perdre dans les détails du tableau représentant l'annonce faite à Marie : un Dieu barbu lâchait sur la Vierge, du haut du ciel, une colombe auréolée de rayons d'or ; sur le bord gauche du tableautin, un ange, ailes ouvertes, brandissait un rameau ; sur le côté droit, le visage étonné de la Vierge ouvrait sur le mystère. Elle fit taire son épagneul qui réclamait une caresse.

Madame Catherine se plaisait dans ce réduit que la fenêtre donnant sur la cour éclairait d'une discrète lumière bleutée. Elle y respirait avec délice des odeurs familières : celles des vieilles tapisseries, de l'encens et de la cire consumée. Elle y savourait le silence dont elle avait été privée tout le jour.

Ce soir d'octobre tissait sur le Louvre une dentelle de pluie qui s'accordait à sa peine et à l'image qu'elle se faisait de Dieu : non point celle d'un vieillard qui lâchait des colombes de magicien sur le monde, mais celle d'une entité sans contours précis, sans visage, sans voix, mélange de brume et de soleil. Ce Dieu familier, elle le tutoyait dans ses moments de colère, quitte à se confondre ensuite en contrition.

Elle murmura en italien :

– Cela semble Te plaire de m'accabler de soucis et d'épreuves ! Misère ! Qu'ai-je fait pour mériter Ton ressentiment et Ta colère ? Toi qui sondes les reins et les cœurs, Tu sais pourtant que je me bats pour ma famille, pour mon pays, pour Ta religion. Me jugerais-Tu indigne de défendre Ton royaume ? Alors fais en sorte que je comparaisse devant Toi et que Tu me juges, mais cesse de me tourmenter ! Je ne suis qu'une femme. Les affaires de la nation pèsent tant à mes épaules que j'éprouve souvent le désir de m'arrêter sur le bord du chemin et de me fondre en Toi. Fais-moi la grâce d'un mot, d'un signe et je Te rejoindrai. Ou alors montre-moi le bon chemin...

Dieu ne daignait pas lui montrer le bon chemin. Dieu rêvait dans Ses nuages, dans Sa volière à colombes. Ce n'était pas à elle qu'Il dictait Sa volonté, qu'Il exposait Ses desseins, mais à Son astrologue, Luc Gauric, ou à ce vieux fou, Michel de Nostre-Dame, qui vivait en Provence.

Le pays s'orientait lentement vers une guerre civile qui allait consommer la ruine du royaume. Elle avait beau bâtir des digues contre cette fatalité inéluctable, colmater les brèches, c'est la fatalité qui était la plus forte. Dans ses moments de lassitude, elle se disait qu'il fallait se préparer à cette guerre, dont elle ne voulait pas, contre les huguenots rebelles : ils avaient pris les armes contre le roi ; il fallait les châtier. Cette guerre, elle y mettrait toute sa conviction et toute son énergie.

En janvier, elle décida de suivre François de Montmorency et Henri de Guise qui menaient une armée vers les frontières de l'est pour barrer la route aux bandes de reîtres que les princes allemands de la Réforme envoyaient aux factieux de La Rochelle. L'hiver était l'un des plus rudes que l'on eût connus depuis des lustres. La troupe avançait avec peine par des chemins verglacés ou boueux.

Au début de février, à Metz, prise d'une mauvaise fièvre, elle dut garder la chambre, ne sortant de sa torpeur que pour demander des nouvelles des reîtres. L'horizon demeurait vide. Montmorency prit le parti de tourner bride, mais attendit pour cela que la reine mère fût guérie.

Sur le chemin du retour, elle écartait de temps à autre le rideau de cuir de sa litière, s'informait auprès de Montmorency ou de Guise de l'action des fourriers, de l'endroit où l'on s'arrêterait pour la nuit, de la distance qu'il restait à parcourir.

Lorsqu'elle ouvrait le rideau opposé, elle trouvait le capitaine Strozzi. Celui-là, elle ne l'aimait guère : il lui rappelait trop ces sinistres aventuriers qu'elle avait connus dans son enfance florentine, avant que le comte de Turenne ne vînt la chercher pour la conduire en France, comme on vient prendre livraison d'une marchandise ou d'un cheval. Strozzi était l'image fidèle de ces condottieri : un homme taillé dans la masse pour être jeté sur les champs de bataille. Elle s'entretenait avec lui en langue florentine, lui lançait en les truffant de termes vulgaires de grasses plaisanteries. Elle lui disait :

– Tu auras bientôt fini de te morfondre, Artaban ! Tu l'auras, ta guerre, sans tarder.

Il répliquait :

– Et je vous offrirai une belle victoire toute fraîche, Majesté !

X

BATAILLE EN LIMOUSIN

1569-1570

Henri, duc d'Anjou, n'aurait jamais le titre de connétable : son frère le roi s'y était opposé malgré la volonté de la reine mère. Elle lui disait :

– Votre frère, sire, a toutes les qualités requises pour assumer cette charge. C'est un bon soldat et il est aimé de tous.

– Il est trop jeune, répliquait le roi. Il manque d'expérience.

– C'est un mauvais prétexte. La vérité, c'est que vous le détestez, que vous êtes jaloux de lui !

Le sort en était jeté : Anjou ne remplacerait pas le vieil Anne de Montmorency. En revanche, la reine mère obtint pour lui le commandement de l'armée royale destinée à aller combattre les réformés en Saintonge, avant que les troupes allemandes conduites par le comte de Mansfeld n'arrivent à La Rochelle.

Par Angoulême, l'armée catholique gagna Châteauneuf, sur la Charente, non loin de Jarnac et de Cognac, villes occupées par les rebelles qui tenaient les ponts sur le fleuve.

Un matin, une patrouille d'arquebusiers faillit surprendre l'amiral de Coligny, en train d'inspecter la défense des ponts sur la Charente. On passa la journée à le poursuivre sans parvenir à le rattraper.

À quelques jours de là, alors que l'armée s'apprêtait à prendre la route de Jarnac, les avant-gardes de l'armée royale se trouvèrent en présence d'un parti de cavaliers conduits par le prince de Condé.

– Allons-nous les attaquer ? demanda Tavannes.

– Il ferait beau voir que nous leur montrions notre cul ! s'exclama Strozzi.

– Par la sainte Croix ! s'écria Anjou, nous allons régler cette affaire sur-le-champ. Que Dieu nous assiste !

Dans le camp adverse, monsieur le prince raisonnait de même, en dépit des adjurations de ses capitaines, qui jugeaient plus prudent de se retirer et d'attendre des renforts, car on n'avait ni artillerie ni fantassins.

Il donna l'ordre à Coligny de pousser sur la troupe de Guise, lui-même se chargeant de dégager sa droite pour tailler profond dans la colonne d'Anjou. Il se prépara au combat, enfila sa cuirasse ornée de l'écharpe blanche et coiffa son casque. Il ordonna une prière commune, fit chanter le *Psaume des Victoires* et donna l'ordre de la charge. Alors qu'il s'apprêtait à sauter en selle, le cheval de La Rochefoucauld le bouscula et lui brisa une jambe. On dut l'aider à se hisser sur sa monture. Avant de faire sonner la charge par son trompette, il embrassa sa bannière et s'écria :

– Pour Christ et les Évangiles, en avant !

Huit cents lances d'Anjou attendaient de pied ferme cette première attaque. Condé creva leurs rangs et les dispersa.

– La victoire nous sourit ! s'écria-t-il en réprimant sa souffrance. Coligny ! Où est Coligny ! Que fait-il ?

L'amiral était en difficulté : son cornette capturé, son premier corps de cavalerie en déroute, il avait été contraint de se replier sur ses positions. Il tenta de rameuter les fuyards mais fut emporté par le ressac.

Condé s'apprêtait à faire donner le corps de cavalerie de Soubise quand son cheval s'écroula, l'encolure traversée par une balle. Il bascula cul par-dessus tête, se retrouva à terre étourdi par la chute, parvint à se relever sans pouvoir se hisser sur le cheval qu'on lui présentait.

– Laissez-moi ! cria-t-il. La bataille ne fait que commencer.

– Nous ne vous abandonnerons pas, monseigneur, dit Soubise.

Assisté de quelques gentilshommes poitevins, il forma le cercle autour du prince qui, adossé à un arbre, rechargeait ses pistolets avec l'aide de son écuyer.

Autour de lui, le combat faisait rage. Un patriarche de la religion, le sire de La Vergne, qui avait avec lui vingt-cinq cavaliers de sa famille, livrait contre les royaux qui passaient en rafale autour d'eux un combat sans merci. Lorsque, blessé, le visage en sang, une dague plongée dans son ventre, il dut rendre les armes, une quinzaine des siens gisaient sur le pré, les autres ayant été capturés.

Condé était parvenu à se remettre sur pied. Appuyé d'une main à l'épaule de son écuyer, il déchargeait son pistolet sur les cavaliers qui passaient à sa portée. Il s'apprêtait à tirer sur deux écharpes rouges qui se ruaient vers lui quand il les reconnut : c'étaient deux gentilshommes rencontrés récemment et auxquels il avait rendu quelque service. Il abaissa son pistolet, leur tendit ses gantelets.

– Aujourd'hui, dit-il, Dieu n'était pas avec nous. La journée est perdue. Je me constitue prisonnier.

– Vous n'avez rien à redouter de nous, dit l'un des cavaliers, qui s'appelait Saint-Jean.

Le second cavalier, d'Argence, ajouta :

– Nous allons vous conduire à votre cousin, le duc d'Anjou.

Condé, la mort dans l'âme, s'apprêtait à les suivre lorsqu'il vit s'avancer vers lui un groupe de cavaliers au manteau rouge appartenant à la garde royale. L'un d'eux, le comte de Montesquiou, s'écria avec un fort accent gascon :

– *Mordiou !* mais c'est monsieur le prince en personne ! Que voilà une belle prise...

Il descendit de cheval, s'avança vers Condé et lui déchargea son pistolet dans la tête.

Non sans peine, Coligny était parvenu à rallier à lui ce qui restait de la cavalerie du prince dont les royaux avaient fait de la charpie et l'avait ramené sans encombre à La Rochelle.

Autant la bataille de Saint-Denis avait été incertaine dans ses résultats, autant celle qui s'était livrée dans les parages de Jarnac proclamait la victoire des troupes royales. Du jour au lendemain, la renommée porta le duc d'Anjou au pinacle : il était le jeune héros, le dieu des batailles, Josué réincarné... À Paris, Ronsard et les thuriféraires patentés trempèrent leur plume dans le sang pour raconter la geste du demi-dieu. On célébra l'événement par des messes dans toutes les églises du royaume.

Conscient qu'on n'en avait pas fini avec l'Antéchrist, Anjou laissait avec indifférence cet encens se dissiper autour de sa statue. Il conduisit son armée sous les murs de Cognac, d'Angoulême, de Saint-Jean-d'Angély mais dut renoncer à investir ces villes, dépourvu qu'il était d'engins de siège et d'artillerie en quantité suffisante. Quant à s'en prendre à La Rochelle, autant lâcher un essaim de guêpes sur un éléphant, comme disait M. de Brantôme.

Il avait tranché un membre à l'hérésie, mais elle était toujours debout.

Jeanne caressa la raide chevelure de son fils et déposa un baiser sur son front.

– N'avais-je pas raison, dit-elle, de m'opposer à ce que vous quittiez La Rochelle pour vous joindre à la cavalerie de votre oncle ? Voyez ce qu'il en est advenu ! Mon beau-frère avait plus de cœur que de tête.

Elle n'avait jamais aimé Louis de Condé. Il avait adhéré à la religion de Genève par goût du pouvoir plus que par conviction. La vie dissolue qu'il menait insultait aux Évangiles. Le « petit homme tant joli » que l'on chansonnait à Paris mûrissait une ambition hors de proportion avec ses qualités : il se voyait sur le trône de France à la place de ce « pauvre Charles » qu'il méprisait, persuadé qu'il ne ferait pas de vieux os.

– Condé sur le trône ! s'esclaffait Jeanne. Quelle prétention ! Quelle dérision ! Qui donc aurait pu le prendre au sérieux ? Si quelqu'un doit succéder à ces malheureux Valois, ce ne peut-être que vous, mon fils. Souvenez-vous des prédictions de Michel de Nostre-Dame : vous aurez *tout l'héritage*. N'êtes-vous pas le premier prince du sang ?

Henri ne partageait pas l'aversion de sa mère pour les Châtillon en général – et Coligny en premier – ainsi que pour les Bourbons, monsieur le prince en particulier, qu'elle mettait dans le même panier. L'oncle Louis, malgré ses travers et son aspect physique qui prêtait à plaisanter, était pour lui la réincarnation de quelque chevalier des temps jadis : Roland, Amadis, Lancelot, le Cid... Un conquérant et un séducteur, comme Antoine de Bourbon.

Il avait du mal à s'imaginer la fin de ce héros, sa tête coiffée de longs cheveux suintante de sang, son corps disloqué, que le duc d'Anjou, disait-on, avait fait traîner jusqu'à Jarnac par une bourrique.

À quelques jours de cette bataille perdue, Coligny avait proposé à Navarre de prendre la tête de l'armée rebelle. Il avait protesté, alléguant qu'il était trop jeune et n'avait aucune expérience de la guerre. Sa mère lui avait imposé silence.

– C'est dans l'ordre des choses, lui avait-elle dit. Cet honneur vous est dû. Vous ne pouvez le refuser.

Il s'était incliné. Le lendemain, on avait fait une montre dans les faubourgs de la ville pour effacer l'impression déplorable laissée par l'affaire de Jarnac. Chevauchant entre l'amiral et sa mère, il avait passé la revue de cette armée amputée d'une partie de sa cavalerie mais complétée par des contingents du Limousin et du Quercy. Ces nouveaux venus lui plaisaient : c'étaient pour la plupart d'humbles hobereaux campagnards venus de leur province avec de la boue à leurs bottes, montés sur des haridelles de labour, mais qui n'avaient pas l'allure de mauviettes.

Un matin, alors qu'il faisait raser sa barbe naissante en compagnie de son nouveau précepteur, Florent Chrétien, M. de La Gaucherie ayant rejoint le Seigneur, un militaire précédé de la reine entra dans sa chambre et s'inclina.

– Je suis Guillaume de Nassau, pour vous servir, monseigneur, dit le visiteur. Je précède l'armée de mercenaires que vous attendiez. Nous avons été retardés en chemin par une partie de « cache-cache », comme on dit en France.

Ce personnage d'allure farouche méritait bien le surnom de « Taciturne » qu'on lui avait donné. Devenu prince d'Orange à la mort de son frère, il s'était battu dans les Flandres contre les Français quinze ans auparavant, avant de reprendre les armes contre l'occupant espagnol. À l'arrivée du duc d'Albe, gouverneur des Pays-Bas pour le roi Philippe, il avait échappé à une condamnation à mort et s'était réfugié en Allemagne auprès des princes luthériens. La mort des chefs rebelles – les comtes von Egmont et de Hornes, décapités – avait attisé son sentiment de vengeance. Cet homme pesant, au visage massif, à la barbe couleur de feuilles mortes, harnaché de cuir râpé, portait sur lui une odeur de sueur et de cheval fatigué.

Jeanne avait assigné aux reîtres un cantonnement hors des murs, entre des marécages proches de l'océan.

Requis par les problèmes que posaient les échanges de prisonniers après la bataille de Jarnac, Henri ne rendit visite à sa mère que le surlendemain et participa en sa compagnie à la montre des mercenaires, de fiers guerriers au visage marqué par l'interminable randonnée qui les avait conduits des fins fonds des Allemagnes sur les bords de l'Atlantique. Ils avaient organisé leur camp à leur manière, entassés comme des bêtes dans des chariots ou sous des huttes de jonc, mêlés à une horde de catins qui préparaient leur tambouille et agrémentaient leurs nuits.

– Ne vous fiez pas aux apparences, dit Guillaume. Ces hommes sont de fameux soldats. Ils sont certes moins faciles à manier que les Suisses d'Anjou, mais leur ardeur sur le terrain est incomparable.

« Pas faciles à manier », avait dit le Taciturne. On ne tarda pas à s'en rendre compte.

Guillaume n'avait conduit à La Rochelle qu'une partie de son armée, soit un millier d'hommes. Les autres, commandés par le duc de Deux-Ponts, s'étaient attardés à prendre d'assaut La Charité-sur-Loire et s'étaient répandus dans le Berry comme un nuage de sauterelles.

Rien n'avait été épargné pour accueillir ces renforts, La Rochelle étant une ville opulente. On leur distribuait de pleins chariots de vivres, d'hypocras, de vin et d'eau-de-vie dont ils faisaient une grande consommation. Ils devinrent exigeants, réclamèrent plus, proclamant qu'ils n'accepteraient de se mettre en campagne que lorsque leur solde serait intégralement réglée. Ivres du matin au soir, ils passaient leurs nuits en orgies. Les habitants se pressaient aux remparts pour les regarder danser, les entendre chanter psaumes et cantiques autour des feux.

Lorsque le Taciturne présenta la facture à la reine et aux chefs rebelles, ils blêmirent. Cent mille écus ! Où trouverait-on une telle somme ? C'était bien pourtant l'indemnité convenue. Jeanne engagea ses bijoux et demanda aux dames huguenotes de suivre son exemple. Ce n'était pas suffisant. Les bourgeois vendirent leur vaisselle. On était encore loin du compte.

– Mes hommes sont fort déçus, dit le Taciturne. Je ne réponds pas de leur comportement.

Autant ces bougres de Teutsches se montraient affables dans les rues de La Rochelle, quêtant chapeau bas, faisant risette aux enfants, saluant les ministres du culte, se recueillant et chantant aux prêches, autant, lorsque les tenaillaient la faim ou la soif, ils pouvaient se montrer féroces. Ils mirent les campagnes d'alentour en coupe réglée, menaçant de la corde, du feu ou du couteau les récalcitrants. On en pendit publiquement quelques-uns, pour l'exemple, mais sans parvenir à les maîtriser.

Un matin, alors que le prince de Navarre posait pour un peintre genevois qui portait le nom d'un empereur romain, Probus le Jeune, la reine déboucha dans sa chambre, la mine défaite : un messager venait d'arriver de Pau, envoyé par l'infante Catherine.

– Les armées royales, dit-elle, viennent d'envahir la Navarre. Elles ont trouvé de la résistance, mais nos gens ne sont pas de taille à leur tenir tête. Je suis inquiète sur le sort de Catherine. Je flaire là-dessous une manœuvre de Montluc.

On se battait déjà en Guyenne, en Limousin, en Périgord. Maintenant en Navarre. Tout le Midi était à feu et à sang.

– Je vous en prie, monseigneur, supplia Probus le Jeune, ne bougez pas, sinon nous n'en aurons jamais fini.

– Nous allons bouger, au contraire ! s'écria Jeanne, et sans plus tarder. Vous pouvez ranger vos pinceaux, maître. La pose reprendra plus tard, si Dieu le veut.

On ne tarda pas à apprendre que le capitaine envoyé par le roi pour soumettre la Basse-Navarre était, en fait, un nommé Terride. À la tête de vieilles bandes espagnoles, il s'était répandu dans tout le pays et y faisait régner la terreur. Il mettait le siège devant Navarrenx lorsqu'il avait été surpris par Montgomery, envoyé par Coligny et, enfermé dans Orthez, avait dû mettre bas les armes. Les huguenots n'avaient pas fait de quartier.

La riposte de la cour ne s'était pas fait attendre : Coligny, Montgomery, le vidame de Chartres, leur allié, condamnés à mort par contumace et leur tête mise à prix ! On exposa en place de Grève, avant de les brûler, les effigies des condamnés.

Homme d'ordinaire placide et peu sujet à l'émotion, Coligny quitta La Rochelle avec au cœur une rage mêlée de tristesse. Son frère Andelot venait de s'éteindre d'une fièvre chaude, selon les médecins ; du poison, selon d'autres.

Accompagnée de reîtres, l'armée rebelle prit la route du Limousin, où la situation était critique. Coligny comptait trouver dans cette province, dont Jeanne de Navarre était vicomtesse, le duc de Deux-Ponts et le reste des mercenaires. Il apprit en route qu'il était mort au village de Cars, à la suite d'un festin au cours duquel il s'était enivré à mort. Mansfeld l'avait remplacé au pied levé.

Un soir de la mi-juin, l'armée rebelle campa à Voutezac, un village haut perché, suspendu en grappe au-dessus d'une plaine opulente. Durant cette halte, on apprit que le duc d'Anjou commandait en personne l'armée royale qui tournicotait autour de Limoges avec de joyeuses bandes italiennes amenées par un neveu du pape Pie V, Mario Sforza, comte de Santa-Fiora.

La rencontre entre les deux armées eut lieu non loin de Saint-Yrieix, contrée de collines et de bocages, dans les parages du modeste village de La Roche-l'Abeille. Il pleuvait à seaux depuis la minuit, ce qui, de part et d'autre, retardait l'avance de la cavalerie et des bagages.

– Fichu temps ! grognait Coligny. Nous ne pourrons pas faire donner nos arquebusiers. La poudre doit être humide.

– C'est la même chose pour l'ennemi, dit Henri.

On n'y voyait pas à un quart de lieue tant la pluie brouillait le paysage. De temps à autre, on apercevait dans les fonds noyés par le déluge des groupes de lansquenets de l'armée royale en train de patrouiller. On était occupé à examiner une stratégie lorsque d'Aubigné fit irruption, sa cape gorgée d'eau.

– Strozzi ! s'écria-t-il. Je viens de le repérer. Il est à deux pas d'ici, dans un vallon, avec trois ou quatre cents arquebusiers.

– Allons à ses devants ! dit Henri. Tu nous montreras le chemin.

Aveuglés par des bourrasques de pluie, ils se postèrent dans un bosquet dominant un espace de prairie d'où l'eau suintait de toutes parts. Un feu brûlait dans une vaste grange largement ouverte qui semblait abriter un détachement de fantassins armés de mousquets.

– Strozzi a eu le nez creux, dit d'Aubigné. Il a mis ses hommes et sa poudre à l'abri.

Ils n'attendirent pas longtemps l'arrivée de Coligny et de sa cavalerie qui, en apparence du moins, n'avaient pas été repérés.

– Monseigneur, dit Navarre, veuillez faire déployer votre cavalerie. Nous allons charger. Il n'y a rien d'autre à faire puisque notre poudre est inutilisable.

Le prince fit ranger une partie de ses escadrons sur la droite du bâtiment, une autre devant attaquer de plein fouet. Il envoya d'Aubigné prévenir Mansfeld d'avoir à forcer le pas pour les rejoindre, puis il donna le signal de la charge.

Il fonça sur la pente, le galop de sa monture freiné par la surface glissante de la prairie gorgée d'eau et les haies de genêt qu'il fallait contourner. Les premiers éléments de sa cavalerie n'étaient qu'à une portée de pistolet de la grange quand une tornade de feu les surprit. Les chevaux s'abattirent sous les yeux de Strozzi et de Melchior qui, immobiles sur leurs montures, suivaient l'engagement d'un œil froid.

La charge rompue, Henri, dont le cheval avait reçu une décharge d'arquebuse dans l'épaule, Coligny et ce qui restait de leur cavalerie se dirigèrent vers le fond de la vallée pour se regrouper à la lisière d'une forêt. Le corps de cavaliers qui devait attaquer sur la droite de la grange s'était retiré sur la pente opposée, laissant dans sa retraite des cadavres d'hommes et de chevaux.

– L'effet de surprise nous a échappé ! bougonnait Coligny.

– Tout n'est pas perdu, dit Henri. Ce n'était qu'une escarmouche. Strozzi ne pourra rien contre ce qui va lui tomber sur les reins. Regardez !

L'infanterie de Mansfeld était en train de dévaler la pente qu'ils venaient d'abandonner. Accueillis par une nouvelle décharge d'arquebuses, ils amorçaient leur repli lorsque le comte Mansfeld, débouchant à leur tête, les ramena et les lança de nouveau à l'attaque. Il se plaça à leur tête, entonna un chant de guerre allemand qui parut réveiller l'ardeur de sa troupe. Elle se rua comme un raz de marée sur la grange, l'investit, entama au corps à corps une bataille qui s'acheva en carnage.

– Agrippa ! lança Henri, va dire à Mansfeld qu'il maîtrise ses hommes. Je veux avoir Strozzi vivant. Nous en tirerons une bonne rançon.

En disant « Strozzi » il pensait « Melchior ».

On vint l'informer peu après qu'à quelque distance un autre corps de reîtres était aux prises avec les lansquenets et les Italiens de Sforza et qu'ils avaient bien l'affaire en main. La bataille était-elle gagnée ? Une bataille ? plutôt une rixe gigantesque, un corps à corps de palefreniers, un bain de sang dépourvu de gloire. Au loin, les clameurs des Italiens répondaient aux mugissements des reîtres d'Allemagne.

Au milieu de l'après-midi, la pluie ayant redoublé d'intensité dans un précoce crépuscule de cendres froides, les combats mollirent puis cessèrent. Les reîtres de Mansfeld et les troupes rebelles restaient maîtres du champ de bataille qui, lentement, se couvrait de brume.

– Votre première bataille, monseigneur, dit Coligny. Vous vous êtes comporté avec honneur. Le vétéran que je suis se doit de vous rendre hommage.

– Et vous, monsieur l'amiral, vous voilà doublement vengé : de votre insuccès à Jarnac et de la mort de votre frère.

« Ainsi, se dit-il, c'est cela, la guerre ? »

Il ne pouvait détacher son regard de ce spectacle de carnage, d'images fantomatiques : chevaux démontés qui traînaient la patte dans la brume, soldats portant secours aux blessés et achevant les moribonds, odeur de poudre et de tripaille. Il ne sentait en lui aucune fierté mais un profond dégoût et une intense consternation, comme si, en l'espace de quelques heures, il venait de changer de planète et d'existence.

– Je conçois ce que vous pouvez ressentir, monseigneur, lui dit Coligny. Moi-même, la première fois... C'était il y a dix ans, au siège de Saint-Quentin où l'on me fit prisonnier. Depuis j'ai toujours vécu la maille sur le dos et me suis endurci.

Henri s'éloigna sans attendre la suite de ce discours. Il venait d'apercevoir un groupe de reîtres conduits par Mansfeld, encadrant quelques prisonniers. Il reconnut Strozzi, penaud sous sa mine narquoise, et Melchior, qui marchait en s'aidant d'une fourchette d'arquebuse, une main à sa jambe blessée.

– Monsieur l'amiral, dit-il, occupez-vous de ces captifs et veillez à ce qu'on les respecte. Je garde l'un d'eux par-devers moi pour en prendre soin. Il s'agit d'un ancien ami.

Henri conduisit Melchior à son médecin, qui avait commencé à soigner les blessés dans une masure de La Roche-l'Abeille. Le praticien examina la plaie, qui était peu profonde et sans gravité.

– Prenez soin de ce garçon, dit Henri. Je veux qu'il vive.

Il se retira sans avoir adressé un mot à Melchior.

Ivre de fatigue et de sang, l'armée des reîtres se dirigea à travers le crépuscule, en longeant le fond d'une étroite vallée, vers le gros bourg de Ségur-le-Château. Le prince et Coligny trouvèrent à se loger dans l'élégante demeure d'un notable, face au gracieux méandre de l'Auvézère. Sur la rive opposée, à l'abri des grands arbres, des hommes de l'armée rebelle soignaient leurs chevaux et dressaient des tentes pour la nuit dans l'odeur des viandes grillées.

Le lendemain, dans une aube froide qui sentait l'automne, l'armée rebelle et celle de Mansfeld prirent la route en direction du Périgord. À l'issue d'une longue marche coupée d'averses brutales, ils parvinrent à l'abbaye de Brantôme, apanage du sieur de Bourdeilles. Ils se présentèrent aux moines en vainqueurs, demandèrent pour eux et leurs hommes le gîte et la table.

– Nous resterons ici quelques jours, dit Coligny, le temps de nous informer sur la situation dans la province. Il semble que l'on ait quelque peu malmené les huguenots. J'en aurai le cœur net.

Strozzi et Melchior leur furent amenés le lendemain sous bonne escorte, Melchior, incapable de marcher, ayant fait le chemin sur une mule. Henri l'installa dans une cellule chauffée par un brasero et lui dit :

– Tu reviens de loin. Si je t'avais trouvé en face de moi, je t'aurais provoqué, tué peut-être. Je t'en ai beaucoup voulu de ton abandon. Aujourd'hui, je n'ai plus de rancune. Comment te sens-tu ?

– J'ai l'impression que mes heures sont comptées. J'ai à peine la force de parler.

– Allons donc ! c'est de fatigue que tu souffres. D'ici à quelques jours, tu seras sur pied.

– Si je devais laisser ma peau dans cette affaire, j'aimerais..., j'aimerais que vous annonciez vous-même ma mort à mon épouse, Margret. Elle doit avoir accouché, à l'heure qu'il est. Promettez-moi...

Henri éclata de rire en guise de réponse. Il tentait de surprendre sur le visage émacié, blême, fiévreux du blessé les traits du garçon qui partageait ses jeux à Coarraze et à Pau. Melchior de Lagos avait bien changé; la guerre lui avait sculpté un masque aux traits rudes; il avait coupé ses cheveux pour mieux ressembler à Philippe Strozzi; une barbe de trois jours lui charbonnait le visage.

– Strozzi, dit-il. Qu'en avez-vous fait?

– Rassure-toi : il est indemne. À l'heure qu'il est, il fait bombance au détriment de ces bons moines.

Il obligea Melchior à avaler le bol de lait qu'un religieux venait de déposer à son chevet. Il lui dit en se retirant :

– Je savais que nous nous retrouverions, mais j'aurais préféré que ce fût en d'autres circonstances.

Éveillé au chant du coq, Henri mit le nez à la fenêtre. Une brume légère à travers laquelle le soleil diffusait ses rayons flottait sur le dédale de canaux qui traversait un parc verdoyant. Au-dessus de l'abbaye, la falaise enrobée de lierre et d'arbustes sauvages suintait comme une fontaine.

Il s'habilla, se rendit au réfectoire, où Strozzi s'entretenait avec l'amiral, attablés devant une table garnie de victuailles et de pichets de vin.

Le capitaine se leva à son approche et s'inclina.

– Je suis heureux, dit-il, de saluer mon vainqueur. Monsieur l'amiral me vantait vos mérites. Je sais que j'aurai désormais un adversaire de plus, et digne de moi.

Il ajouta en reprenant place :

– Ce lieu me rappelle les délices de Capoue qui firent perdre à Hannibal la chance qu'il avait de battre Scipion. Les moines sont aux petits soins pour nous. Quant au décor, il me rappelle les palais italiens. Il n'y manque que quelques avenantes *ragazze*. Mais, *basta !* à la guerre comme à la guerre.

Ils passèrent la journée à visiter le campement des mercenaires de Mansfeld, qui avait tenu à rester au milieu des siens pour veiller à ce que ces bougres ne se livrent pas à la picorée dans les parages. Il avait reçu à l'épaule une balle que son médecin venait d'extraire. De copieuses libations compensaient la perte de sang qu'il avait subie.

– Prenez garde ! lui dit Coligny. Vous savez de quoi est mort le duc de Deux-Ponts. Tâchez de ne pas suivre son exemple. Nous aurons encore besoin de vos services.

Ils finirent la journée par une inspection de la troupe des rebelles, qui avait établi ses quartiers à un quart de lieue de l'abbaye, sur les bords de la Dronne.

Sous prétexte de s'informer de la situation dans les parages, l'amiral partit quelques jours plus tard avec un petit détachement de cavaliers.

Son départ précédait d'une journée l'arrivée de Pierre de Bourdeilles, seigneur commendataire de Brantôme, venu s'assurer que ses hôtes étaient bien traités et n'en prenaient pas trop à leur aise. Henri avait pu apprécier, au Louvre, la faconde, la jovialité, les histoires racontées par cet homme de bonne compagnie, ami de Strozzi, qui l'accueillit à bras ouverts. Ils passèrent un après-midi à table à banqueter, à vider des pots de vin et à se raconter des histoires.

Le lendemain, un paysan surgit à l'abbaye et demanda à s'entretenir avec Brantôme. Ils discutèrent un moment dans la cour, avec animation. Revenu auprès de ses hôtes, Brantôme arborait un air sinistre. Il dit en s'asseyant près du prince :

– Votre Coligny... il en fait de belles !

– Que voulez-vous dire ?

Coligny s'était présenté avec son escorte, l'épée au poing, dans un hameau proche du château de

Bourdeilles, La Chapelle-Faucher. Il venait d'apprendre que, quelques jours auparavant, un détachement de huguenots conduit par le capitaine Mouvans était tombé dans une embuscade et avait été exterminé par un groupe de paysans. Coligny envoya des estafettes dans les villages d'alentour, fit enfermer au manoir de La Chapelle-Faucher deux cents paysans qu'il fit exécuter, sans épargner les femmes et les enfants.

– Deux cents de mes paysans ! fulminait Brantôme. Égorgés, brûlés, massacrés ! Qu'on ne me dise pas que ce sont les lois de la guerre ! Elle doit se faire avec honneur, comme je la fais moi-même à l'occasion. Si je le tenais, ce Châtillon de malheur...

Coligny revint de sa tournée le lendemain, la mine sombre, les épaules basses, comme accablé de remords. À peine avait-il mis pied à terre et arraché une brindille pour s'en faire un cure-dents, Brantôme l'aborda de front pour lui demander des comptes. L'amiral battit en retraite, poursuivi par les clameurs du gentilhomme.

Au moment de pénétrer dans sa cellule, il se retourna vers le sire de Bourdeilles qui lui avait emboîté le pas.

– Croyez-bien, monsieur, dit-il, que je ne suis pas fier de moi, mais j'ai un seul mot à vous répondre : Wassy !

Où se trouvaient Ludovic de Nassau, qui avait remplacé son frère Guillaume à la tête des reîtres ? Et La Rochefoucauld avec sa cavalerie ? Et le jeune Henri de Condé avec ses Écossais ? L'armée du prince de Navarre n'était plus qu'un ramassis de petites unités égarées dans le bocage limousin. Henri jugea urgent de les regrouper pour en faire une armée digne de ce nom. On y parvint non sans peine.

L'amiral avait décidé, contre l'avis du prince de Navarre qui jugeait l'entreprise présomptueuse, d'aller faire le siège de Poitiers. Selon Henri, il suffisait que l'on eût montré aux royaux qu'il fallait compter avec eux.

– Monseigneur, protestait Coligny, tenir Poitiers, c'est avoir la main sur tout le Poitou. Nous donnerons ainsi, dans le cœur de la France, un pendant à La Rochelle.

L'armée rebelle resta six mois devant Poitiers sans pouvoir entamer la résistance des assiégés défendus par une position inexpugnable et par une foi ardente. Lorsque Coligny, de guerre lasse, se décida à lever le siège, il ne restait autour de la ville, sur des lieues, que désolation. Il ressentit cet échec comme un affront.

Par petites étapes l'armée remontait vers la Saintonge sous le ciel brumeux de septembre lorsque, à quelques lieues au sud de Loudun, dans les parages de Moncontour, elle tomba sur les troupes royales commandées par le duc d'Anjou, que l'on croyait revenues à Paris.

– Monseigneur, dit Coligny, je sens que l'envie vous démange de jouer des mains. N'en faites rien, je vous prie. Restez à l'écart de la bataille avec votre cousin Henri de Condé.

Malgré l'envie qu'il avait d'en découdre, Navarre dut en passer par la volonté de l'amiral, qui lui envoya Ludovic de Nassau et un corps de cavalerie pour le défendre le cas échéant.

Les deux armées se rangèrent en bataille par carrés entre lesquels évoluaient ordonnances et cornettes. Le beau temps d'automne sentait la vendange. Des paysans qui travaillaient dans leurs vignes posaient leurs paniers, se portaient au bord des chemins et, le chapeau sur l'œil, attendaient les premiers éclairs de l'orage.

L'après-midi venait de débuter et le soleil commençait à chauffer les cervelles quand les trompettes de l'amiral donnèrent le signal de l'attaque. Les premiers éléments de sa cavalerie se détachèrent comme une vague sous un crépitement d'étendards et d'armes brandies. Dans sa brutalité, la charge fit éclater les premiers carrés de lansquenets et força la cavalerie adverse à se replier.

– Ils en tiennent ! s'écria le petit Condé. Ils sont à nous !

– Patience, dit le prince de Nassau. C'est un coup de boutoir énergique, mais la porte n'a pas cédé.

– Elle ne va pas tarder, dit Navarre. Les nôtres vont avoir besoin de nous. Mon cousin, me suivrez-vous ?

Il s'apprêtait à lancer sa monture lorsque Nassau se mit en travers de son chemin.

– J'ai reçu l'ordre, dit-il, de vous éviter de courir tout danger. Vous ne bougerez pas, monseigneur.

Henri n'eut pas à regretter d'avoir dû maîtriser son élan. L'engagement était devenu d'une confusion extrême, avec des alternatives de succès et d'échec pour les deux armées.

Une estafette vint prévenir Nassau de détacher de son corps de cavalerie une compagnie destinée à appuyer l'effort de Coligny qui commençait à donner des signes de faiblesse. Elle déferla sur les lansquenets d'Anjou et disloqua l'ordonnance rigoureuse de leurs carrés.

Nasseau, Navarre et Condé sautèrent de joie.

– Ils branlent ! s'écria Navarre, mais la décision n'est pas encore acquise. Regardez ce qui arrive sur notre flanc droit. Les bataillons suisses du colonel Pfyffer ! Ils sont au moins quatre mille, et de fameux guerriers ! Que fait Mansfeld ? Pourquoi n'est-il pas encore là ?

Mansfeld marchait par petites journées, escarmouchant ici et là contre les royaux, pour le plaisir le plus souvent.

Tandis que le capitaine catholique Cossé-Brissac repoussait à grand-peine les escadrons rebelles, Biron, qui tenait sa cavalerie en réserve, mettait en déroute les cavaleries de Nassau. Dans le même temps, les arquebusiers royaux, chassant les reîtres comme des lapins, avaient balayé une double haie de cavaliers mais commençaient à perdre pied.

À la nuit tombante, les rebelles se débandèrent en tous sens, incapables de se regrouper et peu soucieux de reprendre un combat dont l'issue était désespérée.

Accompagné d'un petit escadron rescapé du carnage, Coligny rejoignit les princes tête basse, le visage en sang, rongeant son cure-dents comme un chien son os, avec une rage froide.

– La guigne s'acharne sur nous ! dit-il. Cette bataille était à notre portée. J'avais mis au point une stratégie sans faille, et voilà que...

– Ne vous cherchez pas d'excuses, dit Navarre. Vous savez mieux que moi, monsieur l'amiral, que la guerre est une garce dont les caprices sont imprévisibles. Nous avons perdu aujourd'hui. Demain nous triompherons.

– Ma seule consolation, monseigneur, c'est d'avoir fait preuve de prudence en évitant que vous et votre cousin soyez mêlés à cette bataille. Qui sait ce qui aurait pu vous advenir ?

– Mais vous-même, dit Condé, vous êtes blessé ?

– Une balle de mousquet. Elle m'a caressé la joue d'un peu trop près.

Pressé de quitter ce lieu maudit, Ludovic de Nassau envoya d'Aubigné rassembler les quelque trois cents cavaliers qui, le cul dans l'herbe, pansaient leurs blessures. On avait fait le compte des pertes pour les rebelles : environ deux mille morts et des blessés par centaines.

Il fallait trouver un campement pour la nuit. On prit la direction de Niort de manière à se mettre hors d'atteinte de l'ennemi. Coligny comptait rester dans cette ville le temps de se rafraîchir et de faire soigner sa blessure qui lui faisait un masque de tragédie. Il décida Navarre et Condé à prendre sans retard la route de La Rochelle pour aller rendre compte des résultats de cette campagne calamiteuse à la reine de Navarre.

Quant à lui, il ne s'attarderait pas à Niort. Il avait décidé de se rendre dans le Midi pour recruter une nouvelle armée à la tête de laquelle il comptait remonter sur Paris. Il ne disposait que d'un modeste détachement de cavalerie, mais il l'avait bien en main. Il demanda aux deux princes de le suivre au retour de La Rochelle. Ils acceptèrent.

Par petits groupes, à des intervalles irréguliers, les reîtres de Nassau et de Mansfeld qui avaient échappé au massacre et aux poursuites avaient rejoint La Rochelle en piteux état. Lorsque la reine de Navarre vint leur rendre visite dans leur cantonnement, ils l'accablèrent de doléances : on leur devait encore cinquante mille écus ; si l'on ne pouvait leur régler cette dette, alors qu'on leur permette de remonter vers le Val de Loire pour mettre à sac quelques villes, rafler les trésors des églises et prendre du bon temps. De plus, il leur fallait des femmes, celles qui les accompagnaient d'ordinaire ayant été tuées dans le massacre qui avait suivi la bataille de Moncontour ou s'étant dispersées. Ils exigeaient enfin des ministres, alémaniques de préférence, du vin et des victuailles. Jeanne leur donna ce qu'ils réclamaient, sauf l'autorisation de piller, même les églises. Quant aux femmes, ils attendraient que leurs putains reviennent. La prenait-on pour une mère maquerelle ?

XI

LES RIBAUDES
DES PONTS-DE-CÉ

1570

Madame Catherine avait mis sous le boisseau le projet de mariage de Charles avec la fille de l'empereur Maximilien d'Autriche : on en reparlerait plus tard.

Elle reçut en janvier un pli d'Élisabeth d'Angleterre que lui remit l'ambassadeur Walsingham. La « Reine vierge » revenait sur le projet d'union avec le duc d'Anjou. Ce mariage d'un prince catholique avec une reine protestante avait de quoi séduire la reine mère : elle y voyait un coup d'arrêt aux ambitions des Guises, aux prétentions du roi Philippe et du pape de lui imposer leur volonté.

Lorsqu'elle évoqua cette perspective en conseil, il y eut des protestations. Offrir le duc d'Anjou à une souveraine excommuniée, de mauvaises mœurs et qui n'était pas plus vierge que les catins de la rue Bordelle relevait du scandale. C'était en outre interdire à ce prince l'accès au trône de France. Catherine ergota mais finit par céder.

Anjou écarté, on pourrait toujours avancer la candidature d'Alençon. Il y avait de quoi pouffer de rire : cette union serait des plus étranges – cette Jézabel unie à ce nabot...

Charles avait mal accepté que l'on renonçât sans le consulter au mariage d'Élisabeth et d'Anjou. Ce mariage se ferait, car telle était sa volonté. Depuis qu'il passait des jours et des nuits en compagnie de sa concubine, il prenait volontiers des attitudes autoritaires. Marie Touchet avait fini par le pénétrer de cette évidence : le roi, c'était lui.

La reine mère lui reprocha vertement de se mêler de ce qui, à ce jour, l'avait laissé indifférent.

– Je vois bien, lui dit-elle, ce qui vous pousse à favoriser ce projet : vous souhaitez vous débarrasser de votre frère. Depuis ses victoires sur les rebelles, il vous fait ombrage !

Charles battit en retraite, bougonnant et jurant, sans conviction, qu'il saurait faire respecter ses volontés. Le lendemain, il revint à la charge, exigea – il exigeait fréquemment depuis peu – que sa mère écrivît une lettre à Élisabeth pour lui donner son accord ; elle soupira mais s'exécuta, envoya à la reine le portrait de son fils chéri, reçut celui d'Élisabeth : un visage mince et pâle dans une constellation de joyaux.

Ébloui par la chance qui se présentait à lui de régner sur un royaume, Anjou bayait aux anges. La reine avait vingt ans de plus que lui et l'on disait d'elle que c'était un paquet d'os mal ficelé. Que lui importait s'il devenait roi d'Angleterre et peut-être, devenu veuf et Charles disparu sans descendance, roi de France ! En quelque sorte, maître de l'Europe !

Les réformés nourrissaient un autre projet tout aussi absurde : l'union du prince de Béarn et d'Élisabeth conforterait leur politique d'expansion religieuse et ajouterait de nouveaux problèmes à ceux qui accablaient le roi Philippe, lequel avait à combattre les Maures et les Turcs.

Ces projets sombrant dans l'incertitude, Madame Catherine referma sa boîte à malice, ne retenant qu'une perspective : le mariage, prévu de longue date, entre le Béarnais et la princesse Marguerite de Valois, la petite Margot.

Encore fallait-il, pour que ce projet pût se

concrétiser, rencontrer la reine de Navarre, qui se trouvait encore à La Rochelle. Elle l'invita à Blois, où la cour était allée respirer l'air du printemps sur la Loire. Jeanne s'y rendrait avec sa fille, Catherine, venue la rejoindre depuis peu, mais sans son fils, qui était parti pour l'aventure avec l'amiral.

Les deux reines ne s'attendaient pas à des congratulations, à des embrassades, à des flots de miel et de lait. Leur premier entretien fut glacial. Ni l'une ni l'autre ne remettait en cause le principe de ce mariage envisagé jadis par le roi Henri II, dont Catherine tenait à respecter la volonté, mais les deux reines se heurtèrent pour des questions de gros sous.

Jeanne demanda – ce qui était la moindre des choses – à s'entretenir avec sa future belle-fille. Margot fit répondre qu'elle était souffrante.

– Aussi souffrante que moi, sans doute ! glapit Jeanne. Il faudra bien pourtant que je la voie et lui parle !

Elle attendit quelques jours pour exposer de nouveau sa requête. Elle tenait à sonder les convictions religieuses de la princesse, à estimer leur degré de résistance dans le cas où il faudrait la contraindre à changer de religion. Margot accepta de mauvaise grâce une entrevue mais fit la sourde oreille aux investigations sournoises de la Béarnaise, jurant qu'elle ne se marierait jamais « à la huguenote » et qu'il faudrait obtenir du pape une dispense qu'il se refuserait à donner.

– Une dispense du pape ! s'exclama Jeanne. Vraiment ? Eh bien ! nous nous en passerons...

Jeanne exhiba Catherine à la cour. À douze ans, la petite infante ne promettait pas d'être un jour comparée aux hétaïres de l'« escadron volant ». Certains la trouvaient maigrichonne ; d'autres la jugeaient assez jolie de visage ; on estimait en général qu'elle ne ferait pas de vieux os : cette pâleur, cette légère boiterie, ces yeux ternes... En revanche, on convenait qu'elle jouait fort joliment du luth et qu'elle avait une voix agréable, en dépit d'un accent qui sentait le rustique.

Madame Catherine et sa « commère » se retrouvèrent pour parler des événements et convenir que, si l'on s'étripait encore ici et là, la guerre avait amorcé une trêve dont les deux partis avaient le plus grand besoin.

– Il faudra bien que nous en venions à faire la paix, soupirait la reine mère.

– Nous y sommes disposés, répondait Jeanne. Encore faudrait-il que l'on respectât les édits de tolérance.

– Nous y veillerons, ma bonne. Pas plus que vous, il ne me plaît de voir s'affronter nos enfants.

Personne n'avait de nouvelles de Coligny. On savait qu'il avait entrepris, en compagnie des princes huguenots, une campagne dans le Midi, mais on ignorait la date de son retour, le terme de son périple et ce qu'il comptait faire de l'armée qu'il avait pour but de recruter. Certains pensaient qu'il allait la conduire sous les murs de Paris, d'autres qu'il porterait secours aux Gueux des Flandres en rébellion contre les Espagnols.

– Je souhaite qu'il n'envisage pas cette dernière solution, disait Catherine. C'est pour le coup que Philippe serait fondé à nous demander des comptes et à nous agresser par le sud. Ma bonne, je ne donnerais pas cher de votre petit royaume.

Comme Jeanne se plaignait auprès de sa « commère » de la mauvaise volonté de Margot à accepter le mariage avec son fils, la reine mère soupira :

– Cet entêtement me navre, mais j'en viendrai à bout.

– On dit qu'elle est amoureuse d'Henri de Guise.

– À cet âge, sait-on de qui l'on est vraiment amoureux ? Croyez-vous que j'étais éprise du roi, mon défunt mari, quand on est venu me chercher à

Florence pour me jeter à ses pieds comme une carpette ? Pourtant, l'amour est venu.

La cour de retour au Louvre en juin, Margot guetta la venue d'Henri de Guise.

Ces quelques semaines passées loin de lui l'avaient minée. Chaque soir, avant de s'endormir, elle tirait de son missel une petite gravure en taille-douce qui représentait l'élu de son cœur ; elle la caressait, l'embrassait, lui parlait, la gardait sur sa poitrine durant son sommeil. La cour, Paris, la France portaient au pinacle le fils du duc François ; il était beau, d'une taille peu commune ; de plus, cet adonis avait le charme, l'audace et toutes les vertus de son père.

Ses entretiens avec Margot se bornaient à des échanges courtois. Elle le dévorait des yeux ; il lui tenait des propos sans conséquence. Quand il l'embrassait comme un frère elle réprimait l'envie de se coller à lui. Les étreintes de Charles, d'Alençon, d'Anjou surtout lui avaient donné mauvaise conscience, avec une impression d'inachevé, ces jeux pervers ne menant, par la force des choses, à aucune conclusion matrimoniale. Avec Guise, le paradis des amours était à sa portée, mais en apparence seulement.

Pour éviter un esclandre lorsque le moment serait venu de célébrer les noces avec le prince de Navarre, Madame Catherine décida de dissiper ces nuages. Une servante chargée de la surveillance de sa fille lui avait parlé du missel, de la gravure et les avait dérobés pour les confier à la reine mère, qui vit là une occasion inespérée d'exiger des comptes de la donzelle. Elle la convoqua et demanda à Charles d'assister à l'entretien.

– Ma fille, dit-elle d'un ton acide, qu'est ceci ?

– Vous le voyez ma mère, c'est le portrait de monseigneur le duc Henri.

– Et pourquoi ce portrait se trouve-t-il dans un livre saint ?

– Parce que j'aime Henri, mère, et que je veux l'épouser.

Ces derniers propos tombèrent entre Madame Catherine et son fils comme un pavé dans une mare aux grenouilles.

– Vraiment ? dit la reine mère. Depuis quand une fille du roi de France exprime-t-elle des exigences ? Ne vous ai-je pas appris l'obéissance ? Sachez que vous n'épouserez pas Henri de Guise mais Navarre. L'affaire est conclue et nous n'y reviendrons pas.

– Je n'épouserai pas Navarre, mère.

– Et pourquoi, je vous prie ?

Madame Catherine attendait qu'elle invoquât des défauts physiques, ce qui était son recours habituel quand elle en parlait à ses proches. La réponse de Margot la surprit.

– Parce que je ne puis épouser un hérétique.

– Voilà qui est nouveau ! Oubliez-vous qu'il y a des accommodements avec le ciel, que la politique gouverne tout, et même nos sentiments ?

– Jamais le Saint-Père n'accordera la dispense nécessaire.

– Il finira bien par l'accorder. D'ailleurs, s'il nous la refusait, nous nous en passerions.

Margot constata avec inquiétude que son frère, qui, jusque-là, n'avait soufflé mot, commençait à se démener et à frapper la table à petits coups, du plat de la main, ce qui était chez lui le signe d'une grande impatience ou d'une contrariété. Il se leva d'un bond, la prit par les épaules, la secoua en hurlant :

– Est-ce ainsi qu'une fille parle à sa mère ? Ma sœur, vous n'êtes qu'une gourgandine ! Je vous materai !

– Vous pouvez même me tuer si vous voulez, répliqua-t-elle sans se démonter. Je présume que vous y prendriez du plaisir, comme à Fontainebleau, dans l'orangerie, ce soir où vous et moi...

Il plaqua une main sur sa bouche avec tant de violence qu'elle cria. Madame Catherine intervint et s'efforça de maîtriser ce pauvre fou.

– J'ignore ce qui s'est passé entre vous à Fontainebleau, dit-elle, mais, de grâce, cessons cette querelle. Ma fille, vous allez réfléchir sereinement et montrer que vous savez dominer vos sentiments quand ils s'opposent au bien du royaume.

– Dois-je vous le répéter, mère ? Jamais je n'épouserai un huguenot !

Sous la gifle que lui assena Charles, elle chancela, se raccrocha au dossier d'une chaise et s'écroula. Soudain hors de lui, Charles la frappait à coups de pied, à coups de poing et, sortant sa dague, se mit à lacérer ses vêtements en repoussant la reine mère, qui tentait de s'interposer. Il hurlait :

– Renoncez à Guise, catin que vous êtes ! Promettez de renoncer à ce bellâtre !

Margot s'éloigna à quatre pattes, parvint à se redresser et hurla :

– Je renoncerai à Guise quand vous aurez répudié votre putain huguenote !

Charles recula, le visage tournant au vert, s'appuya à la table, se laissa tomber sur une chaise, essuya une larme d'un revers de poignet.

– Voyez l'état dans lequel vous mettez votre frère ! soupira Madame Catherine. Vous l'avez brisé d'un mot malheureux. Déguerpissez ! Nous reparlerons de tout cela, mais dites-vous bien que je ne baisserai pas pavillon.

– Mon missel, gémit Margot, rendez-le-moi, je vous prie.

– Ma fille, votre missel et la belle image qu'il cache, confisqués !

On n'en avait pas fini avec la guerre.

Ce n'était pas une promenade que l'amiral avait entreprise en compagnie des deux princes. Elle dura tout l'hiver et une partie du printemps. Après la rude journée de Moncontour, le duc d'Anjou avait renoncé à se lancer à la poursuite du fugitif, car le roi et la reine mère venaient de rejoindre son armée avec un tel train de courtisans et de bagages que la progression en eût été ralentie et n'aurait pu permettre de rattraper les rebelles. « L'hallali viendra plus tard », dit le roi, qui pensait souvent en termes cynégétiques. Il ne tenait pas à couronner la tête de son frère cadet de nouveaux lauriers.

Tandis que le duc d'Anjou, auquel Ronsard avait fait pousser des ailes d'aigle et d'ange exterminateur, prenait la tête de l'encombrante caravane remontant vers Paris après cette randonnée inutile, Coligny et les siens ne perdaient pas leur temps.

Chevauchant sous la pluie, la neige, le vent, parfois le jour, souvent la nuit afin d'échapper aux redoutables bandes espagnoles de Montluc, ils passaient d'une ville à l'autre pour recruter des gentilshommes destinés à constituer la structure de leur future armée. Le modeste contingent de cavaliers qui les accompagnait depuis Moncontour s'augmentait de jour en jour. Ils manquaient de fantassins ? l'Allemagne y pourvoirait. On leur amenait de pleins coffres d'arquebuses, de pétrinals, de pistolets avec les munitions. Un vieux gentilhomme qui s'était distingué durant les campagnes d'Italie au côté du roi François Ier fournit un lot de haquebutes à crochet avec la fourchette sur laquelle elles s'appuient – des armes d'un maniement si périlleux qu'on renonça à s'en servir, plusieurs soldats ayant eu le menton démantibulé lors des essais, au point qu'on les reconnaissait à leur façon de parler.

Coligny s'était fixé un autre objectif : retrouver Montgomery, le meurtrier – involontaire – du roi Henri, onze ans auparavant. Il le découvrit en train de chevaucher en Béarn, couvert de poussière et de sang, acharné à traquer les dernières bandes que Montluc avait laissées entre Pau et Nérac. Il s'était rendu maître d'une grande partie de la Guyenne et s'apprêtait à rejoindre la Saintonge quand Coligny et les princes avaient surgi et contrarié ses projets.

– Cessez donc cette partie de chasse ! lui dit Coligny. Les paysans et les hobereaux du Béarn et de la Navarre se chargeront de liquider ces bougres. J'ai besoin de vous pour des tâches plus nobles.

Ils étaient tous en piteux état, pareils à des maudits s'évadant, loqueteux, épuisés, de l'enfer de Dante. Avec sa blessure au visage, mal soignée et qui suppurait, son masque de fatigue, la barbe qui lui dévorait le visage jusqu'aux yeux, Coligny offrait un aspect repoussant, mais les princes et le comte de Montgomery ne présentaient guère mieux.

– Vous savez, dit l'amiral, que je ne reste jamais sur un échec. Notre modeste victoire de La Roche-l'Abeille ne peut compenser nos défaites de Jarnac et de Moncontour. Nous devons à tout prix racheter ces batailles perdues, reconstituer notre armée bribe à bribe. S'il le faut nous y passerons des mois. Le temps travaille pour nous.

Ils reprirent la route de concert sous une tornade de pluie mêlée de neige, à travers des contrées sinistres. Ils échappèrent de justesse, à plusieurs reprises, aux troupes de Damville, qui tenait le Languedoc au nom du roi, s'infiltrèrent dans les solitudes austères de l'Aubrac, de la Margeride, du Forez pour remonter ensuite vers la Loire. Ici et là, ils recrutaient des volontaires : paysans ruinés, soldats perdus, chevaliers d'aventure, s'efforçant de faire de ce ramassis de gueux une armée cohérente.

Harcelés par les troupes de Montluc qui s'étaient lancées à leur poursuite, ils faisaient front comme une harde de loups affamés devant des chasseurs. Fatigués, malades, Montgomery et les princes durent s'aliter, ce qui retarda la progression de la caravane. Non loin des sources de la Loire, on avait dû pour subsister tuer des chevaux, voler aux paysans leur charcutaille. Ils laissaient derrière eux la misère et la mort.

Malgré ces souffrances, l'exercice de la religion n'était pas oublié, des ministres suivant le train. Coligny se refusait à ce que l'on manquât les prières du soir et le prêche du dimanche.

À Saint-Étienne, le chef de l'armée dut s'aliter. Il n'était plus, sous ses guenilles, qu'un squelette animé par la seule puissance de l'esprit. Continuer sans lui ? Montgomery et les princes s'y refusaient, et d'ailleurs, malgré leur vaillance, ils en eussent été incapables et la troupe se fût débandée.

Les médecins appelés au chevet de l'amiral hochaient gravement la tête en mirant les urines dans un rayon de soleil : l'amiral n'était pas malade mais à bout de résistance. Quelques semaines de repos seraient nécessaires. On le gava de lait, de soupes, de bouillies. Lorsqu'il commença à se lever et qu'il apprit que son indisposition avait duré une semaine, il dit à Montgomery :

– Prévenez tous nos gens que nous partons demain.

– Vous n'y pensez pas ! Vous ne tiendriez pas une heure en selle !

– Eh bien, je suivrai en litière.

On trouva l'un de ces véhicules chez un bourgeois de la ville. Le lendemain, Coligny était sur pied, encadré par les deux princes. Lorsque Montgomery vint lui annoncer que tout était prêt, il ôta son cure-dents de ses lèvres et entonna un psaume.

En atteignant la Loire à La Charité, l'armée rebelle fut prise d'un délire rappelant celui des Hébreux arrivant au bord du Jourdain. On pleurait en contemplant son cours, on buvait son eau, on chantait dans les auberges et le cantonnement en l'honneur de la sainte rivière qui allait conduire à la victoire.

Le prince de Navarre prit dans cette ville un repos mérité.

Il avait l'impression d'avoir passé des mois à patauger dans des marécages gorgés de boue neigeuse, dont on ne voyait pas la fin, d'où, chaque matin, on s'attendait à voir surgir tous les démons de l'enfer. À plusieurs reprises, paralysé par le froid, brûlant de fièvre, souffrant de furoncles au fondement, il avait dû se retenir à la crinière de sa monture pour ne pas être désarçonné.

Condé n'était pas en meilleur état. Au contraire : on avait dû l'abandonner quelques jours dans une cabane de paysans des Cévennes en lui fixant un rendez-vous ultérieur en un point donné et en souhaitant qu'il pût triompher de son mal. Coligny, avant de s'effrondrer à Saint-Étienne, semblait insensible à la souffrance et aux privations ; il pouvait rester trois jours sans absorber la moindre nourriture et plusieurs nuits sans fermer l'œil. Cet homme était de bronze.

Il avait suffi de trois jours de repos à La Charité pour que Navarre se sentît de nouveau en pleine possession de ses forces et de ses facultés. Un personnage nouveau semblait s'être dégagé de l'écorce tendre de l'enfance et de la jeunesse. Les quelques semaines de vie rude qu'il venait de traverser et qu'il avait subies avec un courage auquel l'amiral se plaisait à rendre hommage l'avaient endurci. Sur son visage, les dernières rondeurs de l'adolescence avaient fait place à des méplats raides et secs ; sa peau avait pris, sous une ombre de barbe rousseâtre, une teinte de cuir.

– Mon cousin, lui disait Condé, ce n'est pas avec cette mine de *bandito* navarrais que vous allez séduire les demoiselles de la reine mère !

– Et vous, beau cousin, vous ne valez guère mieux...

Pour ne pas envenimer l'ambiance souvent tendue entre les chefs de cette expédition, Henri évitait de donner cours à la pensée qui le harcelait : à quoi rimait cette expédition qui pouvait, par certains aspects, rappeler la retraite de Léonidas face aux Perses de Xerxès, avant le choc des Thermopyles, mais sans le souffle ardent de l'épopée ? Le miracle était que le petit détachement eût échappé à cette misérable expédition et n'y eût laissé que peu d'hommes et de chevaux. L'avantage résidait dans cette constatation : si l'on avait résisté à cette épreuve, on était mûr pour d'autres, celles de la guerre.

Alors que l'armée des princes quittait les bords de Loire afin de traverser la Bourgogne pour se porter à la rencontre de nouveaux reîtres, Coligny eut la surprise de voir arriver une forte armée royale conduite par le maréchal de Cossé-Brissac, gouverneur de Normandie, près d'Arnay-le-Duc.

Il envoya des patrouilles reconnaître les forces de l'ennemi tandis qu'il prenait position sur une montagnette toute fleurie de genêts, le mont Saint-Jean. Navarre apporta des nouvelles alarmantes : le maréchal disposait d'environ trois mille chevaux et de cinq à six mille fantassins, avec quelques pièces d'artillerie.

Coligny chargea le prince de Navarre d'aller inspecter le terrain qui séparait les deux armées : une plaine parcourue par deux ruisseaux sortant de petits étangs sur lesquels étaient installés des moulins. En assistant à ce déploiement de forces armées, des paysans venus avec leurs ânes faire moudre du grain prirent la fuite.

– Ni les ruisseaux ni les étangs ne sont gênants, dit Navarre. En revanche, il y a un danger à franchir les marécages sous la mitraille.

– Si seulement, soupira Coligny, nous avions quelque attirail de canons ou de couleuvrines... Tenter de franchir ce patouillis sous le feu de l'ennemi serait un suicide, mais si ce sont les gens d'en face qui déclenchent l'attaque dans ce coin nous les recevrons avec notre cavalerie.

Il avait pris la précaution de faire occuper les deux moulins et placer des arquebuses à toutes les ouvertures, en dépit du mauvais vouloir d'un meunier, qui lança à l'officier :

– Votre guerre, je m'en fous ! Faites ce que vous voulez pourvu que je puisse moudre mon grain. Il y a là trente sacs qui attendent la meule.

Il ajouta :

– Veillez, je vous prie, monsieur l'officier, à ce qu'on respecte ma femme, mes filles et mes servantes.

– Sois tranquille, répondit l'officier. Je sais que, guerre ou paix, ta meule doit continuer de tourner, mais, si tu veux me régaler d'une bouteille et trinquer, je suis ton homme.

Cossé-Brissac attaqua le premier en utilisant une astuce que Montgomery, qui se tenait aux avant-postes, ne tarda pas à flairer. Il vit un corps d'environ deux mille cavaliers descendre de la colline et prendre position dans les prairies bordant les ruisseaux ; ils étaient suivis d'une cinquantaine d'arquebusiers qui se déployèrent aux abords du marécage. Il envoya une estafette demander la permission d'attaquer.

– Dites-lui de patienter ! s'écria Coligny. Qu'il garde la bride en main et ne se défende que s'il y est contraint.

Les deux avant-gardes restèrent près de deux heures face à face, s'envoyant des quolibets, des menaces et diverses joyeusetés de paroles. En revanche, un duel de mousqueterie avait éclaté autour des moulins que les catholiques avaient projeté d'investir. De jolis bouquets de fumée blanche voletaient au-dessus de la prairie et des étangs.

La première bouteille achevée, le meunier en posa une seconde sur la table, tandis que son commis faisait tourner la machine.

– Garde cette bouteille pour fêter la victoire, lui lança l'officier. Viens plutôt m'aider à recharger mon pétrinal.

– Ça, mon gars, c'est ton affaire. Vos histoires, je m'en tape le coquillard. À la tienne !

Il remplit son verre, le porta à ses lèvres mais n'entendit pas le ronflement d'un petit boulet de couleuvrine qui venait d'entrer par une fenêtre. Lorsque l'officier se retourna, le meunier était affalé sur sa table avec, à la place de la tête, un magma de sang et de cervelle ; il tenait encore son verre à la main.

La journée se passa en escarmouches, aucun des deux adversaires ne se décidant à franchir le pas et à affronter ces maudits marécages.

Cette situation aurait pu s'éterniser si Coligny, avant l'aube, sans attendre l'issue improbable de la bataille, n'avait démonté son camp et, en forçant l'allure, pris la direction de la Loire. Deux jours plus tard, les hommes s'emparaient de La Charité. Les habitants les accueillirent avec des grimaces : ils avaient eu à souffrir du séjour des reîtres quelques mois plus tôt.

Catherine se dit que cette guerre, qui n'en était pas vraiment une, n'avait que trop duré et qu'il était temps d'y mettre un terme. Biron et Malassis avaient rencontré Coligny à Montréal, près de Carcassonne, au cours du dernier hiver, pour le raisonner et avaient échoué. Téligny, neveu de l'amiral, fut chargé par la reine mère d'une autre tentative. Coligny se montra plus favorable à une négociation, et pour cause : les reîtres n'étaient pas au rendez-vous et, si Cossé-Brissac faisait entrer en ligne les lansquenets suisses, tout était perdu.

Il rassembla son monde pour lui exposer le problème qui se posait à eux.

– Acceptons de négocier, dit-il, et montrons-nous moins exigeants que la première fois. Nous avons besoin de souffler pour préparer dans de bonnes conditions une nouvelle campagne.

Il apprit quelques jours plus tard que Montluc, au cours du siège de Rabastens, avait été blessé au visage par une balle qui l'avait défiguré au point qu'il devait porter un masque de cuir. Cette nouvelle lui rendit sa gaieté pour quelques jours.

Toutes les informations qu'il recevait n'étaient pas aussi plaisantes : Philippe Strozzi venait de rejoindre la cour à Angers. Il courait des bruits stupéfiants sur une certaine affaire des Ponts-de-Cé, point stratégique d'importance à une lieue au sud de la ville...

Melchior s'était dit que, cette fois-ci, Margret serait inconsolable : son deuxième enfant était mort à la naissance et la ventrière ne lui avait guère laissé d'espoir d'en concevoir un troisième.

Lorsqu'il se présenta dans la famille de l'apothicaire Tobel, au retour de Brantôme, il y trouva sa femme. Libéré ainsi que Strozzi après leur capture à La Roche-l'Abeille et le paiement d'une rançon exigée par Coligny, il avait galopé jusqu'à Paris. Il croyait y être accueilli par des sourires; il découvrait un monde d'affliction.

– Tout cela est ta faute ! lui jeta Margret en reniflant ses larmes. Si tu avais été présent, mes couches se seraient faites au mieux, mais j'étais tous les jours en alarme, dans l'attente de la nouvelle m'annonçant ta mort.

Il n'avait pas bronché. Margret nourrissait fréquemment des idées fixes; elle souhaitait notamment que son mari renonçât à la guerre, qu'il aidât maître Tobel à trier ses herbes, qu'il veillât sur elle. Il avait envie de lui répondre par un vers du vieux chant de route des bandes espagnoles : *La guerre est ma patrie...*

Sa belle-famille le méprisait un peu, ne s'intéressait pas à ses faits d'armes et ne perdait aucune occasion de lui faire sentir qu'il n'était qu'un intrus.

– J'ai pris une grave décision, lui dit Margret à quelques jours de son retour : ou tu restes avec moi à Paris, ou je te suis.

– Me suivre ? Tu n'y songes pas sérieusement ?

– Et pourquoi pas ? Je ne serais pas la seule.

Elle lui cita les noms de gentilshommes de leur clientèle qui se faisaient accompagner en campagne par leurs femmes ou leurs concubines.

– Tu es trop fragile ! protesta-t-il. Si tu savais la vie que doivent mener ces pauvres créatures...

Il évoqua la promiscuité des camps, les hordes de putains que toute armée traînait avec elle, les dangers de la guerre, la fatigue des longues chevauchées, les subsistances improbables. Il ajouta :

– Je ne suis ici que pour quelques jours. Je dois rejoindre Strozzi au plus tôt. Nous reparlerons de tout cela à mon retour.

À peine libéré, le condottiere avait réussi à retrouver le gros de ses troupes et de ses bandes, à reconstituer une petite armée. Il marchait sur Angers pour y retrouver le roi et la cour.

– Je te suivrai ! s'écria-t-elle. Si tu refuses, tu ne me reverras plus. Je demanderai l'annulation de notre mariage.

Elle s'était refusée à lui deux nuits durant, animée par la rancune ; pour vaincre ses réticences, elle accepta de se donner à lui la troisième nuit. Après la quatrième, où elle s'était dépensée en caresses, il finit par céder. Elle fit ses préparatifs dans l'exaltation de l'aventure qui se préparait.

Ils chevauchèrent par petites étapes jusqu'à Orléans. Melchior emprunta une barque jusqu'à Saumur, où il comptait retrouver l'armée de Strozzi et faire avec lui son entrée dans Angers. Le fleuve était dans sa splendeur printanière. Sur les eaux azurées, le vent faisait flotter du duvet de saule. Melchior désignait à sa femme par leur nom les embarcations de différente nature descendant ou remontant le courant lisse qui caressait les plages de sable blond. Margret vivait dans un ravissement perpétuel où tout lui était découverte. Jour après jour, au sortir de l'étouffante promiscuité familiale, elle reprenait vie et couleurs.

– Je ne crois pas, disait-elle à Melchior, ce que m'a raconté cette vieille sorcière de ventrière. Je veux un enfant de toi et je l'aurai.

Parvenus à Saumur, ils durent attendre une semaine avant de voir surgir les avant-gardes de Philippe Strozzi, le gros de l'armée suivant à une journée, le condottiere en tête, sous son armure milanaise damasquinée.

Le soir venu, Melchior lui présenta Margret. Strozzi n'adressa ni un regard ni une parole à la jeune femme. L'air courroucé, il tira son écuyer à part et lui dit :

– Tu aurais dû laisser ta femme à ses fourneaux, *amico* ! Des centaines de catins suivent notre armée, créent des désordres, épuisent nos réserves de vivres et ralentissent notre allure. Un bon conseil : renvoie-la à Paris. Sa place n'est pas avec ces ribaudes.

– Elle refusera. C'est une entêtée. Je pourrais la garder près de moi, veiller sur elle...

– ... lui donner une cuirasse, une épée, et lui demander de se battre ! Tu vas la renvoyer. C'est un ordre !

Lorsque Melchior, penaud, annonça la nouvelle à Margret, elle jura qu'elle refuserait d'obéir.

– Soit ! soupira Melchior. Tu me suivras donc, mais il faudra te cacher. Si Strozzi te retrouvait sur son chemin, il pourrait te tuer.

Il lui trouva une place à l'arrière-garde, dans un lot de jeunes Espagnoles qui paraissaient moins délurées que les Françaises. Elles lui donnèrent une paillasse, une place au fond d'un chariot, et l'armée reprit son train en direction d'Angers.

À deux jours de là, dans les parages des Ponts-de-Cé, Strozzi entra dans une violente colère. Des désordres s'étaient produits au cours de la nuit : des soldats s'étaient étripaillés pour une catin. Il hurlait :

– Nous devons nous débarrasser de ces garces avant d'arriver à Angers. Je ne veux pas donner ce spectacle à la cour.

Un de ses officiers lui ayant demandé comment il comptait s'y prendre, il répondit :

– Il faut les disperser. Elles se débrouilleront.

– Elles vont créer des troubles dans les campagnes et dans les villes, sans compter que nos soldats accepteront mal d'en être privés et risquent de déserter pour les retrouver.

– Alors jetons-les à la Loire !

On lui fit répéter cet ordre ; il le confirma.

– J'ai dit : à la Loire, toutes ! S'il en reste une, je l'égorgerai de mes propres mains. Je veux que demain, à l'aube, il n'y ait plus une seule ribaude dans mon armée.

– Mais, monseigneur, protesta un officier, elles sont près de mille ! Cela risque de prendre du temps et de faire mauvaise impression.

– Vous prendrez le temps qu'il faudra. Quant à l'impression que cela pourra faire, je saurai m'en défendre.

Margret dormait mal. Pour laisser le chariot libre aux ébats des *putas* espagnoles et des hommes de troupe, elle avait traîné sa paillasse sous le véhicule et couchait dans l'herbe avec, au-dessus d'elle, les bruits d'une lutte amoureuse à répétition.

Un matin, elle fut réveillée non par le chant du coq mais par un tumulte inhabituel. Sous le chariot qui l'abritait elle distinguait dans l'aube brumeuse un ballet de jambes d'hommes et de femmes qui couraient dans tous les sens, les uns hurlant des ordres, les autres criant et se lamentant. Elle songea que l'on devait être sur le départ, mais les événements prenaient une allure inquiétante : les femmes résistaient ; certaines se débattaient même avec violence ; d'autres menaçaient les soldats avec leurs couteaux. Une grosse ribaude espagnole s'abattit près d'elle, s'accrocha à la roue du chariot, une épée au travers du ventre, et eut le temps de murmurer :

– Cache-toi ! Ils vont te noyer toi aussi.

Margret disparut sous les couvertures et resta immobile ; l'oreille aux aguets. Lorsque le tumulte sembla s'éloigner, elle sortit à quatre pattes de sa cachette, s'éloigna en direction d'un bosquet, quand un homme en surgit, qui remontait ses chausses.

– Que fais-tu là ? dit-il. Pourquoi n'es-tu pas avec les autres ? Tu cherchais à te cacher ?

Elle s'efforça de ne pas trahir son angoisse, annonça qui elle était. Le soldat éclata de rire, s'écria :

– Et moi je suis le neveu du pape ! Allons, suis-moi sans faire d'histoires. Tu vas faire un brin de toilette dans la Loire, ma mignonne. Ordre du capitaine Strozzi !

Malgré la résistance qu'elle lui opposait, il la traîna jusqu'au pont, où quelques groupes de ribaudes luttaient encore contre des soudards qui, les prenant à bras-le-corps, les faisaient basculer par-dessus le parapet.

– Je ne suis pas une de ces garces ! s'écriait Margret. Je suis la femme de Melchior de Lagos, l'écuyer du capitaine Strozzi !

– J'aimerais bien te croire, ma colombe, dit le soldat, mais la consigne est la consigne. Si tu sais nager, ça pourra te servir.

Elle lui griffa le visage, le frappa au bas-ventre à coups de genou sans parvenir à lui faire lâcher prise. Il la regarda s'envoler, tournoyer, ses jupes épanouies en corolle autour d'elle, se battre contre le courant, sombrer puis reparaître au milieu de centaines d'autres garces qui prenaient avec une lenteur hallucinante le fil du courant dans le crépitement des arquebuses qui, de la rive et du pont, tiraient sur celles qui tentaient de regagner la terre ferme.

Lorsque Melchior apprit la nouvelle des noyades, quelques heures plus tard, il courut à la tente de

Strozzi, que son ordonnance était en train de raser. Il bouscula le serviteur et s'écria :

– Ma femme ! Qu'a-t-on fait de ma femme ?

Strozzi répondit avec un mince sourire :

– Avec un peu de chance tu la retrouveras, mais *presto* ! Elle risque d'être loin car le courant est fort dans ces parages. Je t'avais mis en garde : plus de garces dans mon armée ! Tu n'as pas voulu m'écouter.

Melchior bondit, le poing en avant. Strozzi le frappa d'un coup au visage qui le projeta à terre.

– Soignez cet imbécile ! dit-il. Je veux qu'il soit présentable lorsque nous arriverons à Angers.

La nouvelle des noyades des Ponts-de-Cé l'avait précédé. Il attendait la fanfare ; on l'accueillit avec des murmures de réprobation. Des femmes lui tournèrent le dos, d'autres crachaient sur son passage. Il trouva le roi fort mécontent, la reine mère frémissante d'indignation, la cour muette et réprobatrice. Même son ami Brantôme lui refusa la main.

Le capitaine Philippe Strozzi ne parut pas au banquet du soir. Sa place, d'ailleurs, n'avait pas été prévue à la table du roi.

Comme chaque fois que le royaume entrait dans une ère de calme, Madame Catherine sentait son tempérament de marieuse reprendre le dessus. La paix signée à Saint-Germain – la « paix de la reine », disaient certains, la « paix du diable » pour d'autres – avait été pour elle un tremplin qui l'avait projetée de nouveau dans les projets matrimoniaux.

Le mariage du prince de Navarre et de Marguerite de Valois décidé une fois pour toutes, les fiançailles avaient été annoncées, le contrat signé ; on avait même prévu la date de la cérémonie non sans quelque appréhension occasionnée par le fait que les deux fiancés étaient de confessions différentes.

L'annonce du mariage entre le duc d'Anjou et la reine Élisabeth – un « mariage infernal », disait l'ambassadeur d'Espagne, Avala – avait été prématurée, mais on avait trouvé la parade : l'ex-cardinal Odet de Châtillon, frère de Gaspard de Coligny, qui travaillait à Londres à faire aboutir ce projet, venait de mourir à Canterbury, assisté de son épouse qu'il faisait appeler « Madame la cardinale ». Il avait, huit ans auparavant, abjuré la foi catholique ; dépossédé de son évêché, il s'était réfugié en Angleterre. Élisabeth, lasse des tergiversations de la cour de France, avait fait annuler ce projet. La mort de Châtillon venait à point nommé pour expliquer cette situation.

Le roi venait d'entamer sa vingtième année, et l'on ne parlait toujours pas de le marier.

La paix revenue, Madame Catherine avait jugé le moment opportun de lui trouver un parti. Élisabeth d'Autriche était l'épouse rêvée. Douce, obéissante, elle serait pour le roi un antidote à son naturel violent et imprévisible. Au début de mars, les époux faisaient dans Paris une entrée solennelle. Madame Catherine avait confié à deux poètes, Ronsard et Dorat, le soin d'organiser des festivités grandioses. Elles le furent au-delà de ce que l'on pouvait imaginer.

Emportée par son élan, Madame Catherine prit en main quelques canevas dont certains aboutirent et d'autres restèrent en plan.

Catherine de Lorraine épousa un Montpensier de la famille des Bourbons; elle avait seize ans, lui soixante; la marieuse disait en plaisantant : « Elle ne tardera pas à l'encorner. » Plus délicate à négocier fut l'union du jeune Henri de Guise avec Catherine de Clèves, fille du prince de Porcien; il était catholique, elle calviniste; la reine mère disait : « Nous sommes deux à pouvoir marier l'eau et le feu, la carpe et le lapin : Dieu et moi. Nous verrons bien ce qui en sortira. » Guise boudait un peu sa fiancée, qu'il appelait la « négresse ».

Dans ses comptes d'apothicaire, Madame Catherine retombait toujours sur le même nœud gordien : Élisabeth d'Angleterre, qui allait sur ses quarante ans et que l'on disait toujours vierge, était encore un cœur à prendre, si tant est qu'elle en eût un. C'est alors que la reine mère songea de nouveau à son dernier fils, Alençon, dont elle avait avancé la candidature quelques mois avant, sans conviction. Ce petit « moricaud » de seize ans traînait son nez morveux, sa taille courte, ses jambes torses, sa pauvre santé dans ses jupes. L'important pour la reine mère était d'avoir un pied en Angleterre, et qu'importait que ce fût une petite pointure. On envoya les portraits, et les choses, de nouveau, traînèrent.

La reine mère bougonnait lorsqu'elle voyait le roi quitter le Louvre pour se rendre rue des Barres sans daigner prévenir quiconque, et surtout pas sa femme, de ces absences quasi quotidiennes. Lui reprocher ses assiduités n'aurait servi à rien : depuis quelques années, Charles avait pris conscience de son autorité et l'exerçait jalousement, dans sa vie privée comme dans les affaires publiques. Catherine, qui s'y était hasardée, s'était bien promis de ne pas renouveler l'expérience : il l'aurait brutalisée, comme il avait fait avec Margot deux ans auparavant.

Marie Touchet dit un jour à son royal amant, avant son mariage avec Élisabeth d'Autriche :

– Cette Allemande ne me fait pas peur.

Elle avait tort et raison à la fois. Tort de sous-estimer le charme et l'intelligence de cette adolescente ; raison de penser que Charles lui resterait fidèle.

Lorsqu'il la voyait préoccupée et triste, il la prenait dans ses bras et lui glissait à l'oreille :

– Ma mie, qu'est-ce qui te tracasse ? Est-ce ma jeune épouse ? Ne te fais pas de souci : c'est toi que j'aime, tu le sais bien. La preuve : je veux un enfant de toi.

Elle ne pouvait se dérober à la volonté royale. Lorsqu'elle lui annonça qu'elle était enceinte, il délira de joie, lui offrit un diamant qu'elle refusa comme tous les autres cadeaux qu'il lui faisait, s'estimant comblée par sa seule présence.

Il souhaita qu'elle sortît un peu dans la bonne société au lieu de s'étioler dans son cocon. Elle finit par accepter. Une fois par semaine, elle s'habillait, prenait son masque de promenade pour monter dans le coche que le roi lui envoyait. Elle se rendait ordinairement chez Jean Morel, gentilhomme originaire du Dauphiné. Cet ancien maître d'hôtel du roi Henri II, fin lettré, avait connu Érasme en Italie et recueilli ses derniers propos sur son lit de mort. Il habitait rue Pavée une belle demeure où se retrouvaient des poètes, des philosophes, des savants et des musiciens. Marie s'abandonnait aux soins des trois filles de la maison, Camille, Lucrèce et Diane, qui l'entouraient d'une affection bruyante et brouillonne mais sincère. On lui présenta Ronsard, qu'elle détesta, Dorat, qui lui plut. Elle passait des heures à écouter des poèmes et des airs de luth en suçant des dragées à l'anis.

Sur les conseils de Charles, Marie fréquenta quelque temps le salon de Retz, rue Saint-Honoré, mais ne s'y sentit pas à l'aise : trop d'artifice, de clinquant. Ce « conservatoire des belles manières et du beau langage » n'était qu'un reflet servile de la cour, en moins dissolu. Il convenait d'y faire preuve d'affectation, de paraître au fait de tout ce qui se publiait, chez maître Estienne ou dans d'autres imprimeries. Le « cabinet de Dictynne » de la duchesse de Retz, tapissé de verdure, était fort agréable, mais, à la longue, Marie s'y ennuyait.

Charles, qui l'avait incitée à rompre avec sa solitude et son confinement, la pria de ne quitter son logis que pressée par la nécessité : il redoutait pour elle les embarras de Paris et un accident qui l'eût privée de son fruit.

– J'ai consulté une tireuse de cartes pour connaître le sexe de notre enfant, dit-elle. Ce sera un garçon et nous l'appellerons Charles...

De retour au Louvre, le roi reprenait ses habitudes. Privé de la présence de sa maîtresse il retombait dans ses mauvais penchants.

La passion de la forge l'avait repris : il aimait le contact du feu, du fer et de l'eau, trois éléments qui constituaient la matière même de l'Univers. Le halètement du soufflet actionné par un petit drôle à demi nu le plongeait dans un état voisin de l'extase ;

le tintement du marteau sur l'enclume lui rappelait le bruit des armes heurtant les cuirasses ; l'odeur de la corne ranimait en lui celle des bûchers que son père lui faisait contempler jadis.

Il reçut un jour dans sa forge la visite de Ludovic de Nassau venant de la part de son frère, Guillaume le Taciturne, lui proposer la couronne des Pays-Bas. Interloqué, Charles lui demanda s'il en avait parlé au préalable à sa mère ; Ludovic comptait le faire mais souhaitait en entretenir tout d'abord le roi.

Cette proposition suscita chez Charles une double réaction : monter sur ce trône lui ouvrait des perspectives mirifiques ; accepter ce cadeau empoisonné était déclencher un conflit avec l'Espagne.

Pour entreprendre cette démarche, Guilaume de Nassau s'était informé de l'attitude du roi en matière de religion. Il avait appris qu'excédé d'entendre chanter les louanges d'Anjou, héros de l'armée royale, champion de la catholicité, jaloux de ces lauriers qui le mettaient, lui, le roi, au rang de simple gérant du royaume, il inclinait vers la religion réformée, recevait leurs chefs, notamment Coligny, qu'il appelait son « père », qu'il embrassait en public et tutoyait parfois.

Intervenir aux Pays-Bas, comme le lui suggérait l'amiral, comportait de graves dangers. Le duc d'Albe faisait régner la terreur contre les Gueux et les luthériens qui prétendaient se gouverner eux-mêmes ; il les faisait pendre et égorger par milliers avec la bénédiction du Saint-Père, pour qui le sang hérétique était un don de Dieu.

– Je ne puis vous répondre, dit le roi en reprenant son martelage. Il faut que j'en réfère à ma mère et à mon Conseil. Pardonnez-moi, mais j'ai, comme on dit, le fer au feu.

La forge... La chasse...

Il eût fallu un événement grave pour que Charles renonçât à cette dernière passion. C'est lui qui, le matin, à Saint-Germain, à Rambouillet, à Fontainebleau, donnait le signal du départ en sonnant du cor sur les terrasses à s'en faire péter les cordes vocales et à en cracher le sang. Il passait des journées entières à cheval sur la trace des cerfs qu'il servait de sa propre main, habile à prolonger l'agonie de l'animal, plongeant son regard dans celui, humide de larmes, qui semblait l'implorer d'en finir.

Il avait ressenti sa plus forte émotion lorsque, chassant dans la forêt de Lyons, non loin de Rouen, il avait été le témoin d'un phénomène étrange : une lumière était apparue à la pointe d'une pique et s'était envolée à travers la futaie. On avait crié au miracle. Alors que les piqueurs et les quelques gentilshommes qui l'accompagnaient prenaient la fuite, il s'était lancé à la poursuite de la mystérieuse apparition qui semblait lui faire signe de la suivre. Il avait parcouru environ une lieue lorsque la petite lumière avait brusquement disparu. En tentant de rejoindre le reste de la chasse, il avait failli s'égarer. Durant des jours et des nuits, cette flamme avait hanté ses veilles et son sommeil.

La forge... La chasse... Les sorties nocturnes...

À la cour, on en recevait des échos scandaleux. Madame Catherine recueillait les plaintes des victimes de ces expéditions, les indemnisait et fermait les yeux, consciente que le moindre reproche lui vaudrait un déluge d'invectives de la part de son fils.

Charles rassemblait ce qu'il appelait sa « petite bande » : Alençon, Navarre, Condé, Guise et quelques estafiers qui traînaient leurs rapières dans les couloirs du Louvre.

Par défi, il invitait Anjou à se mêler à eux. Peine perdue ! Le « héros » préférait la compagnie des pages et des femmes, papotant des modes nouvelles, triant des coupons d'étoffe et choisissant des costumes et des bijoux apportés par des marchands.

Le prince de Navarre, peu soucieux de se trouver mêlé à une mauvaise affaire, avait hésité avant de consentir à suivre son cousin dans ses équipées. Un soir, Charles, vêtu de noir des pieds à la tête, le visage masqué, avait fait irruption dans sa chambre en criant :

– Debout, Navarre ! Tu vas m'accompagner : c'est un ordre !

Un ordre du roi ne se discutait pas. Henri s'habilla de mauvaise grâce, revêtit la cape noire que Charles lui avait jetée. Il tombait sur Paris une légère bruine qui avait vidé les rues. Par le bord de Seine, la petite équipe prit la direction de la place de Grève. Charles donnait le ton : il arrêtait les rares passants attardés, leur arrachait leurs manteaux, escamotait leurs bourses. Ils se ruaient dans les cabarets et les auberges, vidaient gratis des pots de bière et des pichets de vin, troussaient les servantes, décapitaient les chandelles avec des éclats de rire.

Lorsque au débouché de la rue du Temple, la fine équipe se trouva en présence d'une patrouille du guet, Navarre, que ces excentricités commençaient à indisposer, demanda à Charles de décamper.

– Tu plaisantes ! s'écria le forcené. C'est maintenant que nous allons nous amuser. Compagnons, l'épée au clair ! Sus à cette gueusaille !

Ils prirent leur élan, foncèrent sur la patrouille, qui se dispersa dans les ruelles d'alentour.

– Maintenant, dit Charles après avoir repris son souffle, nous allons passer à un autre genre de distraction. Suivez-moi.

Ils s'engagèrent derrière le roi dans la rue des Blancs-Manteaux, heurtant à l'huis des boutiquiers, enfonçant les volets et les panneaux, pissant contre les portes. Charles s'arrêta soudain devant la demeure d'une mercière où, chaque soir ou presque, un gentilhomme de Picardie nommé Moissan venait prendre du bon temps. Comment avait-il appris ces faits ? Il n'en dit rien.

Charles cogna à la porte, recula, s'écria en levant sa lanterne :

– Au nom du roi, ouvrez !

On vit une fenêtre s'ouvrir, un gros bras de femme en sortir un pot de chambre dont le contenu malodorant se déversa sur l'intrus.

– Par la mort-Dieu ! s'écria Charles. C'est ainsi que l'on accueille les gens du prévôt ? Ouvrez ou nous enfonçons la porte !

Un visage d'homme, blême et tremblant, succéda à celui de la mercière. Moissan annonça qu'il allait ouvrir. À peine avait-il déverrouillé la porte, il fut reçu par des horions qui le laissèrent inanimé sur le carreau de l'entrée. Le roi en tête, les joyeux drilles s'engouffrèrent dans l'escalier, poussèrent la porte de la chambre derrière laquelle la mercière poussait des hurlements. C'était une sorte de Gargamelle forte en gueule qui les couvrit d'injures. Ils durent s'y mettre à quatre pour faire basculer sur le lit cette montagne de saindoux et lui arracher sa chemise. Malgré ses cris de putois et les coups de poing qu'elle distribuait généreusement, ils la violèrent à plusieurs reprises. Pour faire le compte, ils vidèrent quelques bouteilles, fouillèrent dans tous les coins pour trouver le magot et égorgèrent le petit chien qui leur mordait les mollets. Leur forfait accompli, ils se retirèrent comme des ombres.

Navarre avait refusé de suivre ces forcenés ; il était resté dans l'entrée, la tête de Moissan sur les genoux.

– Ce pauvre homme est blessé, dit-il. Nous ne pouvons le laisser dans cet état.

– Tu as raison, dit Alençon, un peu d'air humide lui fera du bien.

Ils lui ôtèrent sa chemise et le jetèrent nu au ruisseau.

En revenant vers le Louvre, la joyeuse compagnie, soucieuse de terminer l'équipée par un coup d'éclat, jugea du dernier plaisant de jeter une lanterne dans un bateau chargé de foin. On s'amusa un moment à regarder les sauveteurs s'activer comme des fourmis autour du brasier pour éviter qu'il ne se communiquât aux autres bateaux à foin qui s'entassaient sur la Seine. Les drôles rossèrent encore quelques passants, dont un pauvre homme de curé qu'ils allaient jeter à la Seine quand Navarre s'interposa, l'épée à la main.

Arrivé au débouché de la rue des Barres, Charles fit observer une halte. Il resta quelques instants immobile devant la demeure de Marie Touchet, à contempler la fenêtre de sa chambre où brûlait une chandelle.

– Rentrez sans moi, dit-il. On m'attend là-haut...

Les prédictions de Michel de Nostre-Dame, la ronde d'images que le magicien de la reine mère, Cosme Ruggieri, faisait naître d'un miroir, les confidences de cet autre magicien de la cour, Luc Gauric, avaient fini par persuader Henri de Navarre que la fin du jeune roi était proche. Elle pouvait se deviner sans qu'il fût besoin de sonder le mystère des astres.

Charles avait renoncé à provoquer son cousin Navarre au jeu de paume où il ne se rendait que rarement. Toute l'énergie qui restait dans ce corps débilité qui suait le sang, il le consacrait à la chasse dont il ne pouvait se passer et à l'amour avec Marie Touchet, à laquelle il rendait visite chaque jour.

Invité à diverses reprises à des réunions organisées par la jeune maîtresse du roi, Navarre se montrait chaque fois surpris des différences de comportement de Charles : sous le masque de la brute, en quelques instants, comme par magie, transparaissait puis s'imposait l'image d'un être sensible, délicat, attentionné, subtil dans ses entretiens avec les poètes et les artistes. Une dualité déconcertante et redoutable : elle rendait ce personnage insaisissable.

Un jour où elle était en veine de confidences, Margot dit à son fiancé :

– J'ai surpris une conversation entre ma mère et son médecin, Cavriana. Mon pauvre frère n'a plus, selon lui, que quelques mois à vivre.

Lorsque Henri vit sa mère descendre de sa litière de velours noir ornée de devises d'argent, portée par deux chevaux, il se demanda s'il ne rêvait pas : Jeanne avait encore maigri, ses joues s'étaient creusées, ses yeux brillaient de fièvre et le col plat cachait mal le collier d'écrouelles qui faisaient à son cou un bourrelet jaunâtre.

Il avait déjà observé le déclin sensible de sa santé. Elle mettait moins d'ardeur dans ses propos, moins d'imagination dans ses idées ; au prêche, elle emportait son tambour de brodeuse pour ne pas s'endormir ; elle qui se levait naguère au chant du coq paressait au lit à des heures tardives.

Il lui dit en l'embrassant :

– Mère, êtes-vous souffrante ?

– Non, mon fils, mais ce voyage a été éprouvant.

Elle avait quitté La Rochelle une semaine avant, escortée d'une dizaine d'arquebusiers gascons et de quelques serviteurs. Elle comptait se remettre très vite de ce voyage éreintant.

Tandis qu'elle se reposait dans un fauteuil avant même d'avoir fait un brin de toilette et changé de vêtements, Henri lui donna des nouvelles de la cour. Elle traversait une période de folie : fêtes, banquets, spectacles se succédaient sans un jour de trêve ; sauf à tomber malade, il fallait être partout, ordre de Madame Catherine, qui tolérait mal les défections. On le sollicitait fréquemment pour participer à des féeries où il jouait invariablement des rôles de berger des Pyrénées ou de sauvage des Amériques. Cela l'avait amusé, mais il n'y prenait plus de plaisir et se sentait humilié.

– Monsieur l'amiral, dit Jeanne, est-il présent et comment se comporte-t-il ?

Gaspard de Coligny semblait au mieux avec la reine mère et parfaitement en accord avec le roi : on les voyait souvent se promener ensemble sous les galeries, bras dessus, bras dessous comme s'ils souhaitaient provoquer les catholiques, Henri de Guise notamment, qui avait pris la tête de leur parti ; le « Balafré », comme on l'appelait (il portait comme son père une balafre à la joue), menaçait de quitter cet antre de l'hérésie, mais on le retenait afin qu'il ne laissât pas la place à cette tourbe de parpaillots arrogants qui montaient par vagues de leur province à l'assaut de Paris et troublaient l'ambiance de la cour.

– Prenez garde, mon fils, soupira Jeanne, je crains que ces bonnes dispositions à notre égard ne soient que palinodies et que l'on ne vous joue un mauvais tour.

Henri prenait ses précautions : il portait une maille fine sous son pourpoint, l'épée ne quittait pas sa ceinture et il cachait une dague dans ses hauts-de-chausses. Précautions justifiées : des rixes éclataient fréquemment pour un mot de travers, une attitude méprisante, un regard malveillant ; on trouvait de temps à autre dans un coin de la cour un cadavre dans une mare de sang. Durant ses déplacements à travers le château, il se faisait accompagner d'Aubigné ou d'un de ses serviteurs.

– Nous pensions, dit-il, que la paix de Saint-Germain apaiserait les querelles. Elle n'a fait que mécontenter les deux partis. À vouloir ménager la chèvre et le chou, on n'obtient que des déboires.

Il allait demander des nouvelles de sa sœur

Catherine quand il s'avisa que sa mère ne l'écoutait plus : elle venait de s'endormir.

En septembre, la cour émigra à Blois dans l'espoir d'y trouver une atmosphère plus paisible qu'au Louvre. Jeanne et Henri suivirent le train.

La fatigue des derniers mois, occasionnée notamment par ses projets matrimoniaux, avait fort éprouvé la reine mère. « Rien de grave », disait Ambroise Paré. Il lui prescrivit de mettre un frein à son appétit, de faire des promenades dans le jardin, d'observer des repas légers et fréquents. Catherine se priver ? Catherine se reposer ? Autant lui demander de cesser de respirer. Elle consentit à garder la chambre deux jours, à subir saignées et purgations, à se sustenter de bouillon et de tisane, le troisième jour reprit ses audiences. Incapable de rester assise plus de quelques minutes, elle tournait en rond autour de ses visiteurs comme pour les étourdir ou les décontenancer.

Elle ne tarda pas à recevoir la reine de Navarre, la trouva changée et se dit qu'elle n'avait pas longtemps à vivre.

– Vous avez mauvaise mine, dit-elle. Je vais demander à Paré de vous examiner.

Il y avait plus grave que ces problèmes de santé. Jeanne raffermit sa voix pour déclarer :

– J'ai à me plaindre, madame, de la manière dont mon fils et moi-même sommes traités. On ne nous témoigne pas de mépris mais c'est tout comme. Les faveurs, les honneurs nous échappent. On en porte au pinacle qui n'ont pas notre rang et nos mérites. Ce n'est pas la jalousie qui dicte mes paroles mais un sentiment d'injustice.

La reine mère encaissa sans broncher la diatribe de sa « commère », consciente que la reine Jeanne avait quelque raison de se plaindre. Les uns et les autres oubliaient trop souvent ou faisaient semblant d'oublier qu'Henri de Navarre était premier prince du sang.

Elles échangèrent quelques propos concernant la situation dans les Flandres. Le roi allait-il laisser le duc d'Albe anéantir la population rebelle des Pays-Bas après avoir fait décapiter les chefs de la rébellion ? Les atrocités dont il se vantait auprès du roi Philippe et du pape se perpétraient aux frontières de la France et l'on ne tenterait rien pour les faire cesser ?

C'était toucher Catherine au point sensible.

– Ma bonne ! s'écria-t-elle, j'ai chassé Ludovic de Nassau, qui proposait à mon fils la couronne des Pays-Bas. Je résiste aux instances de l'amiral, qui rêve de lever une armée pour secourir les Gueux. Et voilà que vous en rajoutez ! Ces massacres me navrent autant que vous, mais si nous décidions d'intervenir nous aurions les armées de Philippe à nos frontières. Je ne veux pas d'une nouvelle guerre. Laissons le royaume respirer. On ne parle pas de bataille à l'oreille d'un mourant. Et Dieu sait que notre pauvre France est bien malade...

Elle ajouta :

– Je sais ce que l'on clabaude à propos de cette paix de Saint-Germain que j'eus tant de mal à négocier. Elle est aussi bancale que le maréchal de Biron, mais enfin, c'est la paix et vous auriez tort de vous en plaindre. Le roi vous accorde quatre places de sûreté, la liberté du culte sous certaines conditions. Guise et Montluc sont furieux. Ce devrait être un bon signe pour vous !

Lorsque Montluc était arrivé au Louvre pour protester contre cette paix, des femmes avaient failli s'évanouir en voyant paraître cet être étrange, courtaud, jambes en ogive, boitant bas, la barbe brûlée au feu des arquebusades dépassant du masque de cuir qui étouffait ses paroles et rendait sa respiration sifflante. On le brocardait en secret, mais on le redoutait. Il harcelait le roi et ses ministres de doléances, réclamait l'arriéré de ses soldes pour lui et ses hommes, grognait contre l'indifférence et l'hostilité qu'on lui témoignait... Le roi l'évitait comme s'il eût été porteur de la peste. Lorsque la reine mère apercevait ce tueur de parpaillots, ce bourreau, il lui semblait voir se profiler le personnage central d'une danse macabre.

À leur dernière rencontre, il lui avait dit, d'une voix qui semblait sortir d'une cave :

– Madame, dois-je vous rappeler que nous avons battu ceux de la religion prétendument réformée, et que pourtant les édits de Sa Majesté nous sont toujours défavorables. Nous avons vaincu les parpaillots par les armes, mais ils gagnent par ces diables d'écritures !

Il répétait presque mot pour mot les termes de la lettre qu'il venait d'adresser au roi. Tandis qu'il parlait, la reine mère évitait de respirer l'odeur de cuir, de savon rance et de mort qu'il dégageait et de regarder en face cette image de spectre.

Les événements semblaient donner raison à la reine-mère.

À la fin du mois d'octobre, on avait appris la victoire que la flotte de la Sainte Ligue catholique venait de remporter à Lépante contre les Turcs d'Ali Pacha. Cette victoire chrétienne contre des musulmans amis de la France fut proclamée à son de trompe dans toute l'Europe. Philippe triomphait, bien que cette victoire fût l'œuvre de son demi-frère, don Juan ; pour les luthériens et toute la huguenoterie, l'annonce de cette victoire sonnait comme un glas.

Une autre affaire devait bouleverser Paris et provoquer une levée en masse des catholiques, qui composaient l'énorme majorité de la population.

Quelques années auparavant, un bourgeois huguenot, Philippe de Gastines, qui avait été surpris par la police du roi à prêcher dans sa demeure, avait été pendu et sa maison rasée. Pour exorciser ce lieu maudit on avait édifié sur ces ruines une pyramide surmontée d'une croix.

À la suite d'une réclamation de Gaspard de Coligny, le roi Charles avait fait détruire ce monument considéré par les huguenots comme une provocation. Cette mesure suscita l'indignation puis la colère des Parisiens qui forcèrent les portes de l'Hôtel de Ville, le saccagèrent et menacèrent de se porter en masse sur le Louvre. Il fallut l'intervention de l'armée pour mettre un terme à ces troubles.

C'était pour le roi un sévère avertissement à ne pas pousser trop loin sa politique de tolérance. On répétait à l'envi les propos de l'amiral au roi : « Si Votre Majesté refuse d'intervenir par les armes dans les Flandres, je crains qu'il ne lui survienne une autre guerre de laquelle elle ne pourrait se retirer... » Plus qu'un avertissement, c'était une provocation.

Le gendre de l'amiral, Charles de Téligny, négociateur pour les protestants de la paix de Saint-Germain, décida qu'il était temps de faire franchir au roi un pas de plus dans la tolérance.

Il fit en sorte de le rencontrer dans le jardin du château de Blois alors qu'il apportait la pâtée à ses chiens.

Charles paraissait d'humeur taciturne : sans doute l'éloignement de Paris où il avait dû laisser sa concubine.

– Sire, dit Téligny, il me plaît de voir les soins que vous prenez de vos meutes. Ce sont des animaux superbes et, à ce qu'on dit, parfaitement dressés à la chasse.

– Certes ! Ils me donnent beaucoup de satisfaction et je me désole de les voir éventrés par les crocs des sangliers ou les bois des cerfs. J'en ai perdu ainsi plusieurs centaines.

Il lui tendit un seau, lui demanda de l'aider. Téligny enleva ses gants et plongea avec une grimace de dégoût ses mains délicates dans l'infâme brouet de viande et de pain. Il détestait les chiens. Au Louvre, ils envahissaient les couloirs, les salles de réception, celle du Conseil, et il était bon de prendre garde où l'on mettait les pieds. Quant à l'odeur...

– Puisque vous semblez aimer les animaux, ajouta le roi, je vous montrerai les fauves de ma ménagerie. Vous y verrez des lions, des tigres, des ours, des singes, des taureaux... Avez-vous déjà assisté à un combat entre des chiens et un ours ou à des mises à mort de taureaux ? Ce sont des divertissements fort plaisants, autant que la chasse. Si cela vous tente...

– On devine à vos propos, sire, que vous aimez les animaux.

– C'est ma passion, monsieur.

Le roi commençait à se demander ce qui motivait la présence de ce personnage et s'il n'avait fait tout ce chemin depuis la capitale que pour lui parler de ses chiens.

– Que puis-je faire pour vous ? dit-il d'un ton sec.

– Je souhaite vous entretenir d'un projet dont l'amiral, mon beau-père, vous a soufflé mot : il s'agit de la guerre des Flandres...

Le roi réagit avec une vivacité qui laissa son interlocuteur pantois.

– Encore cette fichue guerre ! Quand aura-t-on fini de m'en rebattre les oreilles ? C'était non, c'est toujours non ! Nous n'interviendrons pas. Vos amis de la religion s'en sont déjà chargés, il me semble, et sans mon accord !

Il faisait allusion à l'expédition de volontaires, mise sur pied par un capitaine huguenot, François de La Noue, dit « Bras de Fer » à la suite de l'amputation d'un bras remplacé par un crochet. Avec l'assentiment de la reine de Navarre, il s'était porté avec son contingent au secours des rebelles.

– C'est une initiative choquante pour moi et fort dangereuse pour la paix du royaume, dit Charles. Elle risque de mettre le feu aux poudres et de nous entraîner dans une guerre contre l'Espagne.

– Une guerre, sire, où nous aurions tout à gagner.

– Vraiment ?

– Les Gueux ont pris l'offensive. Ils occupent la

Zélande et s'apprêtent à fondre sur la Hollande. Le duc d'Albe est aux abois.

– Voilà qui devrait vous satisfaire. Les rebelles peuvent se passer de nous.

– Certes ! Cependant...

– Quoi encore ?

– Il serait bon d'aider à presser le mouvement, avant que le duc d'Albe reçoive d'autres secours. Une intervention directe de votre part, et l'affaire serait dans le sac.

Le roi soupira, jeta quelques consignes au maître-chien et fit signe à Téligny de le suivre jusqu'au baquet où ils se lavèrent les mains.

– Tout cela mérite réflexion, dit le roi. Je dois prendre des avis, consulter la reine mère et mon Conseil avant de prendre une décision. Faites mes amitiés à mon ami l'amiral lorsque vous serez revenu à Paris.

Il monta s'enfermer dans son cabinet. Oubliés les chiens, oublié cet importun ! Il avait, la veille, commencé un poème qu'il destinait à Marie ; il voulait le terminer avant le départ du dernier courrier pour Paris.

L'élan de l'expédition conduite par La Noue semblait irrésistible.

À marches forcées, dans le chant des cantiques et des psaumes, les volontaires fonçaient sur le port de Flessingue après avoir emporté Valenciennes et Mons. Une contre-attaque des Espagnols les contraignit à la retraite.

M. de Genlis forma une armée de cinq mille volontaires pour se porter au secours de La Noue, enfermé dans Mons. Elle quitta Paris sous les yeux du roi impuissant à s'opposer à cette nouvelle expédition. Genlis se heurta aux Espagnols dans les parages de Saint-Ghislain, dut livrer bataille et ordonner aux débris de son armée de battre en retraite. Les Espagnols ne firent pas de quartier : les prisonniers, qui ne faisaient pas partie d'une armée régulière, furent tous passés par les armes. Genlis subit le sort commun. Avant de l'exécuter, on avait trouvé sur lui une lettre du roi de France apportant à François de La Noue, assiégé dans Mons, son soutien moral...

Lorsque la nouvelle de ce désastre lui parvint, Charles se défendit comme un beau diable : cette lettre était une machination des Espagnols destinée à prétexter un *casus belli* !

On n'avait jamais été si près de la guerre contre l'Espagne.

Strozzi avait rassemblé à Brouage une flotte qui n'attendait que les ordres du roi pour prendre la mer en direction des Flandres ou de l'Espagne. Les ambassadeurs de Madrid, de Venise, d'autres pays d'Europe intervinrent auprès du roi et de la reine mère pour qu'ils ne donnent pas suite à leur projet d'intervention.

À Paris, la haine contre les huguenots et les interventionnistes déclenchait des émeutes qui gagnaient de quartier en quartier comme se propage un incendie. Le roi passait son temps à courre le cerf et à se reposer dans les bras de sa maîtresse. Du haut des courtines du Louvre, la reine mère regardait passer en caravanes des convois de vivres, d'armes et de munitions s'acheminant en direction du nord.

XII

FLEUR DE NÉRAC

1571-1572

Melchior avait mis beaucoup de temps à se remettre de la mort de Margret.

Le coup de poing de Strozzi lui avait mis le visage en capilotade. Il s'était précipité sur le bord du fleuve ; au risque de se faire arquebuser, il avait emprunté une barque et avait tenté de retrouver sa femme parmi les corps qui, par centaines, flottaient encore à la surface, s'accrochaient aux branches ou gisaient sur le sable. Il refusait la fatalité d'une séparation définitive avec, par instants, l'impression de vivre un cauchemar.

Continuer à suivre l'armée, faire son entrée dans la ville derrière le bourreau Strozzi, participer aux festivités qui marqueraient le retour du capitaine, cette idée lui était insupportable.

En longeant la Loire, il prit la direction de Paris, indifférent aux conséquences de sa désertion. Il avait gardé son cheval, son équipement, et il lui restait l'argent nécessaire au voyage. Il avait l'intention d'entrer en contact avec son ami le prince de Navarre, qu'il n'avait pas revu depuis Brantôme. S'il ne le trouvait pas, il l'attendrait. Il n'avait pas d'autre ami à Paris, pas d'autre famille que lui.

Surprise de Navarre, retour de son domaine de La Flèche, en voyant Melchior, vêtu d'une souquenille de palefrenier, occupé à extraire du crottin à la pelle dans les écuries du château...

– Content de te revoir, dit Henri. Tu devrais avoir de bonnes raisons pour quitter cette brute de Strozzi ?

– Des raisons ? Certes... Je vous raconterai ce qui m'a éloigné de lui. Puis-je rester ?

– Je t'y invite. Tu pourras même reprendre tes anciennes fonctions d'écuyer, avec d'Aubigné. J'espère que, cette fois-ci, tu me resteras fidèle. Quant à Charles, il a dû oublier votre algarade.

– Ma fidélité, monseigneur, ne vous a jamais manqué, mais les événements commandent et nous obéissons.

– Je ne resterai que peu de temps au Louvre. Je dois rejoindre ma mère à La Rochelle et redescendre ensuite vers la Navarre. Le pays bouge et je n'aime pas cela. Me suivras-tu ?

– Comme votre ombre, monseignèur !

Ils s'installèrent à Nérac dans les premiers jours d'avril comme s'ils devaient y passer des mois. Le printemps rayonnait sur les immensités du pays d'Albret et donnait à cette vieille terre l'aspect de la jeunesse. Les eaux vertes de la Baïse drainaient des caravanes de nuages entre des barques de pêcheurs et d'amoureux.

Au cours d'une promenade matinale dans la garenne, le long de la rivière, le regard d'Henri fut attiré par une légère forme féminine qui, à son approche, décampa. Il parvint à la rattraper alors qu'elle tentait maladroitement d'escalader une petite falaise revêtue de lierre. C'était une fille de son âge à peu près, qui avait glissé un bouquet de pervenches et de crocus dans sa ceinture.

– Qui es-tu ? dit-il. Où demeures-tu ? Pourquoi avoir fui à mon approche ? Est-ce que je te fais peur ?

Elle sourit, rougit violemment. Non, il ne lui avait pas fait peur, mais ses parents l'avaient mise en garde contre ces hommes qui cherchaient l'aventure dans la garenne.

Il apprit qu'elle s'appelait Fleurette d'Astarac, que son père était le jardinier de la reine, que sa famille demeurait dans une aile du château, face à la galerie. Fleurette n'avait rien de la beauté vénéneuse des grandes hétaïres de cour, mais elle était assez jolie, quoique commune, avec son visage en ovale d'amande, son front haut et lisse, son regard joliment pailleté de gris et sa taille svelte.

Il l'invita à monter sur le devant de sa selle pour s'imprégner du parfum de cette fleur champêtre et lui fit faire une longue promenade. Lorsqu'il lui révéla son identité, elle fut prise de panique et le conjura de la laisser descendre.

– Ne sois pas sotte ! dit-il. Je te tiens, je te garde. Tu es ma prisonnière, mais je ne te ferai aucun mal.

Il la serra plus fort dans ses bras, le nez dans son cou, lui murmura à l'oreille :

– Ah ! petite... Si tu savais le plaisir que tu me donnes !

– Du plaisir, monseigneur, vraiment ?

Il lui expliqua en quoi elle différait – en bien – des filles et des femmes de la cour. À l'artifice, aux bonnes manières factices, aux maquillages outrés, elle opposait sa fraîcheur, sa simplicité, son innocence.

– As-tu un amoureux, Fleurette ? C'est de ton âge.

Elle n'avait pas d'amoureux. Il y avait bien ce garçon meunier de Barbaste qui passait la voir de temps en temps, mais il ne s'était pas déclaré.

– Pas déclaré ? s'écria-t-il. C'est un garçon stupide. Moi, à sa place...

– Mais, monseigneur, vous y êtes !

Cette petite fûtée... Elle avait plus d'esprit qu'il ne l'avait imaginé. Cette fleur des champs avait de la cervelle et savait s'en servir à bon escient.

Il la ramena au château, quémanda un baiser qu'elle n'osa lui refuser, lui proposa pour le lendemain une promenade en barque, après ses audiences. Ils partiraient du pont, descendraient la Baïse...

– Jusqu'où, monseigneur ?

– Jusqu'à la mer si tu le souhaites.

Elle éclata de rire.

– La mer, c'est loin ! Que diraient mes parents s'ils ne me voyaient pas revenir ?

La nuit qui succéda à leur rencontre, il la passa comme sur un lit de fleurs, sous un dais de pervenches et de crocus. Le lendemain, à l'heure dite, il la retrouvait à l'endroit convenu, au milieu du pont, en train de lire des poèmes de Du Bellay empruntés à la librairie du château.

– Tu as donc appris à lire, Fleurette ?

– À lire et à écrire, monseigneur. Je sais même un peu de latin.

Il se dit que cette fille n'avait pas fini de le surprendre.

La barque les attendait, avec le rameur qu'il avait loué. En passant près de la bâtisse appelée « Les Bains du Roi », il lui confia que, dans son enfance, avec quelques galopins de son âge, il allait voir les filles se baigner nues. Elle parut troublée et, de tout le temps que dura leur croisière, ne fit que lui répondre par monosyllabes.

Quelques jours plus tard, il la conviait à dîner. Ses parents émirent des réticences mais finirent par se plier à la volonté du prince. Il lui avait demandé de se présenter sans le moindre artifice de toilette, ce qu'elle fit. Lorsqu'elle constata qu'il s'agissait d'un tête-à-tête, elle fut la proie d'une délicieuse inquiétude : il se colportait tant de rumeurs sur les mœurs de la cour de France et sur l'entourage du prince en particulier...

Il oubliait de finir les mets que leur servait une domestique qui paraissait sourde, muette et aveugle ; en revanche, il la dévorait des yeux, buvait ses paroles, prenait la main qu'elle lui abandonnait, savourait son nom comme une dragée. Il avait exigé qu'elle parlât la langue du pays.

À la fin du repas, il lui dit :
– Fleurette, veux-tu être mienne ?
Elle balbutia :
– Mais... je suis à vous, monseigneur, votre sujette obéissante.
Il sourit à ce reliquat d'innocence dans ce corps qui était déjà presque celui d'une femme.
– Je veux dire... Veux-tu dormir avec moi ? Cette nuit...
Elle rougit, se leva lentement ; il la força à se rasseoir.
– Pardonnez-moi, monseigneur. Je ne le puis ni ne le veux.
– Tu ne me trouves pas à ton goût ?
Elle tournait la tête nerveusement de droite et de gauche comme pour chercher un secours, sa main toujours prisonnière de celle du prince. Elle finit par lâcher :
– Les demoiselles de la cour ne vous suffisent donc pas ?
La petite effrontée ! Les demoiselles de la cour... Il lui parla de la première qu'il avait tenue dans ses bras, cette gamine délurée, Dayelle, de leurs jeux nocturnes, à demi innocents. Dayelle... Il l'avait presque oubliée. D'autres étaient venues lui révéler les mystères de l'amour sans qu'il fît rien pour les attirer ni pour les retenir, mais il n'en gardait qu'un souvenir confus. On avait prévu de le marier avec la sœur du roi de France, mais cette perspective ne lui causait aucun plaisir.
– Qu'est-ce qui peut bien vous plaire en moi, monseigneur ?
– Tout, Fleurette : cette simplicité, cette innocence, ta façon de marcher comme si tu frôlais la terre...
– Je ne suis même pas jolie.
– Tu es mieux que cela.
Il aurait aimé lui dire quelques-uns des vers que Ronsard adressait à Cassandre et Aubigné à Louise Sarrasin, mais il se refusait à jouer les cuistres. Fleu-

rette méritait mieux que ces hommages de courtisan.

Il la laissa partir, déçu mais indulgent, persuadé qu'il avait un peu précipité les choses, qu'il devait, avec cette innocente, se montrer patient. Était-il sûr qu'elle fût éprise de lui au point de se soumettre à sa volonté à quelques jours de leur première rencontre ? Ce qui l'attachait plus encore à elle, c'est le fait qu'elle n'eût pas cédé à la première tentative de séduction et la certitude qu'il n'y avait dans cette réserve aucune manœuvre destinée à se faire désirer.

Fleurette se donna à lui une semaine plus tard, sur la fin du mois d'avril. Non dans la chambre où il aurait aimé l'attirer, mais dans une grotte de la garenne où coulait une fontaine. Ils y revinrent le lendemain puis les jours qui suivirent.

Henri avait mis Melchior dans la confidence et lui confia son embarras.

– Nous devons nous rendre à Pau et je recule toujours le moment de lui annoncer mon départ. J'aime cette fille et je crois qu'elle partage ce sentiment. Je crains qu'elle ne supporte mal cette séparation, mais qu'y puis-je ?

– Partez sans la prévenir, monseigneur. Les adieux sont toujours plus éprouvants qu'une séparation brutale.

Partir sans un mot d'adieu, Henri ne pouvait s'y résoudre. Lorsqu'il lui annonça qu'il allait devoir la quitter, ajoutant qu'il ne l'oublierait pas et qu'il viendrait dès que possible la retrouver, elle se raidit, fit quelques pas à reculons et disparut. Le soir, il envoya Melchior chez les parents sous un prétexte fallacieux afin de s'informer du comportement de Fleurette : la petite s'était couchée sans souper, mais rien n'indiquait qu'elle fût souffrante.

À quelques jours de là, Henri quittait Nérac pour se rendre à Pau, où l'attendait sa sœur Catherine. Il la trouva changée : elle avait poussé tout en longueur ; son visage rappelait de plus en plus celui de sa mère, fait de sécheresse et de sévérité, avec des angles durs. En plus, dans l'œil, la malice de sa grand-mère, la reine Marguerite de Navarre.

Chaque jour arrivait à Pau quelque député du Parlement de Béarn venant parler finance, administration, sécurité. Henri s'armait de patience, restait des heures à écouter leurs doléances. La répression des troubles était leur souci principal ; ils éclataient principalement pour des problèmes relatifs à la religion. Henri envoya Melchior et Aubigné avec un groupe d'arquebusiers ramener l'ordre chez les bénédictins de Condom en proie, contre les huguenots, à un zèle qui n'avait rien d'évangélique. Il leur confia une autre mission : faire la chasse aux bandes de papistes, émules de Montluc, qui assiégeaient son château de Durance et mettaient ses fermes en coupe réglée.

Il ne pouvait se défaire du souvenir de Fleurette.

Henri et Melchior séjournèrent trois semaines à Pau, plus longtemps qu'ils ne l'avaient prévu, le prince étant tombé malade d'une de ces fièvres de printemps dont il avait souffert jadis.

De retour à Paris, il reçut du gouverneur de Nérac une nouvelle qui le bouleversa : Fleurette avait tenté de mettre fin à ses jours en se jetant du haut du pont dans la Baïse, où un batelier l'avait repêchée à temps.

Quelques mois plus tard une lettre de Catherine lui apprenait que Fleurette avait épousé son meunier de Barbaste.

Malgré son état de santé qui se détériorait de jour en jour, Jeanne ne s'ennuyait pas à Paris et s'efforçait de faire bonne figure à la cour.

Elle avait élu domicile dans l'hôtel du prince de Condé, dont le médecin lui rendait visite chaque jour. Le Louvre la rebutait : elle n'avait pu se faire à son ambiance malsaine, à la morgue des gentilshommes huguenots venus de leur province, à l'ironie à peine dissimulée des catholiques. Elle ne s'y rendait que pressée par quelque obligation ou pour répondre à une invitation de sa « commère », qui la recevait entre deux purges, sur le seau où elle se vidait.

Accompagnée de Melchior et d'une servante, elle se promenait dans les rues à boutiques et à artisans, s'amusait sur le pont Saint-Michel ou le petit Pont-Neuf de la faconde des bonimenteurs, des farces données par des comédiens venus d'Italie, des exhibitions d'animaux sauvages. La foule lui plaisait; elle y oubliait son mal dans le mouvement et le bruit, se laissait étourdir. Trop lasse pour poursuivre sa promenade, elle montait dans sa litière de velours noir et poussait jusqu'à la Tournelle ou dans les parages de Saint-Germain-des-Prés. Contrairement à l'usage, elle se refusait à porter le masque.

Dans les premiers jours de juin, transie par une averse qui l'avait surprise devant l'Hôtel-Dieu, elle s'alita avec la fièvre et, durant deux jours, resta inconsciente. En revenant à elle, la première chose qu'elle demanda fut des nouvelles de son fils. Henri se trouvait à Chaunay en Poitou où il devait rester jusqu'à la mi-juin pour s'entretenir avec quelques chefs de la religion. Elle exigea qu'on le prévînt d'urgence, sentant bien qu'il ne lui restait que peu de temps à vivre.

La cérémonie de mariage entre Henri et Marguerite de Valois avait été fixée à la mi-août; Jeanne se demandait si elle pourrait tenir jusque-là. Elle s'était tant dépensée pour que ce mariage se fît que l'idée d'en être absente lui apparaissait comme une ironie insupportable du destin.

Le médecin de Condé lui disait :

– Vous vivrez, madame, si vous en avez vraiment la volonté. Vous avez contracté une pleurésie. Ce n'est pas un mal incurable.

Il dit en aparté au prince de Condé :

– Je crains que ses jours ne soient comptés. Ce n'est pas une banale pleurésie dont elle souffre mais d'un mal de poitrine, beaucoup plus grave. Ces ganglions qu'elle porte au cou et tout ce sang qu'elle vomit ne laissent aucun doute sur son mal.

Jeanne fit appeler son secrétaire, le vieux Palma-Cayet, et lui dicta une lettre pour son fils, dans laquelle, peu certaine de le revoir une dernière fois, elle lui donnait d'ultimes conseils sur le comportement qu'il devait observer en société : *Accommoder sa grâce, parler hardiment*; sur sa toilette : *Accoutumez vos cheveux à se relever, non à l'ancienne mode*; sur son attitude devant les plaisirs : *Refusez tous les allèchements que l'on pourra vous donner pour vous débaucher, soit en votre vie, soit en votre religion, et gardez une constance invincible.* Elle ajoutait : *Je m'assure que Dieu vous sera père et protecteur, comme Il l'a été en mes plus grandes afflictions. Je me remets à la Providence afin d'y pourvoir...*

La huguenote parlait en elle jusqu'à son dernier souffle.

La veille de sa mort, Jeanne reçut la visite de son ancienne rivale dans le cœur d'Antoine, Mme de Nevers, qui, par cette ultime visite, comptait faire son acte de contrition.

Jeanne ouvrit les yeux, ses mains s'animèrent sur le drap. Au mouvement de ses lèvres, la visiteuse comprit qu'elle souhaitait parler, mais aucun son ne sortit de ses lèvres.

– J'ai une dette envers vous, dit Mme de Nevers. Pardonnez-moi pour le tort que j'ai pu vous faire. J'ignore quels furent les sentiments d'Antoine à mon égard, mais je puis vous assurer qu'il n'aimait vraiment que vous.

Margot avait accompagné Mme de Nevers. Elle s'approcha à son tour, prit la main de la mourante et lui dit :

– Madame, nous avons eu bien des différends, mais sachez que je vous garde ma respectueuse amitié et que je m'efforcerai de donner à votre fils tout le bonheur qu'il mérite.

– Je crains, dit le médecin, que la reine ne vous entende pas. Elle est déjà dans un autre monde...

– Au moins, dit Mme de Nevers, connaîtra-t-elle le repos qui lui a été refusé dans celui-ci.

Elle se pencha vers la morte et lui embrassa la main.

Une simplicité toute huguenote présida à la cérémonie funèbre. Dans un moment de lucidité, quelques jours avant la fin, Jeanne avait exprimé avec force sa volonté de quitter ce monde sans prêtre, sans prière autre que celle d'un ministre, sans crucifix ni eau bénite. À travers les rideaux ouverts sur le lit mortuaire, sous le voile de gaze qui la recouvrait, se dessinaient ses traits rigides, couleur de vieil ivoire et, presque imperceptibles, les lignes raides du corps : celui d'un enfant.

Jeanne avait demandé à être inhumée dans son domaine de Vendôme, à une dizaine de lieues au nord de Blois. La dalle venait à peine de retomber sur ses restes que le prince de Navarre, devenu roi, faisait son entrée dans Paris.

Son cousin, Henri de Condé, entouré de l'amiral, du duc de La Rochefoucauld, de Melchior et de quelques gentilshommes vêtus de noir, l'attendait à la porte Saint-Jacques. Le petit groupe, après lui avoir annoncé la nouvelle qu'il pressentait, le conduisit à l'hôtel de Condé où Jeanne était morte, afin qu'il se reposât, se recueillît et prît le deuil.

Il demanda à rester seul dans la chambre où sa mère avait vécu ses derniers instants. Ce lieu lui était familier; quelque chose de Jeanne, ses évolutions nerveuses, sa voix âpre, était resté accroché aux tentures, aux solives, au tapis. Il s'allongea sur la courtepointe, dans l'attitude qu'il supposait qu'elle avait dans la mort, les yeux sur la tapisserie d'en face représentant une scène religieuse où le visage d'un prélat avait été remplacé par une tête de bouc. Jeanne savait user de toutes les armes, même celle de l'ironie, pour combattre l'idolâtrie. Il se plut à penser que cette image était la dernière que sa mère avait emportée avant de mourir.

Il s'accusa de négligence. Jamais, la sachant malade, il n'aurait dû se séparer d'elle. Peut-être sa présence lui eût-elle permis sinon de triompher d'un mal incurable, du moins de retarder l'échéance fatale. Rien de pressant ne le retenait hors de Paris alors que, déjà, se précisaient les préparatifs pour les noces dont toute la cour parlait, que, dans toutes les ambassades, il était question de cet événement. Non, rien de pressant : simplement une amourette qui ne risquait pas de tourner à la passion, et des entretiens sans conséquence avec des chefs huguenots. Sa gorge se serra quand il se dit que sa mère s'était peut-être éteinte alors que lui-même brûlait pour une fille dont il avait oublié le nom.

Des cris l'arrachèrent à ses idées noires. Il entrebâilla la fenêtre donnant sur la rue des Poulies et la Seine. Un gentilhomme se lamentait au milieu d'un groupe de femmes en larmes. Henri reconnut le fils de Bernard d'Espalungue, le vieux sénéchal de Béarn, soutien inconditionnel de la famille de Navarre. Il criait et gémissait :

– On a empoisonné notre reine ! Nous demandons justice !

Henri appela Melchior, lui demanda ce que signifiait cet attroupement et cette accusation.

– Pourquoi n'en ai-je pas été informé ? Que me cache-t-on ?

– Le bruit a couru, sire, que Sa Majesté aurait été empoisonnée par le parfumeur de la reine mère, le Florentin René. Il aurait fait don à la défunte d'une paire de gants de senteur enduits d'une mixture mortelle ; mais je tiens ces accusations pour des propos de cuisine, car nul n'a jamais vu ces fameux gants.

Il ajouta que Madame Catherine, afin de se laver de tout soupçon, avait ordonné à Ambroise Paré de pratiquer une autopsie.

– Il faut que je voie ce médicastre ! s'écria Henri. Fais avancer un coche. Nous allons au Louvre.

Il trouva Paré au chevet de la reine mère ; elle

souffrait d'une de ces indigestions qui lui faisaient garder la chambre durant des jours. Elle écarta d'une bourrade la levrette qui lui léchait la joue et demanda à Henri de s'approcher. S'adressant tantôt à lui et tantôt à Paré, elle gémissait.

– Venez, mon fils, que je vous embrasse ! Cette pauvre Jeanne que j'aimais tant... Qui l'aurait crue malade à ce point ? Vous disiez, Paré ? Des graines de melon ? Vous pensez que votre clystère laxatif ne suffirait pas à me guérir ? Je suis allée trois fois depuis ce matin ! Je la menais parfois à la fourche, cette pauvre Jeanne, mais elle me le rendait au centuple. Quant à me saigner, n'y comptez pas, bourreau ! Il ne me reste que deux ou trois pintes de sang... Dire qu'elle sera absente pour les noces, elle qui tenait tant à ce mariage... Des graines de melon contre le dévoiement ? Voilà qui est étrange ! Ne m'aviez-vous pas administré ce remède contre la constipation ? Allons, Paré, où avez-vous la tête ?... Je tiens à vous dire, mon fils, que cette pauvre Jeanne était à sa façon une sainte ! Mais si... mais si... n'en soyez pas choqué ! Une sainte, encore qu'elle ne fît guère preuve de tolérance, mais *basta*, l'avenir ne lui en tiendra pas rigueur. Paré, remontez mon oreiller ! Je dois ressembler à une morte...

Henri pria le médecin de le suivre dans le corridor.

– On murmure, dit-il, que ma mère n'aurait pas succombé à une mort naturelle, mais qu'elle...

– J'ai entendu ces rumeurs ! protesta Paré. Billevesées, malveillance ! J'ai pratiqué moi-même l'autopsie et je suis formel : la reine était poumonique. De plus, un gros apostume qu'elle portait au côté gauche a crevé, ce qui a hâté sa fin. Quant à la tête...

Jeanne se plaignait fréquemment de ce qu'elle appelait ses « démangeaisons » au cerveau. Elle avait demandé qu'à sa mort on lui ouvrît le crâne pour déterminer les causes de ce mal.

– Nous avons respecté sa volonté, dit le praticien. Nous avons trouvé, entre le crâne et le cerveau, de petits bulbes pleins d'un liquide qui avait l'apparence de l'eau. L'objet des démangeaisons, sans doute. Cette histoire de poison est pure invention !

Dans son lit, Madame Catherine commençait à s'impatienter. Ils l'entendirent crier :

– Quand en aurez-vous fini avec vos messes basses ? Voilà que ça me reprend ! Mon seau...

Paré appela les servantes, qui aidèrent la reine mère à s'asseoir sur sa chaise percée où elle se vida avec une expression de soulagement intense suivie d'un mouvement d'irritation et d'un bouleversant :

– Je n'ai plus rien dans le corps et je meurs de faim !

– N'oubliez pas, madame, dit le praticien, que vous êtes à la diète. Passez outre, et je ne réponds plus de votre état.

– Examinez plutôt mes selles, monsieur le tortionnaire. Elles puent comme cinq cents diables !

La reine mère ayant regagné sa couche, Paré se pencha sur la tinette, huma le fumet qui s'en dégageait et chaussa ses lunettes.

– Fort convenables... dit-il. Encore quelques brimborions mais qui ne sont pas de mauvais aloi, si j'ose dire. Allons, Majesté, ce n'est pas de cette maladie-là que vous mourrez !

Mme Catherine caressa rêveusement sa levrette, qui l'avait rejointe sur le lit, avala avec une grimace le bouillon de légumes, congédia le médecin et fit signe à Henri de s'approcher et de s'asseoir au bord du lit.

– Que faisiez-vous à Pau, à Nérac, à Chaunay ? interrogea-t-elle d'une voix coléreuse. Vous risquiez de vous faire attaquer par les bandes de Montluc. Je vous veux désormais au Louvre, entendez-vous. Je ferai prendre vos bagages chez Condé.

Elle lui prit la main, la secoua.

– Vous ne semblez guère pressé de revoir ma

petite Margot ! On dirait que ce mariage n'a pas votre agrément. Je ne vous demande pas de brûler de passion pour cette chère petite, encore qu'elle ait toutes les armes capables de vous séduire, mais de faire bonne contenance, de ne pas trop montrer que ce mariage a été arrangé.

– Madame, je suis votre fils très obéissant, comme je le fus pour ma propre mère, et je me conformerai à votre volonté.

Elle partit d'un rire gras.

– On ne peut pas dire que vous témoigniez de l'enthousiasme ! « Votre fils très obéissant... » C'est cependant la réponse que j'espérais.

Il remarqua qu'elle avait de jolies mains, blanches, potelées, sans une ride, qui semblaient sortir d'une peinture florentine mais n'allaient pas avec le reste du personnage. Les onguents de René, sans doute. L'une des mains de la reine se crispait sur celle d'Henri ; l'autre caressait la tête de la levrette, qui gémissait de plaisir.

– Bertille ! cria-t-elle, va faire pisser la chienne dans le couloir.

Elle ajouta à voix basse :

– Mon garçon, lorsque vous serez revenu parmi nous, prenez garde à votre personne. Cette cour est devenue une véritable fournaise de fureur, comme disait cette pauvre Jeanne. Évitez de vous promener seul dans les couloirs et sous les galeries et ne quittez pas votre cotte de mailles.

L'annonce du mariage avait drainé vers Paris une foule de hobereaux de la religion venus de leur province, parfois de très loin. Les partisans de Guise avaient de même répondu à l'appel. Cette promiscuité créait des frictions, des rixes, des duels, des vendettas... On trouvait chaque matin des cadavres que l'on faisait disparaître discrètement. La nuit tombée, la cour se transformait en terrain de chasse, en lieu propice aux embuscades. Dans Paris, c'était pis : les processions de moines se terminaient invariablement par des affrontements ; à la sortie des prêches dominicaux, les réformés étaient accueillis avec des pierres.

Il s'ajoutait à ces conflits des affaires d'ordre privé. La reine mère avait dû intervenir pour châtier un nommé Lignerolles qui, devenu le confident du roi et d'Anjou, rapportait à chacun les exploits amoureux et les turpitudes de l'autre. On avait découvert son cadavre encore chaud dans les écuries.

La cour était devenue un creuset d'alchimiste dans lequel s'élaboraient des poisons : crime, vice, délation... L'ambiance, lors des séjours dans les châteaux royaux des environs de Paris, se détendait : on renonçait aux meurtres, mais on se vautrait dans le vice et les excentricités. On avait vu dans un spectacle Charles galoper à quatre pattes avec une selle sur le dos, Anjou se pavaner en vertugadin, fardé comme une prostituée, Margot apparaître à demi nue dans une scène mythologique. Chaque nuit, la résidence royale se transformait en tripot et en lupanar.

À la suite d'une courte promenade qu'elle venait d'effectuer en sa compagnie dans le jardin du bord de Seine, Madame Catherine dit au roi de Navarre :

– Mon fils, je vous trouve une petite mine. Est-ce cette chute de cheval ? On dit que vous avez craché du sang... N'auriez-vous pas contracté un mal de poitrine à courir les routes ?

Catherine était bien informée ! Il était tombé de sa selle quelques jours avant son retour à Paris et avait vomi des glaires sanglantes. Il la rassura : pas de quoi s'alarmer. Sa santé était *glorieuse* !

– À la bonne heure ! s'écria Madame Catherine. S'il vous arrivait malheur...

– Eh bien quoi, madame ?

Il ne sut si elle donnait malice à son propos lorsqu'elle lança :

– S'il vous arrivait malheur, nous pourrions marier mon fils Anjou à votre sœur Catherine.

Comme pour dissiper la mauvaise impression que sa réponse avait faite sur Henri, elle ajouta d'un air grave :

– Il va falloir vous préparer sérieusement à votre métier de roi. Je vous sais capable de l'assumer. Si vous y mettez autant de cœur que sur un champ de bataille, je ne me fais guère de souci, mais vous devrez vous boucher les oreilles comme Ulysse au chant des sirènes. Elles chercheront à vous entraîner dans leurs filets. Vous savez de quelles sirènes je veux parler.

Elle ajouta :

– Mon fils, nous nous ressemblons sur beaucoup de points. Nous sommes foncièrement tolérants et nous savons prendre nos distances avec les fanatiques, à quelque bord qu'ils appartiennent. Vous m'aiderez à tenir la barre. Sachez que vous trouverez toujours en moi une mère attentive et dévouée.

Un matin Henri eut la surprise de voir surgir devant la demeure de Condé, d'où il s'apprêtait à déménager, le roi Charles entouré d'une escorte de sa garde en grande tenue, étendards déployés.

– Nous allons vous montrer au peuple de Paris, dit Charles. Il faut qu'il apprenne à connaître le roi de Navarre et le futur beau-frère du roi de France. Ensuite nous vous escorterons jusqu'au château de Madrid, où vous séjournerez jusqu'à la cérémonie de mariage.

– Au château de Madrid ! s'exclama Henri. Mais c'est au bois de Boulogne, loin de Paris...

– Là-bas, au moins, vous serez à l'abri. L'air du Louvre est malsain, ces temps-ci.

– Mais la reine ?

– Elle et moi avons tout prévu pour que le temps ne vous paraisse pas trop long. Je viendrai moi-même vous rendre visite de temps à autre pour une partie de chasse.

Henri se demanda à quoi rimait cette sorte d'exil qu'on lui imposait, alors que la reine mère souhaitait sa présence au Louvre. Le prétexte invoqué n'était guère plausible. Il se dit qu'on voulait en fait le couper de ses coreligionnaires, le mettre à l'abri d'un attentat, lui réserver un mauvais parti peut-être...

Le séjour dans cette bâtisse sans grâce perdue au milieu d'une épaisse forêt n'avait rien des contraintes d'un exil.

Henri s'y plut dès les premiers jours, car tout avait été prévu pour le distraire. Il passait ses matinées à courir la forêt et à chasser, ses après-midi à des promenades dans le parc en compagnie de jeunes poètes, ses soirées à écouter de la musique et des chansons, ses nuits dans les bras de jeunes beautés dont la reine mère avait pris soin de le pourvoir et dont il changeait au gré de sa fantaisie. Il était trop avisé pour ignorer que ces filles avaient été désignées pour l'espionner, aussi se montrait-il avare de confidences.

Un samedi de la mi-juillet, le maréchal de Biron vint le chercher pour le ramener à Paris, où l'on s'apprêtait à célébrer les fiançailles.

– A-t-on reçu la dispense du pape ? demanda Henri.

– Pas encore, dit Biron, mais cela n'a rien de surprenant. Pie V est décédé, et son remplaçant, Grégoire XIII, n'a pas eu le temps de s'intéresser à cette affaire.

– Sans dispense, pas de mariage possible ?

– Au dire des juristes, ce document est nécessaire, mais, comme dit Madame Catherine, il y a des accommodements avec le ciel. Charles prétend que sa dispense à lui devrait suffire, mais il faut prendre cela comme une boutade. Ce qui semble assuré, c'est que, si la dispense n'arrive pas, il conduira lui-même sa sœur à l'autel, et même au prêche. C'est du moins ce qu'il a proclamé. On pense aussi à un subterfuge...

– Qu'est-ce à dire ?

Le maréchal le tira à part en boitillant et lui glissa à l'oreille :

– Le roi vient d'annoncer qu'il a reçu une lettre du nonce lui révélant que le pape allait envoyer cette fameuse dispense. Cela est faux, vous l'aurez compris. Le jour où la machination sera découverte, cela fera un beau charivari...

L'ambiance au Louvre n'avait jamais été aussi tendue.

Chaque jour se présentaient des gentilshommes de province, huguenots ou papistes, qui s'affrontaient du regard et de la parole avant d'en venir aux armes. Lorsque Guise et Coligny se croisaient, ils évitaient d'échanger le moindre regard et de se saluer. Entre le roi et Anjou sévissait une haine glacée.

Un matin, la reine mère avait vu déboucher dans son cabinet Anjou, son « petit aigle », frémissant de colère et de peur. Il glapit :

– Il en veut à ma vie, mère ! Un jour, il me tuera !

– De qui parlez-vous donc, mon cœur ?

– Mais de Charles, bien sûr !

Il sortait de chez Guise quand il avait croisé son frère, qui avait porté la main à sa dague en proférant des menaces.

– J'ai vu la mort dans ses yeux, mère !

– Comme vous y allez, *figlio mio*... Rassurez-vous. Je lui parlerai.

Elle le fit, le jour même, venir dans son cabinet, lui dit d'un ton ferme :

– Je n'accepte pas des dissensions dans ma propre famille ! Vous allez vous réconcilier avec Anjou.

Il répliqua d'un air sombre :

– Anjou restera mon ennemi tant qu'il sera celui de mon « père », l'amiral, et l'ami de Guise. Je sais qu'il complote contre lui et que vous-même, mère...

Elle avait pris de haut cette insinuation. Comment tolérer que son fils, aussi roi fût-il, lui dictât sa conduite et la jugeât ? Il supporta mal la réprimande et, pris d'un accès de folie, larda à coups de dague les tapisseries, les tentures, frappa à coups de pied la levrette et les naines. Tenter de le calmer, de le maîtriser eût été dangereux ; elle préféra le laisser s'apaiser de lui-même.

Charles se laissa tomber sur une chaise, se prit la tête dans les mains et se mit à pleurer en gémissant :

– Pardonnez-moi, mère. Dès qu'on s'en prend à mon « père », je ne puis me contrôler.

Elle eut conscience à cet instant même que le royaume de France se trouvait au bord du gouffre et que le seul moyen d'éviter qu'il y plongeât était d'écarter Coligny.

De l'écarter, c'est-à-dire de le supprimer.

On avait veillé à ce que Maurevert ne manquât de rien.

Sa résidence était une demeure confortable du cloître de Saint-Germain-l'Auxerrois appartenant à l'ancien précepteur du duc de Guise, le chanoine Pierre de Villemur. Il avait à sa disposition un domestique, un cheval, une bourse replète et une arquebuse marquée au poinçon du duc de Guise.

– Cette fois-ci, lui avait dit le cousin d'Henri de Guise, Charles d'Aumale, en lui remettant cette arme, tâchez de ne pas rater votre gibier. Dès que vous aurez fait le coup sautez à cheval, filez aussi vite et aussi loin que vous pourrez, et faites-vous oublier.

Cette fois-ci, Nicolas de Louviers, sire de Maurevert, ne raterait pas l'amiral. Il avait échoué une première fois au cours de la bataille de Moncontour, mais elle était si confuse qu'on ne pouvait le lui reprocher.

« Cette fois-ci, se dit Maurevert, il n'y coupera pas. »

Il n'en était pas à son coup d'essai. Dans sa jeunesse, alors qu'il était au service du duc François de Guise, il avait abattu au cours d'une rixe le gouverneur des pages, ce qui l'avait contraint à se réfugier en Espagne où s'étaient confirmés ses talents de spadassin. De retour à la cour de Lorraine il avait fait amende honorable et s'était déclaré prêt à venger la mort du duc François, assassiné devant Orléans par Poltrot de Méré. Il s'était fait la main sur l'un de ses bienfaiteurs avec un certain talent. Henri de Guise avait compris que c'était la providence qui plaçait sur son chemin ce tueur à gages.

Au saut du lit, alors que Paris commençait à bourdonner autour du cloître, Maurevert se fit raser par son factotum et jeta un rapide coup d'œil à son miroir : il n'avait rien de séduisant mais se moquait de plaire aux femmes ; elles se détournaient de ce visage froid, carré, rigide, basané par le soleil d'Espagne, dont le regard était traversé de lueurs louches. Il se suffisait des catins d'auberge et des prostituées de Jeanne la Grise, tenancière d'un bordel dans l'île Saint-Paul, proche de l'Arsenal, où il retrouvait parfois le poète Ronsard venu là se consoler de ses insuccès auprès des dames de la cour.

Ce matin-là, Paris avait la fièvre.

Entre la rue des Poulies et celle de l'Arbre-Sec proches du cloître, les gens évoluaient en colonnes comme des fourmis affolées. Maurevert détestait la foule, le mouvement, le bruit. Ce matin-là, pourtant, il s'y mêla avec une sorte d'allégresse, comme on plonge dans une rivière par une journée torride.

Torride, ce jour d'août l'était particulièrement. Depuis des jours un soleil implacable transformait la ville en fournaise. On disait qu'au cimetière des Innocents, qui regorgeait de cadavres mal ensevelis, l'odeur de la putréfaction était telle que des promeneurs s'évanouissaient en le traversant. Une autre puanteur montait de la Seine, dans les parages de l'abreuvoir du port au Blé, qui était à sec : celle de l'eau croupie et des déchets que l'on jetait là.

Maurevert vint flâner autour des hôtels Bourbon et d'Alençon, le bord de son chapeau au ras des yeux. Il alla ensuite observer les alentours du

Louvre et notamment, rue d'Autriche, le pont-levis de la grande entrée ; des coches, des litières, des cavaliers, des patrouilles de gardes-suisses entraient et sortaient dans un tintamarre de grelots, de roues ferrées, de coups de fouet et de cliquetis d'armes.

En arrivant à Paris, il s'attendait à découvrir une ville agitée par les préparatifs du mariage dont on lui avait parlé en Lorraine. Il ne voyait qu'une ville fiévreuse, malade, agitée de soubresauts. C'est dans cette ambiance explosive qu'on allait lui demander d'assassiner l'amiral de Coligny et, par ce geste, de jeter une partie de la population dans la joie et l'autre dans la colère. La mission dont on l'avait investi prenait une dimension qu'il n'aurait pu imaginer. Il allait devenir pour longtemps l'un des personnages les plus importants, sinon les plus respectables du royaume, alors qu'on lui avait demandé de se faire oublier !

Après le souper, tant qu'il restait un peu de jour, il plaça l'arquebuse dans ses fontes, monta à cheval, se fit transporter par le bac au Pré-aux-Clercs désert à cette heure. Il s'exerça durant une heure en tirant sur des mouettes et des moineaux. Henri de Guise ne s'était pas moqué de lui : cette arquebuse était une belle et bonne arme.

Cette fois-ci, le chasseur ne raterait pas son gibier.

La princesse Marguerite se reprenait à espérer qu'au dernier moment son mariage avec le Béarnais serait annulé. Elle avait jeté à sa mère avec un sourire narquois :

– Pas de dispense, pas de mariage !

Une gifle avait été la réponse à cette insolence.

– La lettre du Saint-Père est en route. Le nonce vient de l'annoncer à Sa Majesté par un récent courrier.

– Un courrier ? répliqua l'entêtée. Alors, qu'on me le montre ! Qui le détient ? Mon frère le roi, vous, le diable ?

Madame Catherine se retint de ne pas gifler de nouveau sa fille. Elle se maîtrisa pour lâcher :

– De toute manière il est trop tard pour reculer. Tout est prêt pour la cérémonie. Votre époux sera là dès demain, retour du château de Madrid, pour les fiançailles. Tout Paris attend l'événement.

Margot l'interrompit, s'éloigna de quelques pas en hurlant :

– La dispense ! Rien ne se fera sans la dispense !

Madame Catherine la rattrapa par le poignet, la força à s'asseoir et lui dit d'une voix tremblante :

– Vous avez résisté à la reine de Navarre qui souhaitait vous convertir à sa religion. Je vous approuve. Aujourd'hui, c'est au nom de la politique que je vous demande d'épouser Navarre. Vous garderez votre religion et lui la sienne. Lorsque vous dormirez à côté de lui, il n'y aura pas de crucifix entre vous. Le concile de Trente ne s'oppose point à ce genre d'union. Souvenez-vous du mariage de Léa et de Jacob.

Margot partit sans ajouter un mot. Elle avait perdu la partie ; elle épouserait le Béarnais, mais personne ne pourrait l'obliger à avoir avec lui des rapports charnels. Peut-être, dès lors, le mariage pourrait-il être rompu pour non-consommation. Elle pourrait ainsi épouser celui qui demeurait son grand amour, Henri de Guise.

Elle avait rendez-vous avec lui à l'hôtel de Joinville, et l'heure était passée. Elle s'y rendit cependant. Henri l'attendait.

– Pardonnez mon retard, dit-elle. Une querelle avec ma mère au sujet de mon mariage.

– Vous en êtes encore là ? bougonna-t-il. Vous ai-je assez répété qu'il vous était impossible de reculer. Votre mère a raison. La paix est à ce prix !

– Qu'avez-vous, Henri ? dit-elle en blêmissant. Voilà que vous parlez comme elle !

– Petite sotte ! Parce que je pense comme elle.

Elle se laissa tomber sur un siège, se prit la tête dans les mains.

– Henri... Vous ne m'aimez plus...

– Mariée, je ne vous aimerai que davantage parce que je serai jaloux. Si vous détestez le roi de Navarre autant que vous le dites, il faudra vous refuser à lui.

Elle murmura d'une voix sinistre :

– Mes fiançailles... On doit les célébrer demain.

– Alors ne perdons pas de temps. Je vous désire tant, ma colombe.

Ils se dénudèrent prestement, se jetèrent sur le lit, jouèrent à leurs habituels préliminaires : le jeu des baisers. À la colombelle, avec les bécotements sur tout le corps ; à la française, bouche contre bouche ; à l'italienne, langues mêlées... Alors que le jeu d'amour prenait un tour plus concret, elle sursauta : des arquebusades grondaient au loin.

Dans la première chaleur de la matinée, par tous les ponts menant à l'île de la Cité, sur les places, dans les rues conduisant vers la cathédrale, la foule affluait. Il en montait des cantiques et des psaumes, des louanges au Seigneur et des cris de haine. Les archers et les Suisses avaient du mal à contenir cette masse humaine traversée de courants dangereux et sur laquelle soufflait un vent d'émeute. Les arcs de triomphe dressés aux carrefours, les tapisseries qui pendaient le long des façades ne créaient qu'illusion : autant de décors qui ne faisaient pas oublier la tempête agitant la scène.

La curiosité, cependant, finit par l'emporter et par apaiser les passions. La foule cessa de se donner en spectacle à elle-même pour regarder passer dans des coches puis, à pied aux abords de la cathédrale, le roi Charles revêtu d'habits lumineux qui lui donnaient l'apparence d'un astre, la reine mère qui avait renoncé pour la circonstance à ses tenues sombres pour une robe mordorée pailletée de pierreries, et surtout le duc d'Anjou qui resplendissait dans un costume de satin couleur paille sur lequel ruisselaient des broderies d'argent semées de perles.

Un murmure d'admiration courut la foule lorsque, quittant l'évêché où elle avait passé la nuit, Marguerite surgit dans le soleil. Revêtue « à la royale » d'un grand manteau bleu à quatre aunes de queue porté par trois princesses, sous lequel crépitaient les mille feux des joyaux constellant sa robe immaculée, coiffée d'une couronne d'or, elle semblait sortir d'un livre d'heures.

On prêta moins d'attention au fiancé.

Navarre n'avait guère dormi. Entouré de quelques fidèles comme Condé et La Rochefoucauld, il avait veillé tard, tantôt allongé sur son lit où ses proches jouaient aux cartes en bâillant, tantôt accoudé à la fenêtre, donnant l'impression de vouloir maîtriser le temps, faire que l'aube du jour redouté ne se levât jamais. Cette nuit était pour lui triste comme une veillée d'armes.

Il ne parvint à trouver le sommeil qu'aux premières lueurs de l'aube. Avant de rejoindre sa chambre, Condé avait donné consigne aux serviteurs de ne réveiller leur maître qu'une heure avant la cérémonie : il ne lui faudrait guère de temps pour s'apprêter, son costume nuptial n'ayant, de par sa propre volonté, ni l'éclat ni la prestance de ceux que l'on avait prévus pour le roi et ses frères et ne différant guère de ceux qu'il portait lors des cérémonies ordinaires.

Il se laissa passivement laver, parfumer, habiller, refusa le fard dont ses serviteurs se proposaient d'oindre son visage afin de dissimuler au moins la lividité d'une nuit d'insomnie.

– Laissez... laissez... disait-il. Hâtons-nous. Finissons-en.

Il avait fallu, pour ménager les susceptibilités religieuses, adopter un cérémonial astucieux. Une passerelle de bois hâtivement construite unissait l'évêché au porche de Notre-Dame, où se dressait l'estrade sur laquelle serait célébré le mariage.

Pour la messe en la basilique précédant la cérémonie de mariage, le duc d'Anjou avait pris place à côté de sa sœur pour remplacer le roi de Navarre, qui patientait à l'évêché.

C'est là que Montmorency, fils du connétable, alla le quérir pour le mener sur l'estrade tandis que, dans la cathédrale, la messe prenait fin dans la puissante musique des orgues et la rumeur profonde du chœur.

Un cortège formé par la famille royale, les gentilshommes et les grands serviteurs du royaume accompagna les futurs époux sur l'estrade où avait été dressé un autel encadré de cierges de grandes dimensions.

Condé se pencha vers La Rochefoucauld et lui glissa à l'oreille :

– Avez-vous remarqué la mine renfrognée des deux fiancés ? Ils donnent l'impression de participer à une cérémonie funèbre. Le seul qui arbore une mine souriante est Alençon.

– Certes, mais Alençon est un sot.

– Quelque chose me dit que cette cérémonie ne se terminera pas sans un éclat. Il ne viendra pas de Navarre : il a pris son parti de cette mascarade et de ces hypocrisies. Margot, en revanche... Avez-vous observé les regards qu'elle adresse à Guise ?

– Le regard d'une personne qui va se noyer et que nul ne songe à secourir...

Condé donna du coude dans les côtes de son compagnon.

– Que vous avais-je dit ? souffla-t-il.

Lorsque le cardinal de Bourbon, oncle de Navarre, assisté de l'évêque de Digne et de deux prélats italiens, demanda à la princesse de formuler le consentement sacramentel, elle resta bouche cousue. Il réitéra sa demande sans obtenir d'autre résultat.

– J'attendais un incident, murmura Condé. Eh bien, nous y sommes en plein !

Autour d'eux l'assistance échangeait des regards lourds d'inquiétude. Des murmures commencèrent à sourdre ici et là. Lorsque, pour la troisième fois, le cardinal réitéra sa question, on vit le roi se lever, s'approcher de sa sœur par-derrière et, d'un geste brutal, lui faire incliner la tête. On l'entendit murmurer d'un ton glacé :

– Cela devrait suffire, Éminence. Ma sœur vient de vous donner son accord.

Lorsque les époux se relevèrent, le visage de Navarre était baigné de sueurs froides et celui de Marguerite de larmes.

Alors que Madame Catherine pressait les jeunes mariés contre sa poitrine avec des éclats de rire qui sonnaient faux, Condé dit à son ami :

– Vous me connaissez, Foucauld, et vous savez que, sur un champ de bataille, je fais preuve de courage. Eh bien, j'avoue que je viens d'avoir la plus belle émotion de ma vie. J'aurais préféré me retrouver seul au milieu d'un carré de Suisses !

Un dîner tardif dans la grande salle de l'évêché succédait à la cérémonie : il fut sinistre comme une messe des morts. Navarre ne desserra pas les dents, sinon pour grignoter des mets auxquels il ne trouvait aucune saveur. Margot n'avait plus de larmes ; elle montrait un visage de marbre où le fard, coulant en raison de la chaleur, avait laissé des traces brunâtres.

Le souper au Louvre fut plus divertissant : on y donna un spectacle au cours duquel on vit les fils de la reine, le roi y compris, se pavaner au milieu de déités et de monstres de la mer.

Ce n'était qu'un avant-goût des festivités qui allaient suivre durant des jours.

Le mardi, un dîner à l'hôtel d'Anjou fut suivi d'un bal dans la grande salle du Louvre. Le lendemain, à l'hôtel Bourbon, avait lieu une représentation à caractère mythologique en plusieurs tableaux : le roi et ses frères défendaient les issues d'un paradis de carton-pâte contre des diables et des démons jaillis de l'enfer, sur un fond de futaie peuplée de nymphes dévêtues. Des murmures de réprobation montèrent de l'assistance lorsqu'un groupe de chevaliers vêtus de tenues sombres tentèrent de prendre d'assaut les champs élyséens.

– Le symbole est clair et fort déplaisant ! murmura Gaspard de Coligny à l'oreille du prince de Condé. On nous rejette au rang des gueux jaloux du paradis papiste. Je vais protester auprès de Madame Catherine.

– N'en faites rien, dit Condé. Il s'agit d'un jeu facétieux. D'ailleurs, le paradis, nous y sommes entrés en force et, pour ainsi dire, nous y régnons.

Les festivités se terminèrent le jeudi. Des joutes à cheval opposèrent dans la cour du Louvre Charles et ses deux frères costumés en amazones au roi de Navarre entouré de Condé et de La Rochefoucauld vêtus à la manière des Turcs selon le désir de la reine mère.

– Pouvions-nous refuser de revêtir cet accoutrement ? dit Navarre.

– Nous l'aurions pu si cela n'avait tenu qu'à moi, répondit Condé. Madame Catherine ne perd aucune occasion de nous humilier, mais un jour, mon cousin, nous aurons notre revanche.

Au lendemain de ces fêtes, Henri se demandait ce qui pourrait bien rester dans la mémoire des acteurs et des spectateurs après le reflux nauséeux de cette grande marée équinoxiale. Rien ou presque : un brasillement de feux d'or et de perles qui s'éteignent lentement, des pépites mêlées sur la grève à des algues mortes et à des coquillages vides.

Quelque chose se préparait dans les coulisses. Quoi ? Il l'ignorait. Il respirait dans le Louvre un air de préméditation annonciateur d'un événement qui risquait de faire basculer dans le drame une histoire qui stagnait dans des conflits sans ampleur. Quel événement ? Il n'aurait su le deviner. Ce qui était évident, ce qui éclatait aux yeux de tous dans cette sentine surchauffée, haletante qu'était le Louvre, dans ce cratère qu'était Paris, c'est que trop de gentilshommes portant l'épée à la ceinture et la dague dans les hauts-de-chausses déambulaient à travers le château et la ville, s'affrontant du regard et parfois l'insulte aux lèvres, prêts à en découdre. C'était miracle que l'étincelle ne fût pas encore tombée sur ce tonneau de poudre.

C'est au cours d'une brève promenade jusqu'à la ménagerie des Tuileries que Navarre eut conscience d'un drame qui se perpétrait dans l'ombre. Ce n'était pas par un souci d'équité que la reine mère avait convoqué à Paris, pour le mariage, les chefs de la nouvelle religion et des centaines de gentilshommes des provinces affiliés au culte de Genève.

À l'idée que son mariage pût servir de prétexte soit à un affrontement, soit à un massacre comparable à celui de Wassy, il sentait ses cheveux se dresser sur sa tête. Ce souffle rauque qu'il sentait monter autour du Louvre et dans le château lui-même était-il celui d'une guerre civile en train de naître ou celui d'une agonie ?

Il regarda longtemps le couple de lions auxquels le gardien venait de jeter vivants des chiens et des chats qu'ils achevaient de dépecer.

XIII

UNE GRANDE FOLIE

1572

Maurevert s'était abstenu d'assister aux cérémonies et aux festivités du mariage : inconvenant et trop dangereux. Il s'était contenté de se mêler à la foule, son chapeau sur l'œil, avec le sentiment de détenir un pouvoir hors du commun, de porter dans sa poche une grenade qui allait bouleverser Paris et la France. Ce moment était proche ; il comptait les jours, puis les heures.

S'il avait conçu quelque état d'âme, il eût été levé sans peine, Henri de Guise lui ayant confié que la mort de l'amiral conditionnait la paix du royaume, comme le mariage que l'on venait de célébrer. Un mariage... Un assassinat... Le fléau de la balance reviendrait au point zéro. Il sourit en se disant que ce fléau, c'était lui, Maurevert, et la double image qu'il suggérait l'amusa un moment, à la table d'auberge où il était assis.

L'assassinat avait été fixé au 22 août. C'était également la date, au dire de Guise, d'un complot huguenot : quatre mille de leurs cavaliers allaient investir le Louvre, égorger les catholiques, Guise en premier, et s'emparer de la famille royale. On connaissait les complices de l'amiral : Piles, ce baron du Périgord qui arborait un collier fait d'oreilles de prêtres, Briquemaut, Monino... Ce seraient de nouvelles Vêpres siciliennes.

C'est un certain Bouchavannes qui avait révélé ces menées subversives et ce complot.

– Nous allons leur couper l'herbe sous les pieds, avait ajouté le duc de Guise. La reine mère est d'accord. Quant au roi, qui semble très attaché à l'amiral, nous savons comment nous y prendre pour le retourner.

Maurevert s'enferma dans sa chambre toute la journée du 21 août. Le lendemain il reçut un envoyé de Guise, porteur des dernières consignes : l'amiral assisterait à une réunion du Conseil placé sous la présidence du duc d'Anjou ; il faudrait le surprendre au moment où il passerait sous la fenêtre de Maurevert pour regagner son domicile : l'hôtel de Rochefort, rue de Béthisy, non loin de la demeure du chanoine de Villemur ; il porterait un calot de velours, un mantelet de couleur violette et il aurait un cure-dents aux lèvres.

– La réunion du Conseil sera vite expédiée, dit l'envoyé. Ne quittez pas votre fenêtre, mais évitez de vous montrer.

Maurevert nettoya une fois de plus son arme, en examina tous les mécanismes, tendit le rideau devant la fenêtre, vérifia que la porte par laquelle il devait se retirer, son forfait accompli, était facile à ouvrir, et compléta le harnachement de son cheval.

Lorsque Coligny quitta la salle du Conseil, il se trouva nez à nez avec le roi qui, après avoir entendu la messe, se rendait au jeu de paume.

– M'accompagnerez-vous, mon père ? dit le roi.

– Cela me serait agréable, mais j'ai des affaires à régler, sire.

Le roi insista ; Coligny finit par céder mais ne resta que quelques minutes dans la tribune. De retour vers la rue de Béthisy, alors qu'il se trouvait rue des Poulies, s'arrêtant tous les trois pas pour lire des placets qu'on lui remettait, une détonation retentit au moment où il se baissait pour renouer un lacet de sa chaussure. Il gémit, porta devant son visage sa main droite dont le majeur avait été arraché. Quand il se retourna pour chercher d'où venait le coup de feu, une autre balle l'atteignit au bras gauche.

On le soutint pour l'aider à regagner son domicile. Les gentilshommes de sa suite se ruèrent dans la demeure d'où était partie l'arquebusade; la chambre du premier étage sentait encore la poudre mais elle était déserte; ils ne retrouvèrent que l'arme, posée sur une table – la mèche était encore incandescente, elle était poinçonnée aux armes des Guise : une signature.

On alerta Ambroise Paré, qui se trouvait au Louvre auprès de la reine mère. Il examina les blessures, trancha au scalpel le majeur qui pendait encore à la main, afin d'éviter la gangrène, et parvint à extraire la deuxième balle qui s'était logée dans le coude.

Impassible, les yeux mi-clos, l'amiral priait. Il demanda à Piles d'aller avertir le roi qu'il trouverait au jeu de paume. Charles parut atterré; il blêmit, jeta sa raquette contre le mur et prit Piles par sa fraise en hurlant :

– Sait-on qui a fait le coup ? Je l'égorgerai de mes propres mains !

Il héla son écuyer, lui demanda d'amener son cheval.

– Au Louvre ! dit-il. Je veux parler à ma mère.

En apprenant la nouvelle de l'attentat, Navarre et Condé se présentèrent au domicile de la victime. Coligny avait gardé sa sérénité.

– Approchez, mes amis, dit-il. Voyez comme on traite les gens de bien dans ce royaume !

Condé lui demanda s'il connaissait son agresseur.

– J'ignore qui il est, répondit l'amiral, mais nous savons que ce sont les Guises qui ont commandé cette infamie.

Sous la conduite de Téligny, le gendre de l'amiral, des cavaliers s'étaient lancés à la poursuite de l'assassin et avaient poussé leurs recherches jusqu'aux portes, mais l'oiseau devait être loin. On parvint à mettre la main sur le chanoine Villemur, vieillard inoffensif, qui ignorait tout de cette affaire et ne connaissait même pas le nom du sicaire.

Accompagné de la reine mère, le roi rendit visite au blessé une heure plus tard. Ils paraissaient sincèrement affectés : lui de cet odieux attentat ; elle qu'il eût été manqué.

– Nous vous vengerons ! s'exclama la reine mère avec des larmes dans la voix. Il est affligeant de penser que, dans notre royaume, en plein Paris, on puisse s'en prendre à des gens de votre qualité !

Le roi faisait peine à voir. Il embrassa l'amiral, pleura et gémit sur son épaule, tourna dans la chambre comme un fauve aux abois en se tenant la tête à deux mains, criant :

– Je retrouverai le coupable et ceux qui l'ont armé ! Je le ferai écarteler ! J'en ferai un exemple pour la postérité !

Il s'agenouilla devant la victime, lui baisa la main.

– Père, dit-il, tu n'es pas en sécurité dans ce quartier. Je vais te faire conduire au Louvre. Mes médecins te soigneront. Mes gardes veilleront sur toi.

– Ne vous donnez pas cette peine, sire, répondit Coligny. Je suis bien, ici, j'y ai mes habitudes, le meilleur médecin qui soit et mes propres gardes.

Il retint par la main le roi qui venait de se lever, lui demanda d'approcher son oreille, murmura :

– Il faudra retrouver le coupable, sire, et surtout ceux qui ont inspiré son forfait. Si cette blessure m'était fatale, si cette balle était empoisonnée, souvenez-vous de votre engagement : venger le désastre de Mons, la mort de Genlis, déclarer la guerre à l'Espagne, faire triompher les Évangiles. Si vous y renoncez, vous aurez à supporter une guerre civile qui n'épargnera aucune province de votre royaume.

Catherine s'impatientait ; elle toucha l'épaule de son fils.

– Cela suffit ! dit-elle d'un ton sec. Vous voyez bien que vous fatiguez notre blessé. Nous reviendrons...

Le roi de Navarre se retira dans ses appartements du Louvre, en proie à une sourde confusion.

Il n'avait jamais éprouvé beaucoup de sympathie pour l'amiral, ce foudre de guerre sous l'apparence d'un ministre du culte, qui affichait en toute circonstance un flegme glacial, et que l'orgueil portait à écarter sans pitié qui lui portait ombrage. L'abîme de désolation dans lequel le pays était plongé depuis des années, c'était à ce factieux qu'on le devait. Au nom des Évangiles – il n'avait que ce mot à la bouche, avec son légendaire cure-dents –, il était tout disposé à mettre sans scrupule le feu à l'Europe.

Frémissante d'indignation, Margot vint retrouver son époux dans sa chambre.

– Voyez ! lui jeta-t-elle, où mènent les idées nouvelles ! Au bord du gouffre, à une fournaise de fureur, comme disait votre mère, qui avait plus de jugeote que vous ! Par bonheur, l'amiral n'est que blessé. Imaginez ce qui se produirait s'il était mort : un affrontement général. Ce n'est pas l'amiral que je plains, car il n'a que ce qu'il mérite, mais notre pauvre France !

Elle demanda qui avait fait le coup.

– On ignore le nom du tueur, dit Henri, mais pas celui de ses protecteurs : votre ami Henri de Guise et la maison de Lorraine. L'arquebuse leur appartient : une imprudence qui risque de leur coûter cher, à eux et à certains membres de votre famille...

Elle eut un hoquet de surprise. De qui voulait-il parler ?

– De votre mère, madame.

Le visage figé, Margot s'éloigna de quelques pas.

– Ne faites pas l'innocente ! lui cria Henri. Tout le monde sait qu'elle souhaitait la mort de Coligny. Les murs ont des oreilles. À l'heure qu'il est, elle doit ruminer sa déception. Cet attentat manqué fait basculer toute sa politique. Elle devra en trouver une nouvelle, mais cela ne tardera guère et je crains le pire. Nous allons assister à un affrontement entre elle et le roi.

– Mon pauvre frère... Il sera facile à retourner.

Elle ajouta d'un air désinvolte :

– Où souperons-nous ce soir ?

– Chez Anjou, mais, en raison des circonstances, le souper risque d'être annulé. J'aimerais que nous soupions en tête à tête.

Elle se porta vers la fenêtre d'où venait la première fraîcheur du soir. Une péniche allait accoster à son de trompe au port au Foin. Sur l'autre rive du fleuve, la silhouette solitaire de la tour de Nesle se drapait d'une brume de chaleur et des fumées montant de cuisines de l'hôtel voisin.

Dîner en tête à tête avec son mari ? Pourquoi pas ? Elle se sentait lasse : trop de fêtes, de bals, de spectacles, de banquets et d'événements en si peu de jours. Les propos de son mari concernant la reine mère avaient ouvert en elle une blessure. Se pouvait-il qu'elle eût inspiré, sinon organisé cet attentat ? Pourquoi, elle, Margot, n'avait-elle pas été informée de ce projet ?

Elle se souvint de ce que Henri lui avait dit la veille de leurs fiançailles, alors qu'elle essayait ses vêtements « à la royale » : « Vous êtes superbe, ma mie ! Une déesse... Mais qu'y a-t-il dans cette jolie tête, sous cette couronne de pierreries ? Avez-vous idée de la misère du royaume, des dessous sordides de la politique ? » Elle avait seulement conscience d'être sur le point de défaillir de fatigue et de chaleur sous le manteau d'hermine et la robe à brocarts.

Ils soupèrent à la chandelle, près de la fenêtre, sur un guéridon, dans une fraîcheur illusoire. Un orage de chaleur traînait ses linges sales du côté de Grenelle, lâchait de temps à autre des pétales de phosphore qui crépitaient sur le fleuve.

Ils parlèrent avec une gravité sereine de la situation. En son for intérieur, elle devait bien convenir que Henri, ce chevalier errant, venu d'ailleurs avec sur lui les odeurs sauvages des chevauchées, en savait beaucoup plus long qu'elle-même sur les événements passés et présents.

Henri éplucha une pomme, la lui tendit au bout de sa fourchette et moucha les chandelles.

– Pour la première fois, dit-il en lui prenant la main, je me sens bien près de vous.

Elle éclata de rire mais ne retira pas sa main.

– Vous devriez, dit-elle, traduire cette impression en vers.

Il protesta qu'il en était bien incapable.

– J'aime la poésie et il m'arrive de lire Ronsard, Dorat ou mon ami Aubigné, qui est un fort bon poète, mais ne comptez pas sur moi pour vous abreuver de madrigaux et d'épithalames. Monsieur de Guise vous adresse-t-il des hommages en vers ?

Elle dégagea sa main, se renfrogna.

– Je vous ai fâchée ? dit-il. Pardonnez ma maladresse. Quand je vous parle de Guise vous êtes en droit de me jeter les noms de mes maîtresses.

Elle répondit d'une voix glacée :

– Dois-je vous rappeler nos conventions ? Notre mariage est dicté uniquement par la politique. L'amour n'a rien à y faire. Restons l'un et l'autre libres de nos sentiments et de nos attaches. J'aime Guise et je ne vous aime pas.

– Peut-être, un jour... Allez, je saurai me montrer patient. Il y a entre nous, à défaut d'amour, une complicité : nous sommes prisonniers de la politique, de la raison d'État. Moi non plus, je ne vous aime pas. Cependant...

– Que voulez-vous dire ?

– Pourquoi ne pas tenter d'aller un peu plus avant dans nos rapports ? Peut-être nous découvririons-nous d'autres points communs qui rendraient notre vie de couple moins stérile. Après tout, que cela nous plaise ou non, nous sommes mari et femme.

Elle lui demanda de préciser sa pensée.

– Acceptez de partager ma couche ce soir, balbutia-t-il. Cela ne vous coûtera guère. Vous fermerez les yeux en pensant à Guise.

– Goujat ! Je vous reconnais bien là.

– Acceptez, ma mie, je vous en conjure. J'ai fort envie de vous.

Elle se leva brusquement, fit quelques pas à travers la chambre plongée dans la pénombre. Un éclair lui tissa une robe de lumière, fit crépiter les diamants de ses boucles d'oreilles et de son collier. Elle soupira, revint vers lui, posa une main sur son épaule et commença à se dévêtir.

Catherine regagna ses appartements avec l'impression d'avoir reçu un crachat au visage. Un gentilhomme de Bigorre, Antoine de Pardaillan, s'était planté en face d'elle, au milieu d'un couloir, et lui avait lancé, la main à la poignée de son épée :

– Nous exigeons votre justice et celle du roi, madame ! Si vous refusez de l'exercer, c'est nous qui le ferons !

Elle fit signe à François de Montmorency d'écarter l'importun, dont les injures et les menaces la poursuivirent jusqu'à sa porte.

– Qu'on me laisse seule ! dit-elle.

Elle chassa les quelques dames qui attendaient son retour, ses naines et ses chiens. Blême d'indignation et d'angoisse, elle s'enferma dans son oratoire. Elle ne répondrait pas au signal de la clochette qui annonçait les réunions du soir dans la chapelle pour écouter chanter le salut à la Vierge. Elle avait besoin d'être seule. Seule avec Dieu.

Ce soir-là, elle n'avait aucune envie de Le tutoyer : elle se sentait comme une coupable devant son juge ; elle avait à assumer le poids de ses erreurs, de ses dissimulations, de ses turpitudes.

– Protégez-moi, mon Dieu, dit-elle. Pardonnez mes péchés. Vous qui n'ignorez rien de moi, comment pourriez-Vous douter que je souhaite avant tout le bien de mon royaume et de ma famille ? Si j'ai couvert le crime qui vient d'avoir lieu, c'est pour en éviter d'autres qui eussent fait des milliers de victimes. Jetez tout cela sur Votre balance, Seigneur, et jugez mon attitude à sa juste valeur...

Elle écouta gronder le tonnerre, regarda l'orage qui badigeonnait de violet la fenêtre aux petits losanges de verre bleu, se demanda si la colère du ciel était une réponse sévère ou clémente. Après s'être abîmée quelques instants dans la prière, elle se leva brusquement. Dieu a l'éternité et Son écoute est permanente ; les hommes, eux, n'attendent pas.

Elle se sentait soudain un furieux appétit.

L'attentat contre Coligny nécessiterait une enquête à laquelle elle ni personne ne pourrait s'opposer. Cet imbécile de Maurevert, dans sa hâte à prendre la fuite, avait oublié son arme et désigné le coupable : Guise. De lui on remonterait à elle. On chansonnerait dans Paris *Catherine la Sanglante* ; elle devrait affronter la colère, le mépris, la vindicte. L'enfer de Dante s'ouvrirait sous elle comme une trappe...

Elle se dit qu'elle ne pouvait rester sur l'humiliation de cet attentat manqué. Il y avait dans Paris, disait-on, des milliers de seigneurs de la religion réformée prêts à prendre les armes et à se porter sur le Louvre. Il fallait prévenir leur mouvement, les plonger dans une telle terreur qu'ils se tiendraient cois, exterminer leurs chefs pour que la masse des coreligionnaires se taise comme une meute sous la menace du fouet.

L'œil rivé sur l'ange de l'Annonciation que balayait de temps à autre la lumière de la foudre, elle se prit à énumérer par la pensée les noms des victimes. Elle se souvint soudain de la conversation qu'elle avait eue à Bayonne avec le duc d'Albe, de la suggestion qu'il avait formulée froidement de couper court à l'hérésie par le moyen le plus radical : un massacre général. Cette idée lui avait semblé monstrueuse ; elle y songeait ce soir comme à l'ultime solution au drame qui se nouait.

La diète qu'elle avait observée lui laissait dans le corps un vide insondable qu'elle s'attacha à combler : elle mangea un poulet entier, attaqua un jambon, avala une bouteille de bourgogne et termina par une poire que sa naine favorite, la Jardinière, lui éplucha. Puis elle rota pesamment, soudain réconciliée avec elle-même, purgée de ses angoisses et de ses doutes, pleine de conviction et d'énergie.

– Amenez-moi Birague ! cria-t-elle.

Le nouveau chancelier, l'un des trois Italiens ultra-catholiques qu'elle avait introduits dans son Conseil, arriva quelques minutes plus tard. Elle lui demanda de faire prévenir Anjou, Louis de Gonzague, duc de Nevers, Henri de Guise, Gondi, duc de Retz, Gaspard de Saulx, comte de Tavannes, pour qu'ils viennent se joindre à eux. Elle fixa le rendez-vous dans une allée des Tuileries, avant la tombée de la nuit, précisant que l'affaire ne souffrait pas de retard.

Catherine conduisit le groupe jusqu'à une allée de lauriers qui le dissimulait aux regards indiscrets.

– Nous avons fait un faux pas, dit-elle. Cet attentat manqué est une catastrophe dont il convient de limiter les conséquences. Tâchons de l'oublier pour pousser plus avant.

– Qu'entendez-vous par là ? dit Anjou.

– Nous n'avons fait que blesser le fauve. Il faut l'achever avant qu'il ne devienne dangereux.

Ils échangèrent des regards intrigués. La reine mère eut un mouvement d'humeur.

– Prenez cela comme une allégorie, dit-elle. Le fauve dont je parle, c'est moins Coligny que l'hérésie.

Gondi protesta mollement, avec son accent italien zézayant :

– Madame, on ne piège pas l'hérésie aussi facilement qu'un loup.

– Certes, mais tuez le chef du troupeau, les plus gros mâles, et le reste sera impuissant.

Birague convint que l'image était hardie mais juste.

– Monsieur de Guise, dit-il, qu'en pensez-vous ?

Depuis l'annonce de l'attentat manqué, le duc faisait grise mine et fuyait la compagnie. Madame Catherine l'avait accueilli un moment avant la rencontre pour une semonce : où avait-il été pêcher ce maladroit de Maurevert ? Pourquoi n'avait-il pas pris davantage de précautions ?

– Je pense, dit-il, que la reine mère a raison. Il faut achever ce que nous avons si mal entrepris, ne pas rester sur cet échec dont je me déclare responsable, en partie du moins.

– Que proposez-vous, Majesté ? demanda Tavannes.

– De décapiter l'hérésie en la personne de ses principaux meneurs. Nous en dresserons la liste. Nous nous suffirons d'une dizaine, mais souvenez-vous : ni Navarre ni Condé ne doivent être inquiétés.

– Mettrons-nous le roi dans la confidence ? demanda Anjou.

– Il le faudra bien..., soupira la reine mère. Après tout, le roi est le roi.

– Il refusera de nous suivre. Vous connaissez son affection pour l'amiral, son attachement à l'hérésie, son entêtement.

– Nous en viendrons à bout.

La reine mère se dirigea vers Gondi, que cette station debout fatiguait et qui s'était assis sur un banc. Elle le pria d'aller trouver le roi et de le convaincre. Elle fit l'éloge de ses qualités de diplomate auxquelles chacun rendait hommage.

– Moi, madame ? dit-il en blêmissant. Il refusera de me recevoir.

– Il finira par vous écouter, mais je ne vous cache pas que la partie sera difficile. Il faudra l'aborder comme un taureau dans l'arène, l'étourdir de compliments, le fatiguer par quelques banderilles, mais n'allez pas jusqu'à la mise à mort !

Il y eut quelques rires discrets.

– La mise à mort..., bredouilla Gondi, c'est surtout pour moi que je la crains !

– Vous opérerez ce soir même, dès que Sa Majesté sera revenue de chez sa concubine. Ce sera le moment le plus favorable. Elle est en général de belle humeur.

Alberto de Gondi, duc de Retz, Florentin de cinquante ans, était de l'avis de tous celui qui convenait pour cette délicate – et dangereuse – mission. Il était gouverneur du roi, son conseiller, son âme damnée, prétendaient certains. Son contraire aussi : esprit subtil, rusé, par opposition à cette brute imprévisible qu'était le souverain. Il avait connu, dans l'ombre de la reine mère, une ascension fulgurante : riche mariage avec Catherine de Clermont-Tonnerre, titre de conseiller d'État et de gouverneur du roi, des honneurs et des faveurs comme s'il en pleuvait. Ses complaisances lui avaient très vite acquis la confiance puis l'amitié du roi : il le conseillait, justifiait et excusait ses excès, l'inclinait à croire qu'il était le plus grand des rois que la France eût jamais connus, lui faisait avaler les couleuvres les plus énormes.

Celle qu'il allait lui proposer était de taille...

Le roi mit du temps à se montrer dans le cabinet où les ambassadeurs de Venise et d'Angleterre faisaient le pied de grue. Il avait tant de choses à raconter à Marie, elle avait mis si longtemps à le consoler... Il traversa la cour les épaules voûtées, l'air sombre, l'œil hagard. Lorsque Gondi le vit surgir sous la galerie, il se dit que Madame Catherine venait de le jeter dans l'arène, face au plus redoutable des gladiateurs.

– Gondi ! lança le roi d'un ton sec. Vous m'attendiez ?

– Depuis peu, sire. Je dois vous entretenir d'une affaire urgente.

– Pardonnez-moi ! Je vais d'abord recevoir Leurs Excellences.

Gondi se permit d'insister ; Charles finit par céder mais lui demanda d'être bref. Dans la pénombre du soir, le cabinet sentait l'urine et la crotte de chien. Le roi demanda qu'on allumât les chandelles ; il sortit un petit miroir de sa ceinture et pressa du bout de l'ongle un bouton qu'il avait au nez et qui suppurait.

– Eh bien, dit-il en se retournant brusquement, qu'attendez-vous de moi ?

– Que vous évitiez de commettre une bévue en sonnant l'hallali contre Henri de Guise dans cette affaire qui nous préoccupe.

Charles répliqua d'une voix ironique :

– Allez-vous plaider son innocence, monsieur le gouverneur ? Les valets de Villemur ont vu converser le duc et le criminel peu avant l'attentat. Sa culpabilité est évidente.

– J'en conviens, sire.

– Alors nous sommes d'accord. Bonsoir, monsieur !

– Je n'en ai pas tout à fait fini, sire. Cet attentat est l'aboutissement d'une chaîne de complicités. Premier maillon, Guise, soit ! Mais tirez la chaîne, et qui voyez-vous paraître en amont ?

– Anjou ? Cette petite canaille ! J'aurais dû m'en douter. Il est de tous les coups que l'on me porte.

– Vous tirez encore, sire, et voici que paraît...

– Alençon ?

Gondi haussa les épaules. Alençon... Ce fantoche ! Quelle idée !

– Vous n'y êtes pas, sire. Il s'agit de madame votre mère.

Charles se redressa comme sous un coup d'étrivière. Un frisson le parcourut des pieds à la tête. Il demanda à Gondi, plus mort que vif, de répéter cette accusation. Comme le gouverneur hésitait, le roi le prit par sa fraise, la lui arracha en hurlant :

– Répète un peu, coquin ! Tu disais ? Ma mère...

– Sire, balbutia Gondi, modérez-vous. C'est elle qui m'envoie. Si vous ordonnez une enquête elle sera inquiétée. Est-ce que vous souhaitez la traîner devant les juges ?

Charles desserra son étreinte, projeta le gouverneur contre la porte, alla s'asseoir près de la fenêtre, essuya d'un revers de poignet son nez saignant.

« Fin du premier acte ! » songea le gouverneur, qui était amateur de comédies à l'italienne, sauf qu'il était mêlé à un drame dont il risquait de ne pas sortir indemne.

– Comment a-t-on pu en arriver là ? gémissait le roi.

– C'est tout simple, sire, et si vous daignez m'écouter...

Il lui rappela le tumulte d'Amboise, l'assassinat de François de Guise par Poltrot de Méré, créature de Coligny, le tumulte d'Amboise occasionné par ce seigneur de la religion dite réformée, La Renaudie, la surprise de Meaux perpétrée par Condé et Coligny, les exactions et les massacres comme celui de La Chapelle-Faucher dont l'amiral s'était rendu coupable, la menace que ces milliers de hobereaux protestants faisaient peser sur la famille royale, et enfin cette guerre contre l'Espagne qu'ils fomentaient...

Charles se grattait le nez, tournait comme un ours en cage sans proférer un mot. Gondi profita de cette trêve pour avancer un pion.

– Quant à moi, dit-il, je n'ai qu'un regret : que l'attentat ait échoué.

La gorge serrée, il attendit la réaction du roi, en lorgnant vers la porte. Comme Charles ne bronchait pas, il poursuivit :

– Si nous voulons éviter une guerre civile généralisée nous devons mettre hors de combat les principaux chefs de la faction. Les faire pendre, décapiter...

« Peut-être, songea Gondi, Sa Majesté n'a-t-elle rien entendu de mes propos. » Il répéta qu'il fallait en venir à ces mesures extrêmes pour assurer la paix intérieure et extérieure, que cette idée venait de Madame Catherine et que ses proches s'y ralliaient. Charles suivait l'entretien avec un temps de retard. Gondi l'entendit proférer :

– J'ai peine à vous croire ! Ma mère, coupable de cette infamie...

Une voix féminine lui répondit. Catherine venait de pousser la porte, accompagnée d'Anjou qui, connaissant les réactions brutales de son frère, venait à la rescousse, une main sur la poignée de sa dague. « Fin du deuxième acte », songea le gouverneur.

– Peut-être, dit Madame Catherine, me croirez-vous, moi, votre mère ! Je ne renie pas ma responsabilité dans cet attentat et regrette son échec. Guise n'a été que l'organisateur et Maurevert l'exécutant.

– Maurevert, murmura Charles. Maurevert...

– Souvenez-vous de ce nom, mon fils, mais oubliez ce que moi et monsieur de Gondi vous avons dit. Pour tous le coupable reste Henri de Guise. Il a pour ainsi dire signé son acte.

– Mère... vous reniez même vos complices, vos alliés !

– Les Guises, mes alliés ? Où avez-vous pris cela ? Qu'une guerre civile éclate, que les Guises triomphent grâce à l'or de Philippe, et votre trône sera plus que jamais menacé. Pour vous, pour moi, pour toute notre famille, ce sera l'exil, ou pis encore.

À la stupéfaction de tous, Catherine se laissa tomber dans un fauteuil, se prit la tête dans les mains et se mit à sangloter. Bouleversé, Charles s'agenouilla près d'elle, gémissant :

– Mère... Oh ! mère, dans quel mauvais pas nous sommes...

« Le troisième acte, songea Gondi, a bien débuté. Cette effusion de larmes de la part de la reine mère est un trait de génie ! »

– Laissez-moi ! protesta Catherine. Puisque vous vous obstinez à défendre ceux qui vous condamnent et refusez de combattre ceux qui souhaitent votre perte, je vais quitter Paris et la France, me retirer à Florence.

– Je vous suivrai, mère, dit Anjou, des larmes dans la voix.

Charles écrasa son frère d'un regard glacé. Anjou ! le « petit aigle », le « cher cœur » de sa mère... Il le trouvait toujours en travers de sa route. Il se raidit, proclama qu'il était toujours le roi et qu'il ferait justice des uns et des autres, quels qu'ils fussent, et quoi qu'il dût lui en coûter.

Il ne parut pas s'apercevoir de la présence des autres conseillers de sa mère, qui s'étaient, discrètement, glissés dans le cabinet, ce qui autorisa Gondi à s'esbigner pour leur laisser l'honneur d'achever ce qu'il avait commencé, quitte à ne pas assister au dénouement de la comédie. Tantôt pathétiques, tantôt menaçant ou pleurant comme le vieux Morvilliers, ils entreprirent de retourner le roi.

Charles paraissait s'être retiré dans un autre monde ; à des questions directes il sursautait, relevait la tête, l'air égaré, se contentant de murmurer qu'il ne souhaitait que faire éclater la vérité.

– Nous perdons notre temps, madame, dit Tavannes. Le mieux est de prendre congé du roi.

Madame Catherine saisit l'occasion au vol de pousser la grande tirade de l'acte final.

– Vous avez raison, mon ami ! s'écria-t-elle. Adieu donc, mon fils ! Demain j'aurai quitté Paris et vous ne me reverrez jamais. Je vous laisse à vos ennemis de tout bord, bien que vous ayez peur de les affronter.

Piqué au vif de son orgueil, Charles réagit violemment. Peur, lui ?

– Si vous n'étiez pas ma mère ! rugit-il, je vous montrerais que je n'ai peur de rien et je vous ferais rentrer ces paroles dans la gorge !

Lorsque Gondi, qui ne se décidait pas à partir, vit

Charles se dresser, écumant, tendre son poing vers sa mère, il se dit que cette comédie risquait de tourner au drame et de se terminer par un coup d'éclat digne de l'antique : Jézabel affrontant le prophète Élie...

Cette pièce n'aurait pas de fin tragique, Charles se contentant de se démener et de hurler :

– Eh bien, par la mort-Dieu, soit ! Faites comme vous le jugerez bon. Qu'on les tue tous et qu'il n'en reste pas un pour venir me faire des reproches !

Il bouscula les conseillers agglutinés dans l'entrée et s'engouffra dans le couloir en hurlant :

– Qu'on les tue tous ! Qu'il n'en reste pas un !

Catherine sortit de sa ceinture son éventail, cadeau du roi d'Espagne, et s'aéra le visage à petits coups nerveux.

– Ce garnement ! dit-elle. Il a troublé ma digestion et j'en suis toute retournée, mais nous avons obtenu l'essentiel : un blanc-seing. Reste à dresser nos plans. Il faudra mener cette affaire *prestissimo*, sans tenir compte des repentirs éventuels de Sa Majesté. Elle a pris la décision; à nous de l'exécuter.

– Cette décision, dit timidement Tavannes, nous avons bien poussé le roi à la prendre, et par des moyens qui...

– Taisez-vous ! éclata la reine. L'essentiel est que nous soyons couverts par la volonté royale.

Il était près de minuit lorsque Madame Catherine regagna sa chambre, l'esprit en repos.

Un sourire lui échappa lorsqu'elle aperçut, précédée d'un page portant un chandelier, sa fille Margot, le visage masqué, qui sortait de la chambre de son mari.

Une petite victoire qui s'ajoutait à celle qu'elle venait de remporter.

Pour Madame Catherine la nuit n'était pas terminée.

L'orage de chaleur avait fait place à une pluie

violente. Elle fit ouvrir les fenêtres de sa chambre puis demanda que l'on allât réveiller Henri de Guise et qu'on le lui amenât pour qu'il participât au conseil. On ne l'attendit guère : il ne s'était pas couché, persuadé qu'on viendrait l'arrêter sur ordre du roi. Quelle ne fut pas sa surprise d'entendre la reine lui déclarer le plus naturellement du monde :

– Le roi vient d'autoriser l'exécution de quelques chefs de la rébellion. Nous comptons sur vous pour nous aider à en dresser la liste.

Guise avança les noms de Navarre et de Condé. La reine mère sursauta : les princes du sang devaient être épargnés. Elle proposa quelques noms ; les conseillers en ajoutèrent ; on en élimina ; on en rajouta. Catherine fit le compte : on arrivait à douze victimes. Un peu plus qu'elle n'avait prévu mais un peu moins qu'elle n'espérait.

– Je me charge, décréta Morvilliers, de faire instruire leur procès.

– Il n'y aura pas de procès, dit la reine mère, pas de question, pas d'exécution publique. Nous devrons agir discrètement. Nous avons suffisamment de sicaires pour que cette affaire soit menée tambour battant mais, si je puis dire, sans bruit.

Anjou était d'accord pour faire grâce à son beau-frère, Navarre, mais pas à Condé, ce « freluquet ». La reine mère sourit derrière son éventail : son fils n'avait pas pardonné au prince de lui avoir ravi la demoiselle dont il était lui-même tombé amoureux : Marie de Clèves, une calviniste qu'il se serait plu à ramener à la vraie foi.

– Taisez-vous ! s'écria-t-elle. La jalousie vous égare. Condé vivra. La première victime sera l'amiral. Vous vous en chargerez avec le concours d'Aumale et d'Angoulême. Cette fois-ci, pas de fausse manœuvre ! À qui confierez-vous cette mission ?

Il pensait à Besme, un Teuton commandant de sa garde, qui lui était fidèle.

– C'est bien, dit Catherine, mais il devra être

entouré de gens qui n'ont pas froid aux yeux. Coligny a demandé au roi d'assurer sa garde.

– Celui qui les commande, dit Guise, est le capitaine Gosseins, une de mes créatures.

– Voilà qui nous arrange, dit la reine mère.

Morvilliers s'informa de la date où serait déclenchée l'opération.

– Dès demain, lui répondit Madame Catherine. Il faut battre le fer quand il est chaud. Nous ne devons pas laisser aux milliers de huguenots qui ont trouvé asile à Paris ou qui campent dans les faubourgs le temps de préparer une prise d'armes.

– Le délai est on ne peut plus bref, dit Morvilliers.

– C'est pourquoi il faut faire diligence. Prenez bouche avec la municipalité, avec le prévôt Le Charron, avec celui qui l'a précédé à ce poste, Claude Marcel. Tous détestent les parpaillots. Ils se plieront à la consigne si vous venez de la part du roi et de sa mère. Il faut que nous ayons le concours des milices bourgeoises.

– Je crains, dit Morvilliers, que ces quelques exécutions ne dégénèrent en massacre, que certains ne profitent de la circonstance pour satisfaire des haines ou des envies.

– La consigne devra être scrupuleusement respectée, dit Gondi : ne seront exécutés que ceux portés sur notre liste.

– Demain... soupira Henri de Guise. Quel jour serons-nous ?

– Dimanche 24 août, dit la reine mère, jour de la Saint-Barthélemy...

Charlotte de Sauves trouva le roi de Navarre à son petit déjeuner, assis devant la fenêtre ouverte par laquelle entraient des bouffées d'air tiède et humide. Il était en train de tailler dans un oignon qu'il trempait dans un bol de gros sel.

– Si le cœur vous en dit... lança-t-il.

– Vous êtes bien bon, sire, mais je déteste ce

mets de paysan béarnais et je ne comprends pas que vous-même...

– Une feuille de menthe suffira pour faire passer l'odeur.

– Elle vous sort par tous les pores.

Elle ajouta, en s'asseyant en face de lui :

– Savez-vous ce que l'on dit dans l'entourage de Madame Catherine ? Que vous avez couché cette nuit avec votre épouse.

– En voilà une affaire ! N'est-ce pas normal ? Seriez-vous jalouse ?

– Pourquoi le serais-je, sire ? Au moins avez-vous pris du plaisir avec elle ?

– Lorsqu'elle m'a quitté, à la mi-nuit, elle semblait assez satisfaite.

– Et vous de même, à ce qu'il semble ! Il suffit de voir votre mine et votre appétit.

– Je n'ai ni meilleure mine ni davantage d'appétit que d'ordinaire, et cette nuit ne m'a pas épuisé. Je puis en témoigner sur-le-champ.

– Vraiment, sire ?

– Je puis vous montrer que votre jalousie n'a pas d'objet et que le fait d'accomplir mes devoirs conjugaux ne saurait m'interdire d'autres ébats.

– Voilà qui est parler franc. Sire, je suis votre humble et dévouée servante.

Elle se leva pour fermer la porte au loquet, vérifia que le cabinet attenant était désert et invita Henri à la suivre jusqu'au lit.

– N'oubliez pas, sire, lui dit-elle : une feuille de menthe...

La reine mère attira le roi jusqu'à la fenêtre, orienta son visage vers la lumière du matin, l'examina.

– Qu'avez-vous au nez ?

– Un bouton écorché sur lequel je me suis acharné.

Le bouton n'était pas le seul détail insolite de ce visage : le roi portait aux commissures des lèvres des traces de sang et sur les joues une pigmentation inquiétante, d'un rose vif. Elle ne souffla mot mais n'en pensa pas moins. Elle avait vu mourir le petit roi François ; Charles était comme lui fragile de la poitrine, sujet à des accès de toux et à des vomissements qui faisaient hocher gravement la tête aux médecins.

Il demanda d'un ton abrupt où en étaient les préparatifs.

– Ils sont en bonne voie. Si Dieu le veut, la nuit prochaine, la ville aura retrouvé son calme, grâce à votre sagesse.

En réalité, au fil des heures, des inquiétudes venaient la harceler : elle redoutait la réaction de Paris qui demeurait pour elle un monstre aux multiples apparences, entouré de mystère, dont les réactions étaient généralement imprévisibles et redoutables. Gondi l'avait plusieurs fois mise en garde. Elle n'avait guère confiance en Morvilliers, trop indécis, en Tavannes, trop violent, en Claude Marcel, trop fanatisé par le clergé, en son fils Anjou, qu'elle sentait angoissé.

Elle seule gardait la tête froide.

Dans l'après-midi on avait pris soin de fermer toutes les portes de la capitale, d'éloigner toutes les embarcations ou presque, afin d'interdire aux troupes huguenotes qui campaient dans les faubourgs l'entrée de la capitale. Sous l'œil intrigué des badauds, les milices de Claude Marcel avaient pris position sur les places, les carrefours et le long de la Seine ; on avait installé des batteries sur la Grève...

Le roi s'informa de l'heure à laquelle serait déclenchée l'opération. La cloche du château donnerait le signal à trois heures de la nuit. Le secret avait-il été bien gardé ? Les responsables en avaient fait le serment. Le moment venu, ils distribueraient à leurs hommes des croix blanches à épingler au chapeau et des manches de chemise de même couleur à enfiler sur leur pourpoint. Les demeures des chefs protestants à exécuter avaient déjà été marquées d'une croix. Anjou avait fait une discrète tournée en coche à travers la ville et avait pu constater que l'ordre régnait et que les premières mesures étaient exécutées.

– Je ne souffrirai pas le moindre désordre, ajouta le roi. Il s'agit d'une opération de justice.

– Soyez rassuré, sire, et couchez-vous de bonne heure. Demain, avec l'aide de Dieu, je viendrai vous annoncer que votre royaume est sauvé et que la paix est rétablie.

XIV

LA NUIT ARDENTE

1572

Charles passa la soirée en compagnie de son ami huguenot François de La Rochefoucauld, à jouer aux cartes, à boire et à deviser. Lorsque le jeune gentilhomme se leva pour gagner sa chambre, Charles tenta de le retenir. Il ne voulait pas rester seul; ils boiraient encore, ils raconteraient des « balivernes ».

– Mon petit maître, répondit François, je n'ai que trop bu et j'ai sommeil.

– Reste ! Tu coucheras avec mes valets.

– Grand merci ! ils sentent trop mauvais des pieds. D'ailleurs on m'attend et je suis en retard.

Le roi prit mal cette réticence. François devait avoir rendez-vous avec sa maîtresse, une grosse veuve parpaillote, Françoise-Marie de Condé.

– Ingrat ! s'exclama Charles. Tu préfères la présence de cette vieille à celle de ton roi !

– Pardonnez-moi, mon petit maître : elle est fort coléreuse et n'aime pas attendre.

Surprise de Margot en revenant un peu plus tard dans la chambre d'Henri où flottait encore le parfum de Mme de Sauves. Elle croyait le trouver couché ; il était debout, tout habillé, entouré de ses proches qui paraissaient très animés contre les Guises et juraient sur les Évangiles de faire un sort à l'agresseur de l'amiral. Elle eut l'impression de déboucher dans un complot. À son approche les voix baissèrent d'un ton et certains gentilshommes lui tournèrent le dos. Elle s'assit sur un coffre et lut quelques pages d'un livre de Montaigne qu'Henri avait commencé.

Ils ne s'étaient retirés qu'une heure plus tard environ, après des conciliabules à voix sourde, laissant derrière eux une ambiance trouble que Navarre s'efforça de dissiper.

– J'ai tenté de les raisonner, dit-il à Margot, mais ils ne rêvent que d'une prise d'armes pour venger monsieur l'amiral, de pendre Guise, d'anéantir sa famille et même de demander des comptes au roi et à votre mère. Ils ne m'ont écouté que par respect, mais ils n'en feront qu'à leur tête.

Ils s'étaient couchés peu après.

La chaleur de la nuit était étouffante. Henri se leva en chemise, le corps baigné de sueur, pour chercher un souffle d'air frais près de la fenêtre. Tout semblait calme, plus même que d'ordinaire. Des gardes jouaient aux cartes sur un tambour près du puits. L'orage de la veille avait purgé le ciel de ses nuages, de ses brumes, et laissait resplendir les étoiles.

Il revint en bâillant vers le lit où Margot venait de succéder à Charlotte de Sauves. Elle dormait nue sur les draps. Dans la clarté de la chandelle que faisait trembler le souffle de la nuit, il parcourut du regard ce corps pulpeux sur lequel la lumière faisait couler une huile douce. Penché sur elle, il la respira, l'embrassa au creux de la hanche. Il eut un instant envie de la reprendre mais redouta un échec : Mme de Sauves l'avait épuisé.

Il s'allongea, retrouva sans plaisir la tiédeur et la moiteur du drap, puis le sommeil revint l'effleurer. Il pouvait être minuit.

Avant de se rendormir tout à fait, il se demanda

pourquoi la reine mère, contrairement à l'avis de Claude de Lorraine, sœur de Margot, avait insisté pour que sa fille, comme elle l'avait fait la veille, allât rejoindre son mari.

Henri venait à peine de se rendormir quand on frappa à la porte de sa chambre. Le roi lui faisait dire qu'il eût à se présenter à lui sans tarder. Il s'habilla prestement sans éveiller Margot, demanda à ses compagnons, Monneins et Piles, qui dormaient dans le cabinet attenant, de l'accompagner, et à l'un de ses serviteurs de veiller à ce que personne n'importunât son épouse.

Condé se trouvait présent quand il entra, seul avec le roi, tous deux paraissant atterrés alors qu'une animation insolite régnait dans le Louvre, des groupes armés allant et venant comme s'ils couraient à la bataille. Les gardes interdirent la chambre du roi à Monneins et à Piles.

Charles semblait nerveux. Il vidait une bouteille et en entamait une autre, en dépit des protestations de sa mère, qui se tenait dans un coin d'ombre et que Navarre n'avait pas remarquée.

– Qu'attendez-vous de nous ? demanda Navarre.

– Que vous soyez raisonnables, répondit le roi.

D'une voix précipitée, il fit un récit incohérent du projet de complot fomenté par les proches de l'amiral. Les premières victimes pourraient en être les Guises mais aussi la famille royale.

– J'attends de vous, dit-il, que vous abjuriez l'hérésie. Si vous refusez, vous êtes morts. Alors, c'est messe, mort ou Bastille ?

– Vous plaisantez, sire, dit Condé.

– En ai-je l'air ? s'écria le roi.

Un filet de bave lui coulait des lèvres et se perdait dans une ombre de barbe. Il répéta machinalement, entre deux hoquets :

– Messe, mort ou Bastille...

– La présence d'un prêtre est nécessaire, objecta Navarre. Nous nous refusons à abjurer sous la menace.

– Nous n'avons pas le temps de chercher un prêtre. À genoux tous deux et dites : « Je renonce à mes erreurs passées, j'accepte de revenir à la religion de mes ancêtres. » Allons ! Répétez après moi !

Il dégaina sa dague, en fit briller la lame sous leurs yeux. Condé et Navarre se consultèrent du regard.

– Soit, dirent-ils, nous abjurons et jurons fidélité à la religion catholique.

– Voilà qui est bien ! s'exlama Charles. Vous pouvez regagner vos chambres et n'en sortez pas. Je vais vous faire raccompagner par mes gardes.

– Que fera-t-on des deux gentilshommes qui m'ont suivi, Monneins et Piles ? demanda Navarre.

Le roi éclata de rire et passa le plat de la main sur sa gorge. Condé, qui venait de se relever, se rebiffa.

– Jurer sous la menace n'est pas jurer, sire. Je retire mon abjuration. Il appartient à Dieu seul de juger si je dois écouter la messe ou le prêche. Vous nous avez tendu un piège. C'est indigne de vous.

Éberlué de cette résistance, le roi recula de quelques pas. Catherine sortit de l'ombre au moment où le pauvre fou dégainait de nouveau sa dague. Elle lui murmura quelques mots à l'oreille.

– Je vous donne trois jours pour réfléchir, dit le roi. Vous pouvez partir.

Lorsque les deux princes se furent retirés, la reine mère laissa éclater sa colère. Comment son fils avait-il osé lever son arme contre le roi de Navarre et le prince de Condé, des princes du sang ? Avait-il mesuré les conséquences de son acte s'il les avait tués ?

– C'était nous livrer pieds et poings liés à la famille de Lorraine ! Par votre faiblesse, Coligny était devenu une sorte de maire du palais. Souhaitez-vous voir Henri de Guise lui succéder, avec d'autres ambitions ?

Charles jeta sa dague, qui rebondit jusqu'aux pieds de sa mère, se prit la tête dans les mains et se laissa tomber sur un escabeau en geignant. Son seul désir était que la reine mère continuât de l'aider à gouverner, qu'elle lui gardât son affection, son amour. Son amour... Il tomba à genoux, entoura de ses bras les jambes de Catherine, les embrassa à travers l'étoffe qui fleurait le tabac et l'eau de Venise.

D'une voix sévère, elle l'obligea à se relever.

– Ces faiblesses sont indignes d'un roi ! dit-elle. Et le moment n'est guère favorable à de tels épanchements.

Il s'apprêtait à se verser un autre verre de vin quand la reine prit la bouteille et la jeta sur le parquet.

Minuit sonnait à l'horloge du Louvre lorsque Gaspard de Coligny, la tête encore bourdonnante de conversations, décida de se coucher. La nuit lourde charriait des bruits insolites : piétinements de soldats et de chevaux, rumeurs de voix étouffées, lueurs de torches...

Il demanda au pasteur Merlin et à un gentilhomme de la religion, Nicolas de Muss, qui s'étaient retirés dans la chambre voisine, ce que signifiait cette agitation. Ils estimaient que cela n'avait rien d'inquiétant : la chaleur faisait sortir les gens de chez eux et les patrouilles suivaient leur itinéraire. L'amiral voulut en avoir le cœur net. Il se pencha à la fenêtre et demanda au capitaine Gosseins s'il n'y avait rien à signaler. Le chef des gardes suisses lui répondit que tout était dans l'ordre et lui souhaita la bonne nuit.

Ambroise Paré refit les pansements avant de retourner au Louvre. L'amiral s'agenouilla au pied du lit et dit sa prière. Avant de se coucher, il vérifia que M. de Labonne et ses gardes se tenaient toujours en faction à l'intérieur. Il ne s'était jamais senti aussi bien protégé. Pourtant, cette agitation ne lui disait rien qui vaille.

Trois heures plus tard il s'éveilla en sursaut et appela Merlin et Nicolas de Muss : un groupe de cavaliers venait de faire irruption dans la cour en brandissant des torches. L'amiral se pencha à la fenêtre, aperçut Henri de Guise accompagné de son oncle, le duc d'Aumale, et du bâtard d'Angoulême, fils naturel du duc François. Une dizaine d'estafiers leur faisaient escorte. Henri de Guise s'entretint un moment avec Gosseins, lequel se planta devant la porte en criant d'ouvrir au nom du roi.

Au nom du roi? Diable... Sans en avoir reçu l'ordre de l'amiral, M. de Labonne tira le loquet. Avant même qu'il eût demandé ce que l'on voulait, une épée lui trouait la gorge de part en part, tandis que le capitaine Gosseins hurlait :

– Tous à l'étage !

Ses gardes suisses trouvèrent en face d'eux ceux de Navarre, dressés sur les marches, la pique en avant. Gosseins eut un moment d'hésitation, il se tourna vers Henri de Guise pour lui demander s'il fallait pousser plus avant. Le duc lui en donna l'ordre et lui promit un renfort d'arquebusiers.

Ils arrivèrent au trot, se postèrent dans l'entrée et, en quelques instants, firent une hécatombe des gardes de Navarre dont ils traînèrent les cadavres dans la cour.

Un rescapé entra en coup de vent dans la chambre de l'amiral, tituba jusqu'au lit en criant :

– Il faut fuir, monsieur ! Henri de Guise en veut à votre vie.

L'amiral fit signe qu'il ne bougerait pas mais conseilla à Merlin et à Muss de prendre la fuite par les toits. Ils refusèrent.

Nicolas de Muss ferma au loquet la porte de la chambre, mais elle ne résista pas au troisième choc qui l'ébranla. L'épée au poing, un groupe de soldats surgit dans la lueur des torches avec à leur tête Jean Simanowitz, dit Besme, un capitaine de reîtres originaire de Bohême, et un personnage que Coligny reconnut facilement.

– Sarlabous ! s'écria-t-il. Toi ici ! Tu as donc renié ta foi ?

L'autre ne répondit pas. En quelques instants la chambre s'était remplie d'une foule de sicaires dont la plupart portaient des traces de sang sur leur cuirasse ou leur pourpoint.

Ils hésitaient à franchir l'espace qui les séparait de l'amiral quand Besme lança, avec un fort accent tudesque :

– L'amiral, c'est bien toi ?

– Comme si tu ne me reconnaissais pas ! dit Coligny avec un sourire.

Besme s'avança, la pique en avant, et la lui planta dans le ventre. Coligny tomba sur les genoux en murmurant :

– Ne sois pas fier de toi ! Tu ne fais qu'avancer l'heure de ma mort, mais j'accepte mal de mourir de la main d'un goujat.

Un coup de gantelet au visage le fit basculer. Tandis que les estafiers passaient au fil de l'épée le pasteur Merlin et Nicolas de Muss, Besme s'avança vers la fenêtre.

– Alors, Besme, lui criait Henri de Guise, en as-tu fini ?

– Je lui ai réglé son compte ! répondit le sicaire.

– C'est bien ! Alors, montre-le. Angoulême n'est pas convaincu. Il veut voir le cadavre.

Des gardes suisses jetèrent l'amiral par la fenêtre, frappèrent à coups de dague les mains du blessé qui se cramponnait au rebord. En s'écrasant sur le sol de la cour, Coligny vivait encore. Angoulême se pencha sur le corps. Ayant du mal à reconnaître l'amiral, il lui pissa sur le visage pour effacer le sang qui lui faisait un masque. C'était bien Coligny : il le regardait d'un œil glacé.

– Ce démon n'est pas encore crevé ! dit Guise. Il a la peau dure...

Il lui frappa violemment le visage d'un coup de pied. Un estafier retroussa la chemise, émascula le moribond, qui poussa une plainte navrante.

– Il faut en finir ! lança Guise. Petrucci, coupe-lui la tête et va la montrer au roi.

Le bourreau y mit du temps. Coligny, dans un dernier sursaut d'énergie, se débattait. Il fallut s'asseoir sur sa poitrine et lui tenir les bras.

À peine Petrucci avait-il terminé son travail de boucher, on vit sortir de l'ombre un groupe de gueux armés de couteaux et de haches, qui se mirent en devoir de débiter ce qui restait du cadavre. Le duc d'Aumale protesta :

– Allez-vous les laisser faire, mon neveu ? N'êtes-vous pas suffisamment vengé de l'assassinat de votre père ?

– J'ai vengé mon père, soit ! dit Guise, mais il faut laisser faire ces gens. Eux aussi ont à se venger de toutes les souffrances qu'ils ont subies de la part de ce fauve.

Après avoir dépecé le corps, les gueux traînèrent ce qu'il en restait au bout d'une corde en direction de la Seine, où ils le jetèrent. On l'en repêchait peu après pour le traîner en cortège jusqu'à Montfaucon, où on l'accrocha à un gibet sous lequel on alluma un feu.

Sur le coup de trois heures du matin, alors qu'elle avait regagné sa chambre et tentait vainement de prendre un peu de repos, Madame Catherine fit réveiller Anjou et lui demanda de la suivre dans la cour.

La chaleur était encore pesante malgré les rares souffles d'air que la proximité du matin faisait monter de la Seine. Ils poussèrent jusqu'au châtelet d'entrée donnant sur la rue d'Autriche. Dans l'attente du tocsin, des gardes veillaient, buvaient, jouaient aux cartes ou aux dés. Quelques lumières vacillaient sur le port au Foin; de l'autre côté du fleuve, entre le chemin de la Petite-Seine et l'hôtel de Nesle, on distinguait une sorte de cavalcade de torches et de lanternes : la milice allait occuper les postes qui lui étaient assignés.

– Pardonnez-moi, dit la reine mère, de vous avoir importuné à une heure aussi indue, mais je ne pouvais dormir et je pense qu'il en était de même pour vous.

Elle venait d'achever quand un coup de feu éclata, venu, semblait-il, de la rue d'Autriche, dans les parages de l'hôtel de Bourbon. Catherine sentit son sang se glacer.

– J'ai peur, dit-elle.

– Vous, mère ? À cause de ce coup de feu ?

– Je crains que nous ne soyons plus maîtres de la situation. Nous voulions une dizaine de têtes ? On va nous en ramener des centaines ! Je n'ai aucune confiance dans cette meute à laquelle nous avons confié cette « opération de justice ».

– Ce massacre...

– Je n'aime pas ce mot ! Il est vrai que Claude Marcel est un personnage odieux, un fanatique qui déteste les protestants et ne rêve que de les exterminer.

– Notre prévôt, Le Charron, saura tempérer ses excès.

– Je n'ai guère confiance en lui non plus. Nous avons mis trop de précipitation dans ce projet.

Elle prit le bras de son fils, ajouta d'une voix âpre :

– Il faut tout arrêter avant qu'il ne soit trop tard.

– Que dites-vous là ?

– Nous sommes au bord du gouffre, mais il est encore temps de nous ressaisir. Il faut empêcher Guise de toucher à l'amiral.

– Mais le roi... Que va-t-il penser de cette décision ?

– J'en fais mon affaire.

Ils montèrent aux appartements de la reine mère. Elle rédigea un billet à l'intention de Guise en le priant de ne pas bouger, « ce seul commandement devant faire cesser tout le reste ». Son secrétaire, Deberville, courut le porter en main propre. Un domestique du cardinal de Lorraine lui annonça que M. de Guise devait se trouver rue de Béthisy, chez M. l'amiral, justement. Deberville y courut, trouva tout sens dessus dessous, des cadavres plein la cour, dont celui de Coligny, guenille sanglante que des gueux s'apprêtaient à traîner à la corde. Quant à Guise, on ne savait où il était parti.

Deberville rentra au Louvre en même temps qu'un groupe mené par Petrucci, qui tenait à bout de bras une tête coupée.

– Madame, dit-il à la reine mère, tout est

consommé. Je suis arrivé trop tard. Monsieur l'amiral et quelques-uns des siens ont été massacrés.

– Mon Dieu, soupira la reine mère, qu'avons-nous fait ?

Elle se signa par trois fois.

Tandis que Navarre et Condé s'entretenaient avec le roi, Marguerite avait regagné sa chambre. Elle tenait à peine sur ses jambes. En longeant les couloirs, elle avait croisé des groupes d'hommes, l'épée au clair, brandissant des torches, certains arborant la croix et un brassard blanc.

– Que faites-vous là, Majesté ? lui avait jeté Strozzi. Rentrez vite dans votre chambre !

Elle avait poursuivi son chemin. À quelques pas de son appartement, elle avait heurté du pied un corps adossé au mur : le jeune Monneins, couvert de blessures, implorait du secours.

Revenue dans sa chambre, Margot ferma le loquet et appela une servante pour lui faire sa toilette : elle sentait l'angoisse lui coller à la peau comme une mauvaise sueur ; elle prit un bain froid.

À peine était-elle couchée, des coups ébranlèrent sa porte et une voix lança le nom de Navarre. Elle songea que son mari était en danger et lui fit ouvrir. Un homme qui n'était pas le roi de Navarre entra en titubant, blessé au bras, se rua sur le lit et s'écroula sur la reine. Elle poussa un hurlement, tenta de le repousser. Il la prit à bras-le-corps, la fit dégringoler avec lui dans la ruelle, au moment où un groupe d'archers commandé par le capitaine de Nançay faisait irruption.

– Eh bien ! s'écria Nançay, voilà un beau spectacle... Dommage que Navarre ne soit pas là pour le contempler !

Il interrompit l'élan de ses hommes qui avaient déjà levé leurs piques sur le fuyard.

– Laissons ces tourtereaux à leur nuit d'amour ! dit-il en riant.

Ils se retirèrent en échangeant de grasses plaisanteries.

– Mais enfin, monsieur, s'écria Margot, qui êtes-vous et que faites-vous dans ma chambre ?

– Ces gens voulaient me tuer, dit le blessé, et je ne sais pourquoi. Vous m'avez sauvé la vie, Majesté.

Il dit se nommer Philippe de Lévis, seigneur de Léran ; elle ne put en savoir plus car le blessé venait de perdre connaissance dans ses bras. La servante le ranima, changea ses vêtements souillés de sang pour une robe de chambre et, après avoir pansé ses blessures, lui fit boire un cordial.

– Avez-vous des nouvelles du roi de Navarre ? demanda Margot.

– Je crois qu'il a pu regagner sa chambre, dit Léran. Rassurez-vous : il ne risque rien, pas plus que son cousin, le prince de Condé.

– Qu'allons-nous faire de vous ? Vous ne pouvez rester ici. Nous allons vous faire conduire chez la duchesse de Lorraine. Elle vous protégera.

– Dites plutôt qu'elle me livrera aux bourreaux, Majesté !

– Ne craignez rien. J'en fais mon affaire.

Le couloir et les salles voisines présentaient un spectacle d'horreur. Le Louvre semblait en proie à une frénésie de meurtre : des hommes armés passaient en trombe, hurlant et se poursuivant les uns les autres à la lumière tremblotante des torches. Des cadavres jonchaient les parquets, des blessés tendaient la main pour demander du secours.

La chambre de Claude de Lorraine était ouverte et la petite duchesse, assise dans son lit, bouche bée, aussi blanche que sa chemise, assistait, impuissante, au dépeçage d'un gentilhomme huguenot que l'on émasculait.

Margot venait de confier Philippe de Lévis aux gens de la maison lorsqu'une voix l'interpella du couloir : M. de Miossens courait un grave danger. Elle eut un sursaut d'énergie, bondit en criant qu'elle était la reine de Navarre et que ce gentilhomme était de la maison de son mari.

M. de Miossens était le fils de cette dame du Béarn qui, à Coarraze, avait hébergé Henri alors qu'il était enfant. Appuyé contre une cloison, blessé à l'épaule, il s'apprêtait à vendre chèrement sa vie.

– Mille grâces, madame, dit-il. Que Dieu vous bénisse.

Elle le confia aux gens de Lorraine, ordonna que l'on fermât la porte au loquet et que l'on n'ouvrît à personne. Elle avait touché le fond de l'horreur. La petite reine Élisabeth, qui avait trouvé refuge auprès de sa belle-sœur Claude et qui était enceinte de sept mois, lui demanda à quoi rimait une telle agitation.

– On est en train de massacrer tous les huguenots du Louvre, madame, dit Margot.

– Un massacre ? dites-vous. Au Louvre ! Pourquoi ? Le roi mon mari est-il informé ?

– C'est lui qui en a donné l'ordre.

– Il n'a pu décider de son propre chef. Il faut qu'on l'y ait poussé. Dieu lui pardonnera-t-il ?

– Je l'ignore, madame, mais je crains que non.

Élisabeth se leva pesamment, les mains à son ventre, le visage en larmes. Elle réclama son livre d'heures et disparut dans son oratoire.

Lorsque Margot entra dans la chambre de sa mère, elle la trouva penchée à la fenêtre, le visage bouffi d'insomnie, suant de graisse, éclairé par la lumière diffuse du petit matin.

– Approche, dit-elle, et regarde. Ta vie dût-elle durer des siècles, tu n'assisteras jamais à un spectacle qui dépasse celui-ci en horreur.

Margot s'avança, recula d'un mouvement brusque. Sa mère la rattrapa par la main, l'attira au bord de la fenêtre.

– Tu apprendras cette nuit à quel degré d'ignominie l'homme peut atteindre. Certains de ces bourreaux sont de braves gens, des maris, des pères, et regarde ce qu'ils font !

– C'est ce que vous vouliez, mère ! répliqua Margot. Cela devrait vous mettre la joie au cœur.

– Ce n'est pas ce que j'ai voulu et cela me donne envie de vomir. J'ai voulu donner l'ordre de tout arrêter, mais il était trop tard. Quand le vin est tiré...

– Vous parlez de vin, mais c'est de sang qu'il s'agit. Pourquoi cette sonnerie de cloches à Saint-Germain-l'Auxerrois ?

– C'est le signal convenu pour le massacre, mais certains n'ont pu attendre. La soif de meurtre est comme le désir d'amour : rien ne peut l'arrêter.

Les cadavres jonchaient la cour et s'y entassaient. Postés aux sorties, des lansquenets accueillaient les fuyards à la pointe de leurs hallebardes, les livraient à d'autres assassins qui les achevaient. Ceux qui parvenaient à s'échapper étaient arquebusés. Les hurlements des victimes répondaient aux rires des bourreaux et aux disputes de quelques soldats qui dépouillaient les victimes de leurs vêtements, de leurs armes et de leurs bijoux avant de les tourmenter et de les mutiler.

– L'amiral, dit la reine mère, a été la première victime de ce massacre, et c'est son meurtre qui a donné le signal. À cette heure, la mort rôde dans Paris, et qui sait quand s'arrêtera sa course ? Personne n'a le pouvoir d'interrompre cette folie, pas même le roi.

Margot se détourna, une nausée aux lèvres. Catherine, quant à elle, ne pouvait détacher les yeux de ces horreurs. Margot le lui reprocha en soupirant :

– C'est le sang des Médicis et des Borgia qui coule dans vos veines et c'est Machiavel qui inspire vos actes !

– Peut-être... dit rêveusement Catherine. Nous avons tous en nous une part d'ombre peuplée de monstres. C'est dans ma nature, j'en conviens, mais c'est sûrement aussi dans la vôtre.

Margot se demanda où se trouvait le roi et dans quel état il était.

– Regardez-le ! Il est aussi gaillard que lorsqu'il va courre le cerf...

Elle désigna un endroit de la galerie où s'était produit un attroupement d'où partaient des coups de feu. Le roi paraissait s'amuser comme à la chasse : il faisait armer son arquebuse par un valet, tirait sur des malheureux qui tentaient d'échapper à leurs assassins et hurlait de joie lorsqu'il faisait mouche. Autour de lui, des femmes se pâmaient de plaisir ; une rumeur de volière montait de leur groupe, éclatait en vivats chaque fois que le tireur touchait sa cible. Il tendait son arme encore fumante à ces folles en leur disant :

– Il faut prendre le temps de viser. Attention au recul ! Vos jolies épaules risqueraient d'en être marquées.

Lorsqu'il aperçut Margot à une fenêtre voisine en compagnie de la reine mère, il s'écria :

– La chasse aux parpaillots est ouverte ! Viens donc nous rejoindre. Il y a une prime d'un écu pour chaque gibier abattu.

Derrière lui, des cris montèrent.

– Oui, venez ! Venez donc ! Nous ne nous sommes jamais autant amusées !

– Votre époux, ajouta le roi en mettant ses mains en porte-voix, qu'en avez-vous fait ? Il est resté dans sa chambre, sans doute. Si vous allez le rejoindre, ne le cherchez pas : il doit être caché sous son lit !

Lorsque Navarre voulut se rendre compte du déroulement de la fête sanglante et tenter de sauver quelques-uns de ses proches, il se vit interdire sa porte par deux lances de Suisses en croix.

– Que signifie... ?

– Vous êtes consigné dans vos appartements jusqu'à nouvel ordre, sire.

Il battit en retraite vers son lit, s'assit sur le coffre posé à son chevet, se prit la tête dans les mains. Soudain il avait l'impression d'avoir été jeté dans une fosse comme un objet inutile, comme un cadavre dont on souhaiterait se débarrasser, avec au-dessus de lui un orage de clameurs et d'arquebusades, une fête de sang dont il était exclu.

« Qui suis-je ? songeait-il. Un roi. Que puis-je ? Rien. Où est mon épouse ? Chez sa mère, dans les bras de Guise, ou en train de faire le compte des victimes. Où sont mes compagnons ? Morts ou prisonniers comme moi. Quel va être mon sort ? Va-t-on me garder entre ces quatre murs en attendant que Paris ait cuvé cette ripaille de sang ? Me renvoyer en Navarre serait trop risqué pour le roi et la reine mère : je pourrais, une fois libre, me proclamer chef des rebelles, former une armée avec mon cousin Condé, marcher sur Paris. Peut-être est-on en train d'édifier l'échafaud où nous serons décapités... »

Qu'en savait-il ? Que pouvait-il en savoir ? La folie est une épidémie. Celle qui animait le roi avait gagné le royaume, et toutes les grandes cités en seraient atteintes comme de la peste ou du choléra. Si seulement...

« Si seulement ma mère était encore vivante, elle aurait fait en sorte que mon mariage ne se conclût pas par cette horreur. Elle aurait flairé le piège, déjoué les manœuvres des souverains, prévenu nos compagnons d'armes et de religion de tirer l'épée. Peut-être n'aurait-elle pu empêcher un affrontement, une guerre civile. Au moins nous aurait-elle évité l'humiliation dans laquelle nous sommes plongés. Dans les temps que nous vivons, rien ne s'achète qu'au prix du sang. On ne mesure ses chances qu'en cadavres. Il aurait fallu jouer ce jeu sinistre mais elle l'aurait joué. Alors peut-être serais-je libre et mes compagnons vivants. »

On continuait à tirer dans la cour, et pas sur des pigeons ou des corbeaux.

Henri se dirigea en chancelant vers la fenêtre. Des cadavres s'entassaient devant les portes, sous les galeries. Des lansquenets s'acharnaient à coups de lance sur une victime récalcitrante qu'il ne put reconnaître.

Il aperçut le roi posté à une fenêtre, une arquebuse au poing, entouré de dames et de jouvenceaux qui applaudissaient ou s'exclamaient comme au spectacle. Il crut même voir passer une ombre derrière lui, dans la lumière des chandelles. Madame Catherine ? Non : un prêtre qui brandissait un crucifix.

Il entendit le roi interpeller sa sœur et crier :

– La chasse est bonne ! Un écu pour chaque gibier abattu !

Henri se souvint de ce que Condé, avant d'être consigné comme lui dans sa chambre, lui avait rapporté de l'assassinat de Coligny, quelques heures auparavant.

C'est Petrucci qui avait apporté à Charles la tête de l'amiral. Le roi avait d'abord hurlé de joie en prenant ce trophée entre ses mains, l'avait couvert d'injures et de sarcasmes. Puis il avait fondu en larmes et, posant la tête sur un coffre, avait prié pour son âme. Il l'avait enfin prise par les cheveux et jetée par la fenêtre avec un rire dément.

– Cet homme, avait dit Condé, qu'il appelait son « père » et qu'il tutoyait...

Maximilien de Béthune [1] s'éveilla en sursaut. Le jour n'était pas encore levé mais toutes les cloches de Paris sonnaient en même temps. Il appela son gouverneur et son valet pour leur demander à quoi rimait ce carillon.

Il ouvrit la fenêtre de sa chambre, à l'auberge des Trois-Rois, sur la montagne Sainte-Geneviève, où il avait élu domicile. La rue grouillait de monde. Quel saint les Parisiens pouvaient-ils fêter ainsi, au cœur de la nuit ? Ils avaient des coutumes singulières. Il comprit très vite que des énergumènes s'en prenaient aux huguenots. Un frisson lui courut à la racine des cheveux : on risquait de s'en prendre à lui aussi, bien qu'il fût un inoffensif étudiant.

Il sursauta lorsqu'un choc ébranla sa porte. Le patron de l'auberge, maître Lucas, entra en coup de vent.

– Nous sommes en danger de mort ! cria-t-il. La chasse aux huguenots est ouverte et chacun dans le quartier sait que nous sommes de la religion de Genève. Je vais prendre un livre sous le bras et dire que je me préparais à aller à la messe. M'accompagnerez-vous ? Il y va de votre vie.

1. Le futur Sully, seigneur de Rosny.

– À la messe, riposta Maximilien, jamais ! Pourquoi ces gens s'en prendraient-ils à un collégien ?

– Ce collégien, dit l'aubergiste, est aussi un page du roi de Navarre...

La porte refermée, Maximilien se dit que le bonhomme avait raison et qu'il était dangereux de faire le bravache. Il revêtit sa robe, prit sous le bras son livre d'heures et descendit dans la rue avec l'intention de chercher refuge au collège de Bourgogne.

À peine avait-il mis le pied sur le pavé, il se trouva emporté par un courant furieux qui le bousculait. Non loin de l'auberge, une boutique était en train de flamber. Des fenêtres et des portes rejetaient des cadavres sanglants. Aux vociférations de la horde répondaient les implorations et les plaintes des agonisants. Un enfant emmailloté tomba à ses pieds du premier étage d'une mercerie. De l'autre côté de la rue, des adolescents étripaient un vieillard en chemise.

Les mêmes cris lancinants tonnaient à ses oreilles :

– Au huguenot ! Tue ! Tue ! À mort !

Maximilien eut un hoquet de surprise en apercevant, allongé le dos contre sa boutique, étripaillé jusqu'à l'os, le plumassier royal qui passait pour être un bon catholique. Aucune logique ne semblait présider à cette orgie sanguinaire. On prétendait chasser le huguenot et l'on assassinait des catholiques ! De quel parti étaient ces femmes dont on avait ouvert le ventre pour en tirer leurs fœtus qui gigotaient dans le ruisseau ?

Rue Saint-Jacques, l'écolier se heurta à un premier poste de garde tenu par un détachement de la milice bourgeoise. On lui demanda ce qu'il portait sous le bras.

– Mon livre d'heures, dit-il. Je le prends toujours pour aller à la messe.

– Tu n'es donc pas un hérétique ?

– Dieu m'en garde !

On lui livra le mot de passe afin qu'il pût franchir

sans encombre les autres postes. Rue de la Harpe, il lui suffit de lancer : « Dieu et le roi » pour qu'on le laissât passer. De même à Saint-Benoît-le-Bétourné, non loin du collège de Bourgogne. Il se fit connaître au portier, qui hésita à lui ouvrir.

Le principal, M. de La Faye, était posté à sa fenêtre, le pompon de son bonnet de nuit sur l'oreille.

– Mon enfant ! s'écria-t-il en voyant surgir Maximilien. Dieu merci, vous êtes sain et sauf ! Comment avez-vous fait pour échapper à ces furieux ?

– Grâce à ce livre d'heures, monsieur. Il se passe des choses terribles en ville.

– On dit que le roi a donné l'ordre d'exécuter tous les huguenots.

– Les choses semblent bien avancées. Les meurtriers vont chercher les enfants jusque dans le ventre de leurs mères.

– Mon Dieu ! Est-ce possible ? Je ne risque rien, étant réputé bon catholique, mais vous, mon enfant, et vos rapports avec le roi de Navarre, si l'on vous retrouvait...

– Je vais repartir avec mon viatique. Cette ruse m'a bien réussi jusque-là.

– N'en faites rien ! Je vais vous cacher dans ce placard où nous rangeons les balais et les touailles. Personne ne vous cherchera là. Le moment venu je viendrai vous délivrer.

Maximilien de Béthune s'installa du mieux qu'il put, s'efforça de retrouver le sommeil sans y parvenir : trop d'images d'horreur se bousculaient dans sa tête. Il devait rester trois jours et trois nuits dans ce galetas sans voir la lumière du soleil ni d'autre visage que celui de M. de La Faye venant lui porter de la nourriture.

Pour exorciser ses terreurs récurrentes, il s'accrochait à des souvenirs radieux : la Loire verte et brumeuse d'un matin de printemps, une biche entr'aperçue au fond d'un parc, le retour d'un groupe de faneuses un soir de mai, la lumière glorieuse d'un matin d'été sur les terrasses de son château de Sully...

Depuis la tombée de la nuit, l'allégresse n'avait fait que croître dans l'auberge où Melchior attendait que Marion eût achevé son service. La Pomme d'or regorgeait d'une foule inhabituelle ; à la pratique ordinaire se mêlait une tourbe de gueux qui semblaient sortis de la cour des Miracles de la rue du Pet-au-Diable.

L'aubergiste, maître Legros, avait reçu la consigne de les laisser boire gratis, l'ancien prévôt, Claude Marcel, devant régler la note. Le vin et l'eau-de-vie coulaient à flots.

– Que se passe-t-il ? avait demandé Melchior.

– Fais comme les autres, lui dit Marion. Bois et ne cherche pas à comprendre. Surtout, ne reviens pas au Louvre cette nuit. Il se prépare quelque événement grave, je ne sais quoi au juste. Monte dans ma chambre dans un moment et attends-moi.

Sans l'intervention de maître Legros, certains clients lui auraient fait des ennuis, le bruit ayant couru dans l'assistance qu'il appartenait à la maison de Navarre. Un estafier lui avait jeté :

– Si tu es des nôtres, tu restes, tu bois et il ne t'arrivera rien. Si tu es de la vache à Colas, apprête-toi à numéroter tes abattis !

« La vache à Colas..., se dit Melchior. Singulière appellation pour désigner les huguenots ! » Il protesta qu'il ne connaissait ni ce Colas ni sa vache et qu'en matière de religion il s'en moquait du tiers comme du quart, bien que craignant Dieu et respectant le pape. Ils n'en demandaient pas davantage et le laissèrent boire à sa guise, après lui avoir accroché au chapeau une croix d'étoffe blanche. En un tournemain, sans credo et sans orémus, il avait été baptisé papiste.

Il comprit que La Pomme d'or était une sorte de poste de commandement. Des dizeniers de la milice s'entretenaient avec le « chef », un gros homme qui suait comme un bloc de saindoux; ils entraient et ressortaient précipitamment comme s'ils avaient un fer au feu. En laissant traîner ses oreilles, Marion avait appris qu'un massacre général des protestants avait été décrété et que la cloche de Saint-Germain-l'Auxerrois donnerait le signal.

– Un massacre général? dit-il. Comment est-ce possible? Les huguenots sont des milliers et fort capables de se défendre.

Il était fatigué d'avoir battu la campagne tout le jour pour acheter des chevaux à l'intention du roi de Navarre. Il eût sombré rapidement dans le sommeil si le spectacle qu'il avait autour de lui et le rapport de Marion ne l'avaient tenu en éveil. C'était comme une soirée de Noël; des gueux et des gens de la milice dormaient sur les tables; d'autres chantaient ou péroraient : on allait faire la fête aux parpaillots, leur montrer la route du ciel, leur attacher de petites ailes dans le dos...

Peu après minuit, alors que Melchior commençait à somnoler, un groupe fit irruption dans l'auberge. L'un des hommes, un gringalet à barbe de bouc, brandissait un trophée sanguinolent et proclamait qu'il s'agissait des couilles de l'amiral. Écœuré, Melchior se levait pour monter dans la chambre de Marion quand le gros « chef » l'intercepta.

– Holà, compagnon, tu nous quittes? C'est pas le moment. Nous allons avoir besoin de tes services. Il y aura de l'ouvrage pour tous.

– Quel genre d'ouvrage? bredouilla Melchior.

– Si tu avais ouvert tes oreilles, tu le saurais. Au premier coup du tocsin nous partirons pour la chasse aux parpaillots. Quand tu aviseras une maison marquée d'une croix, tu sauras que rien de vivant ne doit rester à l'intérieur.

Melchior se rassit et attendit le signal.

Lorsque le petit jour teinta les vitres de l'auberge et que le tocsin retentit, un énorme cri de joie monta des poitrines. On alla réveiller les ivrognes à coups de pied au cul et, après s'être assuré qu'ils avaient leurs armes, on les jeta dehors. Melchior songea une nouvelle fois à se replier vers l'étage. Le « chef » lui mit la main au collet et pointa sa dague sur sa gorge.

– Pas question de nous fausser compagnie, mon gars. Suis-nous et tâche de faire consciencieusement ton boulot.

Première demeure à laquelle les gueux s'attaquèrent en sortant de La Pomme d'or, celle d'un marchand de volailles qui approvisionnait maître Legros mais avait le tort d'aller au prêche plus souvent qu'au cabaret. Lorsque l'on eut cogné à sa porte, une fenêtre s'ouvrit à l'étage et une tête coiffée d'un bonnet de nuit apparut ; on la fracassa d'une balle d'arquebuse puis on enfonça la porte à coups de hache.

La famille, en proie à la terreur, s'était regroupée dans la chambre : une femme encore jeune et fraîche entourée de deux fillettes et d'une servante. Les gueux se ruèrent sur ces innocentes, les violèrent avant de les égorger et de commencer le pillage. On jetait par la fenêtre, avec l'intention de les récupérer en partant, des vêtements, du linge et de la vaisselle d'étain. On faillit assommer un gueux qui, ayant découvert la cassette du marchand, prétendait la garder. On vida la cave et la volière.

Melchior allait et venait, faisant mine de se mêler à cette fête de sang. Il n'eut pas à faire usage de son épée ; d'autres s'en chargeaient.

Un estafier vint lui montrer l'une des fillettes écartelée que cinq ou six hommes venaient de violer et qui répandait son sang sur ses cuisses.

– À toi ! dit-il.

– Mais elle est morte !

– Et alors ? Comme ça, elle se défendra pas...

La fillette était morte, mais elle avait gardé les yeux ouverts et semblait lui sourire.

– Grand merci ! dit-il. Je les préfère plus mûres.

Dans une maison voisine, qui était celle d'un changeur, on trouva l'homme au lit avec sa femme et un enfant qui pleurait en se frottant les yeux. Les gueux les tirèrent du lit, leur arrachèrent leurs chemises, tranchèrent la tête du changeur, violèrent son épouse avant de l'empaler sur une pique. On se divertit à regarder le garçonnet patauger comme un chiot dans une flaque de sang. On allait le clouer au sol à coup de pique lorsque Melchior intervint.

– Celui-là, cria-t-il, laissez-le-moi !

Il préférait les garçons aux filles ? Soit. On le lui abandonna. Il attendit que les tueurs se fussent dispersés à la recherche du magot pour prendre le garçonnet dans ses bras et le déposer dans un placard avant de se retirer, le cœur soulagé.

Le « chef » attendait devant la porte en faisant le compte des objets recueillis.

– Toi, dit-il à Melchior, tu vas t'occuper de jeter ces cadavres dans la Seine. Il ne faut pas risquer une épidémie de peste en les laissant pourrir dans leur maison ou dans la rue. Ça fait mauvais effet. Souviens-toi du mot de passe : « Dieu et le roi. »

Aidé de quelques estafiers, Melchior fit atteler les cadavres par grappes à un mulet pour les traîner jusqu'au port au Blé. En route, il sentait son cœur se soulever. Il faillit rebrousser chemin et se fondre dans la masse lorsqu'il fut témoin d'un spectacle qui le glaça d'horreur : un colosse barbu avait rempli sa hotte de nourrissons qui vagissaient comme une portée de chiots. L'un d'eux, qu'il portait dans ses bras, jouait avec sa barbe.

– Que vas-tu faire de ces mioches ? demanda Melchior.

– Leur faire prendre un bain. C'est de la mauvaise graine.

Melchior mit la main à sa dague et aurait poignardé cette brute si ses hommes ne l'avaient appelé. Le mulet, affolé par l'odeur du sang, refusant d'avancer, on lui piqua la croupe et il reprit son chemin au trot.

Dans le petit jour brumeux mais à peine frais, le fleuve présentait un spectacle horrifique : des centaines de cadavres, la plupart nus, flottaient sur l'eau grise, si près les uns des autres qu'on avait l'impression qu'ils se tenaient par la main comme pour une ronde. À quelques pas de Melchior, le colosse, ayant déposé sa hotte, éleva devant son visage le bambin qu'il avait porté dans ses bras comme pour jouer avec lui ; il le poignarda avant de le jeter à l'eau, puis il souleva sa hotte et en déversa le contenu dans le fleuve.

Melchior s'approcha de lui et lança d'une voix joviale :

– Tu t'es bien acquitté de ta tâche, l'ami. Je t'invite à boire un coup.

– C'est pas de refus ! dit le colosse. Ça n'a l'air de rien mais ça pèse lourd, ces mioches.

Ils se dirigèrent vers une auberge de mariniers. Melchior lui fit signe de s'arrêter dans un coin sombre après s'être assuré qu'il n'y avait pas de témoin.

Il lui planta sa dague dans le ventre.

– De la part du roi de Navarre et de l'amiral de Coligny ! dit-il.

– Je suis content de toi, dit le « chef » : tu as fait du bon travail et tu auras ta récompense. Viens un de ces jours à la prévôté et demande Pierre de Nonencourt. C'est moi. Maintenant tu peux aller te reposer, à moins que tu ne veuilles faire la fête...

Melchior revint à La Pomme d'or par le quartier de Saint-Jean-de-Grève et le Vieux-Temple. L'orgie sanglante se poursuivait sans relâche. Il dispersa un groupe d'enfants en train de dépecer avec des éclats de rire le cadavre d'une jeune femme. Il pataugeait dans des flaques de sang, s'appuyait aux murs pour avancer, ses jambes refusant de le porter.

Soudain, le temps d'un éclair, la scène des noyades des Ponts-de-Cé lui traversa la mémoire, avec le spectacle de ces femmes aux jupes déployées en corolle que l'on précipitait dans la Loire. Margret était parmi ces malheureuses. Margret, dont il ne se souvenait jamais sans émotion.

Mort, François de La Rochefoucauld. Mort, le baron de Piles. Mort, Pardaillan, le vaillant chevalier béarnais. Mort, Nompar de Caumont La Force, assassiné dans son lit...

– Et Montgomery ? demanda Madame Catherine. L'a-t-on retrouvé ? J'ai appris qu'il était à Paris.

– Il y était, répondit Nevers, mais il a pris la fuite avec quelques autres gentilshommes de la religion, sans doute au faubourg Saint-Germain. Ils ne nous échapperont pas, Majesté.

– Je le veux vivant, entendez-vous. Vi-vant !

C'était devenu pour elle une obsession : venger la mort du roi Henri. Respecter sa volonté de pardon ? Elle s'y refusait. Montgomery, ce tueur de roi, ce parpaillot de l'espèce la plus obstinée, serait jugé et exécuté.

Montgomery était loin, et avec lui quelques chefs de la religion, et non des moindres.

Dans les jours qui avaient précédé le massacre, inquiet de voir surgir de toutes parts, sous le prétexte du mariage royal, des gentilshommes alliés des Guises, il avait subodoré quelque traquenard. Lui et ses amis s'étaient regroupés dans le faubourg Saint-Germain, la « petite Genève ».

Ils l'avaient échappé belle : Claude Marcel avait prévu de faire cerner ce faubourg par les Suisses mais, à la suite du meurtre de Coligny, l'opération avait été annulée.

Un marchand de chevaux qui avait une bonne clientèle huguenote avait traversé la Seine à ses risques et périls et leur avait donné l'alerte.

Le duc de La Force proposa d'attaquer le Louvre pour arracher le roi aux mains des papistes. Comme ils étaient en nombre, le projet fut agréé. Ils sautèrent en selle et se dirigèrent vers le Louvre en longeant la Seine, lorsqu'un homme se planta devant eux en criant :

– Rebroussez chemin, mes amis ! Le roi a tourné casaque. Il a ordonné la mort de tous les huguenots !

Il avait vu de ses propres yeux le roi tirer les gentilshommes de la religion comme des pigeons, dans la cour du Louvre. Ils restaient dans l'expectative quand un groupe d'arquebusiers dissimulés dans les buissons de l'île aux Juifs se mirent à tirer dans leur direction.

– Demi-tour ! s'écria Montgomery. Tous au Pré-aux-Clercs !

Ils étaient occupés à délibérer quand un homme de la maison de Navarre vint à eux en courant.

– Ne restez pas là ! leur dit-il. Henri de Guise vient de rassembler de la cavalerie pour vous donner la chasse !

Guise jouait de malchance. Au moment d'aborder le pont Saint-Michel, il tenta en vain de forcer la porte : les clés qu'on lui avait remises n'étaient pas les bonnes. Le temps de réparer cette bévue, les cavaliers rebelles seraient loin. Il lança sa cavalerie à leur poursuite en direction de Versailles et les chercha toute la journée. Le soir, alors qu'il venait d'atteindre Montfort-l'Amaury, il décida de renoncer à les poursuivre.

Alors que les cavaliers huguenots se demandaient où ils allaient porter leurs grègues, Geoffroy de Caumont leur proposa de se regrouper dans son domaine des Milandes, en Périgord, où ils seraient à l'abri de toute surprise, la population étant en majorité protestante.

Arrivé chez lui, Geoffroy de Caumont donna lecture à ses compagnons d'une lettre qu'il comptait adresser à la reine mère, dans laquelle il regrettait d'avoir dû quitter Paris précipitamment sans avoir pu lui baiser les mains et celles de son fils, l'« émotion populaire » l'ayant contraint à fuir. Il terminait sa missive par une déclaration d'« immuable fidélité et d'affection à la grandeur de Leurs Majestés »...

Lorsque Madame Catherine lut cette lettre au roi, il faillit s'étrangler de colère.

– Ils me narguent ! s'écria-t-il, mais je leur ferai payer cette insolence !

Ce billet allait bien au-delà de la simple ironie : il démontrait que l'« opération de police » décrétée par le roi était un demi-échec. Les deux principaux chefs huguenots, Navarre et Condé, étaient vivants, et le martyre de Coligny allait faire se lever des légions de néophytes.

Alors que le zèle des égorgeurs et des pillards commençait à fléchir, le bruit courut la capitale qu'un miracle venait de se produire.

Claude Marcel et Le Charron avaient appris que le roi, sur la prière des échevins, avait décidé de mettre un terme au massacre et même de protéger ce qui restait de huguenots dans Paris. Alors que la danse battait son plein, il ordonnait d'arrêter la musique.

La reine mère fronça les sourcils.

– Un miracle, dites-vous ?

Claude Marcel expliqua qu'un moine cordelier qui se rendait au cimetière des Innocents avait constaté qu'une aubépine tenue pour morte venait de refleurir.

– C'est un phénomène singulier, j'en conviens, dit la reine mère, mais de là à crier au miracle...

– Pour vos sujets il ne saurait y avoir de doute, dit Le Charron. C'est la preuve que le Seigneur bénit notre décision. Les cloches de la capitale ont salué le prodige.

Le roi demanda abruptement où ils voulaient en venir.

– Votre ordre, Majesté, dit Marcel, était d'exterminer les hérétiques. Nous avons répondu à votre volonté, mais il reste beaucoup de ces misérables et nous aimerions...

– J'ai dit qu'il fallait arrêter ce massacre ! s'écria le roi, et je ne reviendrai pas sur cette décision. Cette tuerie a assez duré. Dieu vous vomit, canailles ! Vous n'avez pas fait qu'exterminer les hérétiques, vous avez massacré d'honnêtes bourgeois aussi catholiques que moi. Par votre faute, Paris pue la mort. On la sent jusqu'ici !

La reine lui demanda de se maîtriser. Elle allait envoyer des membres du conseil vérifier le « miracle ».

Lorsque les délégués arrivèrent aux Innocents, ils trouvèrent les lieux transformés en théâtre de la démence : des hommes et des femmes à genoux remerciaient le Seigneur d'encourager par ce signe l'anéantissement des hérétiques ; ils pleuraient, baisaient le sol, chantaient des cantiques et des actions de grâces. Depuis les convulsionnaires de Saint-Médard, quelques années auparavant, on n'avait pas assisté à de telles scènes d'hystérie.

Les délégués écartèrent la foule, franchirent le cordon d'archers et de miliciens et se retrouvèrent devant un arbuste asséché par la canicule. Il ne portait aucune fleur et pas la moindre feuille.

– Voilà une plaisante supercherie ! fit Birague. J'aimerais dire deux mots au cordelier qui a levé ce fameux lièvre.

On le chercha dans tous les lieux saints de la capitale mais il demeura introuvable.

L'escalier menant aux appartements de M. de La Force, gentilhomme du Périgord, à l'angle de la rue de Seine et de la rue de Buci, gronda comme sous une avalanche.

– Mes enfants, dit M. de La Force, apprêtons-nous à entrer dans le sein du Seigneur. Prions...

Lorsque le capitaine Martin surgit dans la pièce que baignait la pénombre, qu'il entendit la prière suivie du chant des psaumes, il eut un mouvement de recul. Venu pour massacrer et piller, il tombait en plein office des Ténèbres. Il lui fut difficile de déclarer :

– Nous sommes dans un nid d'hérétiques ! Qu'ils se préparent à mourir !

Le visage grave et serein, le patriarche s'avança vers lui.

– J'ai fait mon temps sur cette terre, dit-il, et la vie m'est à charge, mais je vous demande d'épargner ces innocentes créatures.

– Et pourquoi les épargnerais-je ? répondit Martin.

– Leur sacrifice ne vous vaudrait rien alors que si vous leur laissez la vie sauve vous bénéficierez d'une rançon. Deux mille écus, cela vous convient-il ?

Martin se gratta le menton. Voilà qui valait un mouvement de pitié.

– Vous trouverez cette somme dans deux jours, précisa M. de La Force, chez Mme de Biron, qui demeure à l'Arsenal. C'est une parente.

– Marché conclu ! dit Martin. Vous allez me suivre chez moi où vous serez en lieu sûr, avec interdiction de bouger durant deux jours.

M. de La Force, ses fils Armand et Jacques et les deux serviteurs traversèrent la Seine en barque, au milieu des cadavres qui glissaient au fil de l'eau, pour se retrouver en face du Louvre dont le soleil levant faisait étinceler les vitres. Par la rue d'Autriche, le petit groupe s'engagea dans les rues Saint-Honoré puis des Petits-Champs où le capitaine avait son logis.

Martin était un brave homme mais, les circonstances faisant le larron, il n'avait pas échappé à la règle. Il avait vu à l'œuvre les gens du duc d'Anjou détroussant des cadavres; l'exemple venant de haut, il lui serait beaucoup pardonné.

Il confia ses prisonniers à sa femme sous la garde de deux Suisses.

– Je vais devoir vous laisser, dit-il. D'autres tâches m'appellent.

Gast, l'un des serviteurs, reçut mission de se rendre à l'Arsenal pour informer M. de Biron, grand maître de l'Artillerie, et sa sœur, Jeanne de Brisanbourg, parente de M. de La Force, de la demande de rançon. Elle lui donna la promesse que la somme serait versée dans le délai prévu.

De retour auprès de son maître, Gast lui dit à l'oreille :

– Il est facile de s'évader de cette maison. J'ai parlé aux Suisses : ils ne s'opposeront pas à votre évasion.

M. de La Force le prit de haut : il avait donné sa parole ; il ne pouvait la reprendre.

Le matin du jour prévu pour la remise des deux mille écus, un groupe armé envahit la demeure sous la conduite du comte Annibal de Coconnas, un Piémontais de mauvaise allure, qui brandissait une épée souillée de sang frais. Il venait d'obtenir d'Anjou la remise d'une trentaine de huguenots qu'il avait pris plaisir à torturer et à mutiler de ses propres mains. Il était barbouillé de sang des pieds à la tête comme une idole barbare.

– Suivez-moi tous ! ordonna-t-il. Nous allons faire une petite promenade.

– Laissez-nous le temps de nous préparer, dit Armand.

– C'est inutile pour l'endroit où je vous mène.

L'homme rouge fit le compte des prisonniers. Selon les Suisses, ils étaient cinq ; il en manquait un. On fouilla la maison et l'on ramena du grenier Gast, plus mort que vif.

Le groupe fit halte au bout de la rue des Petits-Champs. Coconnas fronça les sourcils en se retournant : il en manquait encore un : le valet La Vigerie ! Il avait pris le large mais suivait le cortège à distance respectueuse, sans se faire remarquer.

– À mort ! s'écria Coconnas. Tuez, mes amis ! Ce sont des hérétiques !

Armand tomba le premier, la poitrine percée d'un coup de pique. Il fallut dix coups de poignard pour venir à bout de la résistance de M. de La Force. Puis vint le tour de Gast, qui supplia en vain qu'on l'épargnât. Jacques s'écroula à son tour en criant :

– Père ! Ils vont me tuer...

Chancelant de terreur, La Vigerie prit ses jambes à son cou en direction de l'Arsenal. La livrée qu'il portait, identique à celle du comte de La Marck, les insignes blancs qu'il arborait lui permirent de franchir sans encombre le corps de garde.

Lorsque Vivien, marqueur au jeu de paume de la rue Verdelet, s'avança vers le tas de cadavres afin de faire la curée pour son propre compte, il avisa une paire de chausses neuves qu'il jugea de sa taille. Il les tirait vers lui quand il entendit une voix qui disait :

– Je ne suis pas mort ! Sauvez-moi, monsieur !

Vivien eut un hoquet de stupeur et crut à un prodige : voilà que les morts se mettaient à parler ! En écartant les cadavres, il aperçut un enfant, lui demanda qui il était et le pria de continuer un moment encore à faire le mort : les tueurs n'allaient pas tarder à revenir.

De retour un moment plus tard, Vivien lui dit, en le tirant par les pieds :

– Je vais vous conduire chez moi. Ne vous étonnez pas si je fais semblant de vous houspiller en cours de route : vous êtes mon neveu, vous avez trop bu et vous méritez une correction...

Vivien cacha sa prise sous un lit en lui disant :

– Jeune homme, vous avez de bien jolies bagues. Il faudra en faire cadeau à mon épouse pour prix de votre vie.

Jacques les enleva de ses doigts, sauf une : un souvenir de sa mère, auquel il tenait beaucoup.

– Il nous les faut toutes ! décréta la mégère, sinon, nous prévenons le poste le plus proche.

Jacques dut se séparer de sa dernière bague. On lui servit du pain, du fromage et du vin, puis on le laissa partir contre la promesse d'un versement de trente écus.

– Où souhaitez-vous aller ? demanda Vivien.

– Au Louvre.

– C'est risqué. On y massacre comme partout ailleurs.

– Alors à l'Arsenal, où j'ai de la famille.

Ils y parvinrent au terme d'un trajet dangereux et frappèrent à la première porte. La Vigerie vint ouvrir le judas et le referma aussitôt. Ils insistèrent et on leur ouvrit la porte.

– Je vous avais pris pour un vagabond, dit le valet. Ce déguisement est bien étrange...

– Monsieur Vivien, dit Jacques, attendez là. Je vais vous faire donner vos trente écus...

Il ajouta :

– ... et j'y ferai ajouter trente deniers...

Soucieux d'observer la consigne donnée par le roi, Henri de Navarre ne quitta pas sa chambre de toute la journée de la Saint-Barthélemy et de celle du lendemain.

Il lui était déconseillé de sortir, pas de recevoir. La première visite fut celle de M. de Miossens ; il portait un bras en écharpe à la suite d'un coup de hallebarde. Ils s'embrassèrent, pleurèrent leurs compagnons massacrés, se réjouirent que Montgomery et quelques autres aient pu échapper aux cavaliers de Guise. Ni l'un ni l'autre n'avait de nouvelles de Melchior de Lagos, qui avait disparu du Louvre depuis la veille du massacre.

Les nouvelles de la situation en ville arrivaient par bribes. Le faux miracle de l'aubépine fit sourire Henri ; il se dit que la fourberie et la crédulité humaines n'ont pas de limites. L'annonce de l'ordre donné par le roi d'arrêter cette effusion de sang le fit soupirer d'aise ; celle de la reprise et de l'extension des massacres le plongea de nouveau dans la tristesse.

– Il semble que rien ne puisse arrêter les tueurs, dit M. de Miossens. Ils continuent à égorger et à piller, mais pour leur propre compte, par jalousie ou pour s'enrichir sans effort. On s'étripe de famille à famille, de boutique à boutique et même entre parents. La religion, sire, n'a plus rien à voir dans l'affaire et personne n'est à l'abri. Tel qui, hier, traînait misère, est aujourd'hui riche à millions. La gueusaille porte chapeau à plume, pourpoint brodé, épée et pistolet à la ceinture. Les tueurs ont pris l'allure des bourgeois et leurs gotons jouent les princesses. Paris est devenu un théâtre de carnaval, sauf que cette ville pue le cadavre.

– Et en province ? demanda Henri. Connaît-on la même situation ?

– Certes, mais avec un peu de retard sur la capitale. Les massacres se sont étendus à toute l'Île-de-France. Il semble que, dans les jours qui viennent, le pays tout entier sera en proie à la même frénésie de meurtre. C'est un étrange phénomène : il gagne de place en place et Dieu sait où et quand il s'arrêtera. Le roi, la reine mère, les Guises ont déclenché un mouvement dont ils ne sont plus maîtres.

Henri s'accouda à la fenêtre, le regard perdu au-delà de la Seine, libre des cadavres qui l'encombraient la veille. On en retrouvait encore contre les grilles des moulins flottants, sans que personne songeât à les repêcher. Celui de Mme de Popincourt devait y rester plusieurs jours.

– Je déteste cette ville, dit entre ses dents M. de Miossens.

– Je ne l'ai jamais beaucoup aimée, ajouta Henri. Aujourd'hui, je la hais de toute mon âme. Tout n'y est qu'artifice, fausseté, cruauté. Ce peuple n'est qu'une tourbe grouillante de vermine. Si j'en avais la liberté je regagnerais la Navarre pour retrouver des gens de bonne compagnie comme vous, Miossens. J'ai hâte de retrouver mon petit royaume, ma sœur Catherine, mes fidèles sujets... Que faisons-nous dans cette fournaise ? Qu'avons-nous de bon à attendre des gens qui nous entourent ?

M. de Miossens s'accouda de l'autre côté du meneau.

– Sire, dit-il, on murmure que vous avez abjuré. Qu'en est-il ?

– Je n'avais pas le choix. Nous avions, au propre, Condé et moi, le couteau sous la gorge, mais rassurez-vous, le cœur n'a pas suivi cet engagement arraché de force et qui n'a pas de valeur car il n'y avait aucun prêtre dans l'assistance. J'ai abjuré sans faire d'histoire, mais Condé a fait le bravache. Sans l'intervention de Madame Catherine il serait aujourd'hui à la Bastille, mort peut-être. Et pour quel profit ? Nous irons lui et moi à la messe mais le pape n'aura pas gagné deux fidèles de plus. Il faut apprendre à faire des grimaces...

Il demanda à M. de Miossens s'il avait des nouvelles de son cousin Condé et comment il se comportait. Le gentilhomme béarnais l'avait rencontré en fin de matinée.

– Il n'a pas votre sérénité, dit M. de Miossens, et semble même très affecté. Son épouse ne le quitte pas, mais sans parvenir à apaiser son tourment. Il a juré devant moi, sur les Évangiles, de se venger, et je sais qu'il le fera, quoi qu'il dût lui en coûter. Il est habité par une énergie et une haine que rien ne pourrait maîtriser. Il m'a demandé de l'aider à quitter le Louvre et Paris, mais les portes sont trop bien gardées et la Seine est pratiquement interdite. Il devra, comme vous-même, sire, attendre le bon vouloir du roi.

– Nous partirons ensemble, Miossens, et vous serez des nôtres...

Margot vint rendre visite à son mari dans l'après-midi. On leur servit une collation mais ni l'un ni l'autre ne toucha aux mets qu'on leur présentait.

– La nuit que je viens de vivre, dit-elle, jamais je ne pourrai l'oublier ! J'ai l'impression d'avoir vécu un cauchemar.

Elle lui rappela l'intrusion intempestive de Lévis, son obstination à ne pas quitter le cabinet où elle l'avait enfermé.

– Lorsqu'il a frappé à la porte, dit-elle, et que j'ai entendu crier « Navarre ! », j'ai cru que c'était vous que l'on poursuivait pour vous assassiner.

Henri faillit lui répondre que cela aurait fait son affaire : lui mort, elle aurait pu épouser Guise et devenir peut-être reine de France ; il préféra garder cette réflexion pour lui.

On achevait de débarrasser la cour des monceaux de cadavres qui l'encombraient. Des nuées de mouches tournoyaient et bourdonnaient autour des flaques de sang et des débris humains. Une odeur de boucherie montait jusqu'aux appartements.

– Ce massacre, dit-elle, là, sous nos fenêtres, quel spectacle épouvantable ! J'étais proche de mon frère Charles alors que, repris par sa folie, il arquebusait des gens qui, la veille, lui baisaient les mains. Mais le plus navrant pour moi était peut-être d'entendre les cris de joie, les lazzi des filles de la reine chaque fois qu'il blessait ou tuait l'une de ses victimes. J'ai cru en mourir de honte ! J'ai toujours détesté Charles. Aujourd'hui je le hais !

Elle se prit la tête entre les mains et gémit :

– Un monstre ! Mon frère est un monstre ! Si vous saviez le nombre d'ignominies sur des hommes et des animaux dont il s'est rendu coupable... Notre mère en tient le compte. Lorsqu'elle doit payer pour les dommages ou les crimes, elle croit devenir folle de rage. Il tue pour le plaisir, et pas seulement à la chasse ! Chaque soir ou presque, il va se consoler de ses turpitudes dans les bras de cette Flamande hérétique, Marie Touchet, et lui récite les poèmes qu'il écrit pour elle. La nuit de la Saint-Barthélemy, il n'y avait pas de croix sur la maison de cette garce.

Le 26 août, deux jours après le début du massacre, le roi alla entendre la messe dans la chapelle Saint-Michel et semblait d'une parfaite sérénité. Quelques heures plus tard, il assistait au lit de justice du Parlement.

Il s'y rendit en cortège, comme pour la célébration d'une fête religieuse, en traversant des quartiers où se lisaient encore les traces de la tragédie.

Accompagnée de quelques-unes de ses dames, la reine mère se mêla au cortège. Elles poussaient des cris horrifiés lorsque les corps dont on débarrassait les maisons pour éviter une épidémie de peste s'écrasaient sur le pavé. Un chiffon sur le nez à cause de l'odeur de putréfaction qui sortait de toutes les portes, elles s'approchaient des cadavres ; certaines retroussaient les chemises des hommes pour apprécier leur virilité et celles des femmes pour contempler leur galbe. Rabrouées par la reine mère, elles rejoignaient le cortège en pouffant derrière leurs mains.

Au cours du lit de justice, le roi, très calme, ne chercha à aucun moment à dégager sa responsabilité. Nulle équivoque ne troublait ses arguments : non seulement il avait ordonné ce massacre, mais il l'avait prémédité. Ses allégations suscitèrent parmi les parlementaires un mouvement de consternation auquel Charles ne parut guère sensible. La monstruosité dont il se disait responsable lui conférait une autorité nouvelle : il avait décrété cette mesure de sa seule volonté. Il se sentait enfin pleinement maître des destinées de son royaume ; c'était pour lui comme un nouveau sacre. En décrétant la fin de cette « opération de justice », il faisait alterner la clémence et le châtiment, en roi sévère mais généreux.

– Vendredi, dit-il, les huguenots semblaient régner en maîtres. Dimanche, nous les avons abattus. Il n'y avait pas d'autre moyen pour échapper à la conspiration qu'ils tramaient contre nous.

Le président du Thou affirma que tout serait mis en œuvre pour faire éclater la réalité sur ce complot et démontrer la « prudence » du souverain. Le futur salut du royaume était à ce prix. Jean de Morvilliers, ancien évêque d'Orléans, apporta sa caution à cette entreprise de salut public. L'avocat général Guy de Pibrac lut un arrêt du Parlement vouant les mânes de l'amiral Gaspard de Coligny aux gémonies et souhaita que son nom sombrât dans l'oubli.

La foule s'était massée aux abords du Parlement, dans l'île de la Cité, pour assister à la sortie du souverain et de sa suite.

Charles en ayant manifesté le désir, le cortège, malgré la chaleur accablante, prit la direction de Montfaucon pour contempler les restes de l'amiral. À quelques pas du Parlement, devant Saint-Pierre-des-Arcis, Charles fit interrompre la marche du cortège. Un cri venait de jaillir de la foule :

– Sus au huguenot ! Arrêtez-le !

Poursuivi par des gens de la milice, un homme qui portait une blessure à l'épaule s'avança vers le roi pour demander grâce. Un coup de gourdin à la nuque lui fit plier les genoux ; il disparut sous une grappe humaine d'où sortaient des éclairs de couteaux.

– Diantre ! s'écria Sa Majesté, voilà une affaire vivement expédiée. Si seulement il pouvait s'agir du dernier hérétique de mon royaume...

À mi-pente de la crête où se dressaient les gibets, le roi descendit de cheval et s'informa de l'endroit où se trouvait le cadavre de l'amiral. Le gardien le guida jusqu'au gibet où était accrochée par des chaînes une charogne informe, verdâtre, suspendue par les pieds. Il chancela, s'appuya à son épée et resta un long moment en contemplation. Il fallut que le duc de Nevers vînt lui toucher l'épaule pour lui éviter une insolation, car il avait ôté son bonnet.

« J'aimerais, songeait Madame Catherine, savoir ce qui peut bien se passer dans cette pauvre tête... »

Charles ne s'était pas contenté de laisser massacrer Coligny ; par son attitude au Parlement il l'avait laissé tuer une deuxième fois.

Le roi de Navarre faisait l'apprentissage de l'incarcération.

Au début, après que le roi l'eut consigné dans sa chambre, il y avait trouvé un certain agrément : il avait tant couru, tout jeune encore, les chemins de l'aventure et de la guerre, vu tant de tumultes, assisté à tant d'horreurs que l'immobilité, le silence et une relative solitude lui avaient été agréables. Peu à peu, cependant, l'ennui commençait à l'assaillir. Le monde visible s'était circonscrit à la cour du Louvre et au spectacle de la Seine ; il découvrait la première de la fenêtre de sa chambre, l'autre de celle de son cabinet. Il s'essayait à deviner, aux allées et venues, les événements qui se préparaient et leur importance à l'identité et au comportement des gens qui passaient sous ses yeux.

Il s'abîmait dans la lecture de Montaigne, de Rabelais, de Marguerite de Navarre, dans les « baliverneries » de Noël du Fail, les poèmes de Clément Marot, ce parpaillot qui avait passé à travers les mailles du filet, les poèmes élégants et nostalgiques de Louise Labbé, la « belle cordière » de Lyon... Il voyageait à sa fantaisie de l'un à l'autre de ces ouvrages, picorant ici et là de quoi le faire méditer ou rêver. Machiavel lui fit peur et il renonça bientôt à en poursuivre la lecture : il lui semblait voir se dessiner derrière ce texte la robe noire de la reine mère et s'esquisser les grimaces du roi fou.

Lors de leur dernière entrevue, Agrippa d'Aubigné lui avait confié quelques poèmes griffonnés à la hâte sur des feuillets graisseux, qui sentaient la sueur et le cheval pour avoir été longtemps portés entre cuir et peau ou dans les fontes de la selle : les odeurs de l'aventure et de la guerre. Il les avait lus sans beaucoup de plaisir car ils fleuraient leur Ronsard à une lieue.

Tu fais brûler mes vers lorsque je t'idolâtre
Tu leur fais avoir part à mon plus grand désastre...

Henri se disait qu'Agrippa ne serait jamais le grand poète qu'il ambitionnait de devenir, à moins qu'il ne renonçât à se lamenter sur ses amours difficiles. Tout feu tout flamme qu'il était, il aurait dû partir à l'assaut de la femme, flamberge au vent.

Qu'était-il devenu, ce garçon chafouin, ce gringalet, ce boutefeu qui ne rêvait que plaies et bosses en pleurant sur le souvenir de Louise Sarrasin et sur l'indifférence de sa nouvelle égérie, Diane Salviati ? Mort, peut-être, sous le poignard d'un assassin...

Henri reçut des nouvelles de son compagnon une semaine après le début de sa captivité, par un billet glissé sous sa porte : il se trouvait à Talcy, à quelques lieues au nord de Blois, chez sa « fiancée » Diane. Loin de Paris. Loin de l'horreur. Il avait battu l'estrade en pays blésois, accompagné d'une poignée de soudards, chasseur et chassé.

Ce billet apprit à Henri qu'Agrippa était sain et sauf et que la faim commençait à lui « allonger les dents ». Cette faim, Henri n'avait aucun mal à l'imaginer : ce « chevalier de la Bourse-Vide » souhaitait replonger dans l'aventure.

Quelques vers obscurs terminaient cette missive :

Rien n'est le destructeur de ma propre espérance
Que le passé présent, ô dure souvenance
Qui me fait de moi-même ennemi devenir...

Maximilien de Béthune tarda moins qu'Agrippa à donner signe de vie.

Le page du roi de Navarre avait dû, pour obtenir la faveur d'une visite à son maître, faire le pied de grue à la chancellerie, essuyer une avalanche de questions, subir une fouille humiliante. Sa jeunesse (il avait quatorze ans), sa qualité de page et d'écolier du collège de Bourgogne, sa mine franche avaient fini par vaincre les réticences des secrétaires.

– Je m'inquiétais de ton sort, lui dit le roi. Raconte-moi comment tu as vécu ces derniers jours. Tu ne sembles pas avoir trop pâti des événements... Où étais-tu ?

– En exil, sire.

– Et où cela ?

– Au fond d'un placard du collège.

Il raconta son odyssée par le menu et ajouta :

– Les horreurs auxquelles j'ai assisté m'ont conforté dans ma foi. Je suis et resterai toujours...

– Parle moins haut : les murs sont truffés de sarbacanes. Le prince de Condé, mon épouse et moi-même sommes surveillés étroitement et en permanence. Si tu ne veux plus être inquiété pour tes opinions religieuses, fais comme moi : accepte d'aller à la messe.

– Vous parlez comme mon père, sire, dit amèrement Maximilien.

Il montra au roi la lettre que son père lui avait adressée. Elle disait : *J'entends que vous continuiez à suivre la fortune de votre maître, le roi de Navarre, jusqu'à sa mort... Ce faisant, vous devrez aller à la messe...*

– Il le faudra, mon garçon. C'est moins éprouvant que tu ne l'imagines. Je trouve même assez distrayantes ces cérémonies papistes, ces simagrées idolâtres, ce latin auquel le commun des fidèles n'entend rien. J'y suis astreint deux fois par semaine et ne m'en porte pas plus mal. Jure tout ce qu'on voudra te faire jurer. Dieu saura te pardonner.

– J'aimerais rester près de vous, sire.

– Eh bien, tu y resteras ! Mais il faudra poursuivre tes études. Tu as de bonnes dispositions. Il ne faut pas les compromettre.

Maximilien passait ses journées au collège de Bourgogne et revenait le soir au Louvre se mettre au service de son maître et compléter son enseignement auprès de l'ancien précepteur du roi de Navarre, Florent Chrétien.

– Il conviendra aussi, dit le roi, que tu apprennes à te battre. Je te confierai à monsieur de Coste : c'est le meilleur maître d'armes de Paris.

Maximilien préférait la danse, sa passion, mais il excella très vite dans la pratique de l'escrime avec M. de Coste, de l'arquebuse, du pistolet et de la lance avec Le More. Le lieutenant de la compagnie des gardes du roi de Navarre, M. du Fayet, qui l'avait vu à l'exercice, le trouvait très doué pour toutes ces disciplines, avec une réserve :

– Il se bat comme on danse ! dit-il au roi. Un duel n'est pas une pavane...

Les jours passaient dans le silence et la méditation, avec quelques visiteurs triés sur le volet de temps à autre, et le roi de Navarre n'avait toujours pas de nouvelles de Melchior de Lagos. Il en demanda à M. de Miossens, qui le connaissait bien, et apprit que son ancien écuyer logeait, avant les événements, à La Pomme d'or, rue du Pet-au-Diable, près de l'Hôtel de Ville. Depuis, on était sans nouvelles de lui.

À la requête du roi de Navarre, M. de Miossens poursuivit ses recherches, fit fouiller l'auberge de fond en comble. Les murs, à l'étage, étaient éclaboussés de sang et l'on respirait partout une odeur de putréfaction.

M. de Miossens se dit que ces recherches étaient vaines quand il eut l'idée de remonter au grenier, qu'il avait inspecté sommairement : il était désert. Il se hissa sur un escabeau, ouvrit la lucarne et appela Melchior en langue béarnaise.

Une voix lui répondit :
– Je suis là, monsieur le comte !

Melchior était tapi entre la cheminée et le toit, dans un angle qui le rendait invisible de l'extérieur. M. de Miossens l'aida à descendre jusqu'à lui ; Melchior tenait péniblement sur ses jambes ; il puait le sang séché, qui souillait son pourpoint et ses chausses ; sa maigreur le rendait méconnaissable.

– Je suis resté ces trois jours sur le toit, dit-il, sans manger et sans boire. Si vous aviez tardé quelques jours de plus, vous n'auriez retrouvé de moi qu'un squelette tant il faisait chaud. J'aurais été mieux à la Bastille...

– Ou au paradis, dit M. de Miossens.

Melchior était descendu en catimini dans la salle de l'auberge pour trouver de la nourriture et de la boisson : il ne restait plus rien ; l'eau du puits, où l'on avait jeté des cadavres, était empoisonnée.

M. de Miossens le prit en croupe pour le conduire au Louvre. Ils ne furent pas inquiétés. La ville avait en partie retrouvé son calme, les échevins ayant proclamé à son de trompe l'ordre du roi de faire cesser toute violence contre les hérétiques. En traversant la Seine, Melchior constata que des cadavres restaient accrochés aux arbres morts et contre les piles du pont aux Meuniers.

Le roi accueillit Melchior comme s'il retrouvait un frère perdu. Il demanda à l'un de ses serviteurs, Louis Goulard, de lui préparer un bain, de le vêtir décemment et de lui apporter de la nourriture et du vin.

– J'ai l'impression, dit Melchior, de sortir de l'enfer pour entrer au paradis.

– L'enfer... dit rêveusement le roi. J'en ai beaucoup entendu parler ces temps-ci et j'apprends chaque jour du nouveau à son sujet.

Les rares visiteurs qui étaient admis dans ses appartements apportaient leur lot de témoignages et de nouvelles. Assailli par cette surenchère dans l'horreur, Henri se laissait ballotter par ces vagues successives qui poussaient vers lui des noms et des visages engloutis par la tempête.

Ils s'installèrent dans le cabinet, où la chaleur était moins intense que dans le reste des pièces.

– Melchior, dit le roi, raconte-moi ton odyssée.

Après avoir poignardé le colosse tueur de nourrissons et avoir joui de son agonie, Melchior avait tenté de regagner le Louvre par la rue Saint-Jacques-de-la-Boucherie et le Châtelet, en coupant une colonne de charrettes, de chariots, de charretons pleins à ras bord de cadavres et qui laissaient des traces de sang sur la chaussée. Il avait croisé Guise, Aumale, Nevers, à cheval, entourés d'une meute de sicaires brandissant des torches, des armes, et qui s'en prenaient aux passants.

Il se tapit sous un porche pour n'être pas reconnu. Aux abords du Châtelet, alors qu'il longeait une haute muraille noire odorante de giroflées, un bras sortit de l'ombre et le happa au passage, tandis qu'une voix murmurait :

– Tu es bien Melchior de Lagos, l'écuyer du roi de Navarre ?

– Il se peut que je lui ressemble, avait répondu Melchior, mais tu te trompes.

Il s'inventa un nom de fantaisie et lança le mot de passe : « Dieu et le roi ». L'autre s'obstinait.

– Tu étais hier encore auprès de Navarre. Je peux même te dire que tu portais une jolie rose de perles à ton bonnet. Je sais que tu es des nôtres. À ton accent béarnais, je sais que je ne peux me tromper.

– Ton nom ?

– Fervacques.

– Je te connais, en effet.

– Alors écoute ! Nous sommes là, dans une cave, une dizaine de bonnes épées, et pas disposés à nous laisser égorger comme des moutons. Joins-toi à nous.

– C'est la providence qui t'envoie.

– La providence n'y est pour rien. Ôte ce brassard, cette croix et suis-moi.

Ils étaient tapis comme des rats dans l'ombre de la cave éclairée par une chandelle. Deux cadavres portant le brassard et la croix gisaient en travers des marches.

– Trop curieux... dit Fervacques.

La plupart de ces gentilshommes étaient inconnus de Melchior. Ils venaient de diverses provinces et tous étaient armés jusqu'aux dents. Parmi eux, un ministre du culte qui avait échappé aux tueurs.

– Nous allons nous scinder en deux groupes, dit Fervacques. Nous tomberons à l'improviste sur des massacreurs et nous en tuerons le plus possible. T'en sens-tu capable ?

Melchior lui parla du colosse qu'il venait d'occire.

– Bien joué, compagnon ! dit Fervacques. À l'ouvrage, mes amis ! Auparavant nous allons chanter les louanges du Seigneur, en silence...

Melchior suivit Fervacques et un groupe de quatre hommes.

La fête sanguinaire battait son plein dans la longue rue de Saint-Germain-l'Auxerrois. Ils se glissaient le long des murs, de part et d'autre de cette artère dont chaque maison comptait une boutique. Le pillage avait commencé. De quelques demeures incendiées sortaient de lourdes fumées et des odeurs de chair grillée. Le groupe s'engouffrait dans les intérieurs et les boutiques où opéraient les égorgeurs et en faisait une hécatombe, la plupart de ces estafiers étant ivres et incapables de se défendre. Aux habitants qui avaient survécu au massacre, on conseillait de chercher refuge dans le grenier ou sur le toit.

Dans l'atelier d'un tailleur d'habits, les pillards en train de faire main basse sur des coupons d'étoffe firent face, l'épée au poing.

Les compagnons de Fervacques se formèrent en haie. Un des leurs, le chevalier de Lostanges, en abattit deux à coups de pistolet, tandis que les autres, de fins bretteurs habitués des salles d'armes, s'attaquaient à ce qui restait des adversaires, mal préparés à un duel et qui n'avaient que leur hargne et leur courage. Seul parmi ses compagnons, Lostanges resta sur le carreau, une lardoire dans les tripes. On grimpa à l'étage. La famille était là, terrorisée, avec autour d'elle quelques ouvrières en chemise. Fervacques leur montra du doigt le grenier.

Dans les parages de l'hôtel de Bourbon, le petit groupe se trouva soudain face à face avec une poignée de gentilshommes portant la livrée rouge et noir des Guises. Le petit duc de Montpensier s'écria en les voyant surgir :

– Mais je vous reconnais ! Fervacques... Lagos... Tous de bons hérétiques ! Nous allons vous apprendre le catéchisme à notre manière...

– À votre service, monseigneur ! riposta Fervacques. Votre catéchisme, nous allons vous le faire rentrer dans la gorge.

Ils s'affrontèrent comme dans les aubes brumeuses du Pré-aux-Clercs. Melchior embrocha un adversaire, se retrouva face au fils du duc de Mercœur, une fine lame, et prit beaucoup de plaisir à cette passe d'armes. Blessé au bras, Fervacques dut battre en retraite. On avait perdu deux bons compagnons en plus du pauvre Lostanges. Melchior avait touché Mercœur au flanc quand Fervacques s'écria :

– Rompons, mes amis ! Regardez ce qui arrive sur nous !

Aumale amenait à la rescousse une dizaine de cavaliers, dont un capitaine des gardes.

– Sauvons-nous ! ajouta Fervacques. Chacun pour soi et que Dieu nous garde !

Melchior se dirigea en courant vers Saint-Germain-l'Auxerrois, à travers un quartier qu'il connaissait bien. L'église était illuminée ; il s'y engouffra, se blottit derrière un pilier du nartex, remit ses insignes de papiste qu'il avait prudemment gardés dans sa poche. Un grand diable de prêtre en surplis était en train de fanatiser, avec de grands gestes, une foule qui l'était déjà. Il sentit la honte lui monter au front et les dalles de l'église lui brûler les semelles.

Il sortit d'un pas tranquille au milieu d'un groupe de bigotes en vertugadin, se mêla à la foule orgiaque qui trépignait et dansait dans des flaques de sang puis reprit le chemin de la rue du Pet-au-Diable en se disant qu'il en avait assez fait pour cette nuit et que Marion devait l'attendre.

Lorsque, pour la première fois depuis les événements, Navarre retrouva son cousin Condé, il se dit que leur rencontre risquait fort de tourner au vinaigre. Condé entra dans la chambre en bousculant Louis Goulard et la servante, qui apportait le petit déjeuner sur un plateau.

– Heureux de vous revoir ! s'écria Henri. Vous m'avez manqué, mon cousin.

– Vous m'avez manqué aussi, répondit Condé, mais pour d'autres raisons. Veuillez faire sortir vos gens.

Quand Melchior, Maximilien et les serviteurs se furent retirés, le petit homme monta sur ses ergots.

– Je ne puis oublier la facilité avec laquelle le roi a obtenu votre abjuration ! dit-il d'une voix coupante. Il me tardait de vous en parler.

– Je n'ai pas oublié non plus cette scène et me réjouis de son issue. Si je n'avais pas accepté cet accommodement, vous et moi serions aujourd'hui morts ou à la Bastille. Et pour quel profit, dites-moi ?

– J'espérais une certaine résistance de votre part, au moins quelques réserves.

– C'eût été inutile, vous le savez bien ! Inutile et dangereux, non seulement pour nous mais pour notre cause.

– Il n'empêche... Cette palinodie de renoncement à notre religion aura donné au roi l'idée qu'il peut tout attendre de nous.

– Je suis prêt à en passer par sa volonté, sauf à lui faire présent de ma vie. Pour ce qui est de ma foi, sachez que je ne lui ai rien sacrifié qu'en paroles. Que Dieu soit servi par des curés ou des pasteurs, qu'Il nous guide vers l'église ou le temple, peu m'importe, et vous savez pourquoi.

– Je sais... soupira Condé.

Henri n'avait pas besoin de rappeler à son cousin qu'il avait été baptisé dans la religion traditionnelle par le vieil Henri d'Albret et que sa mère, plus tard, l'avait conduit au prêche. Son père avait dû user du fouet pour le ramener à l'autel. À la mort d'Antoine de Bourbon, la reine Jeanne l'avait repris en main, et avec autorité. Et voilà que ce pauvre Charles l'avait menacé de mort pour le faire abjurer !

– Ce qui m'inquiète, ajouta-t-il, c'est que Charles ait décidé que mon abjuration serait publique et solennelle. Elle aura lieu le mois prochain, à Notre-Dame. J'y recevrai l'ordre du Saint-Esprit en présence de la cour. Pour m'instruire dans sa religion, le roi m'a envoyé Sureau des Roziers, curé de Saint-Paul, que je m'amuse à emberlificoter. Ce pauvre homme a exigé que je rétablisse le culte catholique dans mon royaume et que je demande au pape son indulgence pour mes fautes passées. Rien n'aura été épargné pour m'humilier et me faire comprendre que je suis dans la main du roi.

– Je serai moi-même à la cérémonie de Notre-Dame, dit Condé. Je devrai porter le missel. La honte est sur nous ! Si nos parents nous voyaient...

– D'où ils sont, au-dessus des passions du monde, ils doivent nous absoudre et nous encourager à jouer de la ruse contre la force brutale.

– J'aimerais, dit Condé, savoir ce que, dans les ambassades, on pense de la Saint-Barthélemy.

– Nous ne tarderons pas à en être informés, dit Navarre.

Les réactions à l'étranger étaient diverses. Le pape Grégoire avait sauté de joie, fait sonner toutes les cloches de Rome et dire des actions de grâces ainsi qu'un *Te Deum* dans sa chapelle privée, tandis que des feux de joie illuminaient la ville.

À l'Escurial, le roi Philippe, oubliant l'espace de quelques heures l'affaire des Flandres qui nouait des angoisses dans sa gorge, se dérida, éclata d'un rire sinistre qui retentit dans les couloirs et esquissa un pas de pavane. Il se souvenait du rapport que le duc d'Albe lui avait présenté, sept ans auparavant, sur l'entrevue de Bayonne et sa suggestion d'exterminer les hérétiques. Cette idée avait fait son chemin dans l'esprit retors de Madame Catherine.

Élisabeth d'Angleterre, comme d'ordinaire, menait un double jeu. Elle resta, pour cette affaire, dans une prudente réserve. Protester eût été compromettre les accords économiques contractés avec l'Espagne ; applaudir eût risqué de mécontenter ce qui pouvait rester en France, et notamment à La Rochelle, de défenseurs de la religion de Genève.

Le hourvari vint des princes d'Allemagne, presque tous convertis à la religion luthérienne et qui fournissaient en mercenaires les calvinistes français.

Madame Catherine décida de faire frapper trois médailles commémoratives du massacre : elles proclamaient la victoire de son fils sur l'hérésie, justifiaient « le recours au feu pour fortifier le fer ». Elle paraissait sortir d'un bain de jouvence. On la flattait sur sa mine et sa bonne humeur.

Le massacre avait cessé à Paris mais s'était propagé à travers la province où toutes les grandes villes, Nantes et La Rochelle exceptées, pouvaient se vanter d'une fructueuse chasse aux hérétiques. « Gloire à Dieu ! » proclamait-on dans toutes les églises.

Madame Catherine songea à faire annuler le mariage de sa fille Margot avec le roitelet huguenot, qui ne s'était converti que du bout des lèvres. Une lettre à Rome suffirait. Margot s'y opposa.

– Ma fille, lui dit la reine mère, votre époux a-t-il fait la preuve de sa virilité ?

– Mère, avait répondu finement Margot, comment pourrais-je vous répondre ? Il faudrait que je puisse comparer ses exploits avec ceux d'autres mâles, comme cette dame romaine à qui l'on demandait si son mari puait...

Madame Catherine s'était retenue de gifler cette impertinente.

Le 29 septembre, les portes de Notre-Dame s'ouvrirent sur le cortège royal. Henri déposa une offrande sur l'autel et reçut l'ordre de Saint-Michel. Il adressa un coup d'œil complice à son cousin Condé, qui boudait, le nez dans son missel.

Lorsqu'il retourna à son fauteuil, il s'inclina avec un sourire devant la reine mère, qui éclata de rire derrière sa main.

À l'issue de cette cérémonie, Madame Catherine convoqua ses deux captifs dans son cabinet particulier.

– Que nous veut encore cette Jézabel ? bougonna Condé. Sûrement pas nous annoncer une bonne nouvelle.

Elle paraissait d'excellente humeur.

– Regardez ces deux-là comme ils sont heureux ! dit-elle.

Elle venait de marier deux de ses nains et s'amusait de les voir faire des cabrioles sur le tapis, jouer à la cachette, se bécoter. Elle avait pris les mains de la Jardinière et lui apprenait en chantonnant une figure de saltarelle, sous l'œil maussade de sa fille, Claude, silhouette diaphane assise à son tambour de brodeuse dans la clarté glauque de la fenêtre.

– Mes enfants, dit-elle, j'ai une excellente nouvelle à vous apprendre.

Elle les invita à s'asseoir, leur fit servir du sirop de framboise.

– Il n'est plus nécessaire que vous restiez cloîtrés au Louvre, dit-elle. Le roi et moi-même avons décidé de vous faire participer à une campagne militaire que nous préparons. Nous n'en aurons pas fini avec les huguenots tant que nous n'aurons pas retiré de notre talon cette épine : La Rochelle. Nous allons donc en faire le siège, avec des moyens tels qu'elle ne pourra tenir longtemps. Vous aurez ainsi l'occasion de montrer à Sa Majesté que vous lui êtes fidèles et que votre conversion n'a pas été une palinodie.

Elle ajouta :

– Vous aurez tout le temps de vous faire à cette idée. Notre armée ne partira qu'au printemps. Elle sera commandée par Henri, et le duc de Guise y participera. Ce sera la guerre des quatre Henri !

Elle éclata d'un rire aigrelet, semblable à celui que Navarre avait entendu dans la cathédrale et qui semblait lui dire : « Mon garçon, maintenant, nous te tenons bien ! »

Melchior avait été chargé par son maître d'accompagner dans ses États souverains de Navarre celui que le roi Charles avait désigné pour exercer dans ces contrées la charge de lieutenant général, le comte de Gramont, dont la mission essentielle consisterait à chasser les ministres du culte pour leur substituer des prêtres.

La population, écrivit Melchior, *ne prend pas cette mesure au sérieux et se moque de l'avis que vous avez signé. Elle est persuadée que cela vous a été imposé, que vous êtes prisonnier au Louvre, mais que vous parviendrez bientôt à vous évader pour revenir dans votre royaume...*

Reconduits manu militari à la frontière, les pasteurs revenaient subrepticement, se cachaient dans la montagne et poursuivaient leur sacerdoce. Quant aux prêtres, ils disaient la messe dans des églises vides. Gramont se lamentait : pour ramener ces barbares à la raison il eût fallu une armée !

Un jour qu'en compagnie de Melchior M. de Gramont s'était rendu avec une escorte à Hagetmau, le détachement fut surpris dans la cour du château par une bande gasconne conduite par le baron d'Arros. Tous les hommes de Gramont restèrent sur le carreau. Lui-même ne put échapper à leur vindicte que grâce à l'intervention de la châtelaine : Jeanne d'Andouins.

Madame Catherine n'en avait pas fini avec l'amiral.

Elle poussa la perversité et le goût de la vengeance jusqu'à infliger au fils et aux neveux de Coligny, les enfants d'Andelot, le spectacle de la charogne qui pendait encore au bout d'une chaîne au gibet de Montfaucon. Le fils fut confié à des moines chartreux, les neveux soumis à une rigoureuse surveillance. Ainsi, cette nichée d'aigles n'aurait plus la moindre velléité de rébellion.

Quelques semaines après le grand massacre, elle livra aux juges deux vieux compagnons de Coligny, Briquemaut, un vétéran blanchi sous le harnois, et le maître des requêtes Armand de Cavaignes. Mis à la question, ils refusèrent d'admettre que l'amiral et les siens avaient ourdi un complot contre la famille royale.

Tandis qu'au Louvre on fêtait la naissance d'une fille du roi Charles, on conduisit les condamnés en place de Grève dans une charrette. Tout le long du parcours, on les cribla de pierres, d'ordures et d'injures. Avant le supplice, on fit brûler sur la place une effigie représentant l'amiral de Coligny. Ils regardèrent d'un œil indifférent les escarbilles incandescentes se perdre dans le ciel.

Lorsque l'homme rouge passa la corde au cou de Briquemaut, le vieux soldat s'écria que ce procès était une infamie, une parodie de justice, que cette prétendue conspiration n'était qu'une fable montée de toutes pièces pour les perdre. Il demanda au peuple de pardonner au roi.

La populace n'attendit pas qu'il eût cessé de se démener pour rompre le cordon des soldats, envahir l'échafaud, dépouiller le malheureux de ses chausses et le dépecer.

La foule ayant reflué sous l'assaut des gardes, vint le tour du maître des requêtes, qui resta muet, avec un air de dignité qui imposait. Pour éviter que la scène précédente ne se reproduisît, le bourreau décida de faire grâce au condamné et de le confier à un officier, lequel eut du mal à le protéger de la fureur populaire pour le ramener sain et sauf à l'Hôtel de Ville sous les clameurs de la foule privée d'un nouveau spectacle.

Ils venaient on ne savait d'où, alertés par on n'aurait pu dire quel signe. Ils restaient suspendus en grappes noires aux saules de la berge qui commençaient à perdre leur feuillage grillé par la canicule. Quelques dizaines peut-être. Le lendemain on en compta une bonne centaine et qui menaient grand tapage, à croire qu'ils appelaient d'autres congénères. Trois jours plus tard, ils étaient des milliers qui, désertant les arbres des bords de Seine, se mirent à tournoyer en vols denses au-dessus du Louvre.

Le roi se plantait devant sa fenêtre, leur tendait le poing, s'écriait :

– Que nous veulent ces oiseaux de malheur ? C'est à Montfaucon qu'ils trouveront leur pâture. Qu'on les chasse !

Les gardes en tirèrent quelques-uns à coups d'arquebuse et portèrent leurs cadavres au roi ; il les examina et, ne leur trouvant rien de suspect, les jeta par la fenêtre.

Ce vol étrange suscita la curiosité et devint un spectacle. Les corbeaux se posaient en guirlandes sur l'arête des toits, les balustrades des galeries où, peu farouches, ils se laissaient approcher et caresser, ce qui ne laissait pas d'amuser les filles de la reine mère. Ils étaient des milliers à avoir élu domicile au Louvre, sans que l'on pût rien faire pour les éloigner.

Un matin où le roi s'apprêtait à monter à cheval pour se rendre au Parlement, il crut qu'un orage lui tombait dessus. Un corbeau se posa sur son épaule et se mit à lui picorer le coin de l'œil ; il l'éloigna d'un revers de main. Alors qu'il avait le pied à l'étrier, une autre de ces maudites bestioles se posa sans façon sur son bonnet et fit gicler un jet de fiente sur sa fraise.

Il hurla :

– Va-t-on enfin nous débarrasser de ces satanés volatiles ?

Comme pour le narguer il en vint dix, puis vingt, puis cent qui tournaient autour de lui en croassant et en le menaçant de leur bec.

Charles appela ses gens à la rescousse. Ils firent avec leurs épées de beaux moulinets inutiles. Les corbeaux faisaient mine de s'éloigner avec des ricanements sinistres mais revenaient en force. L'un d'eux, plus volumineux que les autres, s'était perché sur le chanfrein de sa monture et semblait le provoquer en battant des ailes.

Le roi avait beau se débattre, hurler, donner des coups d'épée contre cette nuée furieuse qui l'étourdissait de ses frôlements d'ailes et de ses cris gutturaux, il n'arrivait pas à les éloigner et finit par renoncer à se défendre. Sautant de cheval, il jeta son épée, s'engouffra sous le porche qui menait à ses appartements en criant à la diablerie. Il entra en coup de vent dans la chambre de la reine mère et se jeta à ses genoux.

– Eh bien, mon fils, dit-elle, que vous arrive-t-il ? À quoi rime cette détresse ?

Il bredouilla, le visage à demi enfoui dans les jupes noires :

– Coligny, mère ! Coligny... Il est revenu sous la forme d'un corbeau. Il s'est posé sur la tête de mon cheval et ne m'a pas quitté des yeux...

– Ce n'est rien, soupira-t-elle. Reprenez-vous. Tout cela, vous l'oublierez bientôt.

Elle se dit que, cette fois-ci, le roi avait bel et bien perdu la tête.

iente sur sa fraise.

olatiles ?

jeta à ses genoux.

upes noires :

perdu la tête.

ANNEXES

Pour mémoire

1553 : Naissance de Henri, fils d'Antoine de Bourbon et de Jeanne de Navarre à Pau. Mort de Rabelais.

1555 : Mort de Henri d'Albret, grand-père du futur Henri IV. Antoine de Bourbon se convertit au calvinisme. Paix d'Augsbourg.

1557 : Henri présenté à la cour du roi Henri II et de Catherine de Médicis par ses parents. Édit de Compiègne : l'hérésie punie de mort. Défaite des Français devant les troupes impériales à Saint-Quentin.

1558 : Naissance de Catherine de Navarre, sœur de Henri. Mariage de François II avec Marie Stuart. Mort de Charles Quint. Mort de Marie Tudor.

1559 : Mort durant un tournoi du roi Henri II. Mariage de la princesse Élisabeth de France avec le roi Philippe II d'Espagne. Paix du Cateau-Cambrésis entre la France, l'Angleterre et l'Espagne. Anne du Bourg brûlé vif.

1560 : Conjuration d'Amboise. Mort du roi François II. Introduction du tabac à la cour par Jean Nicot.

1561 : Sacre du roi Charles IX. Retour de Marie Stuart en Écosse. Jeanne de Navarre et son fils Henri à la cour.

1562 : Antoine de Bourbon, catholique et lieutenant général du royaume, meurt devant Rouen. Massacre de Wassy.

1563 : Attentat contre François de Guise au siège d'Orléans. Catherine de Médicis reprend Le Havre à l'Angleterre. Henri de Navarre au collège à Paris.

1564 : Début du tour de France de Catherine de Médicis et de Charles IX. Mort de Calvin. Entrevue de Henri de Navarre avec Nostradamus.

1565 : Poursuite du tour de France. Conférence de Bayonne avec l'envoyé de Philippe II.

1566 : En juin, la cour revient à Paris. Retour en Béarn de Henri de Navarre. Révolte des Gueux aux Pays-Bas contre l'occupant espagnol.

1567 : Tumulte de Meaux. Henri et Jeanne de Navarre à Pau. Guerre entre les catholiques et les protestants.

1568 : Les protestants (huguenots) se regroupent à La Rochelle. Jeanne et Henri de Navarre à La Rochelle. Guerre de Jarnac et mort de Louis de Condé, oncle de Henri de Navarre. Henri de Navarre à la bataille de La Roche-l'Abeille, en Limousin, et de Moncontour.

1570 : Excommunication de la reine protestante d'Angleterre, Élisabeth. Grand périple de Coligny, avec Henri de Navarre. Mariage de Charles IX et d'Élisabeth d'Autriche. Paix de Saint-Germain, favorable aux huguenots.

1571 : Henri de Navarre rejoint sa mère à La Rochelle. Projet de mariage avec Marguerite de Valois (Margot). Bataille navale de Lépante, victoire de l'Espagne contre les Turcs.

1572 : Mort de Jeanne de Navarre à Paris. Mariage de Henri de Navarre et de Marguerite de Valois. Massacres de la Saint-Barthélemy. Henri de Navarre contraint d'abjurer la religion réformée. Début du siège de La Rochelle.

ASCENDANCE ET

François de Bourbon
comte de Vendôme
ép. Marie, fille de Pierre II de Luxembourg - Saint-Paul

- Charles de Bourbon, duc de Vendôme, ép. Françoise d'Alençon
- François de Bourbon, duc d'Estouteville
- Louis, cardinal de Bourbon

Enfants de Charles de Bourbon :

- Antoine de Bourbon, duc de Vendôme (1518-1562), ép. Jeanne d'Albret
- François, comte d'Enghien (1519-1546)
- Charles cardinal de Bourbon (1523-1590), le Charles X de la Ligue
- Jean, comte de Soissons (1528-1557)

Enfants d'Antoine de Bourbon :

- Henri, duc de Beaumont (1551-1553)
- Henri IV, roi de France et de Navarre (1553-1610), ép. 1°) 1572 Marguerite de Valois, 2°) 1600 Marie de Médicis
- Louis-Charles, comte de Marle (1555-1557)
- Madeleine (1556-1556)
- Catherine (1559-1604), ép. 1599 Henri marquis de Pont-à-Mousson puis duc de Bar plus tard duc de Lorraine
- Fils naturel né de Louise de la Béraudièr[e] : Charles de Bourbon, archevêque de Rouen (1555-1610)

Enfants de Henri IV, tous du 2e lit :

- Louis XIII (1601-1643), ép. Anne d'Autriche, fille de Philippe III d'Espagne
- Élisabeth (1602-1644), ép. infant Philippe, futur Philippe IV d'Espagne
- Christine (1606-1663), ép. Victor-Amédée prince de Piémont futur duc de Savoie
- Nicolas, duc d'Orléans (1607-1611)
- Gaston-Jean-Baptiste, duc d'Anjou puis d'Orléans (1608-1660), ép. 1°) Marie de Montpensie[r], 2°) Marguerite de Lorraine

Enfants naturels légitimés de Henri IV :

de Gabrielle d'Estrées

- César, duc de Vendôme (1594-1665), ép. Françoise de Lorraine-Mercœur
- Catherine-Henriette (1596-1663), ép. Charles de Lorraine duc d'Elbeuf
- Alexandre, chevalier de Vendôme, grand prieur de Malte (1598-1629)

d'Henriette d'Entragues

- Gaston-Henri, duc de Verneuil, évêque de Metz (1601-1682), ép. Charlotte Séguier
- Gabrielle-Angélique (1602-1627), ép. Bernard duc d'Épernon

)ESCENDANCE D'HENRI IV

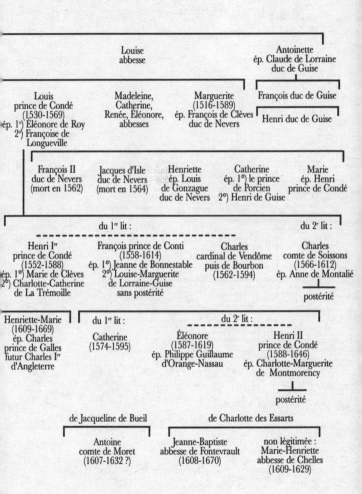

Louise
abbesse

Antoinette
ép. Claude de Lorraine
duc de Guise

Louis
prince de Condé
(1530-1569)
ép. 1°) Eléonore de Roy
2°) Françoise de
Longueville

Madeleine,
Catherine,
Renée, Éléonore,
abbesses

Marguerite
(1516-1589)
ép. François de Clèves
duc de Nevers

François duc de Guise

Henri duc de Guise

François II
duc de Nevers
(mort en 1562)

Jacques d'Isle
duc de Nevers
(mort en 1564)

Henriette
ép. Louis
de Gonzague
duc de Nevers

Catherine
ép. 1°) le prince
de Porcien
2°) Henri de Guise

Marie
ép. Henri
prince de Condé

du 1er lit :

Henri Ier
prince de Condé
(1552-1588)
ép. 1°) Marie de Clèves
2°) Charlotte-Catherine
de La Trémoille

François prince de Conti
(1558-1614)
ép. 1°) Jeanne de Bonnestable
2°) Louise-Marguerite
de Lorraine-Guise
sans postérité

Charles
cardinal de Vendôme
puis de Bourbon
(1562-1594)

du 2e lit :

Charles
comte de Soissons
(1566-1612)
ép. Anne de Montalié

postérité

Henriette-Marie
(1609-1669)
ép. Charles
prince de Galles
futur Charles Ier
d'Angleterre

du 1er lit :

Catherine
(1574-1595)

du 2e lit :

Éléonore
(1587-1619)
ép. Philippe Guillaume
d'Orange-Nassau

Henri II
prince de Condé
(1588-1646)
ép. Charlotte-Marguerite
de Montmorency

postérité

de Jacqueline de Bueil

Antoine
comte de Moret
(1607-1632 ?)

de Charlotte des Essarts

Jeanne-Baptiste
abbesse de Fontevrault
(1608-1670)

non légitimée :
Marie-Henriette
abbesse de Chelles
(1609-1629)

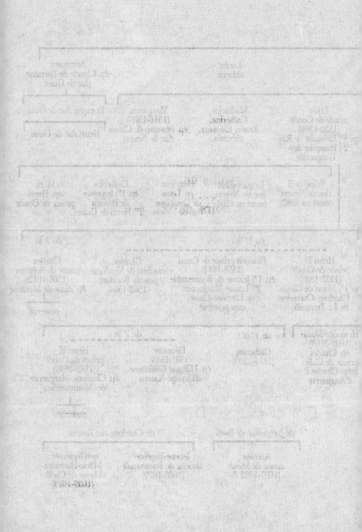

TABLE

Achevé d'imprimer en novembre 1998
sur les presses de l'Imprimerie Bussière
à Saint-Amand (Cher)

POCKET - 12, avenue d'Italie - 75627 Paris Cedex 13
Tél. : 01-44-16-05-00

— N° d'imp. 2350. —
Dépôt légal : novembre 1998.

Imprimé en France